U0487411

本丛书出版获西南民族大学中国语言文学博士一级学科建设经费资助

西南民族大学中国语言文学学术文丛编委会

主　　任 曾　明

编委会委员（以汉语拼音为序）

　　　　戴登云　邓文彬　刘　波　刘　勇

　　　　罗庆春　孙纪文　王启涛　吴雪丽

　　　　徐希平　杨　荣　曾　明　周作明

执行主编 杨　荣　戴登云

西南民族大学中国语言文学学术文丛

A Study on the Relationship between Qiang and Han Literature

徐希平 / 著

羌汉文学关系研究

社会科学文献出版社
SOCIAL SCIENCES ACADEMIC PRESS (CHINA)

本书为国家社科基金一般项目"羌汉文学关系比较研究"
(编号:10BZW120)结项成果

行到山头回顾望，不知何处是层峦

——序徐希平《羌汉文学关系研究》

  成都的朋友中，我与西南民族大学的徐希平教授、曾明教授的关系比较特殊。我们同龄，高考同年，经历相近：出生于"大跃进"年代，恢复高考后的第一批大学生，同在高校、科研单位"双肩挑"，很多事，感同身受，心领神会。我们也有诸多不同，论出生月份，我是11月，他俩都是12月，希平比曾明还晚几天。尽管希平最年轻，我却习惯叫他"老徐"；论性情，曾明处事严谨，有板有眼，老徐待人诚恳，踏实可信。我们见面的机会不多，每次见到曾明，他总是衣着得体，乌发梳理得一丝不苟；而老徐则疏于打理，头发花白，衣着随意，有点不修边幅的样子。

  2017年10月，在老徐的协调下，中华文学史料学学会年会暨民族文学史料整理研究研讨会在西昌学院举行。老徐说，成都到西昌的雅西高速公路，四百多公里，风光无限，建议开车去。这正合我意，沿途可以随时下车参观。那天出发很早，路过荥经县，略作休息。在九襄吃午饭时，我突然发现双肩包落在了荥经县休息站。老徐二话不说，转身就开车返回四十多公里。更叫我感动的是，荥经县休息站的工作人员早就把背包收好，等我们去取。那天心情大好，路过安顺场大渡河，参观红军渡；又翻过海拔三千六百多米的拖乌山，进入西昌。彼时，已是夜里十一点多。车窗外，一会儿细雨蒙蒙，一会儿浓雾团团，我们仿佛行走在云中，飘忽不定。开车时，几乎要把脸贴在前挡风玻璃上，才能看清眼前的路。在高山峡谷之间，在深夜的雅西高速上，玩一把心跳，记住一辈子。

曾明知道这一情况后，把老徐狠狠地批了一顿，并从成都调来专车，接我回去。毕竟是专业司机开车，回程很顺利，但也有不便，就是不好意思随时叫人停车，只在彝海略作逗留，参观了刘伯承与彝族首领小叶丹歃血结盟的故迹。

西昌之行，让我对西南地区少数民族的历史文化、风俗习惯产生了浓厚的兴趣。

那次会议上，老徐提交的论文是《后秦时期羌人诗歌〈琅琊王歌辞〉和〈钜鹿公主歌辞〉再探》，使我获益良多。《琅琊王歌辞》和《钜鹿公主歌辞》是两组乐府民歌，收在《乐府诗集·梁鼓角横吹曲》中。通行的文学史研究，只是把它们作为一般北朝民歌略作分析，一笔带过。老徐的研究不仅揭示了这两组诗的羌人背景，而且考订其为后秦（384~417）姚氏统治时期的作品。《琅琊王歌辞》共有八首作品，每首五言四句。从字句上看，它们的篇幅都不长，但反映的社会生活却比较广泛，其中，有的作品在艺术上也达到了一定的高度。《唐书·乐志》云："梁有《钜鹿公主歌》，似是姚苌时歌，其词华音，与北歌不同。"华音，就是用汉文书写的诗歌，共三首，皆为七言，描述后秦姚氏皇族出游时的阔绰情景。这两组诗是现存最早的羌人创作的五言诗和七言诗，标志着羌族文学在十六国时代进入新的发展阶段。

羌人姚苌原本是前秦苻坚的一员大将，淝水之战后，他趁前秦政权空虚之际，于前秦苻坚二十年（384），在渭北集羌人自立。后擒杀苻坚，并在长安称帝，自号大秦，史称后秦，统辖今陕西、甘肃、宁夏、山西等地区。义熙十二年（416）二月，后秦姚兴死，其子姚泓代之。东晋刘裕趁后秦内乱，率兵北伐，先下洛阳城，翌年八月攻克长安，擒获姚泓。在西北一隅，姚秦割据政权仅存三十余年就退出了历史舞台。

但羌人的故事并没有结束。

从魏姚和都《后秦记》（佚文见清人汤球《三十国春秋辑本》和今人朱祖延《北魏佚书考》）、唐修《晋书·载记》来看，姚苌、姚兴以及姚泓三代秦主，皆重视文人，或好文学。后秦三代在十六国中可算是文学兴盛之世。姚苌的《下书禁复私仇》等，虽是诏书，但义正词严。姚兴的诏令文书，数量、质量远超其父，史书说他"讲论经籍，不以兵难废业，时人咸化之"，其《与桓、标二公劝罢道书》《与僧迁等书》等，风韵秀举，确然不群。又据《出三藏记集》卷十四《佛驮跋陀传》记载，姚兴佞佛，供养沙门三千余人。中古北方地区佛教兴盛，十六国君主多崇尚佛教，后秦姚兴用力尤甚。姚泓"博学善谈论，尤好诗咏。尚书王尚、黄门郎段章、尚书郎富允文以儒术侍讲，胡义周、夏侯稚以文章游集"。姚泓的诗歌虽不见传，但后秦民歌如《琅琊王歌辞》和《钜鹿公主歌辞》等传唱至今。王尚后来为凉州刺史，与金城（今兰州）文学家宗敞、宗钦兄弟交往颇密。胡义周后来为大夏著名文人，《统万城铭》即出其手。姚泓《下书复死事士卒》以及后秦其他姚氏文章，如姚嵩的《上后秦主姚兴佛义表》、姚弋仲的《上石勒书》等，其文采虽不及江南文士那样摇曳多姿，但都情感真挚，骈散相间，算得上散文中的上品。这些作品，绝大多数中国文学史论者鲜有论及，这不能不说是一个缺憾。

为弥补这个历史缺憾，老徐沉潜钻研，全力以赴探寻古代羌汉文学的关系问题。他早在2010年就申请到了国家社科基金项目，七年后又拿到了国家社科基金重点项目"羌族文学文献整理与研究"。西昌会议提交的论文，只是他整个研究计划中的一个阶段性成果。过去，我们总以为中国文学史研究已没有多少拓展空间，其实这是一个误区。长期以来，我们所关注的仅是以汉族为主体的文学创作，大量的少数民族文学创作，尚未进入中华文学研究的视野。十年磨一剑。在新冠肺炎疫情肆虐之际，老徐完成了《羌汉文学关系研究》，让人敬佩。

全书三十余万字，分为三编，上编为"唐代之前古羌人与汉文学关系"。从现存文献看，殷周时期，羌人即有活动。他们"所居无常，依随水草，地少五谷，以产牧为业"（《后汉书·西羌传》）。秦汉之交，羌人一部分迁徙到西南岷江上游，一部分留在西北河湟一带。老徐的研究，不分南北，不分古今，将所有的羌人创作纳入研究视野。中编为"西夏党项羌及其遗民文学与汉文学关系"。作者从西夏政权建立前夕元昊主持创制的西夏文（俗称蕃文）说起，论及汉文经典翻译成西夏文以及对党项羌人的影响等，别开生面，新人耳目。下编为"清代及近现代岷江上游羌族文学与汉文学关系"，论及晚清羌族文人赵万矗生平创作及近代羌族作家董湘琴万言长篇记游诗《松游小唱》等，更是远远超出我过去的阅读范围。

二十年前，我在从事秦汉文学编年史研究时，曾关注过汉唐时期的民歌《陇头水》和由古羌语翻译为汉文而流传的经典《白狼歌》，只是浅尝辄止。这些年来，我到民族院校参观学习，开阔视野，深感中国文学史研究还需补足各民族文学研究的短板，才能真正完成中华文学体系的建设大业。据我所知，老徐在从事羌族文学研究的同时，还在组织国家社科基金重大项目"古代西南少数民族汉语诗文集丛刊"的整理工作，安营扎寨，一步一个脚印。事实上，改革开放四十多年来，像老徐这样的民族文学研究工作者，一代又一代，不辞辛苦，对各个民族文学史料、文学创作与文学思想进行了系统、细致的收集与整理。正是有了这些厚重的科研成果，中华文学的三大体系建设，已呈现绚烂的前景。

2019年，曾明新著《诗学"活法"考索》脱稿后，来信索序。承蒙老友信任，我说了自己的一些感受，自信还沾点边儿。读老徐的著作，感觉就完全不一样，我只有学习和欣赏的份儿。他就像一个优秀的导游，领着我们走进羌族文学的天地，从远古到今朝，一路风光一路歌，"行到山头回顾望，不知何处是层峦"（清代汶川诗人高辉斗的诗句）。叫我作序，真不知从何说起。老徐很厚道，知道我有难处，让我不拘常规，信笔而写。我很感谢他的宽容，也顺便借这个机会，回味三个同龄人的缘分，确实是一件很快乐的事。

是为序。

刘跃进

2020年岁在庚子时惟仲夏记于昌黎

目 录

绪 论 ………………………………………………………………001

上编：唐代之前古羌人与汉文学关系

一 第一首借汉文典籍而流传的羌人作品《青蝇》的
　文化意义及其影响 ……………………………………010

二 从汉唐《陇头水》看羌汉文学之互动 ………………025

三 由古羌语翻译为汉文而流传的经典《白狼歌》……033

四 后秦时期羌人诗歌《琅琊王歌辞》
　和《钜鹿公主歌辞》…………………………………041

五 唐诗中的羌笛及其所蕴含的和平交融文化内涵 ……051

中编：西夏党项羌及其遗民文学与汉文学关系

六 西夏时期党项羌人的散文之一：元昊等西夏
　前期党项羌皇族成员汉文书表文创作 ………………074

七 西夏时期党项羌人的散文之二：秉常、乾顺等
　西夏后期党项羌皇族成员汉文书表文创作 …………099

八 骨勒茂才《番汉合时掌中珠》序言及其他党项
　羌散文 …………………………………………………114

九 《凉州重修护国寺感通塔碑》与《黑河建桥敕碑》
　等西夏碑文价值 ………………………………………128

十　歌颂祖先和师长的赞歌
　　——党项羌西夏文诗歌研究之一 ·················· 140

十一　宫廷诗与民俗诗
　　——党项羌西夏文诗歌研究之二 ·················· 155

十二　乾顺《灵芝颂》等西夏各族文人的汉文诗作········ 181

十三　西夏遗民诗文大家余阙的创作··················· 201

十四　一个多民族文学互动的典范
　　——元明之际西夏后裔唐兀崇喜《述善集》初探······ 218

十五　西夏羌族遗民书面创作的汉文化要素略论·········· 237

下编：清代及近现代岷江上游羌族文学与汉文学关系

十六　清乾嘉时期岷江上游高氏五子及赵万矗等
　　　诗文作品 ······································ 250

十七　近代行走于茶马古道的歌行者——董湘琴········· 265

十八　朱大录与张善云的散文························· 292

十九　谷运龙小说与散文创作························· 306

二十　李孝俊诗歌与小说简论························· 318

二十一　雷子、梦非等新世纪诗歌创作················· 333

二十二　融汇进取的羌汉文学关系
　　　——以羌族诗人羊子的诗歌为例················· 346

附录　阿来汉语写作的文化意义及其启示············· 361

后　记·· 376

绪　论

　　羌族是中华民族大家庭中历史十分悠久和影响十分深远的民族，在先秦各类典籍文献中有关羌族原始先民的记载，从炎帝神农氏、共工氏到大禹，不胜枚举，源远流长。在漫长的历史长河中，羌人不断迁徙，与各民族交流融合，形成多元一体的格局，同时又保持其民族习俗与特色，显示了顽强的生命力。先秦时期，居住在青藏高原的姜姓部落的羌人就与黄帝等部落联盟集团有密切联系，而后羌人与中原民族接触更为频繁，亦深受汉文化的影响。秦汉以来，西北诸羌大规模向外流动，中原、陇西、河湟都有其踪迹，他们与生活在岷江上游的羌人有千丝万缕的联系，也有差异，各部落间发展也不平衡。有的还与当地文化结合，形成新的分支或族群，如西南地区彝、藏等族都与古代氐羌有渊源关系。进入中原的羌人多与中原民族融合，而陇西、河湟和西南的羌族亦与汉族在经济文化上有着十分密切的交往，难以分割。如顾颉刚先生认为"戎与华本出于一家"（《禹羌族中传说之人物》），在整个中华民族交流发展历史上，羌族与汉族始终互相依存，也与其他各族互相影响。绵延至今，并不多见。因此，在某种意义上，羌族演变的历史可谓中华民族延续融合的一个缩影，也是民族团结发展的见证。

　　羌族有自己的语言，在漫长的历史发展过程中，羌族人民在使用羌语的同时，也广泛使用汉语。1038年，党项羌首领元昊建立西夏政权，并借鉴汉文创制了西夏文字，大量收集汉文典籍并翻译成西夏文字，促进西夏文化发展和文化交流。西夏灭亡后，其文献大量散失，文字也不再流传。一方面，在西夏文字之外，羌族没有本民族的文字，其历史文学发展，皆没有系统的书面记载。羌族文学中的书面文学，自然是用汉文撰写的，羌族文学凭借汉文而得以部分保存。另一方面，无论是古代还是当代，羌族作者以其特有的民族气质极大地丰富了汉文的表现力。羌族人民在人类文明进程中的贡献和创造，如音乐、舞蹈、农业、水利和建筑等方面的才能，又大量地出现在汉族作家的文学作品中，化成其创作题材和艺术营养。"羌笛何须怨杨柳""一夜羌歌舞婆娑"，反映了羌族文化艺术的杰出成就和对中国文学的巨大影响，这种情况在中华民族文化交流和民族文学关系中极具典型性。

在21世纪的学术界，民族文学关系研究愈益受到重视，目前已经取得一定成果，如郎樱、扎拉嘎主编的《中国各民族文学关系研究》，刘亚虎的《中华民族文学关系史》（南方卷），刘亚虎等主编的《中国南方民族文学关系史》，李炳海的《民族融合与中国古典文学》等，多从宏观的角度研究各族文学交流融合的总体规律，此外，云峰的《元代蒙汉文学关系研究》属于具体的个案解剖。有关羌汉民族文学关系之研究，目前尚处于空白。近年来学界有关羌族的研究逐渐成为热点，各种论著不少，但对于羌族文学本身，相关研究和关注并不多见，少量几篇论著对羌族作家所受汉文化影响有零星论述，专门对羌族文学与汉族文学十分特殊的紧密关系进行全面系统研究论述的，至今尚无一篇，这不能不说是一个十分突出的遗憾，有待进一步开拓。

羌汉文学关系研究具有十分重要的学术价值和现实意义。羌族这一古老民族伴随着中华民族繁衍交融的足迹生生不息，在各少数民族中为数不多，极具代表性。羌族作者的文学作品不仅是中华民族文学宝库中不可分割的一部分，更蕴藏着羌族历经忧患而绵延坚韧、不失特色的生存密码。羌汉文学关系密切，互相渗透和影响，对羌汉文学关系进行研究，探索其在题材、体裁、语言、风格以及地域文化背景等方面存在的相似和差异、借鉴与独创，不仅可以由此揭示羌族文学发展繁荣的重要原因，而且可以探讨各民族文学相互影响和促进发展的过程与普遍规律，同时对各民族文化对汉语文的巨大贡献，汉语文包容多元文化作为多民族文化内涵载体的特性和凝聚各民族智慧结晶重要价值等也会有新的认识。这对于在2008年"5·12"汶川特大地震中遭受重创的羌族文化保护工作尤其有特殊的意义。借文学这一重要窗口,世人可以增进对羌族丰富的民族文化的了解,并进一步加强民族文化保护意识,探索民族文学繁荣发展的有效途径,切实提高对各民族交融互助的重要认识。这对于促进祖国民族团结与现代社会和谐发展,都有十分积极的作用。

从羌族社会历史文化背景与发展概况总体上看,在先秦、秦汉、魏晋六朝、隋唐五代、宋元、明清、近现代与当代社会的不同历史时期,羌人部落族群不断演变迁徙,分布流域不断变化,呈现由游牧而渐向农耕过渡的文化特质,在此过程中突出展示了与各民族文化,尤其是与以汉族为代表的中原文化的冲撞与交融。羌人发展史上的政治、经济、文化、艺术等概况表明,汉语言文字在羌族地区流行并对其社会生活产生了重大影响。同时有相当多的羌族特有的文化特征被融入汉语文学作品与文化之中。古代羌人支系复杂,分合不定,若干分支逐渐演变为汉藏语系藏缅语族各民族。在11~13世纪(1032~1227),由党项羌建立的西夏政权曾经实际统治西北广大地区近200年,与宋、辽、金鼎足而立,创造了被称为蕃文的西夏文字,也创造了高度的历史文明,其文学创作十分繁荣,达到羌人发展史上最为繁盛的阶段。今天生活在岷江上游的羌族与古代羌人有密切的关系,既有原生活于此的氐羌人部落,又有汉代之后陆续迁徙至此的各部落,如宕昌、邓至、白苟、党项、冉駹等羌人部落。他们融合发展,共同进步。我们只能本着尊重历史的原则,对其进行分阶段客观的叙述。

此外,羌族文学可分为民间文学与书面文学。民间文学主要有神话、传说、民间习俗长歌、歌谣、民间故事等;书面文学包括古代诗歌、散文、翻译文学,进入当代则增加了小说、戏剧、影视作品等。羌族民间文学今天主要以汉语口述的形式传承,与汉语文学的关系十分密切,但只能收集、了解岷江上游的羌族文学。因此本书以羌族书面文学为研究对象,以便对不同历史阶段不同支系的羌族文学做整体考察。特此说明。

本书的总体思路是根据中国历代羌汉文学客观存在的密切关

系进行系统全面的纵横梳理。首先，从纵向而言，包括先唐时期西羌各部族及政权首领的相关汉语创作、西夏统治时期党项羌人及其遗民的文学创作、清代以来至当代岷江上游羌族作家的文学创作。本书将按照历史发展脉络，对其间著名作家作品予以分析评价和介绍。其次，从横向而言，包括各时期羌人的汉语文学创作的不同体裁，即古代汉语的诗歌、散文、碑刻、曲词到当代的长、短篇小说以及羌语原创译为汉语的文学作品。同时选取与羌文化有特殊关系的、有代表性的汉人创作，由此力求全面地梳理羌汉文学相互影响的轨迹，对羌族书面文学与中原文学在题材、体裁、风格、语言等方面的互动进行全面比较。无论纵横，本书皆根据实际情况进行客观平实的叙述，以此为典型，呈现中华各民族文学与文化融合交流良性互动的总体规律和基本风貌。

  本书尊重历史、注重具体材料的实证分析，采用综合比较方法，并结合文学理论、史学、文学人类学、比较文学等相关研究方法，力戒虚空，言之有物，论从史出，突出重点，揭示规律。与 20 世纪 90 年代相比，羌族文学创作和研究有了很大的发展，这主要体现在文献资料的丰富性方面，但对各个时代的羌族文学的研究并不均衡。就古典文献而言，虽然西夏文献总体增长较多，但真正属于文学文献的仍然有限，故本书采用传统方法，注重文献整理与辨析的结合，综合分析，第一次对现有的、已经考释成汉文的西夏各类文学文体进行了全面搜集和比较研究，这是本书的突出贡献之一。同时，作为羌族当代文学最早的全面研究者，笔者对新世纪以来数量更多的羌族创作，采取了点面结合的方法，选取影响较大的、有代表性的作家作品进行剖析研究，由此使得羌汉文学的关系更加明显。

  本书首次将历史悠久的羌族书面文学创作作为一个整体纳入研究视野，纵横结合，系统地比较其与汉语文化圈和汉文学的密切关系，具体内容主要分为以下三个部分。

  第一部分主要是唐代以前古羌人文学与汉文学的关系研究，共分为五章。首先，论述先秦两汉汉文典籍中有关羌人劳动生活的记载及其对汉文化的影响，重点对先秦两汉羌族文学经典作品进行研究。具体探讨第一首借汉文典籍而流传的、羌族文人创作的《青蝇》的文化意义，从唐代伟大诗人李白用《青蝇》之典看其钟情于"白"之文化内涵及其精神升华，同时兼及其他羌汉族作家作品看其影响。其次，论述两汉时期羌人文学与汉文学关系，主要通过乐府《陇头水》的演变和由古羌语翻译为汉文而载入史册流传的经典《白狼歌》予以探析。前者考索了《陇头水》与陇山的渊源关系、《陇头水》产生的源头、《陇头水》之流变与影响等几个方面；后者则从《白狼歌》的作者及其创作背景、《白狼歌》对羌汉和睦关系的呼唤、《白狼歌》的诗歌艺术特色及其影响等看羌汉文学之互动。再次，对南北朝时期后秦羌人诗歌《琅琊王歌辞》和《钜鹿公主歌辞》进行比较，包括《琅琊王歌辞》和《钜鹿公主歌辞》产生的背景，《琅琊王歌辞》《钜鹿公主歌辞》的内容概况以及《琅琊王歌辞》《钜鹿公主歌辞》的文学地位及影响，等等。最后，对中国诗歌巅峰之唐代诗歌所含的羌文化因素进行深入探讨，通过《两唐书》等正史有关羌族与其他民族的史料分析见出羌文化的特殊地位和关系，再对唐诗中的羌笛概况予以数据统计，进而分析羌笛吟咏原生及其引申基本情绪和蕴含的和平交融文化内涵，反映羌文化的传播和影响。

第二部分重点对西夏党项羌及其遗民文学与汉文学关系进行探讨，包括西夏建立前后的文学创作及其遗民的文学创作。西夏是以党项羌为首所建立的多民族王朝，地处西北，在汉语之外创立了西夏文，这也是羌族历史上唯一有文字的阶段，因此对于了解羌汉文学与文化关系意义十分重大。西夏创造了灿烂的文化与文明，西夏时期的羌族文学创作，也出现了较为繁荣的景象。其中既有汉文创作，也有西夏文创作，但出于历史原因，相关资料一直较为缺乏，20世纪90年代问世的第一部《羌族文学史》，评介了党项羌少量的书表和仅存的三首诗作。《俄藏黑水城文献》《中国藏西夏文献》的出版以及拜寺沟佛塔文献等重大考古成果的发现，为西夏学术研究提供了大量崭新的、重要的资料，这为西夏研究开辟了广阔的前景。本书吸收了国内外西夏研究的相关最新成果，对西夏各类文体（汉文和西夏文译文）进行了全面系统的梳理和比较分析研究。

首先是散文方面，主要有西夏历代王朝的党项羌皇室成员的汉文书表文，从西夏建立之前李继迁、李德明两位首领的书表文，到西夏开国皇帝元昊上给宋仁宗的数篇表文和《遣贺九言赍嫚书》，以及其后的谅祚、秉常、乾顺、仁孝等几位在西夏历史上有重要贡献和影响的皇帝书表文，形成了一个完整的体系，显示了西夏书表文的基本风貌和艺术特色，也反映了其与宋朝政治、经济、文化等不可分割的特殊关系。此外，大臣谋宁克任的《上夏崇宗皇帝乾顺书》、婆年仁勇的《黑水守将告近稟帖》和骨勒茂才的《番汉合时掌中珠》序言及其他西夏散文，使人们可以了解西夏散文的丰富多样。除此之外，著名的《重修护国寺感通塔碑》与《黑河建桥敕碑》等西夏党项羌人碑刻文不仅具有很高的文学与历史价值，而且反映了汉文与西夏文双面辉映，更形象地体现了当时西夏地区羌汉文化的和谐交融。

其次是西夏诗歌创作，主要为俄藏黑水城文献中的西夏文诗歌创作，其中《颂祖先》（夏圣根赞歌）、《颂师典》（夫子善仪歌）、《新修太学歌》等颂扬祖先和师长的赞歌表现了对羌族传统文化的热爱与崇敬，也明显地反映了藏羌汉各族的密切渊源，以及希望民族团结、和睦平等的积极思想。俄藏黑水城文献还保存了西夏文创作的以《天下共乐歌》《劝世歌》为代表的宫廷颂歌和《月月乐诗》《敕牌赞歌》等反映西夏民俗风情和体制的诗作。西夏文创作的词曲《五更转》为西夏文学增加了新的体裁，其内容和风格受到敦煌曲词之影响，形成了从中原乐府经敦煌曲词再到西夏词曲的发展演变，轨迹非常清晰。而在西夏文诗词之外，还有用汉文创作的诗歌，如乾顺的《灵芝颂》、张元的汉文诗以及贺兰山拜寺沟的汉文诗集等，它们与散文一样，在内容、典故使用、写作手法等方面都受到中原古典诗歌名家名篇的影响，显示其与中原相近的传统文化习俗。

该部分还对西夏遗民作家如杰出的羌族后裔作家余阙的《青阳先生文集》以及张雄飞、昂吉和王翰诗歌的成就和影响做了探讨，对元明之际西夏后裔唐兀崇喜《述善集》的整理研究概况、基本价值、文体篇目概况、相关作者以及编者唐兀崇喜及其作品等概况予以考订，由此看出其作为多民族文学互动的典范意义。同时还对西夏羌人遗民作家创作兴盛的原因等做了剖析，探究其与汉文化的密切关系。

第三部分主要对清代及近现代岷江上游地区羌族的汉文创作进行研究，包括明清时期羌人的政治经济文化概况、土司制度与改土归流的不同影响。首先，分析嘉庆高氏五子、赵万嘉、高体全等人的汉语诗文创作。其次，对近代行走于茶马古道的歌行者、羌族诗人董湘琴的著述予以考订，重点对其长篇组诗《松游小唱》的基本内容、主要艺术创新、创作渊源及其影响等进行深入研讨并做出评价。再次，探讨羌族当代文学创作中所蕴含的新时期羌汉民族关系融合的印记，选取了羌族著名作家谷运龙的诗歌小说，李孝俊的诗集与长篇小说《岁月无痕》，雷子、梦非、张成绪等人的新世纪诗歌创作进行评价。最后，以获得中国作家协会重点资助的羌族诗人羊子的代表作《汶川羌》等诗歌为例，将其作为羌文化保护与重建的符号予以深入探讨，分别从诗歌的民族基因、以汉语为代表的多元文化的融合及历史与未来的思考等角度对羌汉文学关系进行系统探讨，展现其融汇进取的基本规律。本书以阿来汉语创作的价值及其文化意义作为附录，揭示岷江上游藏、羌、汉文学之结合的突出特点，引申出中华民族多元文化良性互动的基本观点。

上编

唐代之前古羌人与汉文学关系

一　第一首借汉文典籍而流传的羌人作品《青蝇》的文化意义及其影响

（一）先秦姜氏戎首领——驹支赋《青蝇》

大量的研究成果表明，远在春秋以前，羌人就已活跃在历史舞台上了。出于各种各样的原因，古代羌人不仅分布广泛，支系众多，而且各个支系（或部落）在生产和文化等方面的发展水平，也极不平衡。相传中国第一个奴隶制王朝——夏，就与羌人有着密切的关系，有的古代文献甚至把夏朝的建立者禹也说成羌人。《史记·六国年表》："禹兴于西羌。"《史记·夏本纪》："夏禹，名曰文命。"张守节《史记正义》引扬雄《蜀王本纪》："禹本汶山郡广柔县人也，生于石纽。"《三国志·蜀书·秦宓传》："禹生石纽，今之汶山郡是也。"《吴越春秋·越王无余外传》亦云："鲧娶于有莘氏之女，名曰女嬉，年壮未孳，嬉于砥山，得薏苡而吞之，意若为人所感，因而妊孕，剖肋而产高密。家于西羌，地曰石纽。石纽，在蜀西川也。"这里所谓"石纽之地"，即今四川汶川的石鼓乡。今存甲骨文中，有关羌人活动的记载很多，例如："北吏伐羌？"（院藏）；"贞，王命多羌田"（粹.1222）；"王于宗门逆羌？"（甲.896），"王呼执羌"（林.8.8.2）；等等。羌人在殷商时期的活动亦十分频繁，他们时而与商朝修好，时而与商朝交战，个别羌族上层人物还担任了商朝的官职，如武丁时的祭官中，就有羌可、羌立等人。至商代末期，部分在北方生活的古羌人，因不满纣王暴政，毅然参与了周武王对商纣的讨伐。《尚文·牧誓》记载，参与周武王讨伐商纣的有庸、蜀、羌、髳、微、卢、彭、濮八族，羌居其一。羌人为推动历史向前发展，做出了自己的贡献。西周王朝建立后，周天子为巩固其统治，先后分封了一批诸侯国，如齐、吕、申、许、纪、向等。随着时间的推移和文化的交往，夏商之时即已活动在中原地带的姜氏羌人，至西周末期，已大多与中原融合了，但因历史久远，文献资料匮乏，进入中原的古羌人的形迹和创作都不太清楚。

然而，值得注意的是，就在吕、申等姜氏羌人逐步走向与中原民族的融合之际，另一个与其有着血缘关系的羌人支系——姜氏戎，开始在周代的历史舞台上活跃起来。丁山先生在《论炎帝大岳与昆仑山》中曾对姜氏戎有所解释："申、吕俱来自西戎，而祖四岳，陆浑之戎来自瓜州，而亦自称四岳胄胤，号为姜氏戎……陆浑之与申、吕，必同血族。"①

冉光荣等先生所著《羌族史》第二章第二节"周代的羌人"也指出："所谓的姜氏戎，本四岳之后，与齐、吕、申、许等同为姜姓，所以被称为戎者，极大可能是未入中原而生活在戎区的姜姓一支，故名姜氏戎。西周以来，羌人更有条件接受中原文化，有的部落较之甘青地区从事畜牧乃至狩猎的羌人进了一步，但发展水平又不及姜的程度高，与周的政治关系亦远不如姜那样密切，姜氏之戎可说是这种介于姜与羌之间的类型。"②

据古书记载，西周后期，部分姜氏戎已开始在中原地区崭露头角，到了东周时期，活动更为频繁。顾颉刚先生的《从古籍中探索我国的西部民族——羌族》云："申、吕、齐、许诸国是羌族里最先进入中原的，他们做了诸侯，做了贵族，就把自己的出身忘了，也许故意忌讳了，不再说自己是羌人而说是华夏；至于留在原地方的呢？当然还是羌，还是戎。"从现有的各类文史材料来看，东周之时的姜氏戎，是一个比较大的羌人支系，其下属部落较多，见诸文献记载的就有伊雒之戎、陆浑之戎等，羌人最早的汉义诗作《青蝇》便出现在陆浑之戎的驹支部落。这也标志着羌汉文学最早的密切关系。

---

① 丁山：《论炎帝大岳与昆仑山》，《说文月刊》1944年第4卷合刊本。
② 冉光荣、李绍明、周锡银：《羌族史》，四川民族出版社，1985，第37页。

春秋初年，随着周平王东迁，中原地区出现了诸侯征战的局面，在长期的相互攻伐中，秦、晋等国逐渐强盛起来。公元前6世纪中叶，由吾离（驹支的祖辈）率领的姜氏戎部落，因受秦国的追逐，被迫"被苫盖，蒙荆棘"向东迁徙。这支羌人部落进入晋国后，迅速发展起来。从吾离（晋惠公时）至驹支（晋悼公时），前后八十余年，吾离所率的姜氏戎部落，不仅完成了由牧猎生产向农业生产的转变，而且出现了像驹支这样能够赋作《青蝇》的人才。

《青蝇》是《诗经·小雅》中的一首诗，也是中国文学史上的一首经典作品，每每为人引用。《左传》说它赋于鲁襄公十四年（前559）春，就目前的材料来看，《青蝇》可称得上是最早的羌人诗作。

《青蝇》的作者当为春秋时姜氏戎的首领——驹支。关于《青蝇》的作者，过去曾有不同的说法，归纳起来约有三种。第一种认为《青蝇》的作者是驹支，冉光荣、王康等先生持此说法。[①] 第二种认为《青蝇》的作者系卫武公，陈子展、祝注先等先生持此说法。[②] 第三种认为《青蝇》的作者及本事已不可考，高亨等先生持此说法。对于以上三种说法，我们在经过认真研究后，认为第一种说法比较可信，主要有以下理由：首先，《左传·襄公十四年》中，有驹支"赋《青蝇》而退"的明确记载；其次，《左传》关于《青蝇》一诗创作本事的记载，与该诗所抒写的内容完全吻合；最后，"赋"这个词在《左传》中常被用作创作之意，例如，《左传·文公六年》之"国人哀之，为之赋《黄鸟》"；《左传·闵公二年》之"许穆夫人赋《载驰》"，"郑人为之赋《清人》"；《左传·隐公元年》之"公入而赋"，"姜出而赋"，都是创作之意。[③] 当然，《青蝇》即使不是驹支创作的而只是引用别人的作品，也同样可以见出其密切的关系。

---

① 参见王康《试谈古羌作者驹支及其诗作〈青蝇〉》（《民族文学研究》1988年第1期）及李明主编《羌族文学史》（四川民族出版社，1994，第574页）。
② 陈子展：《诗经直解》，复旦大学出版社，1983，第796页；祝注先：《关于诗〈青蝇〉的作者》，《民族文学研究》1988年第6期。
③ （清）洪亮吉撰，李解民点校《春秋左传诂》，中华书局，1987，第360、266、187~188页。

从《左传》所提供的材料来看，驹支是一位生活在鲁襄公时期（约前572~前542）的羌人。冉光荣等先生所著《羌族史》云，春秋之时的"姜氏之戎及允姓之戎都属羌人系统"。驹支不仅博古知今，能言善辩，而且具有较高的文化素养，既是姜氏戎的首领，又是晋国注重的外臣之一。他曾多次代表姜氏戎部落，来往诸侯之间，参与商议某些军政大事。驹支所在的姜氏戎，本是一个活动于瓜州（即九州，在今陕西凤翔县一带）的古羌人部落。[①]公元前6世纪中叶，这支羌人部落因受秦国的追逐，被迫迁徙至晋国的南部边境，得到了晋惠公的妥善安待，赐其"南鄙之田""不腆之田"，与姜氏戎"剖分而食之"。由于"惠公蠲其大德"，[②]因此在以后的几十年中，姜氏戎一直与晋国保持着十分友好的关系。他们不仅是晋国的"不侵不叛之臣"，而且帮助晋国抵御秦国的进攻，为晋国的稳定和发展做出了重要贡献。与此同时，姜氏戎部落也在与晋的频繁交往中迅速发展起来，成为当时各诸侯国所瞩目的羌人部落。公元前560年，吴国因侵受挫，晋、吴两国的关系出现了裂痕。第二年，晋同吴、齐、宋、卫等诸侯国为共谋伐楚之事，在一个名叫"向"的地方举行会盟。其地约在今安徽怀远县西四十里处。鲁襄公时，此地属吴国辖地。驹支作为姜氏戎代表，也参加了这次会盟。不料，晋国大臣范宣子因轻信谗言，竟在会上对姜氏戎大加指责："今诸侯之事我寡君不如昔者，盖言语漏泄，则职汝之由。"并警告说："诘朝之事，尔无与焉，与，将执汝！"[③]

面对晋国大臣的无理指责和要挟，驹支表现得非常镇静。他慷慨陈词，历数姜氏戎自迁居晋国南部边境后，如何开发荒野，驱走豺狼，如何忠心耿耿地协助晋国抗击秦国的进攻，又如何屡屡参加晋国主持的各种战役，说明姜氏戎对晋国的忠诚与贡献。同时，他尖锐地指出："今官之师旅，无乃实有所阙，以携诸侯，而罪我诸戎！我诸戎饮食衣服不与华同，贽币不通，言语不达，

[①] 冉光荣、李绍明、周锡银：《羌族史》，第39页。
[②] （清）洪亮吉撰，李解民点校《春秋左传诂》，第529页。
[③] （清）洪亮吉撰，李解民点校《春秋左传诂》，第529页。

何恶之能为?"并且明确表示,"不与于会,亦无瞢焉",①说罢,赋《青蝇》而退。

> 营营青蝇,止于樊!岂弟君子,无信谗言。
> 营营青蝇,止于棘!谗人罔极,交乱四国。
> 营营青蝇,止于榛!谗人罔极,构我二人。

在这首诗中,作者以嗡嗡乱叫的苍蝇作比,劝喻范宣子不要听信谗言,而应维护和增进晋国与姜氏戎之间的友好关系。这就充分反映了古代羌人期望与中原人民团结互信、和睦相处的良好意愿。驹支所陈之词,理据充实,情意真切;所赋《青蝇》,比喻得当,言简意深。范宣子听闻之后,愧感自己错责了姜氏戎,于是主动向驹支赔礼,并挽留他继续参加次日的诸侯会盟。

作为一首抒愤劝喻之作,《青蝇》在艺术上的一个特点是有着较为强烈的现实主义色彩。诗篇中的"营营青蝇""谗人罔极""交乱四国""构我二人"等句,无论是以物作喻,还是直言而叙,在当时的社会生活中都是确有所指的。这种勇于正视现实矛盾,"缘事而作"、有感而发的创作精神,无疑是十分可贵的。它不仅增强了诗篇的战斗性和感染力,而且为后世的羌人书面创作,提供了积极而珍贵的经验。

诗篇在艺术上的另一个特点是有着浓郁的先秦诗歌的风味。首先,《青蝇》虽属于小雅,却与《国风》中的大多数诗歌一样,具有较强的现实主义色彩。其次,从篇章结构看,《青蝇》同《国风》中的不少诗篇有着许多相似之处。《青蝇》全篇为三章,每章四句,共十二句,这种结构为《国风》所常用,如《周南》共十一篇,其中《樛木》《葛覃》《桃夭》《螽斯》《兔罝》《芣苢》《汝坟》等篇皆为如此结构,《召南》之《鹊巢》《采蘩》《采萍》《羔羊》《摽有梅》《何彼秾矣》等篇也是如此。它们在结构上均为三章,每章四句,共十二句。又如,与《秦风·黄

---

① (清)洪亮吉撰,李解民点校《春秋左传诂》,第530页

鸟》相比，不仅结构上都分为三章，而且每章的开头两句，所用的句式和修辞手法也十分相近。《秦风·黄鸟》每章的首二句分别是："交交黄鸟，止于棘"；"交交黄鸟，止于桑"；"交交黄鸟，止于楚"。最后，就语言风格而言，《青蝇》与《国风》中的许多诗歌也有不少相同的地方，遣词用字生动朴实，干净凝练。虽然没有什么华丽的辞藻，但一词一字都是非常有表现力的，让人读来，有一种清新明快、朴实流畅的感觉。此外，《青蝇》的民歌风味还表现在叠字的运用上。大量的研究成果表明，《诗经》的许多诗歌在语言上的一个突出特点，就是叠字的运用，例如，"战战兢兢，如临深渊，如履薄冰"（《小旻》），"交交黄鸟，止于棘"（《黄鸟》），"青青子衿，悠悠我心"（《子衿》），"喓喓草虫，趯趯阜螽"（《草虫》）等，不胜枚举。先秦诗歌中这种叠字的妙用，既生动地表现了自然界的景色、人物的心情和动物的声鸣，同时也使诗歌显得更为细腻深沉，从而增强了作品的艺术性和感染力。《青蝇》在叠字上的运用，与上述诗歌十分相近，可谓异曲同工。

　　作为一个生活在春秋时期的古代羌人，驹支能够写出这样的劝谕诗，是与外界的影响和其内在的努力分不开的。从时间上看，《诗经》中的《国风》多产生于周初（约前1122）至春秋中期（前570左右），而驹支生活于鲁襄公时期（前572~前542）。因此，在驹支创作《青蝇》（前559）之前，《国风》中的绝大多数诗歌都已产生，并流传在当时的民间，它们必然会给驹支的创作带来一定的影响。但是也应看到，对于一个诗人来说，诗歌的影响毕竟只是外因，如果驹支在主观上拒绝接受这种影响，那么恐怕也难写出像《青蝇》这样具有民歌风味的诗篇。由此可见，驹支不仅是一位虚心吸取中原文化的部落首领，而且是善于学习民间创作的古羌诗人。他在诗歌创作上所表现出的这种开放精神，是值得后人学习和借鉴的。

　　驹支无论使用汉语创作，还是引用别人的作品，都十分贴切，恰如其分，反映其良好的汉语修养，从一个方面见出羌汉文学的密切渊源和关系。因此可以说，驹支"赋《青蝇》而退"的举动，不仅充分展示了他卓越的外交才能，而且体现了古代羌人希望与中原人民团结友好、和睦相处的良好意愿。它是我国古代民族史上，主张各民族相互信任、团结和睦、共同发展的一个生动范例。

（二）从李白用《青蝇》之典看其钟情"白"之文化内涵及其精神升华

《青蝇》是人们目前所见到的最早的一首古羌人的诗作。它的出现，标志着早在春秋之时，古羌人就已产生了一些能够从事书面创作的人物。他们既是中原文化的吸收者，也是中原文化的创造者，他们为古代中原文化的繁荣和发展，做出了自己的贡献。作为《诗经》中的一首，《青蝇》还对后世的诗人作家产生过深远的影响。千百年来，熟读《青蝇》或为它加释作注的诗人作家不胜枚举，如毛亨、辕固生、司马迁、萧统、苏轼、魏源、朱自清、陈子展等。[1]

在无数引用《青蝇》的诗人中，唐代李白无疑是极具代表性的一位。他不仅反复运用其典故，更从一个方面集中地展示了其与羌族文化的特殊关系。

李白与民族文化有着复杂的渊源，学界对此多有论述。笔者的《李白与少数民族》曾有所论证，分别从氏族之争、时代因素、血缘关系、家庭教育、地理环境、广泛结交等几个方面论述李白受多民族文化因素的影响，这对其性格和创作产生了深刻的影响。[2] 其后，又有学者进一步指出李白与羌族的特殊关系，[3] 其中周勋初对文献考察尤为精细，通过对李白《登峨眉山》末句"倘

---

[1] 李明主编，林忠亮、王康、徐希平、梁音林等编著《羌族文学史》，四川民族出版社，2009，第431页。
[2] 参见徐希平《李白与少数民族》，《西南民族学院学报》（哲学社会科学版）1993年第4期。
[3] 周勋初：《李白与羌族文化》，《中华文史论丛》2006年第1期；陈春勤：《论羌族文化对李白文学思想形成的影响》，《阿坝师范高等专科学校学报》2012年第4期；陈春勤：《论李白与氐羌的关系》，《阿坝师范高等专科学校学报》2015年第1期。

逢骑羊子，携手凌白日"的分析，首先指出"骑羊子"即羌族神仙葛由，并将之与羊这一羌人的图腾及白石崇拜联系起来，进而说明李白崇道、好访名山大川、善引仙人传说等皆与此有关。周勋初还特别指出浙西金华山著名的赤松子叱白石成羊的传说亦有羌族文化背景。皇初平即赤松子，赤松子的传说中有火化与白石的明证，说明他是葛由的翻版，源出羌族之神。如此等等，条分缕析，令人信服。

周勋初还提到李白诗中喜用"白"字，并举出不少例证，如除"白羊"外，还有白龙、白鼋、白龟、白鹿、白兔、白虎、白鹦鹉、白蝙蝠、白石等，不一而足。

在论述李白对白色情有独钟之前，须对羌人崇尚白色的原因予以补充。周勋初所指的羌人的白石崇拜不仅与"白羊"有关，还与中国古代的五行学说有关。五行与方位有关，东方青，西方白，羌人因世代居住在西部，故崇尚白色。此言不无道理，现在四川阿坝地区的羌族还普遍有白石崇拜，还有一个著名的羌族民间故事"羌戈大战"。传说在远古时期，羌人为生存与劲敌戈基人激烈大战，生死搏斗，天神木比塔指点和帮助羌人用白石战胜了戈基人，所以羌人家家户户用乳白色的石英石作为天神的象征供奉在屋顶最高处，在田野、屋角等地也广泛供奉白石，象征天神。《明武宗正德实录》卷30记载："其俗以白为善，以黑为恶。"白色代表善、代表吉祥，白色旗帜乃和平象征，[①]这是羌人崇尚白色的重要原因。

据初步统计，在900余首诗中，李白使用过"白"字的达300余首。在李白诗中，多次写到对白石的歌咏。如《访道安陵遇盖还为余造真箓临别留赠》：

清水见白石，仙人识青童。……
丹田了玉阙，白日思云空。

---

① 冉光荣、李绍明、周锡银：《羌族史》，第331页。

《拟古十二首》之一：

> 青天何历历，明星如白石。
> 黄姑与织女，相去不盈尺。

《幽涧泉》：

> 拂彼白石，弹吾素琴。
> 幽涧愀兮流泉深，善手明徽高张清。

《秋浦歌十七首》之七：

> 醉上山公马，寒歌宁戚牛。
> 空吟白石烂，泪满黑貂裘。

李白是否听过民间故事"羌戈大战"中有关白石的传说，我们不得而知，但是李白的故乡彰明接近羌人居所，他耳濡目染，受相关民族民俗影响是十分自然的，因此其诗中不乏这种喜好的表达，这也是情理之中的。

如果仅从数量还不能说明问题，那么我们还可以从李白用典的精心选择上进一步探索其用意与偏好。而相关的探讨也让人发现了一个非常有趣的现象。

《青蝇》在文学史上地位甚高，后世评价也很多，虽然对作者有争议，对其主题意义的认识却是较为一致的，即都认为这是一首讽喻诗，运用了比兴的手法，告诫君子不要听信谗言，也警告进谗的小人。晋人杜预《左氏春秋传注》"赋《青蝇》而退"下注："《青蝇》，《诗·小雅》。取其岂弟君子，无信谗言。"

关于《青蝇》比兴的意象，一般有两种思路，可以梳理出两种有代表性的观点。一种是以青蝇之声音取喻，指青蝇嗡嗡鸣叫，挥之不去，让人讨厌，比较典型的解说如欧阳修《诗本义》："诗人以青蝇喻谗言，取其飞声之众可以乱听，犹今谓聚蚊成雷也。

一 第一首借汉文典籍而流传的羌人作品《青蝇》的文化意义及其影响

其曰止于樊者,欲其远之,当限于樊篱之外。"朱熹《诗集传》亦云:"比也。营营,往来飞声,乱人听也。……诗人以王好听谗言,故以青蝇飞声比之,则戒王以勿听也。"①同样直接明白。

另一种是以其形象和色彩取喻,指乌黑丑陋,犹如粪矢,令人憎恶。汉代王充在《论衡》中,就曾多次引用《青蝇》来说明自己的观点,如在《商虫篇》中,"诗云:'营营青蝇,止于樊!岂弟君子,无信谗言。'谗言伤善,青蝇污白,同一祸败,诗以为兴",并举例说明,"昌邑王梦西阶下有积蝇矢,明旦召问郎中龚遂,遂对曰:'蝇者,谗人之象也。夫矢积于阶下,王将用谗臣之言也。'由此言之,蝇之为虫,应人君用谗,何故不谓蝇之为灾乎?如蝇可以为灾,夫蝇岁生世间,人君常用谗乎?"②《言毒篇》中又说:"人中诸毒,一身死之。中于口舌,一国溃乱。《诗》曰:'谗人罔极,交乱四国',四国犹乱,况一人乎?故君子不畏虎,独畏谗夫之口。谗夫之口,为毒大矣!"③唐代孔颖达《诗经正义》曰:"言彼营营然往来者,青蝇之虫也。此虫污白使黑,污黑使白,乃变乱白黑,不可近之,当去止于藩篱之上,无令在宫室之内也。以兴彼往来者,谗佞之人也。诗人喻善使恶,喻恶使善,以变乱善恶,不可亲之,当弃于荒野之外,无令在朝廷之上也。谗人为害如此,故乐易之君子,谓当今之王者,无得信受此谗人之言也。"④其说本之于郑玄笺注而申说更为明确。又如陈子昂《宴胡楚真禁所》诗云:"青蝇一相点,白璧遂成冤。"⑤

由此可见,两种用法皆比喻小人进谗,但所取角度并不相同,一个是以嗡嗡之声喻其谗言,重点在其喋喋不休,另一个则取其乌黑之色,突出其颠倒是非,混淆黑白之意。

李白在诗中也多次引用《青蝇》之典,而且不止一次。据统

---

① (宋)朱熹注,王华宝整理《诗集传》,凤凰出版社,2007,第190页。
② (汉)王充著,陈蒲清点校《论衡》,岳麓书社,1991,第257页。
③ (汉)王充著,陈蒲清点校《论衡》,第356页。
④ (唐)孔颖达:《毛诗正义》卷十四,中华书局影印《十三经注疏》本,1980,第216页。
⑤ (唐)陈子昂著,徐鹏校《陈子昂集》,中华书局,1960,第45页。

计，现存李白诗引用《青蝇》之典有六次，可见其对此典十分熟悉，而且全从黑白形象角度取喻。下面试略作分析。

考李白生平，他曾历两次重大波折，一是长安天宝三年去朝归山，二是安史之乱后长流夜郎。两次打击，缘由各异，李白亦有不同之反应。如果说第二次打击是误投李璘，原因明确，那么第一次打击的具体原因难详，但被人嫉妒谤诮是十分明显的，故李白在朝后期及去朝之后，言及此事，十分愤激，"总为浮云能蔽日，长安不见使人愁"，每每以青蝇玷玉来喻己之被谗。

其《翰林读书言怀，呈集贤诸学士》诗云："青蝇易相点，《白雪》难同调。"王琦引陈子昂诗"青蝇一相点，白璧遂成冤"，注云："青蝇遗粪白玉之上，致成点污，以比谗谮之言能使修洁之士致招罪尤也。"[1] 这里用的青蝇显然是从色彩角度取喻，青蝇一点，乌黑丑陋，致使美好的白璧受到玷污，清白志士蒙受冤屈。

其他五次用青蝇典故分别如下。

《将游衡岳，过汉阳双松亭，留别族弟浮屠谈皓》："青蝇一相点，流落此时同"；

《书情赠蔡舍人雄》："白璧竟何辜，青蝇遂成冤"；

《雪谗诗赠友人》："白璧何辜，青蝇屡前"；

《赠溧阳宋少府陟》："白玉栖青蝇，君臣忽行路"；

《鞠歌行》："玉不自言如桃李，鱼目笑之卞和耻。楚国青蝇何太多，连城白璧遭谗毁。荆山长号泣血人，忠臣死为刖足鬼。……"

纵览李白诗使用《青蝇》典故，其视角十分一致，毫无例外，都是以色彩为美丑的象征，黑白分明，截然对立，这些诗均为他去朝后、安史之乱前叙其长安遭谗失志之经历而作，表现了对谗佞小人的憎恶鄙视之情，激昂悲愤，毫无妥协之意；进一步彰显了李白的精神境界和人格个性，如白玉一般美好无瑕，玉壶冰心，一尘不染。

---

[1]（唐）李白著，（清）王琦注《李太白集》，中华书局，1977，第1113页

通过以上对李白有关"白"字应用的简单梳理，可以见出其对白色无比崇尚的审美心理及其内在渊源。李阳冰《草堂集序》称"李白，字太白"，"惊姜之夕，长庚入梦，故生而名白，以太白字之。世称太白之精，得之矣"，可见这个名字寄托了具有羌人血缘的慈母对李白的无限美好的祝福和期待。其号青莲，则源于故乡清廉之水。太白"身既生蜀，则江山英秀"，二十五岁，仗剑去国，辞亲远游，从此再也未能返回故乡，只能反复吟咏巴蜀大地峨眉山头的明月，表达对故乡无限的思念。

峨眉山月半轮秋，影入平羌江水流。
夜发清溪向三峡，思君不见下渝州。

与之相关的另一首诗为《峨眉山月歌送蜀僧晏入中京》，也写得情感深沉，十分感人。

我在巴东三峡时，西看明月忆峨眉。
月出峨眉照沧海，与人万里长相随。
黄鹤楼前月华白，此中忽见峨眉客。
峨眉山月还送君，风吹西到长安陌。
长安大道横九天，峨眉山月照秦川。
黄金狮子乘高座，白玉麈尾谈重玄。
我似浮云滞吴越，君逢圣主游丹阙。
一振高名满帝都，归时还弄峨眉月。

可以说充分体现了李白对故乡的一往情深，在某种意义上，李白对明月的认知与对故乡的感受是息息相关的。诗人《古朗月行》对此曾有过具体的说明：

小时不识月，呼作白玉盘。又疑瑶台镜，飞在青云端。
仙人垂两足，桂树何团团。白兔捣药成，问言与谁餐？
蟾蜍蚀圆影，大明夜已残。羿昔落九乌，天人清且安。

>阴精此沦惑，去去不足观。忧来其如何？凄怆摧心肝。

可见其童年时期对明月的满怀新奇的探寻，伴随着中国文化中与此有关的种种神话传说，也包含巴蜀地区民族文化浓郁的羽化飞仙的传说，对其人生观以及宗教观念的形成与发展产生了深刻的影响。"举头望明月，低头思故乡"，短短数字，蕴含着深刻丰富的内容。李白的精神、情操如月华一般皎洁晶莹，清水出芙蓉，天然去雕饰。因此，李白在诗中依恋明月，也不厌其烦地赞美白日，歌咏白云，这与居于高山之巅的羌人号称"云朵上的民族"一样，充分体现了爱好和平、真诚善良、追求自由、光明磊落、胸怀坦荡、爱憎分明的清廉风范，与龌龊、黑暗势不两立。"安能摧眉折腰事权贵，使我不得开心颜"，便是李白追求绝对精神自由的真实写照。

"莫怪无心恋清境，已将书剑许明时。"开天盛世，让多少人热血沸腾，也让多少后人仰慕不已，梦回唐朝。青春的李白义无反顾，走出夔门，决心无愧于那个伟大的时代。他要一展宏图，大济苍生，实现自己"申管、晏之谈，谋帝王之术，奋其智能，愿为辅弼。使寰区大定，海县清一"（《代寿山答孟少府移文书》）的理想。诗人希望功成身退，而不愿隐居独善，"苟无济代心，独善亦何益？"（《赠韦秘书子春》）甚至连陶渊明也不在话下，"龌龊东篱下，渊明不足群"（《九日登巴陵置酒望洞庭水军》），"长风破浪会有时""为君谈笑静胡沙"。他遭到嘲讽、受到打击、蒙受冤屈，却一次次努力，百折不挠，一往无前，"大鹏一日同风起，扶摇直上九万里。假令风歇时下来，犹能簸却沧溟水"，年过花甲，遇赦还家，还要再次应征从军，其执着令人动容。

峣峣者易折，皎皎者易污，阳春白雪，和者盖寡。为保持精神自由、个性独立，维护洁白如玉的人格品行，李白付出了沉重的代价。上元二年（761），追求自由光明、与黑暗邪恶势力搏斗一生的李白终于病倒于当涂。好友杜甫来到李白的家乡，满含深情地写下了怀念挚友的诗《不见》，其中有句云："世人皆欲杀，吾意独怜才。……匡山读书处，头白好归来。"诗歌写出了对其人格精神的理解，堪称其真正的知音。

762年，盛唐诗坛最耀眼的太白金星陨落，他骑着白鲸乘风破浪腾空而起，向着水晶一样玲珑剔透、玉石一样白净高洁的月宫飞升，并永远高悬于中华民族文化的天空，光芒万丈，带给世人光明与希望。

此外，在《青蝇》的流传过程中，还有一件有意思的事。党项羌建立西夏政权之后，创制了西夏文字，大量翻译汉文典籍，其中唐代于立政（627~679）撰的《类林》也被译为西夏文。《类林》现存有夏乾祐十二年（1181）刻字司刻本，其汉文版本反而遗失了。1983年，《类林》西夏文译本原件照片及俄译本由俄罗斯学者克平发表；1993年，史金波等先生曾著《类林研究》，首次发表中文译文，《类林》西夏文译本原件照片1999年由上海古籍出版社再次刊布。《类林》六次引用《诗经》，其中就包含《小雅·青蝇》，具体情况如下：

> 西夏文译《类林·占梦》一条曰："王梦见青蝇，积矢，毁东西台。王问龚遂，龚遂曰：'《毛诗》中说：营营青蝇，止于樊。恺悌君子，无信谗言。今左右谗佞以虚矫劝者多也，陛下察之！'"①

这里征引的《小雅·青蝇》四句，西夏文翻译字面意思是"纷纷苍蝇，降小垒边。能逊君子，勿信谗舌言"。聂鸿音先生认为："按'营营'毛传训'往来貌'，西夏译'纷纷'，大致可通。但毛传训'樊'为'藩'（藩篱），郑笺训'岂弟'为'乐易'，而西夏译'樊'为'垒'（营垒），译'岂弟'为'能逊'（谦逊、柔和），皆误。"②笔者认为，《类林》西夏文翻译者或许并不知道此诗与创作者驹支的关系，也没有直接读过《诗经》的毛传，但他们对《类林》所引《青蝇》四句的解释大致不差，除了聂鸿音先生认为

---

① 史金波、黄振华、聂鸿音：《类林研究》，宁夏人民出版社，1993，第291页。
② 聂鸿音：《西夏译〈诗〉考》，载《西夏文献论稿》，上海古籍出版社，2012，第5页。

西夏文译本以"纷纷"翻译"营营"与毛传训"往来貌"相通之外，就连他认为西夏文翻译有误的"樊"字，其实也并无大错。毛传训"樊"为"藩"（藩篱），郑笺曰："言止于藩，欲外之，令远物也。"孔颖达《诗经正义》云："当去止于藩篱之上，无令在宫室之内也。"而西夏文译"樊"为"垒"（营垒），也有防范、不让靠近之意。再如"岂弟"，即"恺悌"，毛传训为"乐易"，也就是可亲和蔼、平和有礼的意思，西夏译文作"能逊"（谦逊、柔和），其意也是近似的，可见这位翻译者具有相当的汉文功底和水平，实在难得。

《青蝇》能历经千载而流传至今，在很大程度上是借了《诗经》的关系，因为如果《诗经》不曾辑入此诗，那么它可能早就荡然无存了。在羌汉文学关系史上，《青蝇》作为第一首借汉文典籍而流传的羌人创作的作品，具有十分重要的意义，有深远的影响以及特殊的文化含义。而此诗同时保存在西夏译文中，对了解文化传播交流与羌汉文学关系也同样很有意义。

二 从汉唐《陇头水》看羌汉文学之互动

(一)《陇头水》与陇山

《陇头水》，又叫《陇头》或《陇头歌》，是汉乐府民歌横吹曲之一，宋代郭茂倩《乐府诗集》引《乐府解题》，"汉横吹曲，二十八解，李延年造。魏、晋以来，唯传十曲：一曰《黄鹄》，二曰《陇头》，三曰《出关》，四曰《入关》，五曰《出塞》，六曰《入塞》，七曰《折杨柳》，八曰《黄覃子》，九曰《赤之扬》，十曰《望行人》。后又有《关山月》《洛阳道》《长安道》《梅花落》《紫骝马》《骢马》《雨雪》《刘生》八曲，合十八曲"。[①] 陇头，也就是今天的陇山。

陇山究竟指的是哪里，历来有两种解释。一种认为陇山在"天水郡"，《乐府诗集·横吹曲辞一·陇头》郭茂倩题解引唐代杜佑《通典》曰："天水郡有大阪，名曰陇坻，亦曰陇山，即汉陇关也。"[②] 天水郡，古代行政区划，即今甘肃天水市及所辖两区五县：秦州区（原名秦城区）、麦积区（原名北道区）、武山县、秦安县、甘谷县、清水县、张家川县。这里的"陇山"又被称为"大陇山"。

另一种认为陇山指的是"小陇山"，据《元和郡县图志·清水县》解释："小陇山，一名陇坻，又名分水岭……陇坂九回不知高几里，每（陇）山东人西役，到此瞻望，莫不悲思，陇上有水，东西分流，因号驿为分水驿。行人歌曰：'陇头流水，鸣声幽咽，遥望秦川，肝肠断绝。'"[③] 那么小陇山又在哪里呢？小陇山位于今

[①] （宋）郭茂倩：《乐府诗集》，中华书局，1979，第311页。
[②] （宋）郭茂倩：《乐府诗集》，中华书局，1979，第311页。
[③] （唐）李吉甫：《元和郡县图志》，中华书局，1983，第982页。

天甘肃省东南部，汉时也属于天水郡，地跨天水市部分地区、两当县、徽县及西和县、成县部分地区，属国家级自然保护区。

小陇山所处的位置正属于现代羌族的聚居区。现代羌族主要聚居在四川省阿坝藏族羌族自治州的茂县、汶川、理县、绵阳市北川羌族自治县，其余散居在阿坝州松潘、黑水、九寨沟等县，甘孜藏族自治州的丹巴县，绵阳市平武县，成都市都江堰地区，雅安地区，贵州省江口县、石阡县，甘肃南部、四川西南、云南部分地区。甘肃南部包括陇南、甘南、天水三地州、市。其中陇南市辖一区八县：一区即武都区；八县即两当县、宕昌县、成县、西和县、康县、文县、礼县、徽县。现代羌族的居住地正好包括在其中。

自古以来，大、小陇山一直是古羌人生活的重要区域。新石器时代，这里就有羌人居住，据《后汉书·西羌传》记载，秦献公时，由于秦国势力的西进，羌人向西南流动，形成了牦牛种、白马种、参狼种等分支。"或为牦牛种，越巂羌是也；或为白马种，广汉羌是也；或为参狼种，武都羌是也。"①据《羌族简史》介绍："白马羌主要分布今绵阳地区北部和甘肃武都地区南部，东汉于此曾建立广汉属国，故又名广汉羌。参狼羌主要分布今甘肃武都地区，汉于此置武都郡，故又名武都羌。"②汉代以后，羌人和中原的互相融合和影响不断加强。魏晋南北朝时期，更有羌人姚氏建立了后秦政权，极盛时辖有今陕西、甘肃、宁夏及山西、河南的部分地区。魏晋南北朝以后，又有白兰羌，"白兰一名最早见于《华阳国志·蜀志》：'汶山郡，本蜀郡北部都尉，孝武元鼎六年置。旧属县八，户二十五万，去洛二千四百六十里，东接蜀郡，南接汉嘉。西接凉州酒泉，北接阴平。有六夷、羌胡、羌虏、白兰峒九种之戎。'这里所说的汶山郡，地域极广，包括今川甘青边境一带，白兰峒即隋唐时的白兰羌"。③引文中提及的"阴平"即今甘肃武都的文县，正是现代羌族聚居地之一。

---

① （南朝宋）范晔：《后汉书》，中华书局，1965，第2876页。
② 羌族简史编写组：《羌族简史》，四川民族出版社，1986，第8页。
③ 羌族简史编写组：《羌族简史》，四川民族出版社，1986，第18页。

由此可见,《陇头水》产生的地域——陇山,从古至今一直是羌族的聚居地。据徐学书、喇明英《羌族族源及其文化多样性成因研究》一文论述,今日羌族的主要来源之一正是汉武帝时为了躲避兵威向西、向南迁居到岷江上游的甘青、河湟羌人。①

(二)《陇头水》源头考索

对于《陇头水》的最初来源,《乐府诗集》卷二十一引《晋书·乐志》曰:"汉博望侯张骞入西域,传其法于西京,唯得《摩诃兜勒》一曲。李延年因胡曲更造新声二十八解,乘舆以为武乐,后汉以给边将,和帝时万人将军得用之。魏、晋以来,二十八解不复具存,而世所用者有《黄鹄》等十曲。"②其下汉横吹曲一《乐府解题》曰:"汉横吹曲,二十八解,李延年造。魏、晋以来,唯传十曲:一曰《黄鹄》,二曰《陇头》,三曰《出关》,四曰《入关》,五曰《出塞》,六曰《入塞》,七曰《折杨柳》,八曰《黄覃子》,九曰《赤之扬》,十曰《望行人》。后又有《关山月》《洛阳道》《长安道》《梅花落》《紫骝马》《骢马》《雨雪》《刘生》八曲,合十八曲。"③从这段解释中,我们可以得知,《陇头水》是李延年根据张骞出使西域带回来的胡曲《摩诃兜勒》而作的新曲。"胡"泛指我国西部、北部的少数民族,那这里的"胡"到底指的是哪个民族呢?王福利的《〈摩诃兜勒〉曲名含义及其相关问题》一文对此做出了回答。"《摩诃兜勒》曲原应为河西走廊一带羌族人所喜爱歌唱的'大夏'曲,其乐器起初以羌笛为主,张骞出使时,'大夏'国人又在以羌笛为主的基础上加入胡角中的双角。"④这样看来,李延年正是通过改编羌人的《摩诃兜勒》而创作了新曲《陇头》。

---

① 徐学书、喇明英:《羌族族源及其文化多样性成因研究》,《西南民族大学学报》(人文社科版)2009年第12期。
② (宋)郭茂倩:《乐府诗集》,中华书局,1979,第309页。
③ (宋)郭茂倩:《乐府诗集》,中华书局,1979,第311页。
④ 王福利:《〈摩诃兜勒〉曲名含义及其相关问题》,《历史研究》2010年第3期。

逯钦立《先秦汉魏晋南北朝诗》晋诗卷十八"杂歌谣辞"中，保存了两首最早的《陇头歌》。

> 郭仲产《秦州记》曰："陇山东西百八十里，登陇，东望秦川四五百里，极目泯然，墟宇桑梓，与云霞一色。其上有悬溜，吐于山中，汇为澄潭，名曰万石潭，流溢散下皆注乎渭，山东人行役升此而瞻顾者，莫不悲思，故其歌曰：'陇头流水，流离四下。念我行役，飘然旷野。登高望远，涕零双堕。'"①
>
> 《辛氏三秦记》曰："陇渭西关，其阪九回，不知高几许，欲上者七回，上有水，可容百余家，上有清水四注下，俗歌云：'陇头流水，鸣声幽咽。遥望秦川，肝肠断绝。'"②

逯钦立的按语是"以上二歌，《诗纪》列入汉诗，逯按：郭仲产，晋人，辛氏较郭氏更晚，列入汉诗似不妥，今依著者时代列此俟考"，体现了其谨慎的治学态度。这两首《陇头歌》被明代冯惟讷收入《古诗纪》卷十八《汉第八·乐府古辞·杂歌谣辞·歌辞》中，加按语曰："汉横吹曲有《陇头》而亡其辞，此或其遗也。"③猜测其或许为汉代古辞。

《先秦汉魏晋南北朝诗》梁诗卷二十九"横吹曲辞"中又有几首咏陇头的歌辞，是据《乐府诗集》收录的。

> 《陇头流水歌辞》（三曲）
> 陇头流水，流离西下。念吾一身，飘然旷野。
> 西上陇阪，羊肠九回。山高谷深，不觉脚酸。
> 手攀弱枝，足逾弱泥。④

---

① 逯钦立辑校《先秦汉魏晋南北朝诗》，中华书局，1983，第1020页。
② 逯钦立辑校《先秦汉魏晋南北朝诗》，中华书局，1983，第1020页。
③ （明）冯惟讷：《古诗纪》，文渊阁四库全书影印本，上海古籍出版社，1987，第142页。
④ （宋）郭茂倩：《乐府诗集》，中华书局，1979，第368页。

二 从汉唐《陇头水》看羌汉文学之互动

《陇头歌辞》(三曲)
陇头流水,流离山下。念吾一身,飘然旷野。
朝发欣城,暮宿陇头。寒不能语,舌卷入喉。
陇头流水,鸣声幽咽。遥望秦川,心肝断绝。①

逯钦立的按语是:"此歌与上陇头流水皆改用古辞。"那么这里所说的"古辞"是否指的就是郭仲产《秦州记》和《辛氏三秦记》中的《陇头歌》呢?通过对比,可以很清楚地看出横吹曲辞中的《陇头流水歌辞》和《陇头歌辞》对郭仲产《秦州记》和《辛氏三秦记》中的《陇头歌》的继承关系,只是《陇头歌辞》中加进了描写"苦寒"的内容。因此郭仲产《秦州记》和《辛氏三秦记》中的《陇头歌》很有可能就是逯钦立按语中所说的"古辞"。

在句式上,这几首《陇头歌》明显与梁陈以后的《陇头歌》不同。梁陈时期的《陇头歌》都为五言,用的是当时流行的永明体,唐以后的《陇头歌》有五言,有七言,没有四言的。由此推测,这几首四言《陇头歌》有可能是东汉五言诗流行以前的作品,说不定就是汉武帝时李延年根据胡乐《摩诃兜勒》改编的《陇头》。刘跃进《〈陇头歌〉为汉人所作歌》一文也支持《陇头歌》为汉代古辞的说法。②

罗振玉、王国维编的《流沙坠简》卷三中有一封斯坦因发现于罗布泊北面古城里的羌女信:

羌女白:取别之后,便尔西迈,相见无缘,书问疏简,每念兹对,不舍心怀,情用劳结。仓卒复致消息,不能别有书裁,因数字值信复表。马羌。③

顾颉刚在《从古籍中探索我国的西部民族——羌族》一文中引用了此材料,并且认为这封信"大约是三国到前凉这个时期内

---

① (宋)郭茂倩:《乐府诗集》,中华书局,1979,第371页。
② 跃进:《〈陇头歌〉为汉人所作说》,《文学遗产》2003年第3期。按:跃进即刘跃进。
③ 罗振玉、王国维编《流沙坠简》,中华书局,1993,第242页。

（公元三、四世纪）所写"，"末了著'马羌'，显得她是属于白马羌的一族"。①羌女信中主要用的是四言，和《陇头水》古辞十分相似，或许羌人就是喜欢用古朴的四言来抒情。由此推论，郭仲产《秦州记》和《辛氏三秦记》中的《陇头歌》就是汉魏时羌人的俗歌。

（三）《陇头水》之流变与影响

《陇头水》自产生以来，后世争相摹写的诗篇非常之多。《乐府诗集·横吹曲辞一》中共收录24首，《全唐诗·横吹曲辞》中共收录10位诗人的11首，《先秦汉魏晋南北朝诗》共收录21首，其他描写"陇头"意象的诗句更是数不胜数。梁陈、唐代形成了咏陇头的高峰，而且诗句中往往会出现"羌"和"羌笛"，更可看出其与羌的密切关系。现摘录部分如下。

梁虞羲《咏霍将军北伐诗》："胡笳关下思，羌笛陇头鸣。"②

梁陈张正见《陇头水》："陇头鸣四注，征人逐贰师。羌笛含流咽，胡笳杂水悲。"③

陈贺彻《赋得长笛吐清气诗》："胡关氛雾侵，羌笛吐清音。韵切山阳曲，声悲陇上吟。"④

唐沈佺期《陇头水》："陇山飞落叶，陇雁度寒天。愁见三秋水，分为两地泉。西流入羌郡，东下向秦川。征客重回首，肝肠空自怜。"⑤

王维《陇头吟》："陇头明月回临关，陇上行人夜吹笛。"⑥

唐张仲素《陇上行》："行到黄云陇，惟闻羌戍鼙。不如山下水，犹得任东西。"⑦

---

① 顾颉刚：《从古籍中探索我国的西部民族——羌族》，《社会科学战线》1980年第1期。
② 逯钦立辑校《先秦汉魏晋南北朝诗》，中华书局，1983，第1607~1608页。
③ （宋）郭茂倩：《乐府诗集》，中华书局，1979，第314页。
④ 逯钦立辑校《先秦汉魏晋南北朝诗》，中华书局，1983，第2554页。
⑤ （清）彭定求等编《全唐诗》，上海古籍出版社，1986，第242页。
⑥ （宋）郭茂倩：《乐府诗集》，中华书局，1979，第312页。
⑦ （清）彭定求等编《全唐诗》，上海古籍出版社，1986，第917页。

僧皎然《陇头水》："秦陇逼氐羌，征人去未央。如何幽咽水，并欲断君肠。"①

从羌人的古曲发展到广大文人喜爱创作的乐府诗题，《陇头水》中的"陇头"也由汉魏时的地理概念发展成为梁陈以后的一个象征苦寒思乡的文化符号，特别是在唐代边塞诗中，陇头更加成为常见的意象。"陇山东西百八十里，登陇，东望秦川四五百里，极目泯然，墟宇桑梓，与云霞一色。"②"陇坂九回不知高几里，每（陇）山东人西役，到此瞻望，莫不悲思，陇上有水，东西分流，因号驿为分水驿。"③征人行至这里，看到陇山的高峻，听到陇水的幽咽，自然感到一人在外的孤独无助和生死未卜的忧愁苦闷；翻过陇山，就不是中原了，思乡之情油然而生，再加上听到这羌地哀怨的笛声，更加令人悲从中来。早在汉代，羌笛就已经流传于甘、川等地。羌族历史上经过多次战乱争斗，羌人颠沛流离，其笛声自然多表达这种幽怨和哀伤，据作曲家姜祥仲说："羌笛本身的结构就决定了它的音域不宽，只有一个8度……难以表达欢快、激昂的情绪，主要功能就是表达思念、思乡，悲欢离合，哀怨缠绵……"④

唐之后直到明清，仍然有不少文人创作《陇头水》，比如南宋陆游的《陇头水》：

陇头十月天雨霜，壮士夜挽绿沉枪。
卧闻陇水思故乡，三更起坐泪数行。
我语壮士勉自强，男儿堕地志四方。
裹尸马革固其常，岂若妇女不下堂。
生逢和亲最可伤，岁辇金絮输胡羌。

---

① （宋）郭茂倩：《乐府诗集》，中华书局，1979，第316页。
② 逯钦立辑校《先秦汉魏晋南北朝诗》，中华书局，1983，第1020页。
③ （唐）李吉甫：《元和郡县图志》，中华书局，1983，第982页。
④ 转引自廖晓伟《羌笛，一个古老而神秘的密码》，《中国西部》2008年Z1期，第124页。

夜视太白收光芒，报国欲死无战场。①

明代高启的《陇头水》：

> 人间何处无流水，偏到陇头愁入耳。
> 夜杂羌歌明月中，秋惊汉梦空山里。
> 陇阪崎岖九回折，声随到处长呜咽。
> 欲照愁颜畏水浑，前军曾洗金创血。
> 回头千里是长安，征人泪枯流不干。②

清代沈德潜的《陇头流水》：

> 辞家赴陇头，陇水东西逝。流作呜咽声，中有征人泪。
> 陇水鸣溅溅，陇坂高入天。驱马登陇坂，不敢望秦川。
> 朝过饮马窟，夜经古战场。天寒挽刀卧，惊魂不还乡。③

由于时代的不同和诗人个人经历的不同，《陇头水》会呈现些微的差别，比如梁陈时期的《陇头水》悲凉，盛唐时期的《陇头水》悲壮；王维的《陇头水》批判朝廷的赏封不公，陆游的《陇头水》批判南宋朝廷的卖国求和。尽管如此，《陇头水》思乡、哀怨的曲调是一以贯之、没有改变的。

综上所述，《陇头水》中的"陇头"即"陇山"，古代就是羌族的聚居地，特别是"小陇山"到现在仍然有羌族居住。《陇头水》是李延年根据张骞从西域带回来的羌乐《摩诃兜勒》改编而成，《陇头水》的古辞与古羌女的信在风格和句式上十分相似，所以《陇头水》应该属于羌乐。后世大量文人的创作在风格曲调上都是对《陇头水》古辞的继承和发展。由此我们可以看出古代羌汉文学的密切关系。

---

① （宋）陆游著，钱仲联校注《剑南诗稿校注》，上海古籍出版社，1985，第2292页。
② （明）高启：《高太史大全集》卷一，《四部丛刊》（初编本），商务印书馆，1922。
③ （清）沈德潜：《归愚诗钞》，《续修四库全书》集部第1424册，上海古籍出版社，2002，第240页。

三 由古羌语翻译为汉文而流传的经典《白狼歌》

（一）《白狼歌》作者及其创作背景

东汉时期的《白狼歌》是一首古羌语翻译为汉文而流传的经典组诗。

所谓《白狼歌》，由《远夷乐德歌》《远夷慕德歌》《远夷怀德歌》三首诗组成，"白狼歌"为其统称。这三首诗最初被收录在东汉刘珍《东观汉记》中，当时并未冠以"白狼歌"的名称，后人根据史书中的一段记载而称之。据《后汉书·南蛮西南夷传》云："永平中，益州刺史梁国朱辅好立功名，慷慨有大略，在州数岁，宣示汉德，威怀远夷。自汶山以西，前世所不至，正朔所未加。白狼、槃木、唐菆等百余国户百三十余万，口六百万以上，举种奉贡，称为臣仆。辅上疏曰：'……今白狼王唐菆等慕化归义，作诗三章……有犍为郡掾田恭与之习狎，颇晓其言，臣辄令讯其风俗，译其辞语，今遣从事史李陵与恭护送诣阙，并上其乐诗。'……帝嘉之，事下史官，录其歌焉。"① 此为最早叙述《远夷乐德歌》等三诗及其本事的记载。由于后人对这段记载的理解不尽相同，故各家对这三首诗的称谓，也就有所差异，其中主要的有以下四种：其一曰《白狼歌》，方国瑜、陈宗祥等先生持此说；其二曰《白狼土歌》，董作宾等先生持此说；其三曰《白狼慕汉歌》，王静如等先生持此说；其四曰《笮都夷歌》，庄星华等先生持此说。但鉴于史载《远夷乐德歌》等三诗，皆为"白狼王唐菆等"所作，故本章暂从《白狼歌》之说。

---

① （南朝宋）范晔：《后汉书》，上海古籍出版社，1986，第292页。

《白狼歌》为"白狼王唐菆等"所作的说法,已为今之学术界所公认。但白狼王与唐菆是否同一人,却有两种不同的意见:一种观点认为白狼王就是唐菆,如庄星华就把唐菆视为《笮都夷歌》(即《白狼歌》)的作者;①另一种观点认为白狼王与唐菆,并不是同一人,如中华书局标点本《后汉书》,就将《笮都夷传》"今白狼王唐菆等慕化归义作诗三章"句读为"今白狼王、唐菆等慕化归义,作诗三章",可见将其作为两人。我们认为,后者的观点可能更为近似。据《后汉书·南蛮西南夷传》记载:"益州刺史梁国朱辅好立功名,慷慨有大略,在州数岁,宣示汉德,威怀远夷。自汶山以西,前世所不至,正朔所未加。白狼、槃木、唐菆等百余国户百三十余万,口六百万以上,举种奉贡,称为臣仆。"唐菆与白狼并列,可见同属汶山笮都地区众多小国,似乎不宜以唐菆为白狼王之名。当然,关于白狼王与唐菆是否确为一人,还可以进一步考察。

据现代一些学者研究,白狼当属于古代羌人的一支。东汉时,白狼等部落居笮都,故史书又称其为"笮人"或"笮都夷"。关于"笮都"的地望,学术界曾有多种说法:晋常璩《华阳国志》、宋乐史《太平寰宇记》、明顾祖禹《读史方舆纪要》等书一般认为"笮都"大致为邛崃山以西的广大地区;清人黄沛翘主张巴塘说;近人江应樑、岑仲勉等主张"凉山地区"说;丁骕主张"青海玉树"说;向达主张"云南丽江"说;冉光荣等主张"甘孜藏族自治州东南部"说;陈宗祥等则进一步指出,笮都的中心当在今四川汉源一带。②

《后汉书·南蛮西南夷传》曰:"笮都夷者,武帝所开,以为笮都县,其人皆被发左衽,言语多好譬类,居处略与汶山夷同。"冉光荣等据此指出:"在牦牛羌地区尚有笮人……原则上亦应属羌人的范畴。他们分布在今汉源、盐边、冕宁、盐源等地。……从

---

① 庄星华编《历代少数民族诗词曲选》(上),内蒙古人民出版社,1985,第2页。
② 陈宗祥、邓文峰:《〈白狼歌〉研究述评》,《西南师范学院学报》(人文社会科学版)1979年第4期。

三　由古羌语翻译为汉文而流传的经典《白狼歌》

地望上讲，把笮人视之牦牛羌的组成部分是可以成立的。"① 此外，方国瑜在《彝族史稿》中亦认为《白狼歌》"是古代羌人的语言记录"。虽然近人在《白狼歌》语言研究上提出的不同看法较多，如有的认为白狼语是"彝语的前身"，有的认为是"古代的纳西语"，有的认为"与藏语最近"，也有的认为与"普米语、西夏语相近"，但我们认为方国瑜先生的意见是可取的，即白狼歌"是古代羌人的语言记录"，它之所以"与现在彝语、纳西语、普米语、藏语和西夏语都很相同或相近"，是"由于这几种语言是同源的"，也就是说这几个民族在古代存在一定的渊源关系。近年黄懿陆用当今云南壮族沙支系（自称布越、布依、布雅依，简称越）的语言与之比较，认为其壮语汉字记音与东汉语言一致，因而提出《白狼歌》是地地道道越人歌谣的观点。② 这一观点其实仍未超出方国瑜先生所提出的西南地区多种民族语言与古羌语同源的范畴。

《后汉书·南蛮西南夷传》记载了《白狼歌》创作流播的过程。

> （朱）辅上疏曰："臣闻《诗》云：'彼徂者岐，有夷之行。'传曰：'岐道虽僻，而人不远。'诗人诵咏，以为符验。今白狼王唐菆等慕化归义，作诗三章。路经邛来大山零高坂，峭危峻险，百倍岐道。襁负老幼，若归慈母。远夷之语，辞意难正。草木异种，鸟兽殊类。有犍为郡掾田恭与之习狎，颇晓其言，臣辄令讯其风俗，译其辞语。今遣从事史李陵与恭护送诣阙，并上其乐诗。昔在圣帝，舞四夷之乐；今之所上，庶备其一。"帝嘉之，事下史官，录其歌焉。

这段文中，可知朱辅在上疏中详细介绍了白狼王唐菆等"慕化归义"的情况。为了学习中原地区的生产经验和义化，东汉明帝永平年（58~75）中，唐菆一行从笮都出发，"路经邛来大山零高坂，峭危峻险，百倍岐道。襁负老幼，若归慈母"。他们翻山越

---

① 冉光荣、李绍明、周锡银：《羌族史》，第97页。
② 黄懿陆：《东汉〈白狼歌〉是越人歌谣》，《广西民族研究》2001年第3期。

岭，路宿百日，来到当时的东汉都城洛阳。中原地区的兴盛景象，给他们留下了美好的印象；东汉朝廷的热情款待，更使他们感受到了祖国大家庭的温暖，为此，"白狼王唐菆等"怀着"慕化归义"的心情，创作了《白狼歌》颂诗三章，下面是诗歌原文。

远夷乐德歌

大汉是治（堤官隗构），与天意合（魏冒逾糟）。
吏译平端（周译刘脾），不从我来（旁莫支留）。
闻风向化（征衣随旅），所见奇异（知唐桑艾）。
多赐缯布（邪毗镟缅），甘美酒食（推潭仆远）。
昌乐肉飞（拓拒苏便），屈申悉备（局后仍离）。
蛮夷贫薄（偻让龙洞），无所报嗣（莫支度由）。
愿主长寿（阳洛僧鳞），子孙昌炽（莫稚角存）。①

远夷慕德歌

蛮夷所处（偻让皮尼），日入之部（且交陵悟）。
慕义向化（绳动随旅），归日出主（路且栋洛）。
圣德深恩（圣德渡诺），与人富厚（魏菌渡洗）。
冬多霜雪（综邪流藩），夏多和雨（筰邪寻螺）。
寒温时适（藐浮泸漓），部人多有（菌补邪推）。
涉危历险（辟危归险），不远万里（莫受万柳）。
去俗归德（术叠附德），心归慈母（仍路孳摸）。

远夷怀德歌

荒服之外（荒服之仪），土地垗塉（犁籍怜怜）。
食肉衣皮（阻苏邪犁），不见盐谷（莫砀粗沐）。
吏译传风（周译传微），大汉安乐（是汉夜拒）。
携负归仁（踪优路仁），触冒险陕（雷折险龙）。

---

① 按：今存汉文《白狼歌》，是经吏译田恭翻译的，因此，它除汉文歌词正文外，还有一套与之相应的白狼语汉字记音。这套记声，分别附于每句歌词的正文后面。例如，"大汉是治"为歌词的正文，"堤宫隗构"便是其白狼语的汉字记音，余同。

三　由古羌语翻译为汉文而流传的经典《白狼歌》 | 037

高山歧峻（伦狼藏幢），缘崖磻石（扶路侧禄）。
木薄发家（息落服淫），百宿到洛（理沥髭洛）。
父子同赐（捕苣菌毗），怀抱匹帛（怀稿匹漏）。
传告种人（传室呼敎），长愿臣仆（陵阳臣仆）。

　　歌词充实而感人，作者以炽热的感情，畅诉了自己洛阳之行的感受及其"归德""归仁"的感动。东汉以前，羌汉等各族人民就共同生息在西南的广袤土地上，他们相互交往，彼此"习狎"，逐渐建立了深厚的友谊。及至东汉明帝永平年中，汉臣梁国朱辅来益州做官，又不遗余力"宣示汉德，威怀远夷"。中原地区先进的政治、经济和文化，对渴望改变"贫薄"面貌的白狼等部落，产生了强大的吸引力，他们"闻风向化""慕义向化"。正是这种渴求上进的力量，促使他们做出了"去俗归德""携负归仁"投身中原的决定。"大汉是治，与天意合，吏译平端，不从我来"。这短促而有力的词句，不仅表述了白狼等部落对中原王朝的归附之意，而且道出了他们赞同统一、民族团结、共赴强盛的心声。诗篇还反映了白狼等部落当时的生活情况，以及他们崇尚先进文化，并欲努力学习的精神。公元一世纪中叶，生活在笮都一带的白狼等部落，虽然尚处于"土地垲埆，食肉衣皮，不见盐谷"的生产阶段，但他们并不掩饰自己的"贫薄"，更不安于这样的生活。当他们从东汉吏译的口中，听闻中原地区的物质文化已相当发达的消息后，便自然产生了"闻风向化""慕义向化"等的想法。可以说白狼等部落的首领，不惜"触冒险陕"，"涉危历险"，"缘崖蹯石，木薄发家，百宿到洛"，绝不是为了领取一点东汉皇帝的"恩赐"，而是为了学习中原地区的先进文化，寻找"去俗归德"、脱贫赴强的妙方。

（二）《白狼歌》的艺术特色及其影响

　　作为一组畅抒情怀的民族古歌，《白狼歌》在艺术上的一个特点，是它有着自己的民族特色。《后汉书·南蛮西南夷传》特别记载了《白狼歌》的创作和翻译过程："今白狼王唐菆等慕化归义，作诗三章。……远夷之语,辞意难正。草木异种,鸟兽殊类。有犍为郡掾田恭与之习狎,颇晓其言,臣(按:朱辅)辄令讯其风俗,译其辞语。"从这段历史记载中,我们可以看出《白狼歌》,最初是用羌人的民族语言创作的,这本身就使它具备了浓郁的民族特色。后来,此歌被田恭译为汉文,其辞原有的民族特色被折去了许多。关于这一点,人们只要把《白狼歌》的汉文歌词正文,与其白狼语的汉字记音做一详细比较,即可见出。尽管如此,我们从《后汉书》所载的汉文《白狼歌》中,仍可体会到一些古代羌人的民族气息。只是汉文《白狼歌》中的民族特色,较之原作略显残碎、隐晦和曲折罢了。丁文江认为,《白狼歌》是先由作者用"白狼文"写出,然后才由田恭译为汉文的。丁文江的这个意见,可供参考,有待进一步研究。我们以为,当时的白狼、唐菆等笮都羌人是否有文字尚难考证,但下层官员田恭与之习狎,颇晓其言,可知他们是能够进行口语对话和交流的,因此对于唐菆等吟唱的歌,田恭能够听懂并按原声记音,再翻译为汉语。关于这一过程,唐章怀太子李贤在《后汉书》注释中说得更加具体:

《东观》记载其歌,并载夷人本语,并重译训诂为华言,今范史所载者是也,今录《东观》夷言以为此注也。[①]

这是一段关于早期民族语言作品翻译为汉语的珍贵史料,亦即《后汉书·南蛮西南夷传》所载《白狼歌》汉字记音的资料来源。朱辅、田恭、《东观》史官、范晔、李贤等人共同为保存这段民族语言文学和文化交流的史料做出了贡献,具有尤为重要的意义。

汉文《白狼歌》中残存的民族特色表现在两个方面。一方面在民俗风情的叙写上,如"荒服之外,土地绕埆,食肉衣皮,不见盐谷"等,这与史书中有关古代羌人的记载是吻合的,如"所居无常,依随水草。地少五谷,以产牧为业"[②],"男女衣裘褐、被

---

① (南朝宋)范晔:《后汉书》,中华书局,1965,第2856页。
② (南朝宋)范晔:《后汉书》,中华书局,1965,第2869页。

毡。畜牦牛、马、驴、羊以食，不耕稼。地寒，五月草生，八月霜降。无文字，候草木记岁"①。另一方面在民族性格的展现上，例如，"携负归仁，触冒险陕。高山歧峻，缘崖躔石。木薄发家，百宿到洛"，这些歌词虽是叙写赴洛阳途中遇到的艰难险阻，但体现了古代羌人吃苦耐劳、不惧困难、刚强勇毅的民族精神。再如，"蛮夷贫薄，无所报嗣。愿主长寿，子孙昌炽"，这是一种较为特殊的致谢方式，它既表达了对东汉朝廷热情款待的感激之情和祝愿之意，也体现了古代羌人淳朴、耿直的民族性格。

　　诗歌是语言的艺术。《白狼歌》在艺术上的另一个特点，在于它最初是"用生动的口语和富于表达力的习语与成语"②创作的。如前所述，我们今天所见的汉语《白狼歌》，是田恭翻译的，因此，它的口语化色彩已被大大削弱。然幸及田恭在将此歌译为汉语时，作了白狼语的汉字记音，这就为后人探索这组民族古歌的语言特色，提供了依据。

　　据现代一些学者的研究，"此歌本语"的"原话大多是一些当时的白狼国广大群众的口语和成语"。③正因如此，它较之汉语译文，在语言风格上显得更加通俗、朴实、自然，富有生活气息和民族特色；在表情达意上也更为生动活泼、凝练准确，能恰当地表现作者的思想与情感。例如，"大汉是治，与天意合"一句中的"与天意合"，其白狼语记音为"魏冒逾糟"，而"魏冒逾糟"就是当时白狼部落口头习语"jεr mr sitia tsa"（我们一致同意）的汉字记音。据邓文峰、陈宗祥研究，"魏冒逾糟"的古音构拟当为"ŋiwoi mau diwo tsau"，它与羌语支普米语玉姆土话中的"jεr mr sitia tsa"的音十分相近。"jεr mr sitia tsa"是现代普米人（东汉时属古羌系统）开会时习用的一句口语，意为"我们一致同意"。现在普米人开会，当通过某项决定或采纳某种合理的意见时，大

---

① （宋）欧阳修等：《新唐书》，中华书局，1975，第6214页。
② 邓文峰、陈宗祥：《〈后汉书·笮都夷传·白狼歌〉歌辞本语试解》，《民族调查研究》1985年第1、2合期。
③ 邓文峰、陈宗祥：《〈后汉书·笮都夷传·白狼歌〉歌辞本语试解》，《民族调查研究》1985年第1、2合期。

家就会高声说"jɛr mr sitia tsa"。① 在这里，原歌作者用"魏冒逾糟"这一口头习语，来承接"大汉是治"（大汉治理着我们），既准确凝练地表达了自己对统一的赞同之意，又生动地传达了古代羌人坦直、朴实的民族性格，让人体味起来，有一种"清水出芙蓉，天然去雕饰"的感觉。此外，《白狼歌》中"闻风向化""甘美酒食""无所报嗣""荒服之外"等句，从白狼语记音来看，也都是一些口头化的日常用语，其鲜明的民族民间口语特色由此可见一斑。

如上所述，今存汉语《白狼歌》是田恭翻译的，因此，它作为一种特殊的艺术载体，实际上融合了羌汉两个民族的文化与智慧，是羌汉语言文学与文化相互交流的结晶，在中华民族的文化史上占有特殊的地位。自东汉刘珍将其辑入《东观汉记》后，历代学者对它都颇为注重。"刘宋范晔又将译文收载于《后汉书·笮都夷传》，唐代李贤注《后汉书》时，复将'夷言'汉字记音补入"，此后"宋代王钦若、杨亿等的《册府元龟》，郑樵《通志》，明《永乐大典》《嘉定府志》，清《云南备征志》等均转录此歌。19世纪末，威烈氏（wylie）将《后汉书》译成英文，《白狼歌》也就流传于全世界了"。②

对于《白狼歌》的研究，是从明、清时期开始的。前人对《白狼歌》的研究，大致可归为四类：一是以歌词的白狼语汉字记音，来与我国西南诸少数民族语言做对比研究；二是对白狼部落的地望探索；三是歌词的校勘；四是从文学的角度探讨《白狼歌》的基本内容和艺术成就。从事这些研究的学者，古今不断，中外皆有。《白狼歌》一组三首八十八句（含"夷言"记音），能引起人们如此浓厚的研究兴趣，足见它在文化史上的价值和影响。

---

① 邓文峰、陈宗祥:《〈后汉书·笮都夷传·白狼歌〉歌辞本语试解》，《民族调查研究》1985年第1、2合期。
② 陈宗祥、邓文峰:《〈白狼歌〉研究述评》，《西南师范学院学报》（人文社会科学版）1979年第4期。

四 后秦时期羌人诗歌《琅琊王歌辞》和《钜鹿公主歌辞》

(一)《琅琊王歌辞》和《钜鹿公主歌辞》产生的背景

《琅琊王歌辞》和《钜鹿公主歌辞》是两组遗存在《乐府诗集·梁鼓角横吹曲》中的羌人诗歌。从郭茂倩于《乐府诗集》中所提供的材料来看，这两组诗歌当为后秦时期(384~417)的作品。至于它们是民间创作，还是文人创作，学术界目前还存在不同的意见，如中国社会科学院文学研究所编的《中国文学史》将《钜鹿公主歌辞》编入"北方乐府民歌"，[①] 而杨生枝认为《钜鹿公主歌辞》"出于贵族、文人之手，则无可置疑"。[②] 鉴于它们最晚在梁代(502~557)已确立写定的文本，这里不妨把它们作为羌族书面创作来加以讨论。

汉代以后，北方氐、羌等少数民族在与汉族杂处交往的过程中，不断向内地迁徙，生产和文化水平都有了较大发展。至晋及十六国时期(265~439)，各民族文化的交流进一步增多，随着姚氏羌在关中一带崛起，尤其是后秦政权的建立，羌人使用汉语表达和创作的情况更为常见。

姚氏原为汉代甘青地区烧当羌后裔。东汉明帝永平元年(58)，烧当羌七世孙填虞率部进扰西邯(今青海化隆县境)时，被汉将马武击败，于是徙出塞外。填虞九世孙迁那又率部内附，

[①] 中国社会科学院文学研究所编《中国文学史》第一册，人民文学出版社，1979，第276页。
[②] 杨生枝:《乐府诗史》，青海人民出版社，1985，第390页。

受到了东汉朝廷的嘉奖,"假冠军将军,西羌校尉,归顺王"①,并将其部安置在南安赤亭(今甘肃陇西县东)一带。迁那率领的烧当羌部落一支,从此就定居于塞内。三国后期,迁那的玄孙姚柯迴因功被封为魏国镇西将军、绥戎校尉、西羌都督。西晋永嘉之乱时(307~312),姚柯迴之子姚弋仲率领其部东徙至榆眉(今陕西千阳县),并自封护羌校尉、雍州刺史、扶风公,后又被后赵石虎封为奋武将军、襄平县公、西羌大都督。东晋永和八年(352),姚弋仲之子姚襄率部南下归晋,但受到东晋扬州刺史殷浩等人迫害,被迫引军北还,屯兵许昌、洛阳一带。不久,姚襄在与前秦苻坚交战时兵败身亡,其弟姚苌被迫投降苻坚。淝水之战后,前秦政权动摇,姚苌乘虚于384年称王自立,年号白雀。两年后攻占长安,改元建初,国号大秦,建立了后秦政权。由姚苌所建的后秦,为十六国之一,也是最早为正史所载羌人建立的政权。后秦都城长安(今陕西西安西北),统治地区有今陕西、甘肃、宁夏、山西一部分。国主共历姚苌、姚兴、姚泓三代。417年为东晋刘裕所灭。

后秦政权建立后,羌人的文化水平不断提高,书面创作也有了一定的发展。但是出于各种历史原因,特别是东晋刘裕在攻灭后秦时,抄杀焚烧,"建康百里之内,草木皆焦死焉",②这一时期产生的羌人书面作品,大多在战火中散失了。例如史书载"姚泓博学善谈论,尤好诗咏",但姚泓所作的诗歌,迄今未见一首;另载,姚泓曾与后秦儒生胡义周、夏侯稚等"以文学,皆尝游集",③但今查姚泓的散文,除一篇简短的"下书"外,其余作品均不存。再如,仕至给事黄门侍郎的姚和都,在姚泓时期也曾"撰秦记记姚苌时事",④其中有的记载颇有文采,如"姚襄垂臂过膝","狄伯奇少曾游猎,得豹,见其文采炳焕,遂自感叹,始学书艺",

---

① (唐)房玄龄等:《晋书》,中华书局,1974,第2959页。
② (唐)房玄龄等:《晋书》,中华书局,1974,第3017页。
③ (清)赵翼著,王树民校证《廿二史札记校证》,中华书局,2001,第164页。
④ 臧励龢等编《中国人名大辞典》,商务印书馆,1998,第638页"姚和都"。

四 后秦时期羌人诗歌《琅琊王歌辞》和《钜鹿公主歌辞》│043

"姚兴种葱,皆化为韭,其后兵戈日盛"。①但姚和都所撰秦记现在亦残缺不全,被清人汤球收入所辑《三十国春秋辑本》中,不足十条。凡此种种,不再赘述。

经过战火的洗劫和历史的拣淘,晋及十六国时期留下的羌人书面创作为数不多,但通过这些作品,人们仍可以了解这一时期羌族书面创作的大致情况及其发展历程。晋及十六国时期留下的散文,多为书表之作,《羌族文学史》将其内容和成就分为三类:"第一类是为招贤求士而作的诏文,如姚兴的《与桓、标二公劝罢道书》《与僧迁等书》等。这类作品,内容深邃,情感真挚,骈散相间,文采流溢,可算其散文中的上品。第二类是以谈论佛教理义为主的撰述,如姚兴的《通三世论》、姚嵩的《上后秦主姚兴佛义表》等。这类文章,内容虚玄,文字深奥,但有些比喻较为生动,富有文学意味。第三类是为处理军政国事而作的文书,如姚弋仲的《上石勒书》、姚苌的《下书禁复私仇》、姚兴的《敕关尉》、姚泓的《下书复死事士卒》等。这类作品,内容大多比较单薄,文字也很简短,史学价值较高,然文学意味不足。"②

后秦时期留下的诗歌,虽然数量很少,但反映的社会生活面却比较广泛,无论是民族的性格,还是战争的忧患,无论是黎民的疾苦,还是官家的享乐,在诗歌中都有所触及。另外,从艺术上看,这一时期留下的诗歌,风格豪爽雄健,可读性明显增强。其中一些较好的篇章,联想奇特,意境幽深,在体物言情方面达到了较高的水平。再有,这一时期留下的诗歌,均为五言体和七言体,而这些诗体在以前的羌族书面诗作中都是不曾见过的。它们的出现,也标志着羌族诗歌创作在晋及十六国时期的新发展。羌族的书面创作之所以会在晋及十六国时期出现一个短暂的勃兴,有其社会、历史及文化等方面的原因。如前所述,族属羌人系统的姚氏,在迁那移居塞内后,便一直生活在中原文化的辐射圈内,随着时间的推移,他们自然会受到中原文化的强烈影响。加之自

---

① (清)汤球辑,吴振清校注《三十国春秋辑本》,天津古籍出版社,2009。
② 李明主编《羌族文学史》,四川民族出版社,1994,第593页。

东汉以来，姚氏羌人世为官宦，他们在与中原王朝及其士人官吏的交往中，免不了接触和使用各类汉文文书；同时，他们的政治地位和经济实力也允许他们选派部分子弟去读书深造。这一切都为姚氏羌人学习文化、掌握汉字，提供了良好的条件。所以最晚在西晋后期，姚氏羌人中就已经出现了一些文化程度较高的人物，如姚弋仲就有书面作品传世。姚弋仲之子姚襄，也是一位"少有高名"的羌族将军，由于他"好学博通，雅善谈论，英济之称著于南夏"，[①]故一些以博学自恃的汉族官吏（如殷浩等）也"惮其威名"。及至后秦政权建立，姚氏统治者为了巩固其政权，不仅注意招抚流民，发展生产，而且十分重视文化教育。姚苌就曾下令："留台诸镇，各置学官，勿有所废，考试优劣，随才擢叙。"[②]姚兴继位后，更是大力提倡儒学和佛教，敕名儒姜龛、淳于岐、郭高等在长安讲学，收各地学生一万多人。此外，还邀请龟兹名僧鸠摩罗什来国都讲佛译经，广纳门徒，使更多的羌族子弟得到了读书学习的机会。后秦政权的这些措施，一方面促进了羌族知识人才的增长和书面创作的发展；另一方面也大大加速了姚氏羌人自身的汉化进程。所以，后秦政权灭亡后，除部分贵族被问斩之外，大多数的姚氏羌人都迅速与汉族融合了。这也是历代民族文学关系中常有的现象。

（二）《琅琊王歌辞》概况

郭茂倩《乐府诗集》引《古今乐录》曰："《琅琊王歌》八曲……最后云：'谁能骑此马，唯有广平公'。按《晋书·载记》：'广平公姚弼，兴之子，泓之弟也。'"[③]这一段文字，为后人识辨《琅琊王歌辞》的产生年代及其作者族属提供了"最可宝贵的信息"。[④]据史书记载，羌人姚弼，确有武略，骁勇好战，后因与其

[①] （唐）房玄龄等：《晋书》，中华书局，1974，第2962页。
[②] （唐）房玄龄等：《晋书》，中华书局，1974，第2971页。
[③] （宋）郭茂倩：《乐府诗集》第二册，中华书局，1979，第364页。
[④] 祝注先：《十六国时代少数民族的诗人和诗作》，《民族文学研究》1985年第3期。

四　后秦时期羌人诗歌《琅琊王歌辞》和《钜鹿公主歌辞》

兄姚泓争夺王位，于后秦弘始十八年（416），被姚兴赐死。萧涤非先生认为，从诗中赞颂广平公的句子来看，"此歌当作于（姚弼）未赐死前"。[①] 对于这种说法，陆侃如等先生有不同的意见。他们认为，《琅琊王歌辞》"当作于570年顷"，[②] 而且诗中的"广平公"，也"决非泓弟"。但从他们目前所持的证据和具体论证来看，此说或难以成立。如祝注先在《十六国时代少数民族的诗人和诗作》一文中曾做具体说明，故现在学者多认为《琅琊王歌辞》是后秦时期的羌人诗歌。今存《琅琊王歌辞》共有八首，每首五言四句。从字句上看，它们的篇幅都不长，但反映的社会生活比较广泛，其中，有的作品在艺术上达到了一定的高度。晋末"八王之乱"以后，黄河以北的广大地区，一直处于战乱的状态，304年，匈奴贵族刘渊起兵称王，北方的各族豪酋纷纷效仿。他们为建立或保全自己的割据政权，互相征战，彼此攻杀，致使干戈之事愈演愈烈，长期蔓延。频繁的战争给姚氏羌贵族带来了后秦的王冠，但也给广大的羌族人民带来了灾难与忧叹，如《琅琊王歌辞》之三：

　　东山看西水，水流盘石间。
　　公死姥更嫁，孤儿甚可怜。

此处展现的是父亲死后，母亲改嫁，孤儿无人照管之凄惨景象。造成这种社会悲剧的直接原因之一，就是罪恶的战争。这首作品与当时北方民歌中的"枉杀墙外汉"（《慕容垂歌辞》），"尸丧狭谷口，白骨无人收"（《企喻歌》）等诗句相互印证，共同揭露了战争给各族人民带来的巨大灾难。由于残酷的战争，不少无辜的百姓背井离乡，辗转四方。但流落在外的人们，终不能割断对家乡的思念，如《琅琊王歌辞》之四：

[①] 萧涤非：《汉魏六朝乐府文学史》，人民文学出版社，1984，第280页。
[②] 陆侃如、冯沅君：《中国诗史》，人民文学出版社，1983，第246页。

>琅琊复琅琊,琅琊大道王。
>鹿鸣思长草,愁人思故乡。

诗歌运用比兴手法,以"鹿鸣思长草"来引起思乡之句。一个"愁"字,把作者远徙羁旅、思乡难迫的痛楚心情,表现得淋漓尽致。

迫于战争的威胁,也出于求生的欲望,流徙在外的羌人也不由自主地产生了依从"强主"的思想,如《琅琊王歌辞》之七:

>客行从主人,愿得主人强。
>猛虎依深山,愿得松柏长。

正如余冠英先生指出的,这首诗表现的是一种特殊的社会背景,而"不是泛泛的羁旅之词"。① 当时人口迁移,往往千百家组织起来,平民大多依附大族同行,因为大族带着部曲,旅途比较安全。不能或不肯迁移的羌民往往保聚以自卫。保聚的方法是集结上千人,依山阻水,建筑坞堡,推举"坞主",聚积兵器粮食。强有力的坞堡就成了独霸一隅的地方武装集团,流民来依附的往往很多。本诗所谓"主人"可能指逃难时拥有部曲的大族,也可能指保聚自卫的坞主。但无论是哪一种"主人",都是越"强"越可靠。这就曲折地反映了战乱给当时人们带来的心理压力,以及人们不甘坐等涂炭,决定依"强"自保的求生愿望。诗引类巧妙,联想奇特,字里行间流露出一种粗犷、豪放的民族性情,因此读起来让人感到词旨苍厚,气度雄壮。

《琅琊王歌辞》第一首历来为文学史家们所注重,它是一种民族性格与时代风尚交相熔铸的艺术产物:

>新买五尺刀,悬著中梁柱。
>一日三摩挲,剧于十五女。

---

① 余冠英:《汉魏六朝诗选》,人民文学出版社,1978,"前言"第27页。

四　后秦时期羌人诗歌《琅琊王歌辞》和《钜鹿公主歌辞》

刚勇尚武，本是古代羌民在长期艰苦的生活环境中形成的一种民族习俗。《华阳国志》卷二曾载，"羌叟之地，土地山险，人民刚勇"；《新唐书·党项传》亦云羌人"俗尚武"。可见，尚武爱刀是古羌人的习俗之一，但爱刀爱到了"剧于十五女"的程度，则是与当时的社会战乱连一起的。因为在"枉杀墙外汉""出门怀死忧"的十六国时代，只有"大刀"才能抗击"枉杀"，也只有"大刀"才能保障自己最基本的生活。

《琅琊王歌辞》中体现战乱时羌人尚武风貌的，还有第八首：

　　快马高缠鬃，遥知身是龙。
　　谁能骑此马，唯有广平公。

据《晋书·载记第十八》，广平公姚弼为人虽"奸凶无状"，但"才兼文武""骁勇善战"，赫连勃勃反叛后，"后秦诸将咸败亡，独弼率众与战，大破之"。因此，诗中"谁能骑此马，唯有广平公"之句，气势不凡，雄健慷慨，既是称颂姚弼马技的高超，也流露出作者对羌族武士"以力为雄"风尚的赞叹！

此外，《琅琊王歌辞》中还有一些反映当时羌人多方面社会生活内容的作品，如第二首：

　　琅琊复琅琊，琅琊大道王。
　　阳春二三月，单衫绣裲裆。

第五首：

　　长安十二门，光门最妍雅。
　　渭水从垄来，浮游渭桥下。

第六首：

　　琅琊复琅琊，女郎大道王。

孟阳三四月，移铺逐阴凉。

以上这些作品，或叙写季节引起的衣着变化，或描绘后秦都城长安的城门设置与地理特色，思想内容平泛，艺术上也没有什么突出之处，却是羌汉社会生活与文化交流的真实反映。《琅琊王歌辞》八首诗歌，所涉及的社会问题比较广杂，艺术功力也不尽一致，彼此之间的排列顺序亦缺乏某种逻辑依据，可能不是出自同一作者之手。无论如何，该组诗所具有的巨大的历史与文学价值是毋庸置疑的。

（三）《钜鹿公主歌辞》概况

《乐府诗集》卷二十五载《钜鹿公主歌辞》，题注云："《唐书·乐志》曰：'梁有《钜鹿公主歌》，似是姚苌时歌，其词华音，与北歌不同。'"① 姚苌是后秦的开国君主，386~393 年在位，以此可以推断《钜鹿公主歌辞》产生的年代早于《琅琊王歌辞》。但《乐府诗集》把它编置于《琅琊王歌辞》之后，郭茂倩的这种做法，可能是考虑到这两组诗歌在乐府诗中所具有的价值不同。的确，与《琅琊王歌辞》相比，《钜鹿公主歌辞》所反映的社会生活面要狭窄得多，其艺术成就也不及《琅琊王歌辞》。

关于今存《钜鹿公主歌辞》是否为翻译过来的文本，学术界有两种不同的说法：一种认为"此歌是北歌入南译为汉语的"；② 另一种认为此歌"并非翻译"之作。③ 而这两种说法所持的依据是同一文献材料，即《乐府诗集》引《唐书·乐志》所云："梁有《钜鹿公主歌》，似是姚苌时歌，其词华音，与北歌不同。"但中华书局校记云："北，疑误，《古乐府》卷三作'此'。"不过，从现存的文史材料看，《钜鹿公主歌辞》"并非翻译"之作的说法，似乎更近于史实，如杨生枝先生认为，从作品的内容和文采

---

① （宋）郭茂倩《乐府诗集》，中华书局，1979，第 364 页。
② 中国社会科学院文学研究所编《中国文学史》，人民文学出版社，1979，第 276 页。
③ 祝注先：《十六国时代少数民族的诗人和诗作》，《民族文学研究》1985 年第 3 期。

四　后秦时期羌人诗歌《琅琊王歌辞》和《钜鹿公主歌辞》｜049

来看，此歌当出于"文人之手"。①后秦时期，能运用汉语从事诗文写作的羌人为数不少，例如，姚弋仲、姚苌、姚兴、姚泓、姚旻、姚嵩等人，都有用汉语书写的文书传世。其中，姚兴的某些作品，还达到了较高的水平。上述诸人传至今日的作品，虽然多为散文，但这并不能说明后秦羌人不具备用汉语作诗的能力。史载姚泓"博学善谈论，尤好诗咏"。可见，在十六国时期，某些文学素养较高的羌人，直接采用汉语来创作《钜鹿公主歌辞》等一类的诗歌，是完全可能的。至于《唐书·乐志》所谓"其词华音，与北歌不同"，可能指《钜鹿公主歌辞》是少数民族作者用汉语创作的北歌，它不同于那些用"虏音"创作的北歌。今存《钜鹿公主歌辞》共三首，皆为七言诗歌，兹录全文于下：

　　官家出游雷大鼓，细乘犊车开后户。
　　车前女子年十五，手弹琵琶玉节舞。
　　钜鹿公主殷照女，皇帝陛下万几主。

作品十分生动地描绘了后秦皇族"出游"时的阔绰场面和情景：鼓乐轰鸣，车马济济；侍从舞女，前呼后拥。如此排场，在那烽火遍地、物质匮乏的十六国时期，可谓煞是气派，热闹非凡。同时，与《琅琊王歌辞》中"公死姥更嫁，孤儿甚可怜""鹿鸣思长草，愁人思故乡"的社会景象形成了鲜明的对比。由此可以看出，后秦时期羌族的"官家"皇族与黎民百姓生活境况悬殊，真实而形象。

（四）《琅琊王歌辞》和《钜鹿公主歌辞》的文学地位及影响

　　《琅琊王歌辞》和《钜鹿公主歌辞》虽是两组篇幅不长的诗歌，但它们在文学史上有着相当的地位与影响。首先，它们以新

---

① 杨生枝：《乐府诗史》，青海人民出版社，1985，第390页。

的汉歌诗体，丰富了羌族书面文学的样式。截至目前，《琅琊王歌辞》是我们所见到的最早的羌族书面五言诗作；而《钜鹿公主歌辞》是我们所见的最早的羌族书面七言诗作。它们的出现，标志着羌族作者用汉语从事诗歌创作的水平在十六国时代已经进入了一个新的发展阶段。其次，它们以雄浑刚健的文风和写实抒意的精神，与同一时期其他少数民族的诗作交相辉映，为冲破当时文坛的绮靡之风，繁荣我国的诗艺园地，做出了自己的贡献。也正因如此，它们深得后世诗人、学者的赞赏。如，清初诗人兼诗文选家陈祚明在《采菽堂古诗选》中惊叹《琅琊王歌辞》是"奇想，奇语！"称《钜鹿公主歌辞》"健甚"。[1] 清代诗人王士祯说到古乐府诗时，就称《琅琊王歌辞》之第一首"是快语，语有令人'骨腾肉飞'者，此类是也"。[2] 当代著名学者萧涤非先生对《琅琊王歌辞》的评价也颇高，说它"不独情豪，抑亦语妙"。[3] 再如，"《琅琊王歌辞》第七首客行依主人"，也是颇受后人称誉的作品，余冠英欣赏它"反映'五胡乱华'时期一种特殊背景，也不是泛泛的羁旅之词"。[4] 此外，众多的文学史家在各自的学术著作中引述或详论这两组诗歌的例子，就更是举不胜举了。

---

[1] （清）陈祚明评选，李金松点校《采菽堂古诗选》，上海古籍出版社，2008，第 929、930 页。
[2] （清）王士祯：《香祖笔记》卷九，商务印书馆，1934，第 84 页。
[3] 萧涤非：《汉魏六朝乐府文学史》，人民文学出版社，1984，第 279 页。
[4] 余冠英：《汉魏六朝诗选》，人民文学出版社，1978，"前言"第 27 页。

五　唐诗中的羌笛及其所蕴含的和平交融文化内涵

羌族是中华民族大家庭中历史十分悠久、影响十分深远的民族，在先秦各类典籍文献中，有关羌族先民的记载不胜枚举，从炎帝、神农氏、共工氏到大禹，源远流长，为中华民族逐步进入文明社会做出了不可磨灭的贡献。在漫长的历史中，羌人不断迁徙，与各民族交流融合，既形成多元一体的格局，又保持其民族习俗与特色，显示了顽强的生命力。

先秦时期，居住在青藏高原的姜姓部落的羌人就与黄帝等部落联盟有密切联系，而后羌人与中原民族接触更为频繁，亦深受中原文化的影响。秦汉以来，西北诸羌大规模向外流动，在中原、陇西、河湟都有其踪迹，他们与生活在岷江上游的羌人有着千丝万缕的联系，也有差异，各部落之间的社会发展也不平衡。有的还与当地文化结合，形成新的分支或族群，如西南地区的彝、藏等族都与古代氐羌有渊源关系。进入中原的羌人多与中原民族融合，陇西、河湟和西南的羌族在经济文化上亦与中原民族有着十分密切的交往，难以分割。顾颉刚先生对此曾做过比较精辟的论述，他在《九州之戎与戎禹》一文中引姜戎子驹支之言"谓我诸戎是四岳之裔胄"，认为"驹支，姜戎氏也，则四岳为姜戎之祖先，亦即姜姓一族所共有之祖先"，四岳后裔还有姜吕以及申、齐、许等，但他们进入中原的时代要早于姜戎。"申吕齐许者，戎之进入中国（中原）者也，姜戎者，停滞于戎之原始状态者也。……由其入居中国之先后，遂有华戎之判别。"[1] 文中总结道：

---

[1] 顾颉刚：《九州之戎与戎禹》，《古史辨》第七册，上海古籍出版社，1982，第125页。

"且姬姜者向所视为华族中心者也，禹、稷、伯夷者向所视为创造华族文化者也，今日讨探之结果乃无一不出于戎，是则古代戎族文化固自有其粲然可观者在。""戎与华本出一家，以其握有中原之政权与否乃析分为二。秦汉以来，此界限早泯矣，凡前此所谓戎族俱混合于华族中矣。"①"文革"结束以后，顾颉刚先生对羌族发展演变的特点进行了论述："羌戎住在山岳地带，交通困难，文化的落后是当然的；但他们有强壮的身体，虔诚的信仰和勇敢的性格，很能和外族斗争以求发展。……他们很早就向东面走，但到了那边就自然地同化在汉文化里，三四千年来，消融在这大洪炉里的已不知有多少人，既已同化就分别不出来了。"②

在整个中华民族的交流发展史上，羌族与汉族始终是互相依存的，也与其他各族互相影响，绵延至今，并不多见。因此，在某种意义上，羌族演变的历史可谓中华民族延续融合的一个缩影，也是民族团结发展的见证。

羌族有自己的语言，在漫长的历史发展过程中，羌族人民在使用羌语的同时，也广泛使用汉语。1038年，党项羌首领元昊建立西夏政权，并借鉴汉文创制了西夏文，大量收集汉语典籍翻译成西夏文，促进西夏文化发展和羌汉文化交流。西夏灭亡后，其文献大量散失，文字也不再流传。一方面，西夏文字之外，羌族没有本民族的文字，其历史文学发展，皆没有系统的书面记载。羌族文学中的书面文学，自然是用汉文撰写的，羌族文学通过汉语而得以部分保存。另一方面，无论是古代还是当代，羌族作者以其特有的民族气质极大地丰富了汉文的表现力。羌族人民在人类文明进程中的贡献和创造，如音乐、舞蹈、农业、水利和建筑等，又大量地出现在汉族作家的文学作品中，化成其创作题材和艺术营养。

中国号称诗的国度，诗歌艺术有着悠久的历史传统。唐诗被视作中国诗坛的珠穆朗玛峰，代表中国古代诗歌的最高成就。"羌笛

---

① 顾颉刚：《九州之戎与戎禹》，《古史辨》第七册，上海古籍出版社，1982，第138页。
② 顾颉刚：《从古籍中探索我国的西部民族——羌族》，《社会科学战线》1980年第1期。

何须怨杨柳""一夜羌歌舞婆娑",反映了羌族文化艺术的杰出成就及其对中国汉字文学的巨大影响。南京大学周勋初先生曾撰文考察诗仙"李白与羌族文化的关系,藉以说明李白丰富多彩的宗教信仰与人生道路问题。……李白为人之所以异于常人,实与他所承受的多种文化的影响有关"。[①] 这是李白诗歌取得杰出成就的重要原因,实际上也是整个唐代文学的普遍情形,因此,考察唐诗中这种以羌笛意象为代表的羌文化因子,对于深入了解其具体影响,进一步认识中华民族文化交流和民族文学关系等都极具典型意义。

虽有少量几篇论著对羌族作家所受汉文化影响作零星论述,但专门对羌族文学与汉族文学十分特殊的紧密关系进行全面系统研究论述的,目前尚未见到,故需由此探讨。

(一)两唐书等唐代正史有关羌与其他民族史料分析

费孝通先生1988年在香港中文大学发表重要讲演,提出了"中华民族多元一体格局"的著名观点,这一格局经历复杂的形成过程,有竞争,也有融和。唐代是一个多民族统一的国家,同时于当时世界文明又处于领先和中心地位,与各地各民族交往频繁,也留下许多经济文化交流的记载和佳话。

以正史之体记载民族关系自《史记》即已发端,并为历代所传承,仅以前四史而言,其相关记载大致如下。

《史记》有《匈奴》《南越尉佗》《东越》《朝鲜》《西南夷》列传五卷;
《汉书》有《匈奴》(上下)、《西南夷两粤朝鲜》、《西域》(上下)列传五卷;
《后汉书》民族关系列传数量较多,有《东夷》《南蛮西南夷》《西羌》《西域》《南匈奴》《乌桓鲜卑》列传六卷,第

---

① 周勋初:《李白与羌族文化》,《中华文史论丛》2006年第1辑,上海古籍出版社,2006,第245、262页。

一次出现西羌专传。

《三国志》有乌丸、鲜卑、东夷三传（共一卷）

在《旧唐书》相关的正式记载中，更可见这种民族密切关系之一斑。《旧唐书》相关记载共九卷，其具体篇目如下。

> 列传第一百四十四上突厥上
> 列传第一百四十四下突厥下
> 列传第一百四十五回纥
> 列传第一百四十六上吐蕃上
> 列传第一百四十六下吐蕃下
> 列传第一百四十七南蛮　西南蛮（含林邑　婆利　盘盘　真腊　陀洹　诃陵　堕和罗　堕婆登　东谢蛮　西赵蛮　牂牁蛮　南平僚　东女国　南诏蛮　骠国）
> 列传第一百四十八西戎（含泥婆罗　党项羌　高昌　吐谷浑　焉耆　龟兹　疏勒　于阗　天竺　罽宾　康国　波斯　拂菻大食）
> 列传第一百四十九上东夷（含高丽　百济　新罗　倭国　日本）
> 列传第一百四十九下北狄（含铁勒　契丹　奚　室韦　靺鞨渤海靺鞨　霫　乌罗浑）

《新唐书》相关记载共十四卷，其具体篇目如下。

> 列传第一百四十上突厥上
> 列传第一百四十下突厥下
> 列传第一百四十一上吐蕃上
> 列传第一百四十一下吐蕃下
> 列传第一百四十二上回鹘上
> 列传第一百四十二下回鹘下
> 列传第一百四十三沙陀

列传第一百四十四北狄
列传第一百四十五东夷
列传第一百四十六上西域上
列传第一百四十六下西域下
列传第一百四十七上南蛮上
列传第一百四十七中南蛮中
列传第一百四十七下南蛮下

两唐书与正史发端之《史记》所载民族关系已有较大差异，对民族关系的记载，也有较大变化，其中"南蛮""西戎""东夷""北狄"诸传，为中国古代史家对周边各族的通常称谓，如顾颉刚先生所言："战国以下的人总喜欢把'夷、蛮、戎、狄'四名分配'东、南、西、北'四方。"除此之外，顾先生还指出："古代所谓华夏族四周的少数民族，部类名称分别甚繁。就其荦荦大者而言，则东方为'夷'，南方为'越'，北方为'胡'，西方为'羌'。实际上，在每一个大名之下又决不是一个单纯的种族。例如越……因为部类太多，又总称为'百越'。"① 两唐书的称呼与此相合，可见其由来已久，并已形成相对固定的称谓，故两唐书以这些名称概括指代四方各族（包括关系密切的周边各国），除此之外，两唐书根据当时民族关系实际，又特地增加了唐代特有的几个较为强势的族别，即突厥、吐蕃、回鹘、沙陀等。对此，《新唐书》编者专门加以概述，《新唐书·突厥传》开宗明义："夷狄为中国患，尚矣。在前世者，史家类能言之。唐兴，蛮夷更盛衰，尝与中国亢衡者有四：突厥、吐蕃、回鹘、云南是也。"② 说明增设数传，在唐朝民族关系中有十分重大而复杂的影响。

由此可见，两唐书所列民族关系诸传名称实际上有两类情形：一是具体族别特称，即在唐朝民族关系中影响重大的突厥、吐蕃、回鹘、沙陀；二是概略泛称，实际族别繁杂而难以细致界定，即

---

① 顾颉刚：《从古籍中探索我国的西部民族——羌族》，《社会科学战线》1980年第1期。
② （宋）欧阳修等：《新唐书·突厥传》，上海古籍出版社，1986，第646页。

以"南蛮、西戎、东夷、北狄"统称之。

这些特称和泛称,在全唐诗中也得到了充分体现。闻一多先生曾经如此概述唐诗的特点:"一般人爱说唐诗,我却要讲'诗唐',诗唐者,诗的唐朝也,懂得了诗的唐朝,才能欣赏唐朝的诗。""'诗唐'的另一涵义,也可解释成唐人的生活是诗的生活,或者说他们的诗是生活化了的。……凡生活中用到文字的地方,他们一律用诗的形式来写。达到任何事物无不可以入诗的程度。"[1]因此作为重要生活内容的民族关系,自然就成为唐诗反映和描写的重要题材。我们以两唐书民族关系相关传记名称,如(南)蛮、(西)戎、(东)夷、(北)狄、突厥、吐蕃、回鹘、沙陀等为关键词,泛称的去掉其方位词,并结合一般意义传统习惯泛称"夷、胡、越、羌",对全唐诗进行检索,可以对唐诗反映的民族关系有一个较为直观的了解。现存约五万首唐诗中,按出现检索频率列简表5-1、表5-2如下。

表5-1 泛称

单位:条

序号	关键词	数量
1	胡	1224
2	越	1039
3	戎	694
4	夷	544
5	蛮	334
6	羌	165
7	狄	51
8	夷狄	15

---

[1] 郑临川、徐希平:《笳吹弦诵传薪录——闻一多、罗庸论中国古典文学》,上海古籍出版社,2002,第74页。

表 5-2 专称

单位：条

序号	关键词	数量
1	蕃	150
2	吐蕃	5
3	回鹘	6
4	回纥	3
5	突厥	1
6	沙陀	1
7	氐	6

从表 5-1 和表 5-2 可知，出现各民族名称的唐诗在数量上已经突破 4000 条，一定程度上可以反映唐代各民族关系的密切程度。其中绝大多数是泛称，比重远远高于专称，专称突厥、吐蕃、回鹘、沙陀等都仅有数条，与当时实际情况极不相称，说明唐代诗人涉及民族关系时还是习惯用泛称。

再对几个泛称予以分析，"（南）蛮、（西）戎、（东）夷、（北）狄"，"夷、胡、越、羌"，两组共七个词语，在唐诗中出现的频率与实际关系并不相符。其中一个重要原因是这些词语大多有多重含义，并不完全与民族有关。

以"胡"为例，我们发现它之所以在唐诗中使用频率最高，有多方面的原因，而一个重要的原因便是它有多重的含义，其中民族关系的含义自然十分明显，此外还有密切的深层次内涵。刘明华先生曾经对杜甫诗中"胡"字的多重内涵做过较为深入的分析，指出在杜甫诗中与民族概念有关的"胡"字，大概有以下四种内涵：一是指方位，因习惯以"胡"通指北方民族，因而有时以"胡"代指北方，或北方外国，具有客观性或通用性，不具有感情色彩；二是反映了当时汉族及汉文化与其他民族及西域文化的关系；三是以胡称少数民族，主要是回纥与吐蕃；四是特指，主要是称安禄山、史思明及其所代表的叛军。[①] 杜甫诗中"胡"字的用法比较全面地反映了唐诗的基本情形。

但除了民族关系的含义之外，"胡"字还有其他含义。"胡"本义指兽颈下的垂肉，东汉许慎《说文解字》云："胡，牛䪼垂也。""胡"作疑问代词更为唐诗所常用。

与"胡"字相比，"越"字更有多重含义，除了统称南方民族即所谓"百越"和代指南方方位之外，还有超越、激越、清越以及作程度副词"何"、动词"抢夺"等含义。因此唐诗反映民族关系的"越"字实际上远远低于检索中出现的频率。

"戎"字除指西方民族外，也有兵戎、戎功等含义。

"夷"字除指东方和东方民族外，有平坦、平和、平定以及夷远（武夷山）、夷坦、夷易、夷雅、夷澹等含义。

"蛮"除指南方民族之外，还有野蛮、蛮横之意。

"狄"除指北方民族之外，还有姓氏、名称如仪狄、简狄等以及往来疾速等通假义。

从分析中可见，以上词语或多或少都有数重含义，而唯有"羌"字例外，其含义比较单一，其本义为西部牧羊人，指西部少数民族，尤其指以牧羊为特征逐水草而居的西部游牧民族。由此可以看出，唐诗中含"羌"字内容的有165条，其含义基本上是指西部羌人部族及相关少数民族，为当时羌汉民族关系比较真实的反映。

唐诗中这些词语反映的各方民族关系，内容较为广泛，但表现"夷夏大防"观念者仍居其大要，如战争、掠夺、骚扰、凭陵之类，而表现文化交流的主要集中在"胡"字和"羌"字，这从一个方面说明唐代羌人爱好和平、与汉人平顺和睦地交往，这实际上也是古代羌人基本特性的反映。若再联系前面表5-1、表5-2的统计，两唐书中有专传详细记载的回纥、突厥、吐蕃、沙陀等，在全唐诗中出现的频率屈指可数，而包含"羌"字内容的在全唐诗中高达165

[①] 刘明华：《杜诗中"胡"的多重内涵——兼论杜甫的民族意识》，《杜甫研究学刊》1999年第1期。

条，两相对照，其间所蕴含的文化意义就更加明显了。

（二）唐诗中羌笛概况

在各族文化交流中，民族音乐歌舞艺术是一个十分重要的内容，史书和唐诗相关记载数不胜数，有关西域胡乐对中华音乐与文学影响的论著也不胜枚举，而对"羌笛"这一羌人标志性文化意象与唐诗的关系则较少系统论述。

在中国古代社会中，音乐占有十分重要的地位。《礼记·乐记》云："德者，性之端也，乐者，德之华也，金石丝竹，乐之器也。"[①] 唐诗中有关音乐与乐器的句子比比皆是。再看当时几种常见的民族乐器在唐诗中出现的频率：

> 内容中包含"琴"的唐诗共 1401 条，
> 内容中包含"鼓"的唐诗共 1057 条，
> 内容中包含"瑟"的唐诗共 402 条，
> 内容直接包含"笛"字的共 454 条，
> 内容中包含"箫"的唐诗共 408 条，
> 内容中包含"琵琶"的唐诗共 96 条，
> 内容中包含"琴瑟"的唐诗共 29 条。

传统乐器有鼓乐、打击乐和管弦乐，丝竹是民族乐器琴、瑟、箫、笛等的总称，以丝弦与竹管乐器演奏，故丝竹往往成为中国古代传统管弦乐乃至音乐的概称，古人有所谓"声音之道，丝不如竹，竹不如肉，为其渐近自然"的说法。而所谓管乐之"管"，本来就是一个形声字，从竹，官声，本义指一种类似于笛的管乐器，后泛指管乐器；起初用玉制成，后改用竹，有六孔，长一尺，为古乐的基本乐器元素。这种观念在全唐诗中似乎也得到一定程度的印证。

检索《全唐诗》发现"丝竹"合用75条，单用"丝"者

[①] （元）陈澔：《礼记集说》，中国书店，1994，第331页。

1399条，单用"竹"者3034条。"管弦"合用212条，"弦管"合用71条，单用"弦"者1160条，内容单含"管"字的共902条，除少量指笔和姓氏之外，主要指音乐。

这其中，"笛"可视为管乐器的代表，古代或称"横吹"，后来又称"横笛"，唐诗内容直接包含"笛"字的共454条。弦乐器可以"琵琶"为代表，可见其使用之频繁。这其中自然也包含羌笛，含有"羌笛"的唐诗共有55条。

羌笛，传说是秦汉之际游牧在西北高原的羌人发明的，故名羌笛。有关其形制，许慎《说文解字》中有记载："羌笛三孔。"它与笛的关联实在是太紧密了。北宋沈括在《梦溪笔谈》中写道："笛有雅笛，有羌笛，其形制所始，旧说皆不同。《周礼》：'笙师掌教篪籈。'或云：'汉武帝时，丘仲始作笛。'又云：'起于羌人'。"① 应邵《风俗通义》："笛本于羌中。笛者，涤也……长一尺四寸，七孔。其后又有羌笛。羌笛与笛二器不同，长于古笛，有三孔，大小异故谓之双笛。"② 唐诗中一说到笛，往往就让人想到羌笛，如下面这几首诗。宋之问《咏笛》：

> 羌笛写龙声，长吟入夜清。
> 关山孤月下，来向陇头鸣。
> 逐吹梅花落，含春柳色惊。
> 行观向子赋，坐忆旧邻情。

丁仙芝《剡溪馆闻笛》：

> 夜久闻羌笛，寥寥虚客堂。
> 山空响不散，溪静曲宜长。
> 草木生边气，城池泛夕凉。
> 虚然异风出，仿佛宿平阳。

---

① （宋）沈括著，胡道静校注《梦溪笔谈校证》，古典文学出版社，1957，第262页。
② （东汉）应劭：《风俗通义》，中华书局，1985，第160页。

高适《塞上闻吹笛》：

> 雪尽胡天牧马还，月明羌笛戍楼间。
> 借问梅花何处落？风吹一夜满关山。

李白《清溪半夜闻笛》：

> 羌笛梅花引，吴溪陇水情。
> 寒山秋浦月，肠断玉关声。

上引诸诗题目明明说的是笛，写的却是羌笛，说明两者已经难分难解，没有区别。东汉马融《长笛赋》云：

> 近世双笛从羌起，羌人伐竹未及已。
> 龙鸣水中不见己，截竹吹之声相似。
> 剡其上孔通洞之，裁以当柱便易持。
> 易京君明识音律，故本四孔加以一。
> 君明所加孔后出，是谓商声五音毕。

可见，羌笛也被称为羌管，竖着吹奏，汉代时就已经流传于甘肃、四川等地，当时的羌笛是双管四孔，其后再加一孔，两管发出同样的音高，清脆高亢，有悲凉之感。在唐代，羌笛是边塞中常见的一种乐器，经常出现在唐代边塞诗中，其中最著名的诗句，自然首推王之涣的《出塞》："羌笛何须怨杨柳，春风不度玉门关。"王昌龄也有"更吹羌笛关山月"之句。

　　唐代是一个民族文化大交流融汇的时代，盛行各种音乐歌舞，唐代各类史书中有燕乐、清商乐、西凉乐、天竺乐、高丽乐、龟兹乐、安国乐、疏勒乐、高昌乐、康国乐等十部乐的记载，但这"十部乐"中并没有羌笛。可见，羌笛在唐代只是边塞中所见的乐器，并未正式进入唐代宫廷或军队，主要为西北少数民族或军队中的将士所用，后来广泛流行于民间，自娱自乐，抒发感情。

羌笛还有不少别名，如羌管、芦管等，又与许多少数民族乐器有密切关联。中央民族大学袁炳昌先生认为今天岷江上游羌族所用的羌笛并非古代的羌笛，而是篪。① 有关讨论还在继续，但牛龙菲先生经过多角度繁杂细致的考证，认为"羌笛、羌管、胡笳、觱篥，皆是中国由远古始祖气簧乐器——卷叶之角——筘发展而来的复合簧（双簧）哨管乐器的同器异名。……唐人谓之的'羌笛'，已是高度发达的乐器，其最高形态是为篪。"②

海滨先生认为："这几种'本是同根生'的乐器具有细微的差别，唐人的有些诗句是有所透露和反映的。"③ 并指出："通过对大量的唐诗的考察解读，觱篥、胡笳、羌笛、芦管等吹奏乐器在唐诗中更多地呈现出同质化倾向。这种同质化倾向体现在异器同诗、异器同曲、异器同情等三个方面。"这种异名同器在下面的作品中可以见到。如杜牧《边上闻笳三首》其三：

> 胡雏吹笛上高台，寒雁惊飞去不回。
> 尽日春风吹不散，只应分付客愁来。

前面曾说过，在现存全唐诗中，内容中含"羌"的有 165 条，而其中含"羌笛"的有 55 条，刚好占 1/3，另含同根相近的乐器如"芦管"的共 10 条，含"篪"的共 9 条，含"胡笳"的共 48 条，则其总数已达 120 余条。此外还有只含"笳"的唐诗，达到 260 条，而当时另一种比较常见的乐器"琵琶"，在唐诗中仅有 96 条。由此可见，羌笛及系列相关乐器是最直接的羌文化因子的表现，也在一定程度上反映了羌汉民族文学与文化艺术的关系。

从唐诗中描写羌笛的情况来看，当时最流行的曲调有《折杨

---

① 袁炳昌：《中国少数民族音乐史》，中央民族大学出版社，1998。
② 牛龙菲：《古乐发隐——嘉峪关魏晋墓室砖画乐器考证》，甘肃人民出版社，1985，第331页。
③ 海滨：《本是同根生，同曲又同情——篪、胡笳、羌笛、芦管在唐诗中的同质化》，《文史知识》2011年第5期。

柳》、《梅花落》和《关山月》等。郭茂倩《乐府诗集》解释《折杨柳》："《唐书·乐志》曰：梁乐府有胡吹歌云：'上马不捉鞭，反拗杨柳枝。下马吹横笛，愁杀行客儿。'此歌词元出北国，即鼓角横吹曲《折杨柳枝》是也。《宋书·五行志》曰：'晋太康末，京洛为折杨柳之歌，其曲有兵革苦辛之辞。'"①

提到《折杨柳》，人们脑海中立即会跃出王之涣的千古名篇《出塞》："黄河远上白云间，一片孤城万仞山。羌笛何须怨杨柳，春风不度玉门关。"诗歌用最具特色的词语和意象，表现最为经典的塞外风光和深远幽渺的情感意蕴。经过漫漫岁月的洗礼，该诗跨越时空，已经成为具有普遍社会意义的深情表述，作为羌人历史的文化使者，羌笛也由此成为羌汉文化沟通的最典型的媒介。

与《折杨柳》齐名的还有《梅花落》，唐段安节《乐府杂录》云："笛者，羌乐也，古有《落梅花》曲。"②郭茂倩《乐府诗集》称："《梅花落》，本笛中曲也。按唐大角曲亦有《大单于》《小单于》《大梅花》《小梅花》等曲，今其声犹有存者。"③唐诗中与之有关的咏叹也缕缕不绝。如前面所引宋之问的《咏笛》：

> 羌笛写龙声，长吟入夜清。
> 关山孤月下，来向陇头鸣。
> 逐吹梅花落，含春柳色惊。
> 行观向子赋，坐忆旧邻情。

李白的《清溪半夜闻笛》：

> 羌笛梅花引，吴溪陇水情。
> 寒山秋浦月，肠断玉关声。

---

① （宋）郭茂倩：《乐府诗集》，中华书局，1991，第326页。
② （唐）段安节：《乐府杂录》，上海古籍出版社，1988，第34页。
③ （宋）郭茂倩：《乐府诗集》，中华书局，1991，第348页。

李白又有《司马将军歌》(代陇上健儿陈安):

> 羌笛横吹阿䄎回,向月楼中吹落梅。

刘禹锡的《杨柳枝词》:

> 塞北梅花羌笛吹,淮南桂树小山词。
> 请君莫奏前朝曲,听唱新翻杨柳枝。

温庭筠的《定西番》将几个曲调熔于一炉,

> 汉使昔年离别,攀弱柳,折寒梅,上高台。
> 千里玉关春雪,雁来人不来。
> 羌笛一声愁绝,月裴回。

关于《关山月》曲名,郭茂倩《乐府诗集》注:"《乐府解题》曰:《关山月》,伤离别也。古《木兰诗》曰:'万里赴戎机,关山度若飞。朔气传金柝,寒光照铁衣。'按相和曲有《度关山》,亦类此也。"[①] 以羌笛奏《关山月》,与之有关的名篇有王昌龄的《从军行》:

> 迢递高城百尺楼,黄昏独坐海风秋。
> 更吹羌笛关山月,无那金闺万里愁。

李白的《关山月》同样感人:

> 明月出天山,苍茫云海间。长风几万里,吹度玉门关。
> 汉下白登道,胡窥青海湾。由来征战地,不见有人还。
> 戍客望边邑,思归多苦颜。高楼当此夜,叹息未应闲。

---

① (宋)郭茂倩:《乐府诗集》,中华书局,1991,第 334 页。

王表的《成德乐》堪称经典：

> 赵女乘春上画楼，一声歌发满城秋。
> 无端更唱关山曲，不是征人亦泪流。

其实还有很多名曲，郭茂倩《乐府诗集》中四卷横吹曲如《出塞》《白鼻䭷》《紫骝马》等都与羌笛有密切关联。

（三）羌笛吟咏所蕴基本内涵和情绪

羌笛之所以为唐诗所常用，在某种意义上，羌笛甚至成为笛子的代名词，这其中所蕴含的缘由耐人寻味，值得深入探讨，而其特有的音色及其主要曲调所擅长表达的情绪不无关系。

羌笛，作为古羌人乐器中最有特色并最有名气的乐器，与羌人的生产生活方式密切相关，在秦厉公时期之前，河湟地区的羌人尚处在原始社会母系氏族向父系氏族的过渡阶段，过着"以射猎为事"，"所居无常，依随水草"的狩猎和游牧生活，据说羌笛最初是用羊腿骨或鸟腿骨制成，因既是乐器，又作马鞭，故名"枊"（马鞭）或"吹鞭"。近世流传在四川岷江上游羌族地区的羌笛，是一种竹制双管并列六音竖笛，取材方便，音色柔美，悠扬悦耳，颇具民族特色。

笛声悠悠，为牧羊人排遣孤寂，打发时光，同时又可呼唤同伴，号令羊群。羌笛是游牧生活不可分离的部分，在某种意义上，我们说羌笛即牧笛也无不可。

羌笛的音色往往带给人以和平宁静的感觉，同时又带有一种淡淡的哀伤，这是羌笛所具有的西部高原农牧社会特有的自然属性，应该说也是羌笛最为明显的艺术特征。羌笛与少数民族擅长歌舞的特性相结合，表达对和平安宁的太平生活的向往和祈求，普遍存在各种生产生活场景之中。如耿湋《凉州词》：

> 国使翩翩随旆旌，陇西岐路足荒城。

> 毡裘牧马胡雏小，日暮蕃歌三两声。

王维《凉州赛神》（时为节度判官，在凉州作）：

> 凉州城外少行人，百尺峰头望虏尘。
> 健儿击鼓吹羌笛，共赛城东越骑神。

正因为如此，羌笛也代表和反映了古代各族人民向往自给自足、安居乐业的太平盛世的心理，有一种超越地域、跨越文化差异的力量，给人一种西部高原与内地中原甚至江南地区也无大的差异的感觉，在唐代诗人笔下多次反映出来。试读下面几首唐诗。刘言史《牧马泉》：

> 平沙漫漫马悠悠，弓箭闲抛郊水头。
> 鼠毛衣里取羌笛，吹向秋天眉眼愁。

韦庄《汧阳间》（一作《汧阳县阁》）：

> 汧水悠悠去似绋，远山如画翠眉横。
> 僧寻野渡归吴岳，雁带斜阳入渭城。
> 边静不收蕃帐马，地贫惟卖陇山鹦。
> 牧童何处吹羌笛，一曲梅花出塞声。

无名氏《镇西》：

> 天边物色更无春，只有羊群与马群。
> 谁家营里吹羌笛，哀怨教人不忍闻。

黄滔《壶公山》（相传古仙姓陈名壶，公于此山成道因而名焉）：

> 八面峰峦秀，孤高可偶然。……

> 樵牧时迷所，仓箱岁叠川。……
> 翠竹雕羌笛，悬藤煮蜀笺。
> 白云长掩映，流水别潺湲。……

薛能《杨柳枝词》：

> 洛桥晴影覆江船，羌笛秋声湿塞烟。
> 闲想习池公宴罢，水蒲风絮夕阳天。

薛能这首诗将塞北羌笛与黄河之南风絮自然连接，如此，西北高原农牧生活典型场景中的羌笛与响彻华夏各地的声声牧笛也就情绪相通起来了。又如张乔《题河中鹳雀楼》：

> 高楼怀古动悲歌，鹳雀今无野燕过。
> 树隔五陵秋色早，水连三晋夕阳多。
> 渔人遗火成寒烧，牧笛吹风起夜波。
> 十载重来值摇落，天涯归计欲如何。

再看韩偓《汉江行次》：

> 村寺虽深已暗知，幡竿残日迥依依。
> 沙头有庙青林合，驿步无人白鸟飞。
> 牧笛自由随草远，渔歌得意扣舷归。
> 竹园相接春波暖，痛忆家乡旧钓矶。

羌笛牧歌自然流畅、悠扬动人，其中所蕴含的对和平宁静生活的向往则是羌族人民性格的基调，也是它引起广泛共鸣的重要原因。

人们向往和平宁静的生活，但现实总是不以人们的意志为转移，正所谓"人有悲欢离合，月有阴晴圆缺，此事古难全"。这其中一个原因与边塞征战有关，"秦时明月汉时关，万里长征人未还"，因此，产于边塞的羌笛也就容易引起人们对边塞风情的想象和征人怀乡的情绪，笛声诉说无尽的哀怨。

这里大多是沙场将士和空闺思妇的真情实感，如前面所举的王昌龄的《从军行》就是其中代表。此外，在盛唐几位著名边塞诗人的作品中，都可以听到羌笛的悠扬婉转之音，形成了唐诗与羌笛结合最紧密、名篇最多的文化现象。

王之涣的"羌笛何须怨杨柳，春风不度玉门关"代古往今来的边塞征人抒写难以言喻的情思，脍炙人口，千古传唱。高适的《金城北楼》："北楼西望满晴空，积水连山胜画中。湍上急流声若箭，城头残月势如弓。垂竿已羡磻溪老，体道犹思塞上翁。为问边庭更何事，至今羌笛怨无穷。"作为边塞将士中的一个思考者，其有关羌笛的吟唱与王之涣的诗意相辅相成。

军中送别场景也离不开这个边城特有的乐器，于是就有了岑参的名篇《白雪歌送武判官归京》"中军置酒饮归客，胡琴琵琶与羌笛"，渲染出军中送别豪壮而深沉的情思。类似之作比比皆是。如李益《夜上受降城闻笛》：

> 回乐峰前沙似雪，受降城外月如霜。
> 不知何处吹芦管，一夜征人尽望乡。

李颀《古意》：

> 辽东小妇年十五，惯弹琵琶解歌舞。
> 今为羌笛出塞声，使我三军泪如雨。

孟浩然《凉州词》：

> ……胡地迢迢三万里，那堪马上送明君。
> 异方之乐令人悲，羌笛胡笳不用吹。
> 坐看今夜关山月，思杀边城游侠儿。

李咸用《关山月》：

> 离离天际云，皎皎关山月。
> 羌笛一声来，白尽征人发。……

刘长卿有所谓"五言长城"之称，其作品自然也有对边塞苦战的描绘。《从军行》其五云："倚剑白日暮，望乡登戍楼。北风吹羌笛，此夜关山愁。回首不无意，滹河空自流。"羌笛悠悠，渲染出无尽的关塞边愁。

羌笛的幽怨之声如此具有感染力，没有从军经历的诗人也同样能够体会、感受其间的心声。诗圣杜甫在战乱中逃难陇南，对此有深切的感受，其《秦州杂诗》其八："一望幽燕隔，何时郡国开？东征健儿尽，羌笛暮吹哀。"表现无限的悲悯之情。而这种情绪其实早在其祖父那里就有所表现，如杜审言的《赠苏味道》："北地寒应苦，南庭戍未归。边声乱羌笛，朔气卷戎衣。"

边地与离别如同孪生兄弟，总是紧紧相连，因此，以羌笛表现边塞也就自然转换为羁旅乡情。在唐诗之前，笔者唯一检索到的关于羌笛的诗作是北朝诗人庾信的《拟咏怀》，所抒发的便是这种羁旅行役之恨，可见其来历久远。

> 榆关断音信，汉使绝经过。
> 胡笳落泪曲，羌笛断肠歌。
> 纤腰减束素，别泪损横波。
> 恨心终不歇，红颜无复多。
> 枯木期填海，青山望断河。

唐诗中以羌笛代表离别就更是司空见惯了。如沈宇《武阳送别》："菊黄芦白雁初飞，羌笛胡笳泪满衣。送君肠断秋江水，一去东流何日归。"另有杜牧《见吴秀才与池妓别因成绝句》："红烛短时羌笛怨，清歌咽处蜀弦高。万里分飞两行泪，满江寒雨正萧骚。"均以羌笛为离别时不可或缺之声。

羌笛的音色音调使其所传达的情绪具有广泛的代表性，自然容易引起人们的共鸣，具有特殊的象征意义，往往一提到羌笛，便有一种幽怨伤感的味道，羌笛甚至成为悲伤的代名词。如李白的《清溪半夜闻笛》：

> 羌笛梅花引，吴溪陇水情。
> 寒山秋浦月，肠断玉关声。

黄滔的《河梁》：

> 五原人走马，昨夜到京师。
> 绣户新夫妇，河梁生别离。
> 陇花开不艳，羌笛静犹悲。
> 惆怅良哉辅，锵锵立凤池。

赵嘏的《前年过代北》：

> 代北几千里，前年又复经。
> 燕山云自合，胡塞草应青。
> 铁马喧鼙鼓，蛾眉怨锦屏。
> 不知羌笛曲，掩泪若为听。

元稹的《遣行十首》其九：

> 见说巴风俗，都无汉性情。
> 猿声芦管调，羌笛竹鸡声。
> 迎候人应少，平安火莫惊。
> 每逢危栈处，须作贯鱼行。

羌笛与边地特有的乐器如胡笳等音色皆含哀怨，如"胡笳在楼上，哀怨不堪听"（杜甫《独坐二首》其一），"明月，明月，胡笳一声愁绝"（戴叔伦《转应词》），更有筚篥"催断魂"[温庭筠《筚篥歌（李相妓人吹）》]，"一听多感伤"（杜甫《夜闻觱篥》），如此等等，不一而足。①

唐诗中提到的羌笛演奏者也比较多，首先是世居西北的羌蕃各部落，如高适诗云："胡人吹笛戍楼间，楼上萧条海月闲。"著名的吹奏者有胡人乐师安万善，李颀在《听安万善吹觱篥歌》中称赞他高超的演奏技巧："南山截竹为觱篥，此乐本自龟兹出。流传汉地曲转奇，凉州胡人为我吹。旁邻闻者多叹息，远客思乡皆泪垂。"其次是边地军民，如王维在《凉州赛神》中写道："凉州城外少行人，百尺峰头望虏尘。健儿击鼓吹羌笛，共赛城东越骑神。"还有勇武的少年，如李颀的《塞下曲》云："少年学骑射，勇冠并州儿。直爱出身早，边功沙漠垂。戎鞭腰下插，羌笛雪中吹。膂力今应尽，将军犹未知。"可见羌笛在边地少年中十分流行，具有较为广泛的群众基础。

中唐时期，担任浙西节度使的著名政治家李德裕曾为擅长吹笛的小童薛阳陶作《霜夜听小童薛阳陶吹笛》，其残句曰："君不见秋山寂历风飙歇，半夜青崖吐明月。寒光乍出松筱间，万籁萧萧从此发。忽闻歌管吟朔风，精魂想在幽岩中。"当时白居易、刘禹锡、元稹、张祜、罗隐、李蔚等皆纷纷唱和，白居易《小童薛阳陶吹觱栗歌（和浙西李大夫作）》："剪削干芦插寒竹，九孔漏声五音足。近来吹者谁得名，关璀老死李衮生。衮今又老谁其嗣，薛氏乐童年十二。"道出这位少年年仅十二岁。唱和者对其演奏的乐器称呼各不相同，觱栗、胡笳、芦管、羌笛名目不一，由此可知当时羌笛已经流传到东部地区。于是就有了无名牧童和歌女的吟唱，甚至高高在上的帝王也受到感染，在一代雄主李世民的诗中也出现了羌笛的清音，其《饮马长城窟行》云：

塞外悲风切，交河冰已结。瀚海百重波，阴山千里雪。迥戍危烽火，层峦引高节。悠悠卷旆旌，饮马出长城。寒沙连骑迹，朔吹断边声。胡尘清玉塞，羌笛韵金钲。

---

① 觱篥为一种与羌笛相似的管乐器，字又写作觱篥、觱栗、觱篥。

> 绝漠干戈戢，车徒振原隰。都尉反龙堆，将军旋马邑。扬麾氛雾静，纪石功名立。荒裔一戎衣，灵台凯歌入。

羌笛的魅力与唐诗结合的深度由此可以想见。

（四）结语

从前面的梳理中我们可以看到，唐诗与羌笛的渊源如此深厚，其中有两点需要特别指出。第一是名家众多，差不多一流的诗人都曾写过相关题材。除了王之涣《出塞》中羌笛杨柳之怨的名句外，唐代许多著名诗人都写过与之相关的脍炙人口的名篇佳作。在唐代诗人有关羌笛的吟唱中，刘长卿有五首诗直接写到羌笛，分别为《从军行》之六、《秋日夏口涉汉阳，献李相公》、《赠别于群投笔赴安西》、《疲兵篇》、《王昭君歌》，是现存唐代诗人中用羌笛一词最多的。李白、李颀的作品也令人瞩目。李白似乎对笛声特别钟情，相关名篇流传甚广，明确出现羌笛的诗有《司马将军歌》（代陇上健儿陈安）、《清溪半夜闻笛》，不仅提到了羌笛演奏的名曲《阿䩝回》《梅花落》等，更写出了羌笛与笛的关联及"肠断玉关声"的艺术效果；李颀不仅写了多次听边地少年演奏羌笛的经历，而且以此表达了戍边将士的深切感受，为边塞诗添上了丰富的色调。第二是羌笛传达的和平宁静与对战争的厌恶，以及思乡怀人的幽怨，具有较为普遍的社会意义，容易引起爱好和平而不得的人们的深深共鸣。羌笛及其曲调易为中原文化接受，进而产生一种文化上的交融互动，成为一种具有特殊象征意义和文化内涵的意象，是促进羌汉文化融合的经典范例，千古传唱，给后世以深刻的启迪，也值得我们很好地借鉴。

中编

西夏党项羌及其遗民文学与汉文学关系

六　西夏时期党项羌人的散文之一：元昊等西夏前期党项羌皇族成员汉文书表文创作

（一）引论

党项羌是中国古代西北地区羌人中兴起较晚的一支。据历史文献记载，南北朝末期（公元6世纪后期）党项羌才初露头角。其居住的中心起初在今青海、四川、西藏等省份交界处的广袤草原上，[①] 到隋末唐初之时，其活动范围开始逐步扩展，"东至松州（今四川松潘县），西接叶护，南界春桑，北邻吐浑，有地三千余里"。[②] 此时的党项羌人基本上还处在原始社会阶段，主要从事狩猎和畜牧业，"不知稼穑，土无五谷"，并按照从氏族分化出来的家庭组成部落，各自分立，不相统属。当时党项羌中的著名部族有细封氏、费听氏、往利氏、颇超氏、房当氏、米擒氏、拓跋氏等八族，唐初担任过轨州（今四川松潘县西北）刺史等职的羌人细封步赖可能就属于细封氏。但其中最为强大的是拓跋氏，拓跋氏也就是后来建立西夏的王族。唐代初年，党项羌各部落归附唐朝，首领拓跋赤辞受封为西戎州都督，并被赐李姓。后来，党项羌人受吐蕃王朝挤迫，向唐朝请求内徙，被安置在今甘肃东部庆阳一带。"安史之乱"以后，吐蕃北上占据了河西，唐朝又把一部分党项羌人迁往陕西北部，杜甫就曾在诗中描写这种情况，拓跋

[①] 在《尚书·禹贡》中，这个地区被称为"折支"（音读"折"为"赐"），《后汉书·西羌传》则称为"赐支"。其大致方位在黄河曲折北流一带。

[②] （宋）欧阳修：《新五代史》卷七十四，中华书局，1974，第909页。

六　西夏时期党项羌人的散文之一：
元昊等西夏前期党项羌皇族成员汉文书表文创作

部也在迁徙之中。唐末，迁居于夏州（今陕西横山县西）一带的党项羌平夏部，派兵参加了唐朝对黄巢起义军的镇压，酋长拓跋思恭被封为定难军节度使，爵号夏国公。从此以后，平夏部逐渐成为一支强大的地方割据势力。五代时，党项羌人中的贵族利用各封建割据势力之间的矛盾和斗争，继续壮大自己的力量。

至宋朝初年，党项羌将领李继迁借助辽国的势力与宋朝抗衡，于1002年攻占灵州（今宁夏灵武县西南），改设西平府，为西夏政权的建立奠定了初步基础。在中原文化的强烈影响下，党项羌族的政治、经济和文化结构发生了深刻的变化。经过李德明一代的继续发展，到元昊时，党项羌的贵族已基本上完成了由氏族酋长向封建地主的转变，迫切要求政治、经济、文化上的统一，建立自己的政权，以保障他们的利益。北宋仁宗宝元元年（1038），元昊正式宣布称帝，国号大夏，改元大庆，后再以天授礼法延祚为年号，定都兴庆府（今宁夏银川市），建立了地方封建割据政权。由于"大夏"地处西北地区，因此史称"西夏"。

西夏政权建立以后，与宋朝时战时和，并不断仿效唐、宋两朝的各项制度，加速了自身的封建化进程。在广泛吸取中原先进的生产技术和文化成果的基础上，西夏的政治和经济不断发展，文学艺术也日趋繁荣。1115年，辽被金国所灭。宋室南迁以后，西夏对金国和南宋采取了比较和好的政策，在仁孝统治的54年中，西夏的政治、经济、文化发展到了顶峰。西夏晚期，由于国内阶级矛盾进一步加剧，西夏逐步走向衰亡。1227年，在强大的蒙古军队的打击下，西夏政权宣告灭亡。

西夏是一个以党项羌人为主体，同时包含汉族和其他少数民族的封建割据政权。在其立于世的190年的历史中，西夏人民不仅创造了灿烂而又丰富的西夏文化，而且把古代羌族的书面创作推到了一个新的发展时期。

早在西夏政权建立前夕，元昊就"自制蕃书，命野利仁荣演绎之……教国人纪事用蕃书，而译孝经、尔雅、四言杂字为蕃语"。这是一种以党项羌语为本质特点的文字——西夏文（俗称蕃文，又写作番文）。白滨先生《元昊传》指出，"西夏文字是作为一种民族自觉的表征而出现的",[①]因此,它的创制与颁行为巩固民族语言、普及文化知识、提高党项羌人的文化水平、促进党项羌人和汉族及其他民族的文化交流提供了便利。元昊之后的西夏统治者也比较重视文化方面的建设,他们不仅大力推广"蕃文"和汉文,而且积极兴办学堂,发展教育,使更多的党项羌人有了学习文化的机会。

继元昊创建"蕃学",乾顺于1101年建立了以传授汉学为主要内容的最高学府"国学",并设弟子三百,以公费供养学读。1144年,西夏第五代皇帝仁孝又下令在各州、县设立学校,使入学的人数比乾顺时期猛增了十倍。此外,仁孝还在宫中设立了贵族小学,吸收适龄的皇室子弟入校学习。这一系列教育措施,不但为西夏政权建设培养了大批的知识分子,而且为党项羌人读书识字、诗文写作等,奠定了必要的基础。

西夏政权一方面积极兴办教育以发扬党项羌的民族文化传统,另一方面十分注意学习和吸取中原文化以及其他民族文化的精髓。据有关史料记载,西夏统治者曾多次表达对汉文化礼仪的倾慕,从第二代皇帝谅祚开始,采取了一系列的措施,学习汉文化。据《续资治通鉴长编》记载,嘉祐六年(1061)"己巳,夏国主谅祚言:'本国窃慕汉衣冠,今国人皆不用蕃礼。明年欲以汉仪迎待朝廷使人。'许之"。[②]谅祚还要求臣民穿戴汉族衣冠,施行中原礼乐制度以及中原王朝官制,[③]请求宋朝给予其儒家经典和汉族文学、历史、宗教、军事等方面的著作,[④]并将其译为"蕃文",供西夏人广泛阅读与学习。仅从流传下来的历史文献可知,西夏人曾翻译成西夏文的汉文典籍有《论语》、《孟子》、《孝经》(吕惠卿注本)、《贞观政要》、《六韬》、《孙子传》、《十二国》、《德行集》、《慈孝记》等。俄藏黑水城文献中,除佛经外,就有以西夏文翻译

[①] 白滨:《元昊传》,吉林教育出版社,1988,第184页。
[②] (宋)李焘:《续资治通鉴长编》卷195,中华书局,2004,第4730页。
[③] 李范文:《试论西夏党项族的来源与变迁》,载白滨编《西夏史论文集》,宁夏人民出版社,1984,第223页。
[④] 吴天墀:《西夏史稿》(增订本),四川人民出版社,1983,第226页。

六　西夏时期党项羌人的散文之一：
元昊等西夏前期党项羌皇族成员汉文书表文创作

的《论语》《孟子》《孝经》《孙子兵法三注》《六韬》《黄石公三略》《类林》《十二国》等多种原汉文典籍。

西夏统治者对不同文化兼收并蓄，多种文化融合表现得尤为突出。儒家学校教授佛学内容也是西夏儒释文化相互融合的最好例证。到乾顺、仁孝时期，尊儒之风更加兴盛。西夏贞观元年（1101），御史中丞薛元礼上书，要求西夏既要重视蕃学人才的培养，也要重视儒学人才的培养。据《宋史·夏国传》载，"建中靖国元年，乾顺始建国学，设置教授，设弟子员三百，立养贤务以廪食之"。仁孝时学校更加完备，绍兴十三年（1143），"夏改元人庆。始建学校于国中，立小学于禁中，亲为训导"。绍兴十五年（人庆二年）八月，"夏重大汉太学，亲释奠，弟子员赐予有差"。绍兴十六年（人庆三年），"尊孔子为文宣帝"。[①] 西夏太学教授儒家典籍、诗赋和佛学等内容。这一情况与敦煌地区的寺学教授儒家典籍以及蒙学、诗赋、阴阳占卜等内容都较为相似。

中原文化的不断传入，不仅加快了西夏文化的发展与衍化，而且对羌人的思想观念和文学创作产生了较大的影响。同时，崇佛之风的兴起和蔓延，以及佛教经典的大量翻译，也给这一时期的羌族书面创作带来了一定的影响。西夏政权的建立及其所推行的一系列文化教育政策，使羌族人较之过去有了更多学习文化的机会。因此，这一时期能够从事书面创作的羌族作者也大幅增多，出现了前所未有的兴盛局面。据现存的文物典籍和历史资料来看，西夏文学创作十分发达。仅以现藏于俄罗斯科学院东方学研究所黑水城出土西夏文字读物为例，这一时期留下的各类书籍十分可观，包括诗集《西夏诗集》、诗文集《三世属明言诗文》、文集《到贤》、谚语集《新集锦合辞》等。这里所列举的各类西夏文的书籍，是俄国"探险家"科兹洛夫于1909年从我国黑水城挖掘并盗走的西夏文物中的部分文献，现藏于俄罗斯科学院东方学研究所圣彼得堡分所。过去学界有一些零星介绍，1994年，由李明主编，林中亮、王康、徐希平、梁银林等参与编写的《羌族文学

[①] （元）脱脱等撰《宋史》卷四百八十六，中华书局，1985，第14019、14024~14025页。

史》，对西夏党项羌书表、碑文和诗歌予以系统介绍，但由于俄罗斯方面当时尚未将这些西夏文献的原件公之于世，我国学者不知道这些西夏文献的详细内容，①所以介绍很有局限。即使到现在，虽然俄罗斯所藏黑水城文献已经公布，世界各地的西夏文献也陆续公布，但毕竟大多为西夏文字，还需要逐步加以考释，才能对这些资料有所了解和认识。

张建华的《西夏文学概论》②一文较为详细地介绍了西夏的文学创作和现存的西夏文学作品，在表、碑铭、诗之外增加了疏、书和格言谚语，其中疏、书与表属于大的同一范畴，而格言谚语确实是西夏一种重要的文学体裁，值得认真研究，这类体裁的代表为《新集锦合辞》，作者梁德养为汉人，其他体裁的作品大多有不少党项羌作者。

虽然我们目前还不能说上述西夏文文献都出自羌族作者之手，但是可以肯定其中的一部分，如《西夏诗集·丁嵬诗》《忍教搜（寻）颂》等，就是由羌族作者创作（或参与创作）的。此外，羌族作者在这一时期还有其他大量的书面作品，如李继迁的《于宋乞夏州表》、仁孝的《〈观弥勒上升兜率天经〉施经发愿文》、谋宁克任的《上夏崇宗皇帝乾顺书》以及乾顺的《灵芝颂》等。这些作品与上述西夏文文献交相辉映，共同反映了西夏时期羌族书面创作的繁荣景象。然而，令人遗憾的是，由于战火的熏焚和时光的流逝，羌人于西夏时期创作的书面作品许多都散失了。例如，据有关典籍记载，羌族学者斡道冲生前曾著有《论语小义》和《周易卜筮断》，但这两部书如今已不知去向。又如，濮王嵬名仁忠（羌人）以"诗才超妙"名载史册，但他的诗作一首也未留世。因此，这一时期的羌族书面创作虽然较为发达，可留下的作品（特别是完整的作品和书籍）却十分有限。尽管如此，我们仍能通过这些有限的作品去窥见当时羌族书面创作的大致风貌及其所取得的成就。就目前所掌握的材料来看，西夏时期的羌族书面创作，

---

① 李明主编《羌族文学史》，四川民族出版社，2009，第456页。
② 张建华：《西夏文学概论》，载《首届西夏学国际学术讨论会论文集》，宁夏人民出版社，1998。

六 西夏时期党项羌人的散文之一：
元昊等西夏前期党项羌皇族成员汉文书表文创作

大致可分为三类：一是散文创作，二是诗歌创作，三是经典的翻译与注释。西夏时期羌族散文创作较之以往有了长足的进步，其主要表现在于：作品所反映的社会生活面更为宽广，文体形式逐步增多，艺术手法更丰富。元昊的《延祚二年上宋仁宗书》、谋宁克任的《上夏崇宗皇帝乾顺书》、骨勒茂才的《番汉合时掌中珠》序言、婆年仁勇的《黑水守将告近禀帖》（西夏文）、浑嵬名迁的《凉州重修护国寺感通塔碑》（西夏文）、仁孝的《黑河建桥敕碑》等，不仅展示了这一时期散文所达到的高度，而且把整个古代羌族的散文创作推到了一个新的发展阶段。从文风上看，这一时期的羌族散文创作，虽然大多受到中原骈体文的影响，但不为其刻板的模式所拘泥，在注重对偶、排比等手法的同时，又能根据内容的需要而改变句式，自由发挥。尤其值得指出的是，这一时期羌族的许多散文作品，字里行间贯穿着一种深沉的民族感情，因而细读起来，能给人一种难以言状的特殊艺术感受。

这一时期留下的诗歌作品虽然不多，但在一定程度上反映了西夏羌族诗歌创作的大致风貌和发展情况。从现已掌握的材料来看，这个时期的羌族诗歌创作有两种：一种是用西夏文写成的作品，另一种是用汉文写成的作品。就风格而言，前者无论是在题材的选择上，还是在艺术形式的表现上，都具有较为浓郁的民族特色；后者则更多地接受了中原文化的影响。从整体成就上看，前者也比后者要高一些。特别是《颂祖先》和《颂师典》这两首诗作，不仅展示了羌族西夏文诗歌的特色和风采，而且在诗体形式和艺术手法等方面，进一步丰富了羌族古代诗歌园地的花色。

西夏时期留下的各种西夏文翻译著作很多，其内容大致包括四个方面：一是佛经；二是儒家和道家的经典；三是汉文的历史典籍和军事、历法、卜筮等方面的著作；四是文学读物。四者之中，以佛经翻译的数量最多，成就最高。史金波在评价西夏时期的佛经翻译时曾说："举世闻名的《大藏经》，译自梵文，先后经历了许多朝代，花费了近一千年的时间，共译出六千多卷佛经，成为佛教史上的盛事，也是翻译史上的壮举。而西夏仅用了半个世纪多一点的时间，就译出了三千余卷佛经，平均每年译出六七十卷。这在我国译经史上，乃至世界翻译史上都是值得称道的。"①

从现有的材料来看，这一时期的翻译著作有不少出自党项羌人之手。例如，《论语注》就是由斡道冲翻译成西夏文并注释的。又如，《慈悲道场忏法》、《过去庄严劫千佛名经》、《佛说菩萨行经》和《佛说宝雨经》、《毗俱胝菩萨百八名经》等佛教经典，也是分别以夏惠宗秉常和夏崇宗乾顺的名义译成西夏文的。各种翻译著作的大量出现，不仅给西夏的社会、思想和文化观念带来了巨大的影响，而且对羌人的书面创作产生了直接而又深远的影响。西夏政权灭亡之后，崇信佛教、刻印佛经的风气仍在部分党项羌人中流传，以至于到了元代和明代，还不时有党项羌人用西夏文来撰写与佛事有关的碑铭题记和施经发愿文。例如，元代的《居庸关过街塔塔铭》（西夏文）、明代的《高王观世音经发愿文》等，便是这样的书面作品。就整体成就而言，羌族人于西夏时期的各类翻译著作，无论是在数量上、内文上，还是在质量上，都大大超过了姚秦之时，故在羌族文化史上有着特殊意义。

总之，西夏时期是羌族古代书面创作上继秦之后又一个重要时期，其深远的历史意义不仅在于这个时期出现了诸多的羌族作者及书面作品，而且在于它为羌族书面创作在元代的进一步发展和兴盛，奠定了坚实的基础。由于西夏时期留下的各类书面作品中，有不少出自皇族成员之手，而西夏皇族成员的民族归属直接关系到其作品能否列入羌族书面创作，因此，有必要在此简要地讨论一下这个问题。

关于西夏皇族的族别问题，学术界目前存有两种不同的意见：一种认为西夏皇族成员及其祖先拓跋氏是党项羌人；②另一种认为西夏皇族成员及其祖先拓跋氏是鲜卑人。③21世纪初，李范文主

---

① 史金波：《西夏文化》，吉林教育出版社，1986，第76页。
② 李范文与陈炳应两位先生均持此说。参见李范文《试论西夏党项族的来源与变迁》，载白滨编《西夏史论文集》，宁夏人民出版社，1984；陈炳应《西夏的诗歌、谚语所反映的社会历史问题》，《西北师大学报》（社会科学版）1980年第2期。
③ 唐嘉弘：《关于西夏拓跋氏的族属问题》，《四川大学学报》（社会科学版）1955年第2期。

六　西夏时期党项羌人的散文之一：
元昊等西夏前期党项羌皇族成员汉文书表文创作

编《西夏通史》，通过20世纪90年代陆续发布的俄藏西夏文献以及中外学者的进一步研究，发现了党项拓跋氏非鲜卑拓跋氏的确凿证据，证明党项拓跋氏并非鲜卑拓跋氏。[①]通观上述两种不同意见所持的具体论据，并结合自己的研究心得，我认为，无论西夏皇族的远祖——拓跋赤辞是何民族，说西夏皇族成员为党项羌人是可以成立的。故我们在论及西夏时期的羌族书面创作时，可将他们创作并留下的作品归入其中。

随着党项羌人的崛起和"大夏"政权的建立，羌族散文创作与过去相比有了更大的发展，主要表现为四个方面。其一，这一时期进行过散文创作的羌人明显增多。据初步统计，仅算有散文作品（包括残缺不全的作品）传世的羌族作者就达到33位，这个数字是过去任何一个朝代都无法比拟的。其二，散文作品的数量进一步增多，其总体质量亦有所提高。从目前已搜集到的资料来看，这个时期羌族作者写下并留存至今的各类散文作品有50余篇，其中质量较高的10余篇。这些作品不仅较为广泛地反映了当时的社会生活，而且在艺术上也取得了一定的成就。其三，西夏散文创作的文体较过去也有了新的发展。以前的羌族散文创作的文体主要为诏文和书表文，而这一时期除了诏文、书表文之外，新增了序文、记事文、碑文、契约文以及宗教发愿文等多种文体。其四，散文创作的艺术表现手法更加多样化。在西夏之前，羌族散文创作的艺术表现手法主要有叙事、议论、比喻、对仗、排比等，而这一时期的羌族散文创作，在继承和发展上述表现手法的基础上，又增加了描写、对话、人物性格刻画以及将民间传说故事引入散文创作等新的表现手法，大大增强了散文创作的能力，进而使其作品具有更为浓厚的文学色彩。上述种种都表明，羌族古代散文创作在西夏时期有了新发展，并开始呈现多姿多彩的景象。同时，从创作载体来看，西夏文散文创作的出现，不仅进一步拓宽了羌族散文创作的领域，而且为整个古代羌族的文学园地，增添了一朵新的艺术之花。

[①] 李范文主编《西夏通史》，人民出版社、宁夏人民出版社，2005，第46页。

（二）西夏政权建立之前党项羌首领的汉文书表

1. 汉文书表对于考察党项羌与宋朝关系的意义

早在西夏政权建立以前，党项羌人作为中原王朝的臣民便活跃在历史舞台上了。由于政治、军事、经济和文化的需要，党项羌首领常常要与中原王朝发生这样或那样的联系，奏折表章之类的文书，就是其相互交往沟通的重要"桥梁"之一。从拓跋赤辞受封为西戎州都督（634年前后），到元昊袭封（1032）以及其后宣告西夏政权的建立（1038），四百余年间，党项羌首领向中原王朝上过多少次书表，史书中没有明确的记载，但党项羌首领应当撰有不少书表呈报朝廷。这些书表既是他们与朝廷联系的重要纽带，也是文学上的散文作品。然而，令人遗憾的是，出于各种各样的原因，这些书表，特别是羌人于唐代时写下的表文，现在大多散失殆尽。

到了近代，开始有学者在古书中辑录有关西夏的记载，试图重现那一段历史。最早专注搜求西夏本土文献资料的是近代著名的史学家、辑佚学家和金石学家王仁俊。王仁俊（1866~1913），字捍郑，一字干臣，又字感莼，号籀许，江苏吴县（今苏州市）人，生于清同治五年（1866），卒于民国二年（1913），享年48岁。与蔡元培、张元济等人为光绪十八年（1892）壬辰科进士。曾官至湖北知府，先后任存古堂教务长、京师大学堂教习、学部编译图书局副局长等职。王仁俊一生博览群书，涉及学科面较广，尤好治经史，包括敦煌、印度之学，就其对西夏公文研究的贡献而言，集中体现在辑佚学方面，代表著作是《西夏艺文志》和《西夏文缀》。他于1904年辑成的《西夏文缀》两卷被称作西夏诗文辑佚的开山之作。

《西夏文缀》自《宋史》《金史》《通鉴长编纪事本末》《西夏纪事本末》《朔方新志》《松漠纪闻》等文献中收集西夏文献，《西夏文缀》全书分诗、表、奏、书、铭、碑、序、露布、榜九类文体，除了汉族文人张元的6首诗之外，共收21篇文章，其实是一部汉文写作的西夏公文表章的汇辑之作。西夏自公元1038年正式

六　西夏时期党项羌人的散文之一：
元昊等西夏前期党项羌皇族成员汉文书表文创作

立国，便在国内通用西夏文，但与宋、辽、金三国交聘往还的公文仍用汉文，此类公文对于研究宋、辽、金、夏四国关系史具有较高的史料价值。长期以来，此类公文一直散佚在宋人史籍、文集及其他文献中，很少有人关注这类交聘公文。"王仁俊以其史学家独具的学识，意识到这类公文对历史研究的重要性，在清代学者中首先给它以关注。"①

在《西夏文缀》的基础上，著名学者罗振玉之子罗福颐（1905~1981）增辑了《西夏文存》，共录文38篇。其中十分难得的是有俄罗斯学者伊凤阁和沙畹在1911年先后发表的最新成果，即科兹洛夫率领的俄国皇家蒙古四川地理考察队1909年在中国内蒙古黑水城遗址发现的西夏文献——夏仁宗乾祐二十年（1189）的《〈观弥勒上升兜率天经〉施经发愿文》。此外还有4篇来自《续资治通鉴长编》《三朝北盟会编》等典籍，仍属于书表文，其余据现代学者考证，多不可信。

当代西夏学者聂鸿音经过多年辛勤耕耘，在西夏文献的整理考释方面做出了巨大贡献，2007年发表了《西夏遗文录》，可谓目前最为完整的西夏文章集成。其凡例称："以下从宋元史籍及出土文物、文献中辑录西夏一朝的汉文、西夏文、藏文文章（含残句）凡94篇，所录文章为西夏人写的散文和骈文，包括写给比邻诸王朝的表章、公私书信、书籍序跋、发愿文、内容明确的题记、金石铭刻等。本文资料来源截至2006年止。"② 这其中的汉文文章基本上为表章，也多出自传统史书。

王仁俊《西夏文缀》前有"自序"一篇，在对西夏历史做了简单的综述和评价后，申明自己编辑的旨意："嗟乎！外交之不知讲，人才之不知惜，国粹之不知保存，国未有不贫且弱者。编辑微旨，具在丁此。后之君相以采览焉。"王仁俊生活的时代，正是腐朽的清政府即将崩溃、国家内忧外患之时。王仁俊通过回顾西夏国崛起的历史，发现西夏国王很擅长外交，在与宋、辽、

---

① 胡玉冰：《〈西夏文缀〉、〈西夏文存〉、〈宋大诏令集〉论略》，《固原师专学报》（社会科学版）2004年第4期。
② 聂鸿音：《西夏遗文录》，《西夏学》第2辑，宁夏人民出版社，2007，第134~180页。

金的交聘中策略灵活，于强大邻国间而能存在近两百年。且不论其总结历史经验、为现实提供借鉴的意图，在一定程度上，我们确实可以由西夏汉文文表中见出当时的交往关系，尤其是作为来往文表，史书还同时记载了许多宋朝回答文书，反映的情况更为真实。

有关学者曾对整个西夏与宋、辽、金的上表做过统计和研究，其中，西夏上奏宋朝的文书主要有34篇，其中史籍记载了文书内容的有23篇；[①] 同时还对西夏上表类别做了分析，包括降书或归顺表、乞还表、奏告表、誓表、议和表、赎物表、状告表、乞求表、谢罪表、合作书等。实际上，这个统计并不准确和完整，无论是上表次数还是史籍记载，包括现存上表文书数量，都不止于此。

据有关史料记载，现极少数留存下来的党项羌人上表，主要是西夏政权建立不久前的作品，以李继迁和李德明父子等少数人给宋朝皇帝的上表为代表。关于西夏的统治时间，传统是从元昊时期开始计算，而西夏本身的观念是从李继迁时期就已经形成了。

2. 李继迁、李德明等人的表文

在论述李继迁、李德明的表文之前，有必要先谈一下李克文的《上宋太宗表》。

李克文为夏州党项羌首领李继捧的叔父，宋太宗时官至绥州刺史和西京作坊使。就我们目前所掌握的材料来看，李克文的《上宋太宗表》是这一时期留下来的创作时间较早并且至今仍存有部分内容的羌人书表作品。980年，夏州节度使李继筠（羌人）因故身亡，按照古规，其官职应由其子承袭。但李继筠之子尚年幼，故夏州节度使之职便被李继捧（李继筠之弟）承袭。李继捧的这一"失礼"行为，引起了其他党项羌首领的不满。银州刺史李克远（羌人）与其弟李克顺首先发难，领兵袭击夏州。李继捧预先得到消息，设伏兵以待，李克远等中了埋伏，兵败而死，这

[①] 李丕祺、赵彦龙：《略论西夏上奏文书》，《青海民族研究》2005年第4期。

加深了党项羌人内部的矛盾。在这种情况下，李克文想借朝廷之手，解除李继捧夏州节度使的职务，于太平兴国七年（982）五月，向宋太宗赵光义上表。表文写道："……继捧不当承袭，请遣使与偕至夏州，谕继捧令入朝。……"[①] 从表文的格式来看，上述这段有限的文字，显然不是李克文《上宋太宗表》的全文，而只是对表中有关文字的一点摘录。尽管这段"摘录"的言辞十分简朴，谈不上什么优美的文学意味，但是它的出现，说明了至迟在宋代初年，党项羌人中就已经出现了用汉文创作的散文作品。这是羌族古代书面创作继姚秦政权灭亡以后，再次出现的散文作品，它是西夏党项羌人书面文学创作的新开端，标志着羌族古代书面创作在沉寂了500多年后，步入了新的春天。

再看李继迁的表文。

如果说李克文的《上宋太宗表》因其留存的文字太短，而无法展示宋初党项羌人散文创作的基本风貌的话，那么李继迁于995年写下的《于宋乞夏州表》则可对此做一点弥补。李继迁是李继捧的族弟，同时也是一位足智多谋、骁勇善战的羌族将领。宋太宗接到李克文的上表后，心里十分欣喜，遂派使臣持诏书命李继捧入觐。李继捧在无可奈何的情况下，只得遵从朝令，携家眷入京，并把党项羌人苦心经营了200多年的夏、绥、银、宥、静五州之地，献给了宋朝。李克文、李继捧叔侄"降附宋朝，献地求荣的举动"，大大刺激了党项羌人的民族意识。为了保住"拓跋祖业"不致再为朝廷"接纳"，身为夏州定难军都知蕃落使的李继迁挺身而出，担负起了率领羌人部落复兴"故土"、谋图王业的重任。据统计，李继迁致宋的上表7次，内容比较完整的只有3次，标题如下：

宋太平兴国八年（983）春三月，继迁《诣麟州贡马及橐驼表》。

宋至道元年（995）六月，继迁遣使《于宋乞夏州表》。

[①] （宋）李焘：《续资治通鉴长编》卷23，第519页。

宋真宗咸平元年（998）春正月，继迁遣使《请让恩命表》。

据《续资治通鉴长编》记载：宋淳化五年（994）八月，"李继迁窜于漠北……已巳，继迁遣其弟廷信奉表待罪，且言违叛事出保忠，愿赦勿诛。上召见廷信，面加慰抚，锡赍甚厚。"[①] 在李继捧入觐之后十余年中，李继迁率领部下几经波折，终于站稳了脚跟。兵强马壮的李继迁，感到自己有了与朝廷讨价的资本，于是便写了《于宋乞夏州表》，向宋朝索要其祖地——夏州。表文曰：

怀携柔远，王者之洪规；裕后光前，子臣之私愿。臣先世自唐初向化，永任边陲；迨僖庙勤王，再忝国姓；历五代而恩荣勿替，入本朝而封爵有加。……臣虽拓跋小宗，身是苾臣后裔。十世之宥，义在褒忠；三代之仁，典昭继绝。聿维夏州荒土，羌户零星；在大宋为偏隅，于渺躬为世守。……恭惟皇帝陛下，垂天心之慈爱，舍兹弹丸；矜蓬梗之飘零，俾以主器。诚知小人无厌，难免僭越之求。[②]

在这篇给宋太宗的表章中，作者首先以自豪而恭维的口吻，追述其祖先的丰功伟业，叙述党项羌人自唐初以来，一直都是中原王朝忠臣的历史事实，接着笔锋一转，顺水推舟，向宋朝提出了索要夏州的要求，使人感到朝廷如果连"弹丸"之地都不肯让忠臣据守，未免显得过于小气。文章感情充沛，层次清楚，流走的笔势之中，还不时带有一些工整的对偶语句，让人读起来有一种清爽顺畅、抑扬顿挫的感觉。特别是一些比喻的妙用，更是增添了文章的艺术色彩。例如，"蓬梗之飘零"的比喻，就把作者率部东躲西藏、像蓬草之梗那样随风飘荡的可怜情景，表现得生动形象，淋漓尽致。此外，文中刚柔相济的笔法，也是耐人回味

---

① （宋）李焘：《续资治通鉴长编》卷36，第793页。
② （清）吴广成撰，龚世俊等校证《西夏书事校证》，甘肃文化出版社，1995，第63页。

六 西夏时期党项羌人的散文之一：元昊等西夏前期党项羌皇族成员汉文书表文创作

的。例如，"恭惟皇帝陛下，垂天心之慈爱，舍兹弹丸；矜蓬梗之飘零，俾以主器。诚知小人无厌，难免僭越之求"。这段佳美的文字，既表现了作者对宋王朝的"恭顺"，又反映了作者不惧怕朝廷封锁和讨伐的意念，卑中有亢，柔里带刚，因此，起到了向宋朝巧施压力的作用。当然，见多识广的宋太宗在这时并没有因为这份表奏文字佳美而满足李继迁的要求。但是，随着李继迁实力的不断增强，特别是宋朝对李继迁的军事进攻失利之后，宋朝便不得不重新考虑李继迁的要求了。因此，时隔三年，当李继迁再次派人进京上表时，宋真宗被迫答应了李继迁索要"故土"的要求。

李继迁之后，在西夏政权建立之前即有散文创作传世的羌族作者，还有李德明（980~1031）。他也是西夏政权建立前最为关键的一个人物，我们看看其表文情况。

李德明，小名阿移，是李继迁的儿子，也是西夏政权的主要奠基人之一。1004年，李继迁因箭疾去世以后，李德明便承袭父位，做了夏州地方政权的最高首领。李德明上表较多，现存五篇。

李德明善于审时度势，利用时机，频频向宋王朝进上表文，或请求和好，或宣发誓言。据《续资治通鉴长编》卷六十四：景德三年（1006）九月，"癸卯，向敏中、张崇贵等，言赵德明累表归顺，词意精确，望降诏慰谕，从之。""癸丑，鄜延路部署言：'得赵德明牒，请蕃部指挥使色木结皆以等还本道。今色木结皆以见属府州，计其归投在德明誓表前，请诏府州具证验事状以谕德明。'从之。""丁卯，鄜延钤辖张崇贵入奏，赵德明遣牙校刘仁勖来进誓表，请藏盟府，且言保吉（继迁）临终谓之曰：'尔当倾心内属，如一两表未蒙听纳，但连表上祈，得请而已。'又言所乞回图及放青盐之禁，虽宣命未许，然誓立功效，冀为异日赏典也。上赐诏嘉奖焉。"当代学者指出，史册节引的李德明这段表文，显然是李德明为了从宋朝获得更多的利益而编造的谎言，[①]但可以见出李德明意在以此赢得宝贵的时间与和平的环境来发展壮大自己

---

① 李范文主编《西夏通史》，人民出版社、宁夏人民出版社，2005，第46页。

的实力，同时显出其汉文写作的能力，而且取得了实际成效。《续资治通鉴长编》同卷还记载：

> 张崇贵久在延州，善识蕃人情伪，西人畏服。凡德明有所论述及境上交侵，必先付崇贵裁制。

可见其多有论述之作，史册还记叙宋真宗两次录李德明誓表晓谕边疆：

> 冬十月庚午朔，以赵德明为定难节度使，封西平王，给俸如内地。又录德明誓表，令渭州遣人赍至西凉府，晓谕诸蕃转告甘、沙首领。……甲戌，赵德明上言："臣所管蕃部近日不住归镇戎军，盖曹玮等招纳未已。缘臣已受朝命，乞赐晓谕。"诏以德明誓表徧谕边臣。

据史料记载，1005~1016年，李德明向宋王朝上表主要有六次。其中有两次公文史籍全文记载，标题如下：

> 宋景德二年（1005）六月，夏州赵德明遣牙将王文《奉继迁遗言表》如宋。
> 宋大中祥符九年（1016）冬十月，德明上宋《乞宋敦谕边臣遵诏约表》。

下面，我们即从宋真宗大中祥符九年（1016）冬十月李德明上宋真宗的《乞宋敦谕边臣遵诏约表》，来看一看其书表创作的大致风貌。在上表之前，李德明遣牙校刘仁勖贡马二十匹，因上言：

> 伏以蕃垂部落，戎寇杂居，劫掠是常，逋亡不一。臣自景德中进纳誓表，朝廷亦降诏书，应两地逃民，缘边杂掠，不令停舍，皆俾交还。自兹谨守翰垣，颇成伦理。自向敏中归阙，张崇贵云亡，后来边臣，罕守旧制。天庭邈远，徼塞

六　西夏时期党项羌人的散文之一：
元昊等西夏前期党项羌皇族成员汉文书表文创作

阻修，各务邀功，不虞生事，遂至绥、延等界，泾、原以来，擅举甲兵，入臣境土。其有叛亡部族劫掠生财，去者百千，返无十数。臣之边吏，亦务蔽藏。俱失奏论，渐乖盟约。臣今欲索所部应有南界背来蕃族人户，乞朝廷差到使臣，就界上交付。所有臣本道亦自进纳誓表后走投南界蕃部，望下逐处发遣归回，未赐俞允。即望敦谕边臣，悉遵诏约，肃静往来之奸寇，止绝南北之逋逃。俾臣得以内守国藩，外清戎落。岂敢违盟负约，有始无终，虚享爵封，取诮天下。但恐朝廷不委兹事，诏上未察本心，须至剖陈，上干听览。①

在这篇表文中，作者激情洋溢地陈述了蕃、汉边臣严守朝令的重要性，笔力苍劲，文辞流畅，"表意清楚，结构严谨"。就连时常批阅各种奇文佳篇的宋真宗，也认为其文"布露恳诚，条成章疏"，给予积极的回应。《续资治通鉴长编》卷八十八记录真宗诏答：

卿世济勋庸，任隆屏翰，翊忠规而奉上，正师律以守方，布露恳诚，条成章疏，载加阅览，备认倾输。且国家奄宅中区，统临四海，咸推覆育，岂限迩遐。凡命将帅之臣，唯存御备之戒，所有文字往来，辞说异同，部族贪残，辗转仇报，掠过生口，彼此交还。其如不见端倪，互相诬执，或因缘攘窃，增饰邀求，朝廷固不细知，边垒亦为常事。及详来奏，深究弊源，难悉推穷，当申约束。已令鄜延、泾原、环庆、麟府等路部署钤辖司，今后约勒蕃部，不得辄相劫夺，擅兴甲兵，凡于交争，须尽公办理。其有广占阡陌，隐庇逃亡，画时勘穷，押送所管。卿本道亦仰严戒部下，不得更有藏匿。各遵纪律，共守封疆，嘉叹之怀，不忘寤寐。②

---

① （宋）李焘：《续资治通鉴长编》卷 88，第 2022 页。
② （宋）李焘：《续资治通鉴长编》卷 88，第 2022~2023 页

史书记载:"自德明纳款,凡有表奏,并令延州承受入递,其使者不复诣阙。其后向敏中言:'事有当诣阙者,请令延州伴送'。及仁勖至延州,以其所奏异于他日,留仁勖,具以闻。诏特许赴阙。"①

综观上述作品,我们可以发现西夏政权建立之前羌族散文的一些基本特点。第一,这个时期的作品全部用汉文创作,明显接受了汉族骈体文的影响。这说明生活在夏州一带的党项羌人是比较注重学习中原文化的。第二,从文体上看,这个时期的作品均为书表文,它们与西夏政权建立之后出现的那种表文、序言、叙事文、碑文并举的散文创作局面,形成了鲜明的对照。同时,这也说明在西夏建国之前,党项羌人的散文创作,无论在文体样式上,还是在写作技巧上,都比较单一。第三,这个时期的散文创作出现了由简至繁的局面。例如,李克文留下的作品,仅有一篇,并且残缺不全;而李德明创作的表文,数量至少有三,并且篇幅比较长。这样由简至繁的创作情况表明,随着党项羌人在政治、军事以及文化上的不断崛起,其族中能够从事书面创作的人在增加,与此同时,创作的频率也逐步提高。尽管从文学的角度来看,西夏建国之前的羌族散文创作还存在这样或那样的局限,但它们的出现是非常值得注意的。首先,它们以具体的实绩,打破了羌族书面创作自姚秦灭亡以后长期处于寂静无声的局面。其次,这个时期所传承下来的散文作品,已不再是单篇独作,而是一批书表。这说明羌族书面散文创作,在当时已经有了一定的规模。此外,需要特别指出的是,这个阶段的散文创作对于以后的羌族文人,如元昊、谋宁克任、乾顺等的书表创作产生了直接影响。因此,可以说,它们是一座承前启后的文化桥梁,同时,也预示着羌族书面创作将在西夏时期逐步走向繁荣。

---

① (宋)李焘:《续资治通鉴长编》卷88,第2023页。

（三）元昊的书表文

　　党项羌人于西夏建国之后创作并留存至今的书表之作，主要有两种类型：一是用汉文写就的作品；二是用西夏文写就的作品。对于第一种类型，尽管元昊称帝前后就一直意欲在政治和文化上与中原的宋王朝分庭抗礼，所谓以"胡礼蕃书抗衡于中国"，但由于世居夏州一带的党项羌人受中原文化的影响比较深，加之西夏国内亦有不少的汉族人，以及西夏政权在对外交往中，仍需要不断与中原王朝发生联系，因此，采用汉文从事书表创作的风气就被沿袭下来，我们才仍能在今天看到一些羌族人用汉文写就的书表作品。对于第二种类型，随着西夏文字的创制和使用，羌族人在西夏时期出现了用西夏文来从事书表创作的局面。从史书关于"西夏国内所有艺文诰牒"一般都要用"新制夏字书写"的记载来看，用西夏文字撰写表文应是这个时期羌族表文创作的主流。然而十分遗憾，出于种种原因，这个时期流传下来的西夏文书表作品已为数不多，其中能够确定为羌人所作的更是微乎其微。

　　元昊的汉文书表创作对整个西夏影响十分深远。

　　元昊（1004~1048），又名曩霄，李德明之子，党项羌人。宋明道元年（1032），元昊承袭父职，做了夏州党项政权的最高统领。之后，他率部"西掠吐蕃健马，北收回鹘锐兵"，同时去掉朝姓，自号嵬名，改换年号，令造蕃书（西夏文字），为建立西夏政权做好了最后的准备。1038年，元昊正式登基称帝，建立了先后与宋、辽、金相鼎峙的封建割据政权——西夏。

　　在西夏历史上，元昊不仅是政治家和军事家，而且是较有成就的"文化人"。他自幼熟读兵书，并且"颇具文才"。按白滨先生《元昊传》综述，元昊"精通汉、藏语言文字，又懂佛学，尤倾心于治国安邦的法律著作，善于思索、谋划，对事物往往有独到的见解"。[①] 元昊称帝之后，一方面积极跃马扬兵，开拓疆土；另一方面十分注重文化方面的建设，力图使新兴的西夏政权在语

[①] 白滨：《元昊传》，吉林教育出版社，1988，第26页。

言文字、衣冠服饰、礼乐器用等方面都有别于宋朝。元昊在文化上所推行的这一系列"改制"措施,对增强党项羌人的民族意识,稳定各部落间的联合,提高西夏文化的凝聚力,都起到了积极的作用。

元昊对党项羌文化的最大贡献是他主持创制并颁行了西夏文字。《宋史·夏国传》载:"元昊自制蕃书,命野利仁荣演绎之,成十二卷,字形体方整类八分,而画颇重复。教国人纪事用蕃书,而译孝经、尔雅、四言杂字为蕃语。"为了大力推广西夏文字,元昊一面派人到民间去教习传授,一面在朝中设立了"蕃学院",还特别委任造字师野利仁荣充当主持,并且诏令"于蕃、汉官僚子弟,选俊秀者入学教之,俟习学成效,出题试问,观其所对精通,所书端正,量授官职"。同时"令诸州各置'蕃学',设教授训之"。元昊创建"蕃学"的举动,不但对提高党项羌人的文化水平,巩固西夏政权起到了积极的作用,而且为后来的西夏文文学创作奠定了重要的基础。与此同时,他还身体力行,亲自用西夏文撰写了一些宣传佛教思想的文章。出于历史原因,元昊用西夏文写下的作品,如今已不知去向。但他身为一国之君,亲自以"蕃书"来撰文的举动,却给当时的西夏文坛带来了一定的影响。

元昊时期致宋的上奏文书主要有五次,都记载了全文,标题如下:

西夏天授礼法延祚二年(1039),元昊遣使《于宋请称帝改元表》。

西夏天授礼法延祚二年(1039)十二月,元昊《遣贺九言赉嫚书》。

西夏天授礼法延祚五年(1042),元昊上宋《使旺荣等复宋庞籍议和书》。

西夏天授礼法延祚七年(1044),元昊《遣使如宋上誓表》。

西夏天授礼法延祚九年(1046)夏四月,元昊上宋国书《请以禁边臣过界蕃户事附入誓诏书》。

六 西夏时期党项羌人的散文之一：
元昊等西夏前期党项羌皇族成员汉文书表文创作

今存元昊的书表之作都是用汉文写就的。其中，成就较高、影响较大的作品，是其登基称帝时上给宋朝的表章。宋仁宗宝元二年即西夏国天授礼法延祚二年（1039）正月，也就是元昊正式称帝后的第三个月，元昊便遣使至宋朝，带去了他写给宋仁宗的《于宋请称帝改元表》。

> 臣祖宗本出帝胄，当东晋之末运，创后魏之初基。远祖思恭，当唐季率兵拯难，受封赐姓。祖继迁，心知兵要，手握乾符，大举义旗，悉降诸部。临河五郡，不旋踵而归；沿边七州，悉差肩而克。父德明，嗣奉世基，勉从朝命。真王之号，凤感于颁宣；尺土之封，显蒙于割裂。臣偶以狂斐，制小蕃文字，改大汉衣冠，革乐之五音，裁礼之九拜。衣冠既就，文字既行，礼乐既张，器用既备，吐蕃、塔塔、张掖、交河，莫不从伏。称王则不喜，朝帝则是从，辐辏屡期，山呼齐举，伏愿一垓之土地，建为万乘之邦家。于时再让靡遑，群集又迫，事不得已，显而行之。遂以十月十一日郊坛备礼，为世祖始文本武兴法建礼仁孝皇帝，国称大夏，年号天授礼法延祚。伏望皇帝陛下，睿哲成人，宽慈及物，许以西郊之地，册为南面之君。敢竭愚庸，常敦欢好。鱼来雁往，任传邻国之音；地久天长，永镇边方之患。至诚沥恳，仰俟帝俞。谨遣弩涉俄疾、你斯闷、卧普令济、嵬崖你奉表以闻。①

在这篇表文中，元昊以臣子的身份追忆了其先祖与中原王朝的关系及其功劳，申述了自己建国称帝的合法性，要求宋王朝正式承认他的皇帝称号。文章气势磅礴，不卑不亢，说理深透，文采飞扬。特别是一些排比、对偶手法的妙用，更增添了文章的艺术风韵，例如，"臣偶以狂斐，制小蕃文字，改大汉衣冠，革乐之五音，裁礼之九拜。衣冠既就，文字既行，礼乐既张，器用既备，吐蕃、塔塔、张掖、交河，莫不从伏"。这里作者把三组不同句式

---

① （元）脱脱等撰《宋史·夏国传（上）》，上海古籍出版社，1986，第1585页。

的排比重叠在一起，骈中带散，挥洒自如，既展示了较为宏大的生活画面，又给人一种"江河横流，势不可挡"的艺术感受。又如，"敢竭愚庸，常敦欢好。鱼来雁往，任传邻国之音；地久天长，永镇边方之患。至诚沥恳，仰俟帝俞"。这段文字不但对仗工整，用语考究，而且感情充沛，行文流畅，读罢，令人有一种"溪流泛舟"的感觉，充分体现了"华丽纤巧"的美学追求，也表现出较高的汉文功底与修养。

宋仁宗对此高度重视，几经讨论，以诏书回复。《赐西平王赵元昊诏》曰：

> 朕奉承端命，抚有万方，上席祖宗之谋，靡佳兵革之举，专任德教，以统华夷。推心信人，自谓无负。卿世怀恭顺，名冠翰垣。嗣享王封，守我西土。朕不矜官爵之贵，不吝禄秩之优，任倚中权，宠均同姓。关市交易，行李无猜；贡献颁分，道路相属。则朕之恩信，卿之款诚，稽于大伦，谁得为间？今乃遽形表疏，轻述僭差，且将徇过分之谋，举非常之号，冒陈世系，辄改岁元。省阅再三，嗟惋何已。宁朕之寡德，不足以怀来；将卿之失图，自成于迷妄。事无萌隙，何及于兹？况自乃父以来，盟书可复，今略陈大要，以晓尔心。且卿父誓表，其略云："臣立誓之后，若负恩背义，百神怒诛，上天震伐，使其殃祸，仍及子孙，"此表见存，藏之故府。卿之先父，卒保斯言，故能高朗令终。功业相袭，福之所庇，理则宜然。今卿忽此背驰，了无所据，坏尔考之约，孤本朝之恩，忠孝两亏，今古为恨，揆之王法，所不忍闻。自卿表之来，内外咸愤，然朕独排群议，深惜旧勋。恐卿惑左右一时之辞，非英杰本怀之欲。人谁无过，事犹可追。倘能去尉佗越帝之名，复吴芮汉庭之令，洗心向善，改往怀昔，则朕之待卿，旷然如旧，永绍世禄，长为国藩。变通之机，不俟终日，去就大分，其审处之。所进鞍马骆驼，并却付来人牵回。尔其戒已往之愆，复将来之善，则永世无穷矣。

六 西夏时期党项羌人的散文之一：
元昊等西夏前期党项羌皇族成员汉文书表文创作

故兹诏示，想宜知悉。①

应该说，宋仁宗对此高度重视，诏书字斟句酌，甚为用心，首先叙述了羌汉友好历史，然后指出元昊"冒陈世系，辄改岁元"，并引其父李德明誓表内容加以警戒，强调其违誓之实质与恶果，最后语重心长地说明元昊此举乃受左右之蛊惑，希望其"洗心向善，改往怀昔……永绍世禄，长为国藩"。如西夏史专家所评："这道诏书写的意真情切，恩威并施，但对已决心要称帝立国的元昊来说，已毫无作用了。"②

元昊建国称帝的行为，引起了宋朝的愤慨与恐慌。宋朝不愿看到新的地方割据政权的萌生，更不肯承认元昊的帝位。于是宋仁宗在阅罢元昊所上的称帝之表后，便降下诏令："诏削夺官爵、互市，揭榜于边，募人能擒元昊若斩首献者，即为定难军节度使。"③即"削夺（元昊的）赐姓和官爵"，停止一切与西夏政权的贸易活动，并在边境贴出悬赏榜文，期求有人能够捕杀元昊及西夏重臣。与此同时，元昊在摸清了宋朝的态度和底细后，也决定发动一场"南牧"中原的战争。为了激怒并促使宋朝率先出兵，以推卸发动战争的责任，同时也为了争得西夏统治集团的支持，元昊于西夏天授礼法延祚二年（1039）十二月，再向宋王朝"赍嫚书"。这也是一篇颇有个性的文章。史书记载是月，"元昊复遣贺九言赍嫚书，纳旌节及所授敕告置神明匣，留归娘族而去"。④其书略曰：

> 持命之使未还，南界之兵噪动，于鄜延、麟府、环庆、泾原路九处入界。……南兵败走，收夺旗鼓、符印、枪刀、矛戟甚多，兼杀下蕃人及军将士不少。……既先违誓约，又别降制命，诱导边情，潜谋害主，谅非圣意，皆公卿异议，

---

① （宋）宋庠：《元宪集》卷27，中华书局，1985，第288页。
② 李范文主编《西夏通史》，人民出版社、宁夏人民出版社，2005，第161页。
③ （元）脱脱等撰《宋史·夏国传（上）》，上海古籍出版社，1986，第1585页。
④ （宋）李焘：《续资治通鉴长编》卷125，第2949页。

心膂妄图，有失宏规，全忘大体。……蕃汉各异，国土迥殊。幸非僭逆，嫉妒何深？况元昊为众所推，盖循拓跋之远裔，为帝图皇，又何不可？……觅迦回，将到诏书，乃与界首张悬敕旨不同。……元昊与契丹联亲通使，积有岁年。炎宋亦与契丹玉帛交驰，傥契丹闻中朝违信示赏，妄乱蕃族，谅为不可。……伏冀再览菲言，深详微恳，回赐通和之礼，浡行结好之恩。①

在这篇"嫚书"中，元昊以强硬的口吻，对北宋王朝进行了一系列的指责和挖苦，言辞跌宕，刚柔并举，充分体现了元昊雄毅、骄横而又狡诈的性格，使人读其文如见其人。诚然，从主观上看，这篇"嫚书"的创作动机虽不足取，但文中所表现出的那种个性和激情，却是耐人回味的。披肝沥胆，非元昊所不能道。由于这些咄咄逼人的文辞都是发自他内心深处的呐喊，情感真挚，个性鲜明，因此能给读者以强烈的震动。无论这种震动给人的感受是否良好，它都会给人留下十分深刻的印象。或许这正是"嫚书"的艺术魅力所在。

经过几年的战争，宋、夏双方都遭受了大的损失，元昊又改换策略，希望与宋和平相处，特地上表与送盟誓。据《续资治通鉴长编》载，宋庆历四年（西夏天授礼法延祚七年，1044），元昊以誓表来上，其词曰：

两失和好，遂历七年，立誓自今，愿藏盟府。其前日所掠将校民户，各不复还。自此有边人逃亡，亦无得袭逐，悉以归之。臣近以本国城寨进纳朝廷，其栲栳、镰刀、南安、承平故地及它边境蕃汉所居，乞画中央为界，于界内听筑城堡。朝廷岁赐绢十三万匹，银五万两，茶二万斤，进奉乾元节回赐银一万两，绢一万匹，茶五千斤，贺正贡献回赐银五千两，绢五千匹，茶五千斤，仲冬赐时服银五千两，绢五千匹，及赐

---

① （宋）李焘：《续资治通鉴长编》卷125，第2949页。

六 西夏时期党项羌人的散文之一：
元昊等西夏前期党项羌皇族成员汉文书表文创作

臣生日礼物银器二千两，细衣著一千匹，杂帛二千匹，乞如常数，无致改更，臣更不以它事干朝廷。今本国自独进誓文，而辄乞俯颁誓诏，盖欲世世遵承，永以为好。倘君亲之义不存，或臣子之心渝变，使宗祀不永，子孙罹殃。①

元昊在表文中请求两厢交好，希望遵守誓约，和平相处。面对客观情况，宋真宗只能接受现实，顺水推舟，《续资治通鉴长编》载："庚寅，赐誓诏曰：'朕临制四海，廓地万里，西夏之土，世以为阼。今乃纳忠悔咎，表于信誓，质之日月，要之鬼神，及诸子孙，无有渝变。申复恳至，朕甚嘉之。俯阅来誓，一皆如约。所宜明谕国人，藏书祖庙。'"

为了表示郑重，宋真宗的诏书中还对元昊这次上表进行引录，但所引文句与原表文句颇有差异。② 在此不妨看看宋真宗的引录：

敕省所进誓表，称两国不通和好，已历七年，边陲屡经久敌，今立誓之后，其前掠夺过将校及蕃汉人户，各更不取索。自今缘边蕃汉人逃背过境，不得递相袭逐酬赛，并逐时送还宥州保安军，无或隐避。臣近者以本国城寨进纳朝廷，其系栲栳、镰刀、南安、承平四处地分及他处边境，见今蕃汉人户住坐之处，并乞以蕃汉为界，仍于本界修筑城堡，各从其便。朝廷每年所赐绢一十三万匹、银五万两、茶二万斤，进奉乾元节回赐银一万两、绢一万匹、茶五万斤，进奉贺正回赐银五千两、绢五千匹、茶五千斤，每年赐中冬时服银五千两、绢五千匹，并赐臣生日礼物银器二千两、细衣着一千匹、衣着一千匹，伏乞无致改更，臣更不以他事辄干朝廷。只令本国独进誓文不合，亦乞颁赐誓诏，盖欲世世遵承，永以为好。倘君亲之义不存，臣子之心渝变，使宗祀不永，

---

① （宋）李焘：《续资治通鉴长编》卷152，第1415~1416页。《宋史·夏国传（上）》记载略同。
② 全文见《宋大诏令集》卷233《庆历四年十月庚寅赐西夏诏》，中华书局，2001，第908页。

子孙受诛。其誓表伏请藏于盟府。

宋真宗的诏书引录与元昊的表文,总体文字没有大的差别,但个别地方文字表达更为具体准确,比较典型的如将元昊表文中的"两失和好,遂历七年,立誓自今,愿藏盟府"改为"两国不通和好,已历七年,边陲屡经久敌,今立誓之后……"中间增加"边陲屡经久敌",而将"愿藏盟府"稍作改动,移至文末,文气更加通达顺畅。再如,将元昊表文中的"自此有边人逃亡,亦无得袭逐,悉以归之"改为"自今缘边蕃汉人逃背过境,不得递相袭逐酬赛,并逐时送还宥州保安军,无或隐避",对归还地点做了明确表述和规定。如此等等,可以看出虽是录自同一表文,但在文辞上略有修饰订正,也从一个侧面见出党项文表与中原文书的差异。

元昊此次誓表对于双方关系十分重要,虽然以后宋与西夏相互对峙,时战时和,但大致依此遵行,后来历代西夏王多次向宋上誓表,彼此多次盟誓,大多强调以此次誓约为据,可见其影响深远。

七　西夏时期党项羌人的散文之二：秉常、乾顺等西夏后期党项羌皇族成员汉文书表文创作

（一）谅祚、秉常之表文

1. 谅祚表文

元昊即位十余年，立国称帝十年，于天授礼法延祚十一年（宋仁宗庆历八年，1048）被其子宁令哥杀死，宁令哥随即又被杀，幼子谅祚即位。谅祚在位前期母党专权，后来方得亲政。

自谅祚即位到西夏末帝宝义元年（1227），共历九帝近一百八十年，西夏与宋始终处于若即若离、时战时和的状态，其中对西夏影响较大的皇帝除谅祚之外，还有秉常、乾顺和仁孝，现存与宋朝来往书表也相对较多。

李丕祺、赵彦龙的《略论西夏上奏文书》对谅祚、秉常、乾顺时期的上表做了统计。谅祚致宋的上表史籍记载主要有四次，三次基本上记载了全文。

  1. 西夏奲都二年（1058）秋九月，《于宋乞赎大藏经表》。
  2. 西夏拱化元年（1063）夏四月，谅祚《于宋乞工匠表》。
  3. 西夏乾道二年（1069）三月，《乞宋颁誓诏表》。[①]

[①] 李丕祺、赵彦龙:《略论西夏上奏文书》，《青海民族研究》2005年第4期。聂鸿音先生称《乞宋颁誓诏表》作于乾道元年（1068），参见聂鸿音《西夏遗文录》，载《西夏学》（第2期），宁夏人民出版社，2007，第142页。

李丕祺、赵彦龙所记有误，第三次即西夏乾道二年（1069）三月所上《乞宋颁誓诏表》应为误记。谅祚于拱化五年（1067）卒，乾道为秉常时期年号，故《乞宋颁誓诏表》应为秉常时期所上表。同时李丕祺、赵彦龙漏下了谅祚时期的两篇重要表文：一篇是作于夏奲都五年（1061）的《于宋乞用汉仪表》，① 另一篇为夏奲都六年（1062）的《于宋乞买物件表》。② 这两篇表文对于了解当时西夏和宋之间的关系非常重要。前一文曰：

> 昨因宥州申覆，称迎接朝廷使命，馆宇隘陋，轩槛贴危，倘不重修，诚为慢易。于是鸠集材用，革故鼎新。来年七月臣生日，用蕃礼馆接使命，十月中冬，用汉仪迎接。

后一文与前一文遥相呼应，希望宋朝能够提供方便，让西夏人可以自由购买各类汉族服饰，如幞头帽子并红鞓腰带及红鞓衬等物件："乞从今后，凡有买卖，特降指挥，无令艰阻。"谅祚统治时期尤其是其即位到拱化初的十几年中，宋与西夏的关系相对缓和，党项贵族与西夏各族民众穿着与宋朝民众无异，上述表文均真实地反映了当时西夏学习宋朝礼仪文化的愿望以及相互交往的情形。

2. 秉常之表文

秉常时期致宋的上表主要有六次，其中四次内容比较完整。

  1. 夏天赐礼盛国庆二年（1071）九月，秉常《贡宋乞绥州表》。

  2. 夏天赐礼盛国庆三年（1072），夏国主秉常遣使上《谢宋恩表》。

  3. 夏天赐礼盛国庆三年（1072）十二月，秉常遣使《如宋进马赎大藏经表》。

---

① 《宋大诏令集》卷234，中华书局，2001，第911页。
② 《宋大诏令集》卷234，中华书局，2001，第912页。

七 西夏时期党项羌人的散文之二：
秉常、乾顺等西夏后期党项羌皇族成员汉文书表文创作

西夏大安十年（1083），秉常遣使上《贡宋表》。[①]

前面所说惠宗秉常所上《乞宋颁誓诏表》，载于《宋大诏令集》卷235，其文云：

> 臣闻固基业者，必防于悔吝；质神祇者，宜务于要盟。考核彝章，讨论典故。河带山砺，始汉室以流芳；玉敦珠盘，本周朝之垂范。庶使君臣之契，邦国之欢，蔚为长久之规，茂著古今之式。矧茂恩于累世，受赐于有年，当竭情诚，听期宸听。窃以上联世绪，累受列封，本宜存信以推忠，岂谓轻盟而易动？盖此酋戎之画，助成守土之非。然而始有衅端，已归倾逝。昨者期在通欢之美，曾申沥款之诚。爰降绨函，宛垂俞旨，敢陈恳幅，上达至聪：倘给还于一城，即纳归于二寨。惟赖至仁抚育，巨德保安，冀原旧誓之文，用复交欢之永。伏遇尧云广荫，轩鉴分辉，幸宽既往之辜，深察自新之恳。将使庆流后裔，泽被溥天，洎垂赐予之常，恪谨倾输之节。臣敢不昭征部族，严戒酋渠，用绝惊骚，俾无侵轶？非不知畏天而事大，勉坚卫国之猷；背盟者不祥，寅懔奉君之体。若乃言亡其实，祈众神而共诛；信不克周，冀百殃而咸萃。自敦盟约，愈谨守于藩条；深愧僭尤，乞颁回于誓诏。[②]

关于秉常《贡宋乞绥州表》的具体情况，李焘的《续资治通鉴长编》记载较为详细。

> 庚子，夏国主秉常遣使昂聂觅名嚷荣等入贡，表乞绥州城，

[①] 李丕祺、赵彦龙：《略论西夏上奏文书》，《青海民族研究》2005年第4期。该文称"西夏大安九年（1083），秉常遣使上《贡宋表》"的资料来源为李焘《续资治通鉴长编》卷350（中华书局，1985），然而核李焘原文，发现其事发生时间有误，应为宋神宗元丰七年，即西夏大安十一年（1084）。李丕祺、赵彦龙文中年号所对公元年疑有误。西夏天赐礼盛国庆二年应为1070年，西夏天赐礼盛国庆三年应为1071年。

[②] 《宋大诏令集》卷235，中华书局，2001，第916页。这篇表文《宋大诏令集》录为《赐夏国主给还绥州誓诏》。

愿依旧约。……其表辞曰："臣近承边报，传及睿慈，起胜残去杀之心，示继好息民之意，人神胥悦，海宇欢呼，仰戴诚深，忭跃曷已！恭惟皇上陛下，深穷圣虑，远察边情，念兹执戟之劳，恤彼交兵之苦。岂谓一城之地，顿伤累世之盟！觊斥边吏之云为，乃是天心之恻隐。况此绥州，居族岁久，悉怀恋土之思；积愤情深，终是争心之本。远施命令，早为拔移。得遵嗣袭之封，永奉凝严之德。竚使枕戈之士，翻成执耒之人。顿肃疆场，重清烽堠。顾惟幼嗣，敢替先盟！翘仰中宸，愿依旧约。贡琛赟宝，岂惮于逾沙；向日倾心，弥坚于述职。"①

李焘除详载表文之外，还特别指出："伪学士景珣之辞也。此据会要，秉常差大使昂聂嵬名嚷科荣，副使吕宁、焦文贵诣阙进奉。密记亦同。旧纪书夏国主秉常遣使来贡。新纪书夏人入贡。"聂鸿音先生认为"景珣这个'学士'很可能就是为皇帝草拟记书的'汉大学院学士'"。②其说有一定道理，文章不是秉常所做，但依然代表了他的观点，这是无疑的。

西夏大安十一年（1084），秉常遣使上《贡宋表》。李焘《续资治通鉴长编》记载同样十分清楚。

夏国主秉常遣谟固哔迷乞遇赍表入贡，其表曰："秉常辄罄丹衷，仰尘渊听，不避再三之干渎，贵图溥率之和平。况夏国累得西蕃木征王子差人赍到文字，称南朝与夏国交战岁久，生灵受苦，欲拟说话，却今两下依旧通和。缘夏国先曾奏请所侵过疆土，朝廷不从，以此未便轻许。于七月内再有西蕃人使散巴昌郡、丹星等到夏国称，兼得南朝言语，许令夏国计会，令但差使臣赍计会表状，西蕃国自差人赴南朝前去。窃念臣自历世以来，贡奉朝廷，无所亏怠；至于近岁，尤甚欢和。不意憸人谮间，朝廷特起大兵，诸路见讨，侵夺

---

① （宋）李焘：《续资治通鉴长编》卷 226，第 5514~5515 页。
② 聂鸿音：《"蕃汉二字院"辨正》，《宁夏社会科学》1998 年第 6 期。

却疆土城寨；自此构怨，岁致交兵。今朝廷示以大义，特赐还夏国疆土城寨，伏望皇帝陛下开日月之明，扩天地之造，俾还疆土，通遐域之贡输；用息干戈，庶生民之康泰。倘垂开许，别效忠勤。"①

秉常与当年元昊上表一样，在武力不够的情况下，希望求和来达到目的，收复失地，可谓煞费苦心。文中"自历世以来，贡奉朝廷，无所亏怠；至于近岁，尤甚欢和。不意憸人诬间……自此构怨，岁致交兵"等句，表达西夏一贯奉行和平政策，对宋尊重恭敬，两国友好关系久远，但遭到用心险恶之人诬陷离间，导致怨恨。这里将交恶的原因归于第三者，含蓄巧妙，与先秦时期姜氏戎首领驹支赋《青蝇》之用意异曲同工。秉常表中还虚言木征王子传话之意，希望借助"西蕃"之力达到目标，不过尺度把握不够准确，被宋神宗识破，加之此时正当北宋盛世，故其计划未能实现。李焘《续资治通鉴长编》记载了宋神宗的答复："上即录本以付李宪。仍诏宪，详其来文，乃不移前请，兼言董毡使人招徕，及妄言朝命许其通使之意，与阿里骨期望本情，大段草略不同，可因其使来，详开谕之。"戴锡章编《西夏纪》卷十五对此也有记载，谓："秉常倚恃兵力，自谓所求必得，及请故疆不许……皆谋入犯。"②

秉常在位期间，西夏后党专权，宋神宗元丰五年（1082）即西夏大安九年，西夏与宋在永乐城大战，取得胜利，但人力物力损失惨重，于是想与宋和解，因彼此无法沟通，就出现了这样一种奇怪的传书方式。据《续资治通鉴长编》：元丰五年十一月，夏国南都统昂星嵬名济奉命以书系矢，射之镇戎军境上，将领刘昌祚报告给经略使卢秉，卢秉命令将书毁弃，夏人又遣所得俘囚将书带给卢秉，卢秉只好转送朝廷。③

---

① （宋）李焘：《续资治通鉴长编》卷350，第8384页。
② 戴锡章编，罗矛昆校点《西夏纪》，宁夏人民出版社，1988，第403页。
③ 关于西夏射书所送宋朝主将，《宋史·夏国传》所记与《续资治通鉴长编》略不同，前者认为西夏射书送给的是刘昌祚，李范文主编《西夏通史》采纳此说，而聂鸿音先生据《涑水记闻》载："夏国以书系矢，射于环庆境上，经略使卢秉弃之。虏乃更遣所得俘囚，赍书移喋以遗秉，秉不敢不以闻。"认为《宋史》记载有误。

夏国南都统为西夏官名，昂星嵬名济（一作"昂星嵬名济乃"，一作"星茂威名吉鼎"）应该属于西夏朝廷亲信的党项贵族。其书文如下：

> 昨于兵役之际，提戈相轧，今以书问赟信，非变化曲折之不同，盖各忠于所事，不得不如此耳。夫中国者，礼义之所存，出入动止，猷为不失其正。苟听诬受间，肆诈穷兵，侵人之土疆，残人之黎庶，事乖中国之体，岂不为外夷之羞哉？昨朝廷暴驱甲兵，大行侵讨，盖天子与边臣之议，谓夏国方守先誓，宜出不虞，五路进兵，一举可定，遂有去年灵州之役。今秋永乐之战，较其胜负，与夫前日之议为何如哉？且中国非不经营，五路穷讨之策既尝施之矣，诸边肆挠之谋亦尝用之矣，知侥幸之无成，故终归乐天事小之道。兼夏国提封一万里，带甲数十万，西连于阗，作我欢邻，北有大燕，为我强援。今与中国乘隙伺便，角力竞斗，虽十年岂得休哉？念天民无辜，被此涂炭之苦，孟子所谓"未有好杀能得天下者"也。况夏国主上自朝廷见伐之后，凤宵兴念，谓自祖先至今八十余年，臣事中朝，恩礼无所亏，贡聘无所怠，何期天子一朝见怒，举兵来伐，令膏血生民，剿戮师旅，伤和气，致凶年，覆亡之由，发不旋踵，朝廷岂不恤哉？盖边臣幸功，上听致惑，使祖宗之盟既阻，君臣之分不交，载省厥由，怅然何已。济遂探主意，得移音翰，伏惟经略以长才结上知，以沉谋干西事，故生民之利病，宗社之安危，皆得别白而言之。盖鲁国之忧，不在颛臾；而隋室之变，生于玄感。此皆明智已得于胸中，不待言而后谕也。方今解天下之倒悬，必假英才巨德。经略何不进谠言，排邪议，使朝廷与夏国欢和如初，生民重睹太平，宁有意也？倘如此，则非惟敝国蒙幸，实天下之大惠也。①

---

① （宋）李焘：《续资治通鉴长编》卷331，第7979页。

从一般人眼光来看，此书可谓"翻手为云，覆手为雨"，却是当时西夏与宋关系的真实反映。双方实力如此，战则两败俱伤，和平是无奈也是最好的选择。其文如西夏史专家所评，"不卑不亢，有理有节"。① 宋朝刚刚大败，心有不甘，"诏秉谕夏人依故事于鄜延自通"，也就是不了了之，不愿马上开通正式交往渠道，但默许边疆私下往来，从中也可以看出当时两国的交往关系和微妙心理。

（二）乾顺表文

总体而言，秉常希望与宋保持良好关系，也为此做了一些努力，嗣后乾顺延续了这种方略。乾顺及其子仁孝是西夏在位时间最久的两位皇帝，都超过了五十年，他们统治的时期可谓西夏的百年盛世，其国策对西夏影响甚大，与宋交往的表文也可见一斑。

史书记载乾顺时期致宋的上奏文书数量较多，主要有五次，都记载了全文。

1. 西夏天祐民安元年（1090）八月，乾顺上宋《请定疆至表》。

2. 西夏天祐民安六年（1095），乾顺《破宋金明寨遗宋经略使书》。

3. 西夏永安元年（1099）九月，上宋《遣使诣宋谢罪表》。

4. 西夏永安元年（1099）十二月，遣令能嵬名济如宋，《再上宋誓表》。

5. 西夏贞观十三年（1114）冬，李讹移上宋国书《遗统军梁哆凌书》。②

---

① 李范文主编《西夏通史》，人民出版社、宁夏人民出版社，2005，第261页。
② 李丕祺、赵彦龙：《略论西夏上奏文书》，《青海民族研究》2005年第4期。按，1099年的两次上表为乾顺时期的重要文书，史书记载皆较详，时间应为1099年即西夏永安二年，李丕祺、赵彦龙之文记1099为永安元年，误。

实际上除此之外，我们还可以据聂鸿音《西夏遗文录》补充以下表文：

　　夏天仪治平二年（1088）《进奉贺正马驼表》。①
　　夏天仪治平二年（1088）《进谢恩马驼表》。②
　　夏天仪治平三年（1089）《请以四寨易兰州塞门表》③
　　夏天裕民安四年（1093）《请以兰州易塞门表》④
　　夏天祐民安四年（1093）《于保安军请和牒》⑤
　　夏永安三年（1100）《进登位土物表》⑥

可见乾顺时期上表不下十次。史书所引大多简短，属于事务物性之应用文，但后期几次上表字斟句酌，颇见写作功力，亦富有文采。

夏天祐民安六年（1095）《破宋金明寨遗宋经略使书》曰：

　　夏国昨与朝廷议疆场，惟有小不同。方行理究，不意朝廷改悔，却于坐团铺处立界。本国以恭顺之故，亦黾勉听从，遂于境内立数堡以护耕。而鄜延出兵，悉行平荡，又数数入界杀掠。国人共愤，欲取延州，终以恭顺，止取金明一寨，以示兵锋，亦不失臣子之节也。⑦

宋哲宗元符二年（夏永安二年，1099）己卯，乾顺连续两次上表，表文精心构撰，对于了解当时西夏与宋的关系也极为重要。

---

① 《宋大诏令集》卷236，中华书局，1962，第919页，署宋元祐元年。
② 《宋大诏令集》卷236，中华书局，1962，第919页，不署年月，编于宋元祐元年后。
③ （宋）李焘：《续资治通鉴长编》卷429，第10367页。《宋大诏令集》卷236，中华书局，1962，第920页。聂鸿音先生载此表于治平四年，误。
④ 《宋大诏令集》卷236，中华书局，1962，第921页。《续资治通鉴长编》卷483，第11480页，文字略同。
⑤ （宋）李焘：《续资治通鉴长编》卷480，第11421页。
⑥ 《宋大诏令集》卷236，中华书局，1962，第921页。存文："贺登位，并差人进奉御马一十匹，长进马二百匹、驼一百头。"
⑦ （元）脱脱等撰《宋史》卷486《夏国传》（下），上海古籍出版社，1986，第1587页。

七 西夏时期党项羌人的散文之二：秉常、乾顺等西夏后期党项羌皇族成员汉文书表文创作

第一次上表可称《遣使诣宋谢罪表》，《续资治通鉴长编》载："九月庚子朔，夏国遣使谢罪，见于崇政殿。"其表辞曰：

> 伏念臣国起祸之基，由祖母之世。盖大臣专僭窃之事，故中朝兴吊伐之师，因旷日以寻戈，致弥年而造隙。寻当冲幼，继袭弓裘，未任国政之繁难，又恐慈亲之裁制。始则凶舅擅其命，频生衅端，况复奸臣固其权，妄行兵战。致贻上怒，更用穷征，久绝岁币之常仪，增削祖先之故地。咎归有所，理尚可伸。今又母氏薨殂，奸人诛窜，故得因驰哀使，附上谢章。乂惟前咎之所由，蒙睿聪之已察，亦或孤臣之是累，冀宝慈之垂矜。特纳赤诚，许修前约。念救西陲之弊国，得反政之初；愿追烈祖之前猷，赐曲全之造，俾通常贡，获绍先盟。则质之神灵，更无于背德，而竭乎忠荩，永用于尊王。①

面对国内危机，乾顺采取多种方法，尽力向外示弱表诚，以求和平。表文言辞恭顺，表达悔过、求和的诚意，挖掘过错的根源是母党专权、奸臣当道，这既是实际情形，也暗含了为自己开脱的意思，行文语气恳切，表达企求宋朝原宥的迫切意愿。表文产生了良好的效果，宋哲宗读后大为惊异，对宰相曾布说："西人未尝如此逊顺。"曾布同样有如此感觉，回答道："诚如圣谕。元祐中固不论，元丰中表章极不逊，未尝如今日屈服也。"于是，宋哲宗赐夏国主乾顺诏曰：

> 省所上表，具悉。尔国乱常，历年于此。迨尔母氏，复听奸谋，屡兴甲兵，扰我疆场，天讨有罪，义何可容。今凶党歼除，尔既亲事，而能抗章引愿，冀得自新。朕喜尔改图，姑从矜贷。已指挥诸路经略司，令各据巡绰所至处，明立界至，并约束城寨兵将官，如西人不来侵犯，即不得出兵过界。尔亦当严戒缘边首领，毋得侵犯边境。候施行讫，遣使进纳

---

① （宋）李焘：《续资治通鉴长编》卷515，第12234页。

誓表，当议许令收接。①

宋哲宗答应考虑乾顺求和的请求，要求其再上誓表。于是，当年十二月，乾顺再上表，可称《再上宋誓表》，史书同样有详细记载："壬寅，夏国主上表。"表言：

> 窃念臣国久不幸，时多遇凶，两经母党之擅权，累为奸臣之窃命。频生边患，颇亏事大之仪；增怒上心，恭行吊民之伐。因削世封之故地，又罢岁颁之旧规，衅隙既深，理诉难达。昨幸蒙上天之佑，假圣朝之威，致凶党之伏诛，获稚躬之反正。故得遄驰悃奏，陈前咎之所归；乞绍先盟，果渊衷之俯纳。故颁诏而申谕，俾贡誓以输诚。备冒恩隆，实增庆跃。臣仰符圣谕，直陈誓言。愿倾一心，修臣职以无怠；庶斯百世，述贡仪而益虔。饬疆吏而永绝争端，诫国人而恒遵圣化。若违兹约，则咎凶再降；倘背此盟，则基绪非延。所有诸路系汉缘边界至，已恭依诏旨施行。本国亦于汉为界处已外侧近，各令安立卓望并寨子去处。更其余旧行条例并约束事节，一依庆历五年正月二十二日誓诏施行。②

乾顺当政时期，采取了许多措施加强统治。他与谅祚一样，积极推进汉化，崇尚儒学，采纳御史中丞薛元理的建议，建立国学，聘请教授，选拔皇亲贵族子弟300人入学，由此确立儒学在西夏政治、文化中的最高地位，为乾顺和仁孝两朝储备了人才，奠定了百年盛世的基础，具有里程碑式的深远意义。有这样的渊源和基础，其表文也确实情辞恳切，文从字顺，再次将双方交恶的根源归咎于母党和奸臣专权，并悔过道歉，希望得到谅解。"饬疆吏而永绝争端，诫国人而恒遵圣化"，态度坚决，盟誓和平，终于换来了宋朝的认可，同意重新盟誓。宋哲宗诏答曰：

---

① （宋）李焘：《续资治通鉴长编》卷515，第12240页。
② （宋）李焘：《续资治通鉴长编》卷519，第12343页。《宋史》卷485《夏国传》（上）有节文。

七 西夏时期党项羌人的散文之二：
秉常、乾顺等西夏后期党项羌皇族成员汉文书表文创作

尔以凶党造谋，数干边吏，而能悔过请命，祈绍先盟，尔之种人，亦吾赤子，措之安静，乃副朕心。嘉尔自新，俯从厥志，尔无爽约，朕不食言，所宜显谕国人，永遵信誓。除疆界并依已降诏旨，以诸路人马巡绰所至，立界堠之处为界。兼邈川、青唐已系纳土归顺，各有旧来界至，今来并系汉界。及本处部族有逃叛入尔夏国者，即系汉人。并其余应约束事件，一依庆历五年正月二十二日誓诏施行。自今以后，恩礼岁赐，并如旧例。①

实际上，宋朝对此次盟誓也高度重视，答诏由宰相亲自斟酌，而不由惯常的学士院起草，同意乾顺誓表所建议的，即按庆历五年（1045）正月二十二日誓诏施行。庆历四年（1044）十月，元昊曾上誓表于宋仁宗，宋仁宗随即下诏答复，双方正式盟誓为庆历五年正月。这是双方第一次盟誓，故乾顺与宋哲宗强调以此为基础。同时，宋哲宗诏书指出了乾顺誓表内的一处文字硬伤，"'诫国人而'字下一字犯真宗皇帝庙讳，令保安军移牒宥州，闻知本国，应失点检经历干系人，并重行诫断"。②

这可是大忌，全句为"诫国人而恒遵圣化"。因为宋真宗名叫赵恒，因此按照宋朝严格的避讳制度是绝对不能出现的。就一般情况而言，这种规定当然只能限于宋朝管辖区域之内，西夏来往文字不必遵循，但作为两国来往书信，尤其是带有致歉和恭请宋朝原宥的文表，不避讳是一个很失礼的行为，这应该不是乾顺有意所为。他注意了"恒"字的本来含义，以此强调和平盟誓的决心，却对包括避讳在内的中原传统文化礼仪有所忽略，犯了一个外交错误，这在某种程度上反映了其文字写作综合能力存在不足和局限。此事在宋朝属于重罪，可能会遭来极刑或严酷处罚，历史上因外交失礼而兴兵之事也屡见不鲜。但宋哲宗诏书中只是要求告知西夏本国，令有关人员予以检查，重新提交，应该说是相

---

① （宋）李焘：《续资治通鉴长编》卷519，第12344页。
② （宋）李焘：《续资治通鉴长编》卷519，第12344页

当宽容的。之所以如此,当然有多方面的原因,最主要的是有和平结盟的需要,故不能因计较文字写作之小节而失大局了。

(三)仁孝表文

夏仁宗仁孝,为乾顺长子,于西夏大德五年(1139)即位,统治时间达五十多年,他仿照宋朝办学校、兴科举,仁孝朝还出现了西夏最著名的儒学大师斡道冲。斡道冲,字宗圣,祖籍灵州,八岁以《尚书》中童子举,熟读儒家五经,通晓蕃汉文字,还懂得佛学。他勤奋好学,为人端方。作为著名学者,斡道冲担任太学蕃汉教授,培养了大批人才。他将汉文《论语注》翻译为西夏文,又用西夏文撰写《论语小义》二十卷和《周易卜筮断》,广泛流行于西夏境内。斡道冲还曾担任西夏国相十余年,为西夏殚精竭虑,为西夏文化的发展、促进党项羌与汉族之间的文化交流和中华民族的统一等做出了杰出的贡献。

仁孝曾写过著名的黑水建桥碑铭,还有很多佛教发愿文,其致宋的上书主要有一次,为宋高宗绍兴三十一年(西夏天盛十三年,1161)冬十月,仁孝致宋《报吴璘遣使檄夏国书》,[①]其辞曰:

> 西夏国告檄大宋元帅刘侯、侍卫招抚成侯、招讨吴侯:十二月二日承将命传檄书一道,窃以恩宣大国,滥及小邦,远迩交欢,中外咸庆。孤闻丑虏(改作金人)无厌,敢叛(改作败)盟而失信,骄戎(改作亮为)不道,忘称好以和亲。始缘女真,辄兴残贼,窥禹迹山川之广,覆尧天日月之光。将士衔冤,神人共愤。妄自尊大者三十余载。怙其篡夺者七八其人,皆犬豕之所不为,于春秋之所共贬。盖总辫缦缨之众,无闿书隆礼之风(删皆犬至此二十八字)。惟务贪残(改作争),恣行暴虐,吞侵诸国,建号大金。屈邻壤以称藩,

---

① (宋)徐梦莘:《三朝北盟会编》卷233,上海古籍出版社,1987,第1679页,题作《回刘锜等檄书》。另外,此处与文渊阁《四库全书》(第352册)第360页所载该书文字差异较大,特此说明。

率兆民而贡赋。驱役生灵而恬不知恤,杀伐臣庶而自谓无伤。虽夷狄之有君,不如诸夏之亡也,待文王而既作,咸兴曰:"曷归乎来!"(删虽夷至此二十六字)当中兴恢复之期,乃上帝悔祸之日。九重巡幸,昔闻太王之居邠(改作屡迁);大驾亲征,今见汉宣之却狄(改作复作)。诏颁天下,抚慰民心。未闻用夏而变夷,第见兴王而黜霸(删未闻至此十四字改作爰应顺以兴师冀乘时而靖乱)。其谁与敌,将为不战而屈人;莫我敢当,可谓因时(改作相机)而后动。其或恣睢猖獗,抗衡王师,愿洗涤妖氛,庶荡除巢穴。勿令秽孽,重更蕃滋。虽蝼蚁之何殊,亦寇仇之可杀(删勿令至此二十字)。庙堂御侮,看首系于单于;帷幄谈兵,复薄伐于猃狁。如孤者,虽处要荒,久蒙德泽。在李唐则曾赐姓,至我宋乃又称臣。顷因巨猾之凭凌,遂阻输诚而纳款,玉关路隔,久无抚慰之来;葱岭山长,不得贡琛而去。怀归弥笃,积有岁年。幸逢拨乱反正之秋,乃是斩将搴旗之际。顾惟雄贼(删此二字),来寇(改作践)吾疆,始长驱急骑以争先,终救死扶伤而不暇,使彼望风而遁,败衄而归。岂知敢犯于皇威,遽辱率兵而大举。期君如管仲,则国人无左衽之忧;待予若卫公,使边境有长城之倚(删期君至此二十六字)。神明赞助,草木知名。功勋不减于太公,威望可同于尚父。力同剪灭,无与联和。将观彼风声鹤唳之音,当见其弃甲曳兵而走。孤敢不荣观天讨,练习武兵,瞻中原皇帝之尊,望东南天子之气?八荒朝贡,愿同周八百国之侯王;四海肃清,再建汉四百年之社稷。伫闻勘定,当贡表笺,檄至如前,言不尽意。①

仁孝此书是为了响应宋朝刘锜、成闵、吴璘檄告宋朝周邻之国及北方诸路共同抗金而作,当时金国势力盛大,吞并辽国,威逼四方。宋高宗绍兴三十一年(1161)九月,赵宋朝廷奉皇帝旨意连下招谕榜,号召天下将士、民众协力抗金,"中原官吏军

---

① (宋)徐梦莘:《三朝北盟会编》卷233,上海古籍出版社,1987,第1679页。

民及诸国人等,各怀忠奋,改虑易图,克建功名,共享安泰"。接着宋高宗又颁布御驾亲征诏,"将躬缟素以启行,率貔貅而薄伐",极大地鼓励了军民士气,宋高宗还下诏嘉奖首战告捷的四川宣抚使吴璘等人。在此背景下,著名将领刘锜、吴璘等共同发出檄文《刘锜等檄契丹西夏高丽渤海鞑靼诸国及河北河东等路书》,其文曰:

> 太尉威武军节度使淮南浙西江东制置使刘锜、庆远军节度使神龙卫四厢都指挥使京湖制置使成闵、少保奉国军节度使四川宣抚使吴璘,檄告契丹、西夏、高丽、渤海、鞑靼诸国及我河北、河东、陕西、京东、河朔等道官吏、军民等。盖闻惟天无亲,作不善者神弗赦,得道多助,仗大义者众必归。敢摅一切之诚,用谂万方之听。我国家功高上古,泽润中区。列圣重光,方启升平之运,斯民不幸,适丁板荡之灾。蠢(改作念)兹女真之微(改作强),首覆契丹之祀,怙其新造,间我不虞。妖氛既陷于神都,虐焰殆弥于宇县。两宫北狩,讫罹胡(改作北)地之烟尘;大驾南巡,未正汉(改作两)京之日月。凡居率土,谊不戴天。主上绍开中兴,宏济大业。望山河而陨涕,瞻陵庙以伤心。盖卧薪尝胆之是图,宁拯溺救焚之敢缓。然以人命至重,嘉兵不祥。靡辞屈己以事仇,姑欲安民而和众。岂谓冥顽之虏(改作性),狃于篡逆之资,以至不仁,行大不道。驱我中原之老稚,剪为异类(改作域)之囚俘。乃轻弃于穴巢(改作用其人民),辄坐张于畿甸。自谓富强之莫敌,公然反覆以见欺。指挥而取将相之臣,谈笑以求淮汉之地。九州四海,闻之怒发以冲冠;百将三军,谁不搴旗而抵掌。幕府滥膺齐钺,尽护戎旃。冀凭宗社之威灵,一洗穹庐(改作先朝)之秽孽(改作愧愤)。待时而动,历岁于兹。天亡此胡(改作悔祸在天),使之委身而送死;人自为战,誓不与贼(改作敌)以俱生。帝尊一临,士气百倍。刘制置悉南徐之甲,成马军兴侍卫之师。李四厢虎视于青徐,王太尉鹰扬于颍寿。骑师捣崤函之险,步军冲

伊洛之郊。兵多坚锋，勇有余愤。以此制敌，何敌不摧？以此攻城，何城不克？惟彼诸蕃之大国，久为巨宋之欢邻。玉帛交驰，尚忆百年之信誓；封疆回隔，顿违两地之邮音。愿敦继好之规，共作侮亡之举。至于秦晋奇士，齐赵俊才，抱节义之良谟，志功名之嘉会。为刘氏左袒，饱闻思汉之忠，候汤后东征，必慰戴商之望。抗旌云合，投袂风从。或据郡以迎锋，或聚徒而特起，乘兹破竹之势，立尔剪茅之勋。侯王宁有种乎！人皆可致富贵。是所欲也，时不再来。更期父老之诲言，深念祖宗之德化。勿忘旧主，重建丕基。檄到如前，书不尽意。①

综观西夏党项羌皇室成员与宋朝来往表文，可见其具有较高的史学与文学价值。李丕祺、赵彦龙《略论西夏上奏文书》曾概括西夏上奏文书写作的特点，指出西夏大部分上奏文书感情真挚，态度谦恭。西夏上奏文书中有部分文书虽然极力强调或张扬其民族独立的自豪感，但字里行间不乏小国寡民的自卑感。创作上灵活地运用了多种表达手法和艺术技巧。如李继迁的《于宋乞夏州表》以叙述为主；李德明的《奉继迁遗言表》叙中有议，这样所述事件具体，道理明白，同时间接地表达了他为党项羌民族的兴旺繁荣而建功立业的决心，在反映民族意愿方面颇具特点；元昊《于宋请称帝改元表》中大量采用对偶排比句式，特别是典型的四六句，具有骈体特色，使文书典雅凝重，层层深入；元昊《遣贺九言赍嫚书》采用对比手法，对宋朝统治者进行辛辣的讽刺和揭露，较为得当。

这类书表由于其特殊性质，堪称西夏与宋双方政治、经济和军事谋略的见证，是双方战争诉求与和平相处愿望的实录，在相当程度上也真实地反映了西夏党项羌皇族成员汉文化积淀和文学的关系。

---

① （宋）徐梦莘：《三朝北盟会编》卷232，上海古籍出版社，1987，第1671页。

八　骨勒茂才《番汉合时掌中珠》序言及其他党项羌散文

（一）谋宁克任《上夏崇宗皇帝乾顺书》

继元昊之后，在西夏汉文书表创作史上留有重要作品的羌族作者是谋宁克任。谋宁克任，生卒年月不详。关于其族属和生平，史书中也没有明确的记载，但从现有的一些背景材料来看，我们认为谋宁克任应是党项羌人，主要有以下理由。首先，"谋宁"是比较典型的党项羌人姓氏。陈炳应的《西夏文物研究》"党项姓氏录"一节中所列的"没（读音同'末'或'谋'）年（读音同'宁'或'您'）"，就与"谋宁"的读音十分相近。此外，西夏蕃官制中的"谟宁令"（官名），其前面两个字的读音，也与"谋宁"十分相近。由于汉文典籍中的"谋宁"、"没年"或"谟宁（令）"都是西夏话的译音，其读音又十分相近，因此我们认为"谋宁"就是党项羌人姓氏"没年"的同音异译。其次，谋宁克任在夏崇宗时的官职为"御史大夫"，而据史书记载，西夏国内的中书令、宰相、枢密使、御史大夫、侍中、太尉等官职，一般都由"蕃人"（主要是党项羌人）担任。[①] 谋宁克任身为"御史大夫"，已于无形中表明了他的民族属性。除此之外，从谋宁克任反对"重文轻武"的思想倾向来看，他是一位典型的党项羌人。史书记载："党项是尚武善战的民族。"[②] 其族人不仅具有勇敢、剽悍的性格，而且保留着"忠实为先，战斗为务"的民风。从李继迁率众敌宋，到元昊举兵抗辽，历

---

① 参见吴天墀《西夏史稿》，四川人民出版社，1983，第201页；陈炳应《西夏文物研究》，宁夏人民出版社，1985，第147页。
② 吴天墀：《西夏史稿》，四川人民出版社，1983，第253页。

代党项羌人的首领无不是以"兵势甚锐"而笑傲西北。因此,谋宁克任反对"重文轻武"的思想,也正是其民族尚武精神的一种反映。谋宁克任认为"重文轻武,务虚废实",必然会导致国家衰弱不振。这种思想是很有见识的,可惜乾顺未予采纳。后来西夏的国力果然不出谋宁克任所料,逐步走上了衰微不振的道路。

从现有的材料来看,谋宁克任所作的汉文书表今只存一篇,即《上夏崇宗皇帝乾顺书》。在西夏历史上,乾顺较为注重学习中原文化,他亲政之后不久,即采纳部臣薛元礼的建议,在西夏国内建立"国学"(即汉学),提倡儒教,并且提出了"对于擅长文学者要给予特别优待"的主张。"国学"的建立和推行,一方面为党项羌人系统接受中原文化提供了方便,从而促使西夏的政治、经济、文化发生了较为深刻的变化;另一方面也使党项羌人固有的"崇尚武力"的精神受到了抑制。然而,纵观整个西夏的历史,其自建立到灭亡,从未摆脱战争的困扰。因此,在战争频繁、刀光剑影的时代,应当如何施政治国,才能使西夏不断前进,盛而不衰,这是乾顺及其大臣都十分关心的问题。夏崇宗贞观十一年(1111),乾顺命其臣僚直言朝政得失,御史大夫谋宁克任即针对当时西夏国内"文气渐盛,武风日衰"的情况,奋笔疾书,写下了这篇《上夏崇宗皇帝乾顺书》。

> 治法之要,不外兵刑;富国之方,无非食货。国家自青、白两盐不通互市,膏腴诸壤,寝就式微。兵行无百日之粮,仓储无三年之蓄,而惟恃西北一区,与契丹交易有无,岂所以裕国计乎?自用兵延庆以来,点集则害农时,争斗则伤民力,星辰示异,水旱告灾,山界数州,非侵即削,近边列堡,有战无耕。于是满目疮痍,日呼庚癸,岂所以安民命乎?且吾朝立国西陲,射猎为务,今国中养贤重学,兵政日弛。……臣愿主上既隆文治,尤修武备,毋徒慕好士之虚名,而忘御边之实务也。①

---

① (清)吴广成撰,龚世俊等校证《西夏书事》卷三十二,宁夏文化出版社,1995,第371页。

在这篇表文中,作者以非凡的胆识,对西夏国内那种"重文轻武,务虚废实"的倾向提出了严厉的批评。尤其值得注意的是,文章以精练的笔墨,写出了连年战争给西夏人民带来的巨大痛苦:"自用兵延庆以来,点集则害农时,争斗则伤民力,星辰示异,水旱告灾,山界数州,非侵即削,近边列堡,有战无耕。于是满目疮痍,日呼庚癸。"(按:"庚癸"是"军中乞粮"的隐语)此表虽为上皇帝之书,但作者在文中却未以歌功颂德的口吻去粉饰太平,而是以清醒冷峻的目光来看待现实,针砭时弊:"吾朝立国西陲,射猎为务,今国中养贤重学,兵政日弛。……臣愿主上既隆文治,尤修武备,毋徒慕好士之虚名,而忘御边之实务也。"这种强调注重现实的精神,与唐代白居易所提倡的"文章合为时而著,歌诗合为事而作"的创作精神十分一致。全文感情真挚,笔力流畅,有感而发,直抒胸臆。这篇表文既有讲求排比、对仗的骈文韵味,又不乏现实性的战斗精神,因而读起来有一种令人动容的"风云气度"。这篇表文在艺术上的另一个耀眼之处,是有一种深邃而又曲折的民族特色。此表虽是用汉文写的,但字里行间洋溢着一种深沉的民族感情。例如,文中称西夏当以"射猎为务",曲折地表现了作者对其民族狩猎、放牧生活的一种偏爱。再如,作为一个党项羌人,谋宁克任竭力反对"重文轻武"的倾向,其实质之一就是要"反对大力提倡汉文化",以保存党项羌族的"尚武精神"。可见,谋宁克任对事物所持的一系列特殊观点,都渗透着浓郁的民族感情。而这种感情的外泄,又使其文章带上了一定的民族色彩,因而让人细读起来,能体会到一种不同凡响的意味。

(二)婆年仁勇《黑水守将告近禀帖》

《黑水守将告近禀帖》是出土于今内蒙古额济纳旗黑水城的西夏文物,原件是用西夏文字写成的。该文物的原件于1909年被俄国"探险家"科兹洛夫盗走,现藏于俄罗斯科学院亚洲民族研究所,作者为婆年仁勇。

关于婆年仁勇的生平和族别,我们目前知道得还不多,不过,从现有的一些背景材料来看,他应当是一个生活在西夏末期的党项羌人。我们视婆年仁勇为党项羌人的主要理由有三。首先,"婆年"之姓与党项姓氏十分相近。陈炳应的《西夏文物研究》"党项姓氏录"一节中所列的"坡嵬"("坡"与"婆"的读音非常相近,)和"罗年"、"没年"(其中的"年"与"婆年"的"年"是同一个读音),就与"婆年"的读音十分相近。而党项羌人又有将不同姓氏的前后两个读音加以自由组合的习惯(如"明嵬"和"坡嵬","罗年"和"没年"等,同时这两组姓氏中的第一个读音是可以替换的,而第二个读音则比较固定),因此,可以说"婆年"即"坡嵬"和"罗年"、"没年"的一种组合形式,它带有较为明显的党项羌人姓氏特点。其次,《黑水守将告近禀帖》中提到作者年过七旬的老母正在家乡——"鸣沙"(地名,西夏重要的产粮区之一)守"畜产",而不是守田产,这说明在婆年仁勇家的财产中,畜牧业所占的比例较大。而党项羌族自古以来就是一个"衣皮毛,事畜牧"的民族,因此,老母在家守畜产的记载,从另一个侧面表现了作者的民族属别。最后,此文创作于西夏政权灭亡的前夕,这时,儒教和汉学在西夏国内已相当普及,但作者在写作此文时,却未采用汉文,而是采用西夏文,这也反映了他对自己民族文化的一种偏爱和留恋。基于上述三点理由,我们认为婆年仁勇是党项羌人。

13世纪初叶,勇悍善战的蒙古铁骑,开始了对邻国的不断征战。面对成吉思汗的强大攻势,西夏虽然想尽办法,却摆脱不了灭国之危。1224年,地处西夏西北边陲的要塞黑水城,因西夏东部战事告急,出现了粮饷不济的情况,士兵处于饥饿之中,将军也无心守城。在这种情况下,身为黑水城守将的婆年仁勇,接到了老母"病重"的消息,于是他思虑再三,写了一篇请求"调动工作"的报告——《黑水守将告近禀帖》。

> 黑水守城管勾、持银牌、赐都平宫走马婆年仁勇禀:兹(有)仁勇自少出身学途,原籍鸣沙乡里人氏,因有七十七高龄老母在堂守畜产,今母病重,而妻儿子女向居故里,天各

一方,迄不得见,故迭次呈请转任,迄放归老母近处。彼时因在学与老弓手都统(?)相处情感不洽,未蒙见重,而原籍司院亦不获准,遂致离家多年。此后弓首(?)亦未呈报。今国基已正,圣上之德暨诸大人之功已显。卑职等亦得脱死难,当铭记恩德。惟仁勇原籍司院不准调运鸣沙窖粮,远边之人,贫而无靠,唯恃食禄各一缗,所不足当得之粮无着,今食粮将断,恐致赢瘦而死。仁勇不辞冒犯,以怜念萱堂等,乞加恩免除守城事,别遣军将……来此……仁勇则请遣往老母近处司(院)任大小职事,当尽心供职。是否允当?专此祈请议司大人慈鉴。乾定申年七月,仁勇。①

在这篇帖文中,作者以坦诚的笔调,叙述了自己请求"调动"的原因。全文写得"文从字顺,理义分明",思路清晰,逐层叙述,字里行间还不时散发出一股浓郁的人情味,因而使人读起来有一种"情真意切"的感觉。

就我们目前所掌握的材料来看,《黑水守将告近禀帖》是羌族作者于西夏时期留下的唯一一篇用西夏文创作的书表文作品。它的出现,标志着羌族的书表文创作在西夏时期进入了一个新的阶段。因为在西夏以前,历代羌族的书表文都是用汉文来写的。《黑水守将告近禀帖》的出现,不仅打破了这种固有的传统局面,而且为羌族书表文创作增添了一种新的类别。此外,作为一面特殊的"历史镜子",此文的存在既印证了历史上关于西夏国内许多来往文书皆"用夏字书写"的记载,又在一定程度上反映了羌族西夏书表文创作的风格、特点及其所达到的高度。因此,在羌族文学史上,《黑水守将告近禀帖》具有重要的价值和意义。

(三)骨勒茂才的《番汉合时掌中珠》序言及其他

《番汉合时掌中珠》(又写作《蕃汉合时掌中珠》)是西夏最

---

① 黄振华:《评苏联近三十年的西夏学研究》,《社会科学战线》1978年第2期。

八 骨勒茂才《番汉合时掌中珠》序言及其他党项羌散文

为著名的辞书之一，其作者为骨勒茂才。"骨勒"是典型的党项姓，陈炳应的《西夏文物研究》"党项姓氏录"中，就列有"骨勒"一姓，据此可以断定，骨勒茂才是党项羌人。

限于文献资料，我们目前对骨勒茂才的生平事迹知道得很少。不过，从《番汉合时掌中珠》的序言及成书时间（西夏乾祐二十一年，1190）来看，骨勒茂才生活的年代应当是在西夏仁宗至襄宗时期（约1139~1211）。当时，西夏正由盛转衰，政治和军事矛盾都在逐步加剧，但崇儒、尚文的风气却日趋兴盛，著书立说的西夏文人越来越多，各种各样的辞书更是层出不穷。当时撰成并留存至今的西夏辞书就有《文海》《同音》《五声切韵》《杂字》等十种。在这种情况下，骨勒茂才深深感到认真学习和研究番、汉语言文字，对于增进各族人民的了解，具有十分重要的意义，于是便着手编撰了《番汉合时掌中珠》。该书的原始刊本于1909年被俄国"探险家"科兹洛夫盗走。俄罗斯圣彼得堡大学著名汉学家伊凤阁首先发现其残页，立即在《俄罗斯科学院院报》上著文介绍，再经法国学者沙畹、伯希和等翻译，《番汉合时掌中珠》等黑水城西夏文献才逐渐为人所知。[①]所谓"番"是指西夏文，"汉"是指汉文，"合时"意为"对照"，而"掌中珠"则为"袖珍本"之意，故《番汉合时掌中珠》译为汉语就是《西夏文、汉文对照袖珍词典》。1989年，黄振华等人将《番汉合时掌中珠》整理了，由宁夏人民出版社正式出版，让我们可以读到这部辞书。

这部珍贵的西夏文和汉文合璧的辞书，"共有一百二十五面"，八百多个辞目，骨勒茂才以独特的方式，将八百多个辞目分别归入"天""地""人"三个大类之中，每一类中又分上、中、下三章。内容十分丰富，如有表示孝悌、科举及第的内容，所谓"仁义忠信，五常六艺，尽皆全备，孝顺父母，六亲和合……搜寻文字，纸笔墨砚，学习圣典，立身行道，世间扬名。行行禀德，国人敬爱，万人取则，堪为叹誉。因此加官，坐司主法"；也有宣

---

① 李范文主编《西夏通史》，人民出版社、宁夏人民出版社，2005，第33页。

扬佛教信仰的内容，所谓"亲戚大小，性气不同，或做佛法，修盖寺舍，诸佛菩萨，天神地祇，璎珞数珠，幢幡花曼。轩冕磬钟，铙钹铜鼓，净瓶法鼓……入定诵咒，行道求修"等。[①]

各章所列的词或词组，都统一从四个方面来加以解释，即西夏文、汉译文、西夏文的汉字注音、汉字的西夏文注音。作者采用这种"词、音、义"对译的方式来编撰词条，不仅为人们学习和研究番、汉语言提供了很大的方便，而且说明他本人对西夏文和汉文的造诣都是相当精深的。

其中序言和"人事下"中的某些内容，不仅是研究西夏的语言、文字和社会历史生活的重要材料，而且是西夏散文创作中的佳篇。

《番汉合时掌中珠》的序言是分别用西夏文和汉文写成的，基本内容完全相同。《俄藏黑水城文献》第10册收录其西夏文甲种本、乙种本、丙种本等多种版本。兹将其汉文部分录于下：

> 凡君子者，为物岂可忘已，故未尝不学。为己亦不绝物，故未尝不教。学则以智成己，欲袭古迹。教则以仁利物，以救今时。兼番汉文字者，论末则殊，考本则同，何则？先圣后圣，其揆未尝不一故也。然则今时人者，番汉语言可以俱备，不学番言，则岂和番人之众？不会汉语，则岂入汉人之数？番有智者，汉人不敬；汉有贤士，番人不崇，若此者，由语言不通故也。如此则有逆前言。故茂才稍学番汉文字，曷敢默而弗言，不避惭怍，准三才，集成番汉语节略一本，言音分辨，语句昭然；言音未切，教者能整；语句虽俗，学人易会，号为《合时掌中珠》，贤哲睹斯，幸莫哂焉。时乾祐庚戌二十一年□月□日骨勒茂才谨序。

在这篇短小精悍的序言中，作者以饱满的激情，论述了"番人"和

[①] （西夏）骨勒茂才著，黄振华等整理《番汉合时掌中珠》，宁夏人民出版社，1989，第42~43页。

"汉人"互相学习对方语言文字的重要性。"不学番言,则岂和番人之众?不会汉语,则岂入汉人之数?番有智者,汉人不敬;汉有贤士,番人不崇,若此者,由语言不通故也。"作者一针见血地指出,各民族之间语言、文字的差异,妨碍了人民的交流沟通和相互了解。因此,要想搞好民族之间的团结和交流,就必须学习各民族的语言文字。作者于八百多年前提出这一见解,可谓十分精辟。

同时,序言特别指出西夏文与汉文是小异而大同,所谓"番汉文字者,论末则殊,考本则同",意思是说"番汉文字"表面形式不同,但其本质是一致的,这里的"本"指其造字法则来源是相同的。陈炳应先生指出:"西夏文采用汉文的造字法则,如点、横、竖、撇等等笔画组成部首偏旁,再用六书法则特别是会意法和形声法造字。西夏文和汉文一样,都是表意文字。"[①]可谓意义重大,十分鲜明地显示出西夏文与汉文的密切关系。

此外,作为党项羌人,骨勒茂才不以"唯我独尊"的方式来看待不同民族的人,而是主张无论番人或汉人,只要有德有才,就应受到社会的尊敬。这种不带狭隘民族精神的宽阔胸襟和尊重知识、尊重人才的高尚情怀,是非常值得我们学习和提倡的。文章格调清新,说理至切,笔势流畅,畅所欲言。散句中略带骈味,但又不为骈文的格式所拘泥,让人读起来有一种"挥洒自如""隽永成趣"的感觉。这是西夏时期羌人序文创作中的力作。

除去"序言",《番汉合时掌中珠》"人事下"中的不少内容,也是值得我们注意的。如前所述,《番汉合时掌中珠》虽然是一部音、义合璧的辞书,但由于它的编纂体例较为特殊,许多上下相连的词语在内容上有密切的联系。这就使得某些词条在通读时,具有一定的文学意味。例如:"搜寻文字,纸笔墨砚,学习圣典,立身行道,世间扬名。行行禀德,国人敬爱,万人取则,堪为叹誉。因此加官,坐司主法。"这段简洁的文字,是由十一个词条构成的。孤立来看时,它们是一个个相对独立的词语,但彼此连接起来后,又构成了一段能够表情达意的文字。像上述这类由词条构成的文字

---

① 陈炳应:《西夏文物研究》,宁夏人民出版社,1985,第227页。

片断,在《番汉合时掌中珠》"人事下"中共五处。由于这些文字片断的形成,都是骨勒茂才有意为之的结果,因此,人们既可以把它们当作词条来看,也可以把它们视为散文创作来读。

再如,"人事下"中有关司法、审案的词条,通读起来,就是一篇上乘的散文作品。

> 都案案头,司吏都监。局分大小,尽皆指挥,不许留连,莫要住滞,休做人情,莫违条法,案检判凭,依法行遣,不敢不听,临治民庶。人有高下,君子有礼,小人失道,失其道故,朝夕趋利,与人斗争,不敬尊长,恶言伤人,恃强凌弱,伤害他人。诸司告状,大人嗔怒,指挥局分,接状只关,都案判凭,司吏行遣,医人看验,踪迹见有,知证分白,追干连人,不说实话,事务参差,枷在狱里,出与头子,令追知证,立便到来,仔细取问,与告者同,不肯招承,凌持打拷。大人指挥,愚蒙小人,听我之言,孝经中说,父母发身,不敢毁伤也,如此打拷,心不思惟,可谓孝乎。彼人分析,我乃愚人,不晓世事,心下思惟,我闻此言,罪在我身,谋知清人,此后不为。伏罪入状,立便断止。如此清正,诸天祐助,富贵俱足,取乐饮酒。①

这也可以说是一个经典案例,着重描述的是一个民事案件的发生及审理过程:一个失道"小人",因朝夕趋利,不敬尊长,恃强凌弱,伤害他人,而被枷在狱中,面对严刑拷打,失道"小人"竟不肯招认,官吏采用宣说《孝经》的办法,终于使其认罪伏法。文中表现了作者对"朝夕趋利""不敬尊长""恃强凌弱"等不良社会行为的鄙视,同时如陈炳应先生所说,也体现了作者"主张以礼治为主,法治为辅的思想",②极力强调了儒家孝道的教化作用,说明西夏社会和统治者的观念。

---

① (西夏)骨勒茂才著,黄振华等整理《番汉合时掌中珠》,宁夏人民出版社,1989,第63~64页。
② 陈炳应:《西夏文物研究》,宁夏人民出版社,1985,第240页。

尤其值得注意的，是这段文字在艺术上出现了三个新的特点。首先，没有采用传统的创作方式来展开"论述"，而是以一个案件的审理过程来进行叙事，这就使它具有一定的故事性，能吸引读者往下读。其次，在叙事的过程中，勾勒了一个朝夕趋利、鲁莽好斗、不惧拷打但服孝道说教的"小人"形象，从而进一步增强了这段文字的文学色彩。最后，这段文字出现了人物对话的描写，并以此作为刻画人物性格的重要手段，起到了画龙点睛的作用。上述三个新的特点，在以往的羌族书面散文创作中是不曾有过的。它们的出现，不但大大增加了文章的艺术性，而且标志着羌族的书面文学创作在西夏时期进入了一个新的阶段，即由原来单纯的政论性、书表性的散文之作，发展到了开始融叙事与说理于一体，注入故事情节、人物形象和对话描写等内容的散文之作。

此外，《番汉合时掌中珠》的序言及"人事下"中部分内容的独特之处还在于它们都是用汉文和西夏文创作出来的。这种内容相同、文字迥异的文学作品，在羌族文学史上是不多见的。它们的出现，既表现了骨勒茂才所具有的广博学识和高超的写作、翻译技巧，同时也为古代羌族文学园地增添了一朵枝同色异的奇花。

（三）其他西夏散文

除此之外，还有一些零星的散文作品，也反映了党项和汉文化的密切关系，如节亲讹计所撰西夏文《德行集序》。其文如下：

臣闻古书云："圣人之大宝者，位也。"又曰："天下者，神器也。"此二者，有道以持之，则大安大荣也；无道以持之，则大危大累也。伏惟大白高国者，执掌西土逾二百年，善厚福长，以成八代。宗庙安乐，社稷坚牢，譬若大石高山，四方莫之敢视，而庶民敬爱者，何也？则累积功绩，世世修德，有道以持之故也。昔护城皇帝雨降四海，百姓乱离，父母相失。依次皇帝承天，袭得宝位，神灵暗佑，日月重辉。

安内攘外，成就大功，得人神之依附，同首尾之护持。今上圣尊寿茂盛，普荫边中民庶，众儒扶老携幼，重荷先帝仁恩。见皇帝日新其德，皆举目而视，俱侧耳而听。是时慎自养德，抚今追昔，恩德妙光，当存七朝庙内，无尽大功，应立万世嗣中。于是颁降圣旨，乃命微臣："纂集古语，择其德行可观者，备成一本。"臣等忝列儒职而侍朝，常蒙本国之圣德。伊尹不能使汤王修正，则若挞于市而耻之；贾谊善对汉文所问，故帝移席以近之。欲使圣帝度前后兴衰之本，知古今治乱之原，然无门可入，无道可循，不得而悟。因得敕命，拜手稽首，欢喜不尽。众儒共事，纂集要领。昔五帝三王德行华美，远昭万世者，皆学依古法，察忠爱之要领故也。夫学之法：研习诵读书写文字，求多辞又弃其非者观之，中心正直，取予自如，获根本之要领，而能知修身之法原矣。能修身，则知先人道之大者矣。知无尽之恩莫过父母，然后能事亲矣。敬爱事亲已毕，而教化至于百姓，然后能为帝矣。为帝难者，必须从谏。欲从忠谏，则须知人。知其人，则须擢用。擢用之本，须慎赏罚。信赏必罚而内心清明公正，则立政之道全，天子之事毕也。是以始于"学师"，至于"立政"，分为八章，引古代言行以求其本，名曰《德行集》。谨为书写，献于龙廷。伏愿皇帝闲暇时随意披览，譬若山坡积土而成其高，江河聚水以成其大。若不以人废言，有益于圣智之万一，则岂惟臣等之幸，亦天下之大幸也。臣节亲讹计奉敕谨序。

《德行集》是俄藏黑水城文献中一部重要的西夏文世俗著作，俄罗斯科学院东方学研究所圣彼得堡分所藏刻本、抄本各一种，影件见《俄藏黑水城文献》第 11 册第 142~143 页及第 155 页，原件不署年代。聂鸿音在《西夏文曹道乐〈德行集〉初探》中，考为夏桓宗在位期间（1194~1206）所作。[①] 聂鸿音还著有《西夏文〈德行集〉研究》一书，分三个部分对《德行集》进行了系统

[①] 聂鸿音：《西夏文曹道乐〈德行集〉初探》，《文史》2001 年第 3 期。

研究。① 一为导论，主要介绍了《德行集》的版本、佚名译本，曹道乐译本的译刊年代、译刊者及译本的编纂缘起和主要内容，曹道乐的汉学水平及翻译风格；二为西夏文校读；三为《德行集》译注。该书对于我们了解此书的内容和价值有很大帮助。

从这篇序文署名可知，撰写者为节亲讹计，"节亲"即西夏皇族嵬名氏。他是奉敕谨序。另外，《德行集》的末尾还署有印校发起者三位番大学院正习学士的名字：讹里信明、味奴文保、节亲文高，皆为党项族人。

序文中交代了《德行集》编辑的缘起，是因皇帝"颁降圣旨，乃命微臣：'纂集古语，择其德行可观者，备成一本。'""臣等忝列儒职而侍朝……因得敕命，拜手稽首，欢喜不尽。众儒共事，纂集要领。"可见这是一部集体编著的作品，按照西夏制度，皇帝和太子都有师傅，皇帝的师傅叫作"上师""国师""德师"，太子的师傅叫作"仁师"。其中有不少仰慕儒学的党项学者。序前还署明《德行集》为西夏"番大学（院）教授曹道乐译传"，这位曹道乐应该是一位生活、居住在西夏的汉人，在番大学（院）担任教授。可见此书应该是集合了党项羌人和汉人的共同智慧，为民族文化交流融合的结晶。

聂鸿音在《西夏文〈德行集〉研究》"导论"中指出：

> 虽崇尚中原文化却不能熟读汉文典籍，这大约是西夏后期政府官员的共同特点。在《德行集序》里，节亲讹计用了两个典故来说明臣子应该真诚地进谏，君王也应该真诚地纳谏，其中竟然谈到"贾谊善对汉文所问，故帝移席以近之"。考其事见《史记·屈原贾生列传》："后岁余，贾生征见。孝文帝方受釐，坐宣室。上因感鬼神事，而问鬼神之本。贾生因具道所以然之状。至夜半，文帝前席。既罢，曰：'吾久不见贾生，自以为过之，今不及也。'"

---

① 聂鸿音：《西夏文〈德行集〉研究》，甘肃文化出版社，2002年。

聂鸿音先生认为节亲讹计《德行集序》用这个典故来说明臣子应该真诚地进谏不妥,主要是因汉文帝向贾生所谈内容虚妄,不是国计民生之事。李商隐曾加以批评:"可怜夜半虚前席,不问苍生问鬼神。"这当然有一定道理,但是从另一个角度考虑,汉文帝开始对贾生不以为然,而后能虚心求教,暂时不考虑其求教的内容,单从形式而言,他作为帝王也算是难能可贵的。何况作为西夏大臣,节亲讹计在序文中用此典并不仅仅是说纳谏,《德行集》专门有"从谏"一章,联系此处上下文,"伊尹不能使汤王修正,则若挞于市而耻之;贾谊善对汉文所问,故帝移席以近之。欲使圣帝度前后兴衰之本,知古今治乱之原,然无门可入,无道可循,不得而悟",大臣们想要皇帝明白事理,却没有合适的能够让其乐于接受的途径和方法,这正是大臣们的苦恼所在。节亲讹计用贾谊之典重在说明,大臣们要能够首先投其所好,寻找让皇帝产生兴趣的方法,取其一点,不及其余。如此用典,也无可厚非,正所谓知无不言,言无不尽。《德行集》强调以道德为立国之本,收集古代有关道德修身的名家名言,编为学师、修身、事亲、为帝难、从谏、知人、用人、立政等八章,这八章之间有着严密的逻辑联系,因此作为皇帝的阅读参考,它充分反映了儒家文化对西夏党项皇族的深刻影响。

此外,成嵬德进撰写了西夏文《贤智集序》,其文如下。

夫上人敏锐,本性是佛先知;中下愚钝,闻法于人后觉。而已故鲜卑显法国师者,为师与三世诸佛比肩,与十地菩萨不二。所为劝诫,非直接己意所出;察其意趣,有一切如来之旨。文词和美,他方名师闻之心服;偈诗善巧,本国智士见之拱手。智者阅读,立即能得智剑;愚蒙学习,终究可断愚网。文体疏要,计二十篇,意味广大,满三千界,名曰"劝世修善记"。慧广见如此功德,因夙夜萦怀,乃发愿事:折骨断髓,决心刊印者,非独因自身之微利,欲广为法界之大镜也。何哉?则欲追思先故国师之功业,实成其后有情之利益故也。是以德进亦不避惭怍,略为之序,语俗义乖,智者勿哂。①

从成嵬德进的名字看,他应该也是一位党项羌人,官任皇城检视司承旨。俄罗斯学者戈尔巴乔娃和克恰诺夫指出《贤智集》是劝世诗文的汇编,序文文体为"骈文",交代了《贤智集》为鲜卑显法国师所作,也就是著名的西夏国师鲜卑宝源,比丘和尚杨慧广发誓刊印,由此也可见当时文献刊刻和文化传播之一斑。

---

① 据聂鸿音《西夏文〈贤智集序〉考释》,《固原师专学报》(社会科学版)2003年第5期。

九 《凉州重修护国寺感通塔碑》与《黑河建桥敕碑》等西夏碑文价值

对于西夏时期羌族的散文创作来说，碑文刻记是其重要的组成部分之一。西夏的碑刻铭文，保存至今的有甘肃武威"凉州重修护国寺感通塔碑"、张掖"黑河建桥敕碑"、宁夏银川"西夏帝陵残碑"三种。碑石已失，但铭文尚存的有"夏国皇太后新建承天寺瘗佛顶骨舍利碣铭"和"大夏国葬舍利碣铭"两种。其中，目前已能确定为羌人所作（或参与创作）的碑文至少有三种。另外，据我们初步统计，在甘肃敦煌莫高窟和安西榆林窟中，西夏时期留下的各种汉文和西夏文的刻字题记共有五十多处，其中，由党项羌人刻写（或参与刻写）的至少有十五处。这些碑文刻记表明，西夏立国之后，随着"蕃学"与"汉学"的建立和推行，整个党项羌族的文化素养较之过去有了很大的提高，人们不仅可以运用文字来书写表文、序言之类的作品，而且把它引入了碑文题记的创作之中。这就使得羌族古代的散文创作，在西夏时期又增加了一种新的文体形式。

如传统汉字碑文有许多为寺庙高僧所作一样，西夏碑刻作品许多也与佛教有关，虽然现存数量不多，但我们还是可以从有限的作品中感受其浓郁的崇佛氛围和佛教文化。

谅祚即位后不久，其母后没藏氏就建承天寺并埋葬佛顶骨舍利，其碑记即《夏国皇太后新建承天寺瘗佛顶骨舍利碣铭》，便是一篇宣扬佛法的骈体碑文，以优美动人的文字展示佛塔之庄严宏伟，金碧辉煌。

九　《凉州重修护国寺感通塔碑》与《黑河建桥敕碑》等西夏碑文价值 | 129

当绍圣之庆基，乃继天之胜地。大崇精舍，中立浮图。保圣寿以无疆，俾宗祧而延永……建塔之晨，崇基垒于碱跌，峻级增乎瓴甋。金棺银椁瘗其下，佛顶舍利闷其中。

在羌人留下的碑文刻记中，《凉州重修护国寺感通塔碑》（西夏文碑铭）是内容最为完整、最为丰富的，也最能体现西夏文学特点。另有《黑河建桥敕碑》，是具有较高文学价值的西夏碑刻。

（一）《凉州重修护国寺感通塔碑》

《凉州重修护国寺感通塔碑》是一件刻于西夏天祐民安五年（1094）的西夏碑刻，现存于甘肃省武威（西夏时的凉州）文庙内。该碑高2.5米，宽0.9米，厚0.3米，两面均刻有文字，其中碑阳面以西夏文篆字题名碑头，意为"敕感通塔之碑铭"，正文为西夏文楷字，计28行，每行65字；碑阴面刻汉文，碑头有汉文小篆题名"凉州重修护国寺感通塔碑铭"，正文为汉文楷字，计26行，每行70字。从碑铭所记"书番碑（按：番碑指西夏文碑铭）旄记典集令批浑嵬名迁，供写南北章表张政思书并篆额"的文字来看，该碑西夏文一面的碑文是由党项羌人浑嵬名迁撰写的（浑嵬名迁是典型的党项羌族姓氏），汉文一面的碑文则是由张政思撰写的（张政思为何族别，不详。但从姓名上看，可能是汉族人）。

据碑铭记载，西夏天祐民安三年（1092）冬，武威发生大地震，致使该城护国寺内的佛塔发生了倾斜，当地官员正要派人维修时，佛塔竟然自行恢复了原状。西夏皇太后和皇帝听说此事后，甚是欣喜，遂于天祐民安四年（1093）诏命工匠，对佛塔及寺庙进行修饰。第二年（1094）六月，当整个工程结束时，乾顺皇帝又下诏举行一次隆重的庆典，并令部臣立碑刻文，以志纪念。这便是《凉州重修护国寺感通塔碑》的由来。

《凉州重修护国寺感通塔碑》内容十分丰富，它不仅为研究西夏社会的政治经济、民族宗教、官制民风、文学艺术提供了重要的实物资料，而且更为重要的是它让人们对西夏文学有了新的认识，对西夏文学的形成与发展也有十分重要的影响。

《凉州重修护国寺感通塔碑》的西夏文和汉文碑铭所述的内容大体相同，但叙事前后有差别，两面文字不是互译的，而是各自撰写的，可谓西夏文与汉文合璧。两种文字的碑铭，内容虽然相近，但不雷同，各有各的风格和特色。其中汉文面叙述该塔的壮丽情景："众匠率职，百工效技，圬者缋者，是墁是饰，丹雘具设，金碧相间，辉耀日月，焕然如新，丽矣壮矣，莫能名状。"如学者所评："文字虽短，却抒词若锦，吐气如虹，成功地描绘了壮丽而雄伟的感通塔雄姿。"①

汉文与西夏文两种文字的碑铭相比，内容虽然相近，却不雷同，各有各的风格和特色。不过，如相关专家所言，西夏文碑铭更能反映和代表西夏文学尤其是党项羌文学之特点。因此我们主要对此予以简析。

浑嵬名迁用西夏文撰写的碑铭很长，陈炳应《西夏文物研究》、史金波《西夏佛教史略》都有其汉文译文，聂鸿音《西夏遗文录》主要据史金波译文，其中少量文字有差异。这里谨依据陈炳应译文并参考诸位先生所译（主要对陈炳应译文中空缺文字予以补充），录《凉州重修护国寺感通塔碑》（西夏文碑铭）之参考译文于下：

> 敕通塔之碑铭。大白上国境凉州感通塔之碑铭。喻者仁师典礼司正、功德司副、圣赞提举、学士曰：所显足信，王奴鸡。喻者仁师内宿神策承旨、行监军司正、侍讲珂贝等曰：所显典籍倾城，屈长古□。（按：以上译文聂鸿音《西夏遗文录》未录）坎性高古虽不动，风起出动波浪闪闪常不绝，正体于本虽不变，随缘乘负恼祸沈溺永未息。如正迷愚，六道轮回菩萨得名，圣合尘数，三界流传有情获生。上世最安，一一疾疾往者少，下犹酸楚，千万趋趋至者多。广悲发悲不

---

① 李范文主编《西夏通史》，人民出版社、宁夏人民出版社，2005，第601页。

舍悲，诸佛现世救民庶，无相立相不少相，摩竭陁国金刚座上成正觉。金口一声演正论，依类悉解度脱贪愚为师主，化身多现御邪魔，法界皆到育治迷愚是父母。过去未来，六度海识知最大，通行身瑞，一世多劫果皆满。尊感日具毕，示现必入于涅槃，凡夫福未终，遗留莽莽真舍利。凉州塔者，阿育王所分舍利，天上天下八万四千，奉安舍利而造，奉安中性眼舍利处。原塔虽已毁坏，张轨为天子时，彼上适建宫殿，此名凉州武威郡也。张轨传张天锡，承继王位，遂舍其宫殿，速请匠人营治，乃造七级宝塔。其后，塔为番所作，修造期间，求福供养，乃现瑞像，可为国土支柱。前所为者，迄至此天祐民安甲戌五年，达八百二十余年。又大安二年，塔基欹仄，识净皇太后，面壁城皇帝等，供给种种，命遣监匠等。泥瓦匠每欲荐整，至夕皆风大作，塔首出现圣灯，质明自然已正如前。又大安八年，东袭汉，心体具备，大军一发，即围□□（按：聂鸿音《西夏遗文录》作"武威"），羌军来攻凉州，彼时黑风漠漠，伸手相执莫辨，灯光□□绕塔，二军自然败走，由此莫敢窥视。此后，德盛皇太后，仁净皇帝等临御国土。又天安礼定二年中，频频烧香，布施愿文等，令□不绝，汉中二遍。皇太后所乘坐骑一出，尔时夜间灯光□□（按：聂鸿音《西夏遗文录》作"煌煌"），一出一灭，光明如过午日，乃亡入汉之地望，遂作大瑞。前前后后多所现者，皆此不可思议。瑞魔瑞像数遍，先昔人□显现分明，因有如此广大功力。此凉州金塔者，时光流逝，风击雨著，幡色已退。去年地震大作，又材烧欹仄。德盛皇太后，仁净皇帝等，上四恩报功，下广有治缘，因为六波罗蜜，以行四深大愿，故命头监，集聚诸匠，天祐民安癸酉四年六月十二日，匠事□□（按：聂鸿音《西夏遗文录》作"营饰"），翌年正月十五日匠事乃毕。

妙塔七级七等觉，丹壁四面治四河，木檐复瓦如飞腾，金头玉柱相映现，七珍庄严如晃耀，诸色庄校殊美好，绕觉奇宝光奕奕，悬壁菩萨活生生。一院殿帐呈青雾，七级宝塔惜铁人，细纬幡垂花簇簇，白银香烛明晃晃，法物种种聚所善，供具一一全且足。

为佛常住，黄金十五两，白金五十两，衣著罗帛六十段，绫罗杂绣幡七十对，千缗钱。为僧常住，又赐四户官作，千缗钱，千斛谷等。是年十五日，命中书正梁行者乜，皇城司正卧屈皆等，为做赞庆，作大斋会，说法忏悔，安设道场，读诵藏经，剃度三十八人，曲赦殊死罪五十四人，令准备种种香花、明灯，香净水一一不缺。大小头监，种种匠人等之官诺，各依上下，与者多夥。

五色瑞云，朝朝自盈噙金光，三世诸佛，夜夜必绕现圣灯。一现一灭，就地得道心踊喜，七级悉察，福智俱得到佛宫。天下黔首，苦乐二之可求福，地上赤面，力负俱之是根本。十八地狱，受罪众生得解脱，四十九重，乐安慈氏爱遍至。三界昏暗，智灯一举皆见显，众生乐海，更作惠桥悉渡运。圣宫造毕，功德广大前无比，宝塔修成，善因圆满泽量高。人身不实，□□如浮泡芭蕉（按：聂鸿音《西夏遗文录》作"湿如浮泡芭蕉似"），人命无常，安城秋明同夏花。施舍殊妙，三轮体空义悉解，志念坚固，不持二边证彼岸。愿王座坚秘，如□狐竹笋长且□（按：此句聂鸿音《西夏遗文录》作"如东方修竹长生长"），御意□盛（按：此句聂鸿音《西夏遗文录》作"神谋充盈"），如高甗金海常盈盈。成为□有（按：此句聂鸿音《西夏遗文录》作"所为有利"），有意有力常获利，计度缘熟，供佛供法求具得。

风雨时降，宝谷永成，地境安靖，民庶安乐，法义深广，意性不大，句才传曰，智人勿□（按：聂鸿音《西夏遗文录》作"哂"）正行邪行，前□所写□行记（按：此句聂鸿音《西夏遗文录》作"前立碑铭记巧业"），善曰善曰，后人瞻仰永传说。

文末还有一长段署名，其中除"书者旌记典集阁门令批臣浑嵬名迁，书汉碑铭者供写南北章表臣张政思"给我们提供相关重要信息之外，其他修建、书写、各类僧人、工匠等名字与文章关系不

九 《凉州重修护国寺感通塔碑》与《黑河建桥敕碑》等西夏碑文价值

大，故从略不录。

这篇碑铭着重叙写的是：凉州城护国寺内有一座七层高的佛塔，是阿育王所建八万四千座佛塔中的一座，以安奉佛的舍利，后来因年久失修而毁坏了。前凉王张轨在位时，曾将其宫殿建于此塔的遗址上；张天锡继位后，即毁弃宫殿，重建佛塔。及至西夏，此塔虽已历经八百余年的沧桑，却仍完好无损，并且屡现"瑞像"，护佑夏国。作者在碑铭中用大量的篇幅来宣讲佛法理义，并将之与佛塔的"灵应"联系起来，其本意不外是通过一些离奇的故事来宣扬佛法，并为西夏统治者的崇佛之举歌功颂德。因此，从内容上看，碑文并没有什么耀眼的思想价值，但碑文在艺术上所表现的某些特点及取得的成就，却是非常值得后人珍视的。

综观碑文，我们可以发现，此文十分注意选取一些具有传奇色彩的典型事例来描述，笔墨精练，生动传神。例如，"塔基欹仄"，"泥瓦匠每欲荐整，至夕皆风大作，塔首出现圣灯，质明自然已正如前"。只淡淡数笔，就把佛塔的"灵应"表现得淋漓尽致，趣意盎然。碑文对于建筑物的描写也相当精彩。"妙塔七级七等觉，丹壁四面治四河，木檐复瓦如飞腾，金头玉柱相映现，七珍庄严如晃耀，诸色庄校殊美好，绕觉奇宝光奕奕，悬壁菩萨活生生。一院殿帐呈青雾，七级宝塔惜铁人，细纬幡垂花簇簇，白银香烛明晃晃，法物种种聚所善，供具一一全且足。"这段文采四溢的描绘，不仅艺术地展示了佛塔修缮后的雄伟、壮丽、庄严、华美的风姿，而且写得隽永传神，以致我们不能不为当时劳动人民在建筑艺术上的高超水平拍案叫绝。碑文在语句与修饰手法的运用上也表现了很高的造诣，如下面这段四、七言对偶的骈体文字：

> 五色瑞云，朝朝白盈噙金光，三世诸佛，夜夜必绕现圣灯。一现一灭，就地得道心踊喜，七级悉察，福智俱得到佛宫。天下黔首，苦乐二之可求福，地上赤面，力负俱之是根本。十八地狱，受罪众生得解脱，四十九重，乐安慈氏受遍至。三界昏暗，智灯一举皆见显，众生乐海，更

作惠桥悉渡运。圣宫造毕，功德广大前无比，宝塔修成，善因圆满泽量高。人身不实，□□如浮泡芭蕉，人命无常，安城秋明同夏花。

李范文对此予以高度评价："这种格律特殊的诗文，具有明显的浪漫主义色彩，而对仗工整的文体，显然是受汉文化的影响。但对具体事物的观察和描绘又不完全同于汉族文学。碑文的语句朴实而生动，刻画得细致入微，采用重叠的手法以增饰艺术效果，反映了西夏民族文学的独特风格。"[1]史金波在评论此碑铭时说："碑文语句朴实生动，刻画细致入微，多用重叠的手法增饰艺术效果，更多地反映了党项民族文学的独特风格。"[2]

事实确实如此，作者在此叙写了佛塔景色、佛法理义以及万端思绪，联想奇特，比喻生动，节奏鲜明，对仗工整，既具有朴实厚重的风尚，又不失神奇浪漫的色彩。文中采用的四言与七言相连、两句对偶而行、铺排直泻的句式，显然是接受了中原骈体文的影响。但由于此碑铭是用西夏文写成的，故在具体的语法和修饰上又不完全同于汉文骈体文或碑铭，这是特别需要指出的。如张政思所撰汉文碑铭多以四言和杂言结合，文章最后写道："乃诏词臣，略述梗概，臣等奉诏，辞不获让，谨为之铭。""其词曰"后便是一长段四言铭文作结，这是按先秦以来的传统金石铭文标准套路，而浑嵬名迁用西夏文所撰碑铭结尾，却未按此章法惯例，而是采用了四、七言对偶的骈体，穿插使用了几句四言后再用骈体结尾，如此交叉，灵活多变，显出党项族西夏文碑铭对汉文的借鉴与变化。

有关此碑与羌汉文化关系，还有一点需要指出。《凉州重修护国寺感通塔碑》后来砖砌封闭在甘肃省武威清应寺碑亭内，岁月流逝，至清代人已不知其为何碑。清嘉庆九年（1804），甘肃著

---

[1] 李范文主编《西夏通史》，人民出版社、宁夏人民出版社，2005，第601页。
[2] 史金波：《西夏文化》，吉林教育出版社，1986，第138页

九 《凉州重修护国寺感通塔碑》与《黑河建桥敕碑》等西夏碑文价值 | 135

名学者张澍重新发现此碑，并初步解读揭示其珍贵的历史价值。[①]
学界对于张澍首先发现"西夏碑"的功绩是一致认同的。张澍
（1776~1847），字百瀹，号介侯，清凉州府武威县（今甘肃武威）
人。他于嘉庆四年（1799）考中进士，选翰林院庶吉士。其《养
素堂文集》有《书西夏天祐民安碑后》。张澍晚年又作《偕同游至
清应寺观西夏碑》七律四首，诗前有序，交代了发现西夏碑的过
程及其给他带来的无限喜悦：

> 寺故有碑亭，前后砖砌，不知为何年物也。庚午秋，余
> 偕同人游至寺，适修葺殿宇。余谓主僧唤工匠数辈相与启示，
> 僧以先师遗命勿启，启则有风雹之灾。余曰："若尔，则我辈
> 自当，与僧无与。"诸同人怂恿，遂启之。碑上尘积数寸，扫
> 去，额篆"天祐民安之碑"六字。其文乍看皆识，细看无一
> 字识者。余意碑阴必有释文。复启其后。果然。其碑石左裂，
> 缺二十余字。释文载余《集·书西夏碑后》。

其一曰：

> 昔我曾编夏国书，未成而废慨焚如。
> 摩碑今日排尘土，译字何年辨鲁鱼。
> 野里仁荣为作者，曩霄兀卒亦参诸。
> 艺林从此添新录，却笑兰泉箧未储。

该诗首句自注，"余游扬州，知秦前辈恩复著《西夏书》，往谒，请
观之。先生曰：'书未成，仅零星纸稿，且不足观。'问所据者何
书？答曰：'不过《东都事略》、《宋史》诸书耳。'后余作《二礼权
衡》，遂辍笔。夏书稿五束置驾上，家人以为废纸，烧之。至今以

[①] 关于其发现的具体时间，学界还有一些争议，有的认为是1804年，有的认为是1810
年，皆因张澍本人早年和晚年的记载有出入。参见牛达生《张澍、刘青园与"西夏
碑"——兼论张澍发现"西夏碑"的年代》，《固原师专学报》1993年第2期；崔云
胜《张澍发现西夏碑相关问题的再探讨》，《宁夏社会科学》2008年第5期。

为恨"。诗末句中的"兰泉"指"王兰泉侍郎昶纂《金石萃编》,搜罗甚富,亦无此种"。

其二曰:

漫夸车驾再亲征,大捷屡摧南国兵。
盟誓犹然怀偭乡,风雷底事鉴精诚。
即论文字皆重复,况复衣冠少典程。
赖有《灵芝歌》上奏,韩陵片石可同评。

其三曰:

携友闲来木落时,何图老眼见荒碑。
从前启国颇艰苦,到此蕃书尚孑遗。
阿育何年新窣堵,重华当时旧宫基。
可怜乾顺从崇释,天祐民安又建祠。

其四曰:

国祚绵延二百年,恨无旧史夏书传
道冲注《易》遵尼父,和斡刲羊动上贤。
一自兴州城破后,空遗古寺塔岿然。
摩挲太息斜阳外,元代羊皮亦竞传。

该诗首句自注:"王文简言,国初有人过华州,谒王槐野先生,见架上有《夏书》卷帙多于《金史》,今无从问矣。"

《偕同游至清应寺观西夏碑》无论是诗歌还是序言,在时间和地点上都有误记,庚午为清嘉庆十五年(1810),实际上张澍发现"西夏碑"应为清嘉庆九年(1804),地点应在大云寺,而不是清应寺。但是如当代学者指出的那样:"张澍《观西夏碑》诗虽然存在诸多失误、缺点和不足,但由于它作于张澍晚年学问成熟时期,其内容涉及西夏文字的创造、西夏历史的编纂以及西夏的历史和文化，体现出张澍对西夏历史和文化的研究深度，为后人提供了许多非常有价值的参考和线索。"[①] 不仅如此，张澍的发现和相关诗文为我们重新认识西夏党羌项文学提供了资料，奠定了基础，同时也演绎了羌汉文学比较的千古佳话。

（二）《黑河建桥敕碑》

《黑河建桥敕碑》立于西夏乾祐七年（1176），该碑现藏甘肃张掖市博物馆，碑的两面都刻有铭文，其中一面（阳面）为汉文，另一面（阴面）为藏文，内容大致相同。从立碑的时间和铭文中一些特殊的自称语来看，此碑文是西夏仁宗仁孝所撰。

仁孝（1125~1193）是乾顺的儿子，也是西夏政权的第五代皇帝——夏仁宗。他当政期间，十分重视西夏国内的文化教育，曾亲自下令在各州县设立学校，使入学的人数较之乾顺时期增加了十倍。他还在宫中建立了皇家小学，规定凡皇室子弟7~15岁者都必须入学学习，他本人也时常亲自参与训导工作。1145年以后，仁孝又模仿中原制度，陆续下令在西夏国内设立太学，策试举人，建立"内学"，"新作音律"……仁孝大力推动的一系列"崇儒""尚文"的政策，不仅大大提高了党项羌人的文化素养，而且使西夏的书面创作和经典翻译，在当时呈现较为繁荣的局面。在这种大的政治、文化背景下，仁孝本人亦身体力行，写了一些书面作品。其中，传至今日的有《黑河建桥敕碑》（汉文面）和《〈观弥勒上升兜率天经〉施经发愿文》等。作为西夏的最高统治者，仁孝不止一次出巡河西地区，当他听闻黑河桥修造者的种种神奇传说后，深受触动。出于维护统治阶级利益的需要，同时基于信仰方面的考虑，仁孝不仅亲自光临张掖县的黑河桥，而且派人将其修建一新。此桥完工时，他便写了这篇告神的敕文：

敕镇夷郡境内黑水河上下所有隐显一切水土之主，山

[①] 崔云胜：《张澍〈观西夏碑〉诗笺注》，《宁夏社会科学》2010年第6期。

神、水神、龙神、树神、土地诸神等，咸听朕命，昔"贤觉圣光菩萨"，哀悯此河年年暴涨，漂荡人畜，故发大慈悲，兴建此桥，普令一切往返有情咸免徒涉之患，皆沾安济之福，斯诚利国便民之大端也。朕昔已曾亲临此桥，嘉美贤觉兴造之功，仍馨虔恳，躬祭汝诸神等，自是之后，水患顿息，固知诸神冥歆朕意，阴加拥祐之所致也。今朕载启神虔，幸冀汝等诸多灵神，廓慈悲之心，恢济渡之德，重加神力，密运威灵，庶几水患永息，桥道久长，令此诸方有情，俱蒙利益，祐我邦家，则岂惟上契十方诸圣之心，抑亦可副朕之弘愿也，诸神鉴之，毋替朕命。大夏乾祐七年岁次丙申九月二十五日立石。……①

在这篇碑铭中，作者以国君的口吻，敕告黑水河上下诸神，希望他们"重加神力，密运神威"，使"水患永息，桥道久长"。文中虽有不少虚幻之冥和唯我独尊的封建思想，但表现了他对"利国便民"者的钦佩和赞赏。作为一个封建统治者，仁孝能主动说出"水患永息，桥道久长"，使渡河者"免徒涉之患"的话，说明他是具有一定爱民兴邦的思想的。另外，碑铭中对山神、水神、龙神、树神、土地诸神的敕命，亦表明西夏社会除信仰佛教之外，还信仰原始的多神教，这对后人了解这一时期党项羌人的民情风俗，认识西夏统治者如何利用宗教来为自己服务，都具有很高的价值。整篇碑文气势雄浑，感情充沛，词意丰厚，文采流溢。其中最令人注目的是作者将口头传说引入碑文创作，"开创了西夏党项羌作家文学与民间文学相结合的范例"。②可见，在西夏时期，即便是王公贵族的书面创作，也不能离开民间文学的影响而超然于世。

在羌族文学史上，《凉州重修护国寺感通塔碑》（西夏文碑铭）和《黑河建桥敕碑》（汉文面）是两篇十分重要的作品，它们

---

① 陈炳应：《西夏文物研究》，宁夏人民出版社，1985，第139~140页。
② 白庚胜：《西夏党项羌作家文学述略》，《民族文学研究》2000年第2期。

不仅是西夏羌族碑文创作的代表之作（前者和后者分别代表不同的创作载体），而且在一定程度上丰富了羌族古代的散文创作。首先，它们是目前我们所见到的较为完整的羌人碑文创作。它们的出现，进一步拓宽了羌族古代散文创作的领域。因为，在西夏之前，我们未见到由羌人创作的碑文作品传世，西夏文碑文作品的出现，更是史无前例。这是羌族古代散文中的新样式，也是羌族人民对中华民族历史文化的又一特殊贡献。其次，这两篇碑文在某些艺术手法的运用上，也达到了前所未有的高度。例如，它们较为成功地将民间传说引入散文创作之中，这在之前的羌族散文作品中是不曾见过的。再如，《凉州重修护国寺感通塔碑》对于建筑物的精彩描绘，在羌族古代文学史上也是不多见的。特别值得注意的是，这一时期出现的羌族碑文（特别是西夏文碑文）创作，不仅取得了一定的艺术成就，而且对后世产生了直接的影响。元代所建的北京居庸关过街塔和敦煌莫高窟里的功德碑都采用了西夏文创作并刻写铭文。另外，在保定市北郊郭庄西什寺出土的明代石经幢中，也有两座碑铭是用西夏文刻写而成的。当代学者考定这是"迄今所知有确切年代记载的最晚的西夏文石刻，是研究西夏文字使用和西夏遗民的珍贵材料。"[①] 可见其影响和价值。

[①] 杜建录：《党项西夏碑石整理研究》，上海古籍出版社，2015，第217页。

十 歌颂祖先和师长的赞歌
——党项羌西夏文诗歌研究之一

西夏时期的羌族诗歌创作，作者人数增多，作品数量也大幅增长，并有少量诗集出现，同时有西夏文和汉文创作，诗歌体裁也较为丰富，从四言、五言、七言到杂言均有，出现了较为繁荣的景象。

西夏文献大多遗失，最集中的保存为内蒙古黑水城，于1909年被俄国"探险家"科兹洛夫盗走，现藏于俄罗斯科学院东方学研究所圣彼得堡分所。国内学人很难得见，长期只能依靠俄罗斯学者陆续发布的少量文献进行研究。如王康先生就曾对此甚感遗憾，指出："尽管西夏时期羌人作有不少诗歌，但目前我们能见到的，并且可以认定为羌人所作的，却仅有三首。其中，有两首是用西夏文创作的，另一首则是用汉文创作的。此外，还有一些西夏文的诗作，虽已据俄文译成汉文，但因缺乏足够的印证文字和背景材料，现在还难以判别其作者的民族属性。"[1]

1993年春，中国社会科学院民族研究所、上海古籍出版社和俄罗斯科学院东方学研究所圣彼得堡分所达成合作协议，准备整理出版俄藏黑水城文献。根据双方签署的协议，中方人员于1993、1994、1997、2000年4次赴俄进行整理、登录和拍摄工作。现在这些为学术界瞩目的文化瑰宝已陆续公之于世，使流失海外近百年的国宝魂归故土。从1996年起，《俄藏黑水城文献》陆续出版，为西夏学术研究提供了大量崭新的、重要的资料，也为西夏学术研究开辟了广阔的前景。

---

[1] 李明主编《羌族文学史》，四川民族出版社，1994，第618页。

除了《俄藏黑水城文献》之外,《英藏黑水城文献》《中国藏西夏文献》《中国藏黑水城汉文文献》《斯坦因第三次中亚考古所获汉文文献（非佛经部分）》《法藏敦煌西夏文献》《俄藏敦煌文献》《日本藏西夏文献》等陆续出版，为西夏学术研究奠定了坚实的文献基础。

新整理出版的文献涉及历史文化、宗教、法律、民俗等领域，内容十分广泛，《俄藏黑水城文献》由汉文部分、西夏文世俗部分和西夏文佛教部分三部分构成。前言，俄藏黑水城文献有八千多个编号，系中国中古宋、夏、金、元时期的写本和刻本，其中绝大部分是西夏文文献。

孙继民先生在综合中外学者研究成果的基础上指出："《俄藏黑水城文献》6册汉文部分，除了人们所熟知的大量宋、夏、金、元（包括北元）文献之外，还有数量不等的唐代、五代、辽代和伪齐文书，并有一件清代文书。"[1]

从文学角度来看，浩繁的相关西夏文献中的诗歌作品非常有限。据初步统计，《俄藏黑水城文献》保存着西夏宫廷颂诗和劝世歌30余首，主要在俄藏121号和876号写卷上。其中俄藏121号文献两面有字，正面为西夏诗歌刻本，依次为《赋诗》《大诗》《月月乐诗》《道理诗》《聪颖诗》，背面为《宫廷诗集》甲种本，抄有30首西夏诗歌，在尾部有《天下共乐歌》和《劝世歌》；俄藏876号文献全卷存诗7首，卷末的两首亦为《天下共乐歌》和《劝世歌》，署名为没息义显。俄罗斯学者戈尔巴乔娃和克恰诺夫将后者称为"西夏宫廷诗残卷"。

《俄藏黑水城文献》所收诗歌皆为西夏文创作，俄罗斯学者过去曾陆续翻译《颂祖先》和《颂师典》的少量片段，中国学者根据俄义翻译为汉义。后来随着俄藏义献陆续公布、中国学者西夏义释读水平的进一步提高，西夏文献的整理、翻译和研究又取得新的成就，直接对一些诗歌进行了考释，如聂鸿音先生先后对《夏圣根赞

---

[1] 孙继民等：《俄藏黑水城汉文非佛教文献整理与研究》，北京师范大学出版社，2012，第815页。

歌》(陈炳应译为《颂祖先》)、《天下共乐歌》、《劝世歌》、《新修太学歌》、《夫子善仪歌》(陈炳应译为《颂师典》)、《月月乐诗》、《五更转》等西夏文诗歌予以考释,[①] 还有《拜寺沟方塔所出佚名诗集考》《西夏文〈贤智集序〉考释》等,贡献甚大,此外梁松涛的《西夏文〈敕牌赞歌〉考释》等,都为我们提供了包括西夏文诗歌、西夏文散文和西夏汉文诗等宝贵的文学研究史料。

相对于过去我们只知道乾顺《灵芝颂》汉文诗歌残句而言,目前西夏诗歌史料可谓大大丰富,其内容也较为广泛,大致可分为歌颂祖先和师长、歌颂太平与劝世以及反映生产民俗等类。为了更清楚地说明问题,我们在对其进行简单分类的基础上,首先对歌颂祖先和师长的一类诗歌予以探讨。

(一)《颂祖先》

《颂祖先》和《颂师典》二诗,是出土于今内蒙古额济纳旗黑水城的西夏文物,其原件为西夏文,现存于俄罗斯科学院东方学研究所圣彼得堡分所。俄罗斯开始未公布这两首诗的西夏文原件,只是用俄文介绍了其中的一些片断。苏联学者聂历山最早对《颂祖先》进行了介绍,指出:"苏联科学院东方学研究所珍藏的科兹洛夫黑水城收集品当中,有一件 1185 年刻印发行的西夏文刊本文献,我在该文献正文页面的背面,发现了五首手写的西夏文颂歌,其中一首的内容颂扬了西夏皇族的祖先。在我看来,这首颂歌的内容相当有趣,它透露出党项人早期崛起历史的某些信息,为我们了解和研究这段历史提供了有价值的材料。"[②]《颂祖先》由此成为最早进入学者研究视野的诗歌史料,可见其重要性。我们可以首先透过这些有限的诗句,见出党项羌人西夏文诗歌创作之一斑。

《颂祖先》亦名《西夏赋》,或称《夏圣根赞歌》,是西夏人留下的一首重要诗作,全诗共计 45 行 362 字。至于其作者是谁,

---

① 聂鸿音:《西夏文献论稿》,上海古籍出版社,2012,第 207 页。
② 〔苏〕聂历山:《西夏文字与西夏文献》,崔红芬、文志勇译,《固原师专学报》2006 年第 1 期。

目前尚不得而知。不过，从诗作的内容和已知的背景材料来看，此诗当为党项羌人所作。我们的主要依据有二。首先，此诗在颂扬党项羌人的祖先业绩时，字里行间洋溢着一种特别亲切的民族感情。例如，"母亲阿妈起族源，银白肚子金乳房，取姓嵬名俊裔传"。我们知道"嵬名"是典型的党项羌人姓氏，作者对它充满了亲切的感情。再如，诗中有这样一句："高弥药国在彼方。"据史学家研究，"弥药"是党项羌人的一种自称，作者在"弥药"前面加上了一个"高"字，其含义有二。一是指"弥药"人身材高大，原诗的第四句有"身高十尺"的说法，可见"弥药"人的身材是比较魁梧的。二是指"弥药"人统率的政权十分强大。可见，作者对"嵬名"和"弥药"都很有感情，而且这种感情是非羌族作者难以具备的。其次，此诗作于1185年前后，正值西夏仁孝皇帝大力推行儒学之际，在这种大的文化背景下，此诗不以汉文来做其创作信息的载体，而是用西夏文来写就，充分说明作者对自己民族的文化十分热爱。据此，我们认为，诗的作者不仅是党项羌人，而且可能是"嵬名"氏中的一员。

《颂祖先》目前主要有三个译本。首先是陈炳应据俄文转译的译本——《颂祖先》，该译本为诗歌片段。

> 黔首石城漠水畔，红脸祖坟白河上，高弥药国在彼方。
> 母亲阿妈起（族）源，银白肚子金乳房，取姓嵬名俊裔传。
> 繁裔崛出"弥瑟逢"，出生就有两颗牙，长大簇立十次功，七骑护送当国王。①

其次是聂鸿音的译本——《夏圣根赞歌》，应为全译本。全诗译文如下。

> 黑头石城漠水边，赤面父冢白河上，高弥药国在彼方。
> 儒者身高十尺，良马五副鞍镫，结姻亲而生子。啰都父亲身

---

① 陈炳应：《西夏文物研究》，宁夏人民出版社，1985，第346页。

材不大殊多圣，起初时未肯为小怀大心。美丽蕃女为妻，善良七儿为友。西主图谋攻吐蕃，谋攻吐蕃引兵归，东主亲往与汉敌，亲与汉敌满载还。觅迎马貌涉渡河水底不险，黄河青父东邑城内峰已藏。强健黑牛坡头角，与香象敌象齿堕。嗯嗯纯犬岔口齿，与虎一战虎爪截。汉天子，日日博弈博则负，夜夜驰逐驰不赢。威德未立疑转深，行为未益，啰都生怨自强脱。我辈之阿婆娘娘本源处，银腹金乳，善种不绝号觅名。耶则祖，彼岂知，寻牛而出边境上。其时之后，灵通子与龙匹偶何因由？后代子孙渐渐兴盛。番细皇，初出生时有二齿，长大后，十种吉祥皆主集。七乘伴导来为帝，呼唤坡地弥药来后是为何？风角圣王神祇军，骑在马上奋力以此开国土。我辈从此人仪马，色从本西善种来。无争斗，无奔投。僻壤之中怀勇心。四方夷部遣贺使，一中圣处求盟约。治田畴，不毁穗，未见民间互盗。天长月久，战争绝迹乐悠悠。①

最后是俄罗斯学者克恰诺夫解读，张海娟、王培培翻译的版本——《夏圣根赞歌》，其译文如下。

　　黑头石城棕河上，赤面祖坟白河上，高弥药国在此方。圣人身高十尺，战马结实雄壮。种族结亲产后代。啰都父亲身材不高多智，初始不愿为小怀大心。美丽蕃女为妻，英勇七儿相爱。其人图谋攻吐蕃，羌人施谋三薄浪，东主一同上战场。支吃唳与汉交战。马面渡河低洼不避，吾辈祖先京城内已扎根。强健黑牛突额角，与香象厮杀堕齿。狗面嗯嗯隘口齿，与虎搏斗虎脚折。汉天子，每日博弈博则负，每夜驰逐驰不利。力勇不当疑虑深。行不成，啰都反抗未独立。我辈阿妈娘娘为始祖，银腹金胸，善根不绝名觅名。耶则祖，彼岂知，寻牛越出过边界。此后其子额登与龙匹配于某因，

---

① 聂鸿音：《西夏文〈夏圣根赞歌〉考释》，《民族古籍》1990年第1期。

十　歌颂祖先和师长的赞歌 ｜ 145

从此子孙代代繁衍。番细皇，初出生时有二齿，长大后十大吉兆皆主集。七乘伴导来为帝，号召大地弥药，孰不附？圣王似风疾驰去，拉缰牵马人强国盛。我辈从此人仪马，勇族向西圣容近，未脱离，无号令，僻壤之中怀大心。四方部族遣贺使，贫善人处善言说：治田畴，不毁穗，民间盗窃无有，天长月久，战争绝迹乐悠悠。①

"《赞歌》的语言庄重而不失简洁，没有使用复杂的、富有诗意的形象。以平行原则来组织，没有清晰的平仄交替，很难划分出准确而又规律的诗歌结构。较诗歌结构的规律性而言，诗歌韵律的平行更易感觉的到。诗歌长短句之间没有严格的连续性。"②从现已译为汉文的诗句来看，该诗是一首追述、颂扬党项羌人祖先业绩的重要诗篇。诗的题目翻译成祖先或是圣根，意义都是一样的。诗歌开头即写道："黔首石城漠水畔，红脸祖坟白河上，高弥药国在彼方。"描述了党项羌人的发源地，笔调朴实、凝练。诗中的"黔首"、"红脸"和"弥药"等词，都是党项羌人的不同自称，而白河上游的漠水畔，则是其"祖坟"和石城羌碉所在的地方，所以西夏国自称"白上国"（白河上游的国家）。这短短的三行诗句，不仅表达了作者对于碉楼、祖坟的留恋和崇拜，而且为后来叙述西夏羌族的来源，埋下了伏笔。

接下来，该诗叙述了西夏皇族的鼻祖"剌都"，其妻子是"西羌姑娘"，生了七个儿子。③"母亲阿妈起（族）源，银白肚子金乳房，取姓嵬名俊裔传。繁裔崛出'弥瑟逢'，出生就有两颗牙，长大簇立十次功，七骑护送当国王。"在这段诗中，作者进一步交代西夏皇族党项羌的来源与业绩。"母亲阿妈起（族）源，银白肚子金乳房，取姓嵬名俊裔传"，诗歌把叙事与描写有机地结合起来，

---

① 〔俄〕克恰诺夫：《夏圣根赞歌》，张海娟、王培培译，载《西夏学》（第8辑），上海古籍出版社，2011，第171~172页。
② 〔俄〕克恰诺夫：《夏圣根赞歌》，第177页。
③ 陈炳应：《西夏文物研究》，宁夏人民出版社，1985，第346页。在聂鸿音与克恰诺夫译本中，"剌都"译为"啰都"，"西羌姑娘"译为"蕃女"。

在追述西夏皇族改姓为"嵬名"这一历史事件的同时，把作者那种深沉的民族感情抒发得淋漓尽致。此外，据陈炳应《西夏文物研究》中的相关论述，这首诗中提到的"弥瑟逢"很有可能就是史籍中记载的李继迁，因为两者的基本情况大致相符。如诗歌中讲弥瑟逢"出生就有两颗牙"，而史籍记载李继迁"生而有齿"；诗歌说弥瑟逢"长大篡立十次功"，而史籍记载李继迁与宋王朝打过多次仗，攻陷州、府并迁都西平府；诗歌说弥瑟逢"七骑护送当国王"，而史籍记载契丹曾封李继迁为"夏国王"，实际上，他也是实现党项羌各部大联合的第一人。至于两个名字读音不同，可能是两种语言所用名字不同的缘故，汉语称之为"继迁"，党项羌语或藏语称之为"弥瑟逢"。藏文史籍为此提供了证明。据记载，弥药第一王是"斯呼"（《贤者喜宴》）、"斯呼凯久"（《安多政教史》）或"凯祖王"（《贤者喜宴》）、"凯呼"（《红史》）等。"斯呼"与"瑟逢"音近，应是同一个人。而且藏文史籍说他原来变成七名白色骑士，由七骑士为王，与上述西夏文诗歌中的"七骑护送当国王"相一致。可见，汉、夏、藏文记载的应是同一个人。总而言之，从现已译为汉文的诗句片断来看，《颂祖先》不是普通的"歌德"之作，而是具有史诗性质的重要诗篇。它以忆古、写实的手法，描写了党项羌人的发源地，叙述了西夏皇族的繁衍过程和历史功绩。从艺术上来看，作为一首颂扬民族祖先的叙事诗，《颂祖先》也是颇有特色的。

首先，它是一篇洋溢着民族气息的诗作。诗的原作是用西夏文写成的，而据专家们研究，西夏文是"根据西夏语（党项羌语）的本质特点而创制出来的一种语言符号，它在音韵声调、语法结构及修饰手法上，都带有许多羌族的特点"。作者用这种文字来作诗，诗的内容也是叙写党项羌人的历史生活的，同时，作者在创作时，又贯之以深沉的民族感情，这就使得诗篇从内到外，都带上了浓郁的民族气息（这一点对于熟知西夏语言和文字的人来说，是有深切感受的）。这种民族气息，使它有别于当时用汉文创作的诗歌，深受西夏读者的喜爱。这可能也是该诗能够被选入当时的《西夏诗集》的原因之一。

其次，诗篇在追述党项羌族的历史时，选择了"红脸""祖坟""白河""弥药""取姓嵬名""弥瑟逢"等具有代表性的地域、人物和事件来加以大笔的勾勒，既紧扣叙事的主线，又不损害作品的表现力，使诗歌能在有限的篇幅中，展示较为丰富的历史生活画面。

最后，寓抒情于叙事和描写之中。诗歌注意将叙事、描写和抒情有机地结合起来，于具体的叙事和描写之中来抒情，使情感能自然地融于叙事、描写之中。"母亲阿妈起（族）源，银白肚子金乳房，取姓嵬名俊裔传。"这里，诗歌既是在叙事、描写，又是在抒发作者亲切的民族感情。这种让感情自然地融于叙事和描写之中的写法，让人读起来有一种"此时无声胜有声"的感觉。

（二）《颂师典》

《颂师典》是一首西夏文诗歌，原件1909年出土于内蒙古额济纳旗的黑水城遗址，今藏俄罗斯科学院东方学研究所圣彼得堡分所，编号121。俄罗斯学者戈尔巴乔娃和克恰诺夫在《西夏文写本和刊本》中予以著录，它属于西夏"宫廷诗"，文献照片由上海古籍出版社于1996年发表。原文写在西夏乾祐十八年（1187）刻本《道理诗》的纸背，用很小的行书字体写成，题目有多种译法，如"夫子善仪歌""夫子巧式歌""献给西夏文字创造者的颂诗""造字师颂"。聂历山在1936年首次把这首诗译成俄文，并指出诗中有两个字相当于西夏文字创造者的姓氏"野利"，从而推测这是一位佚名作者在1162年夏仁宗追封野利仁荣为"广惠王"时所作。因此，《颂师典》同样是一篇有重要意义的西夏文长诗。

20世纪80年代，陈炳应先生据聂历山的俄译文将此诗转译成中文。对于西夏文中的"野利"一词，陈炳应先生列举汉文史书中关于蕃文创造者的相关记载，提出了进一步的佐证。其后聂鸿音先生再次进行了考释翻译。在此我们分别予以引录。陈炳应先生译文题为"颂师典"，分成若干片段如下：

第一段：

> 羌汉弥人同母亲，地域相隔语始异。
> 羌地高高遥西隅，边陲羌区有羌字。

第五段：

> 中国低处极东地，中国地区用汉字。
> 各有语言各珍爱，双方培育尊己字。
> 吾邦亦有圣贤师，伟大名师数伊利。

第六段：

> 文字明星东方起，光辉文字照晚夕。
> 招募弟子三千七，一一教诲成人杰。
> 如今伊等科学业，历历在目遍全境。
> 太空之下读己书，礼仪道德吾自立。

第十五段：

> 为何不跟西羌走？西羌已向我俯首。
> 大陆事务我主宰，政务官员共协辅。
> 未曾听任中国管，中国向我来低头。
> 我处皇族不间断，弥药皇储代代传。

第二十段：

> 衙门官员曾几何？要数弥药为最多。
> 请君凡此三思忖，非师之功是哪个？①

---

① 陈炳应：《西夏文物研究》，宁夏人民出版社，1985，第 347~348 页。

聂鸿音先生翻译题目为"夫子善仪歌",全文汉译如下。

> 羌汉番三一母生,语言不同地所分。
> 愈西愈高羌人国,羌人国内羌文字;
> 愈东愈低汉人国,汉人国内汉文字。
> 自己语言自己爱,各个文字各个敬。
> 我辈国野利夫子,天上文星出东方,引导文字照西方。
> 擢选三千七百弟子皆端正,一国四方莫不求学入学海。
> 皇天下各读各经各国礼。不合于羌羌归降;
> 后土上各奉各业各国仪,招引汉人汉屈服。
> 由此后帝族绵绵共听政,弥药儒层出不穷。
> 各级诸司臣僚中,弥药司吏尤兴盛。
> 其多至此汝试想:非夫子功谁之功?[①]

聂鸿音先生西夏文《夫子善仪歌》译释注"羌汉番"即藏、汉、党项三个民族。"三千七百弟子",许多西夏学家认为是指当时西夏生员的实际数目,但聂鸿音先生认为这恐怕与孔夫子的"贤人七十,弟子三千"有关系,是由此演绎而来的。

同《颂祖先》一样,《颂师典》一诗的作者是谁,现在还未知。不过,从诗作所表现的情感和意向来看,我们认为此诗亦当出自羌族作者之手。视《颂师典》为党项羌人之作的主要理由有二。

其一,《颂师典》是用西夏文创作的诗篇,其主要内容是颂扬西夏文字的创造者,这里就有一个民族感情的问题。因为西夏虽是一个由羌、汉、藏、回鹘等民族组成的割据政权,但西夏文的创制,较之汉文、藏文和回鹘文,时间要晚一些,加上西夏文的创制者并非皇帝国君,因此,对西夏的汉、藏、回鹘等民族的作者来说,似乎没有必要对他大肆颂扬。但党项羌人则不同,因为西夏文是以党项羌语为本质特点而创制的,其主要创制者野利仁荣,也是一位党项羌人。而且西夏文的创制,不仅为党项羌人更

---

① 聂鸿音:《西夏文献论稿》,上海古籍出版社,2012,第208~209页。

好地学习文化提供了方便，而且为他们步入仕途奠定了基础。正如诗中所言："衙门官员曾几何？要数弥药为最多，请君凡此三思忖，非师之功是哪个？"这里，诗篇既是在颂扬野利仁荣的创字之举，也是在提醒人们不要忘记党项羌人的历史功绩。这是多么深沉的民族感情！这种感情，其他民族的作者是难以拥有的。

其二，作品中所洋溢的特殊民族自豪感，也可以说明此诗为党项羌人所作。诗篇中有这样的词句："为何不跟西羌（按：指吐蕃）走？西羌已向我俯首，大陆事务我主宰……中国（按：指宋朝）向我来低头，我处皇族不间断，弥药皇储代代传。""衙门官员曾几何？要数弥药为最多。"我们知道，"弥药"是党项羌人的一种民族自称。诗歌在谈到"弥药"时所表现的那种"扬眉吐气"正是民族自豪感的真实流露。而这种为党项羌人自豪的民族情感，又是羌族之外的民族作者所难以具备的。

在这首长诗中，作者以深厚的民族感情，颂扬了西夏文字的主创者野利仁荣。"吾邦亦有圣贤师，伟大名师数伊利。"这里的"伊利"，即指党项文士野利仁荣。据史书记载，野利仁荣是元昊的重要谋臣之一，他曾奉元昊之令，于西夏建国前夕，主持创制了西夏文字。元昊称帝之后，他又着手主办蕃学，招募弟子，推广西夏文，翻译典籍，为西夏文化事业的开创和发展，做出了不朽的贡献。"文字明星东方起，光辉文字照晚夕。招募弟子三千七，一一教诲成人杰。""太空之下读己书，礼仪道德吾自立。""衙门官员曾几何？要数弥药为最多。请君凡此三思忖，非师之功是哪个？"这些短促的诗句，既生动描述了野利仁荣的历史功绩，也抒发了作者对这位造字名师的敬仰与感激。

另外，诗中视藏、汉、羌人为一家的思想，也是值得后人珍视与肯定的。大家知道，在中华民族的历史上，西夏虽是一个先后与辽宋、金宋相鼎立的王朝，但它从始至终都未离开过伟大祖国的怀抱。这本是众所周知的历史事实，然而国外某些所谓"学者"，为了其霸权主义和分裂中国的需要，不顾客观事实，甚至用卑劣的手法，来歪曲和篡改历史，"企图把西夏说成是与我们祖国对立的一个独立国家，把党项羌说成是我们多民族大家庭之外的一个民族"。①然而，事实终归是事实，民意是不容违背的。"羌汉弥人同母亲，地域相隔语始异。"这两句直抒胸臆的诗，不仅揭示了我国民族关系的本质——祖国是各民族人民的共同母亲，各族人民像同胞兄弟般生活在神州大地上；而且指出了造成民族间差异的原因。这是诗歌作者的认识，也是西夏人民的心声。当然，应该指出的是，诗中流露的那种神州大地唯西夏是尊的思想，以及作者不惜贬低其他民族来衬托和吹捧党项皇族的做法，在今天看来，也是应该摒弃的。

《颂师典》从艺术上看是一部具有鲜明民族特色的诗篇。作品在颂扬野利仁荣的造字功绩时，不时透出浓郁的民族气息。这种浓郁的民族气息，使之能在众多的西夏文诗作中，发出引人注目的光辉。《颂师典》在艺术上的另一个特点，是抒情畅意，自由奔放。"羌汉弥人同母亲，地域相隔语始异。""吾邦亦有圣贤师，伟大名师数伊利。""文字明星东方起，光辉文字照晚夕。"这种畅写胸臆的抒情方式，质朴坦诚，无拘无束，令人读起来有一种"大江东去"、奔泻自如的感觉。

（三）《新修太学歌》

除了《颂祖先》《颂师典》之外，还有一首西夏文《新修太学歌》，赞美仁孝皇帝乾祐二十三年（1192）重建太学（国子监）之事，描述了太学的形制和功用。诗歌行文词语华美，具有非常浓郁的宫廷色彩。其内容与《颂师典》相近，也是一首颂歌，且发表时间比较早，故我们在此一并予以探讨。

1986年，日本学者西田龙雄发表《西夏语"月月乐诗"之研究》，抄录此诗并用日文翻译，作为论文的一部分。聂鸿音先生再将其译为汉文。现录聂鸿音先生汉文意译如下。

---

① 陈炳应:《西夏的诗歌、谚语所反映的社会历史问题》，原载《西北师大学报》（社会科学版）1980年第2期，后收入白滨编《西夏史论文集》，宁夏人民出版社，1984，第145~164页。

天遣文星国之宝，仁德国内化为福。
番君子，得遇圣句圣语文，千黑头处为德师；
听作贤策贤诗词，万赤面处取法则。
无土以筑城，无土筑城，天长地久光耀耀；
除灰以养火，除灰养火，日积月累亮煌煌。
其时后，壬子年，
迁自太庙旧址，座落儒王新殿。
天神欢喜，不日即遇大明堂；
人时和合，营造已成吉祥宫。
沿金内设窗，西方黑风萧瑟瑟；
顺木处开门，㴬有泉源水澄清。
冬暖百树阁，装饰以宝，执缚狻猊□风□；
夏凉七级楼，图绘以彩，神祇交座与云同。
夜寐眼边岂恶梦，往卧灵台脚下，未觉毁坏为守护；
夙兴拱手念真善，住近纯佛圣处，有如释菜施福德。
所念者，天长地久，国运显现平静；
日积月累，宝座更告安宁。
因我辈，帝手赐酒，汤药已饮不患病；
御策坐华，美上增美老未知。
若是一圣恩而万人乐，后世何其多！①

诗歌介绍了西夏太学的重要意义和教学概况，对此，元代著名诗人虞集曾不无赞赏地写道："西夏盛强之时，宋人莫之能御也。学校列于郡邑，设进士科以取人，尊信仲尼以'素王'之名号，极于褒崇，则文风亦赫然昭著矣哉。"② 这是对西夏"汉学"教育发展的真实写照和充分肯定。虞集的《西夏相乌（斡）公画像赞》还说到西夏宰相斡道冲："字宗圣，八岁以《尚书》中童子举，长通五经，为番汉教授，译《论语注》，别作解义二十卷，曰《论语

---

① 聂鸿音：《西夏文〈新修太学歌〉考释》，《宁夏社会科学》1990 年第 3 期。
② （元）虞集：《道园类稿》卷二五《重建高文忠公祠记》，台湾新文丰出版公司，1985。

小义》,又作《周易卜筮断》,以其国字书之,行于国中,至今存焉。"①可见中原儒家经典对西夏太学和科举的影响。诗中提到"得遇圣句圣语文,千黑头处为德师;听作贤策贤诗词,万赤面处取法则",主要讲太学日常讲授的内容,包括西夏帝王的教诲和诗词文章、历代儒家圣贤的经典以及佛教经典。"德师""法则"与"真善""纯佛"交相辉映,强调了儒佛互补的教育理念。如学者指出的,"为了巩固统治,统治者采取了崇佛尊儒的国策,佛教和儒家文化在西夏都得到发展,尤以佛教最为突出。西夏时期佛教已不单强调出世离俗,而更多地表现为入世合俗,佛儒共容相济,与社会接触,去劝化世人,把出世离俗和入世合俗的思想紧密结合在一起。这种思想在文学作品中也得到充分体现"。②可见太学儒佛结合的思想对当时包括文学在内的整个西夏社会的观念都有重要影响,这在该诗中得到了真实的反映。

(四)《颂祖先》和《颂师典》的地位、影响及意义

在羌族文学史上,《颂祖先》和《颂师典》是两朵较为别致的花。它们体现了羌族西夏文诗歌创作在思想、艺术上所达到的高度,也为整个羌族的诗艺园地增添了新的色彩。

首先,它们以新的创作载体,丰富了羌族书面诗歌创作的种类。如前所述,《颂祖先》和《颂师典》都是用西夏文写成的作品,它们的出现,标志着羌族的书面诗歌创作,在西夏时期进入了一个新的阶段。因为在此之前,羌族的书面诗作都是用汉文写成的。《颂祖先》和《颂师典》的出现,不仅打破了这种"一花独放"的局面,而且拓宽了羌族书面诗作的道路。

其次,就目前所知的材料看,《颂祖先》可能是历史上羌人创作的最早的一首含有史诗意味的叙事诗,《颂师典》则是自《青蝇》以来,在篇幅上最长的一首抒情诗。他们以新的文体或篇幅,进一

---

① (元)虞集:《道园学古录》卷四,摛藻堂四库全书荟要本,第33页。
② 崔红芬:《西夏文学作品中所见儒释相融思想》,《青海民族研究》2007年第4期。

步丰富了羌族古代诗歌创作的样式和容量。此外，作为叙写党项羌族题材的诗篇，《颂祖先》和《颂师典》所触及的社会生活面也是比较广泛的。它们不仅是探视西夏文诗歌创作的主要窗口，而且是研究西夏社会历史的宝贵材料。也正因如此，这两首被埋没七百余年的诗重见天日后，深受人们重视。大约从20世纪20年代起，中外学者就不断通过它们来研究西夏文诗歌创作的特点和规律，探索西夏的疆界、嵬名皇室的民族归属以及党项羌人的历史、建筑和丧葬习俗、文化教育等。这类羌人诗作，具有寻根和民族文化认同的基础性质，能激起人们广泛的研究兴趣，也正说明了它们在文化史上的价值和影响。

当代学者也每每由此探讨西夏文化教育的概况及其"兼收并蓄"的特点。正如西夏文诗歌《颂师典》所唱的一样："蕃汉弥人同一母，语言不同地乃分。西方高地蕃人国，蕃人国中用蕃文。东方低地汉人国，汉人国中用汉文。各有语言各珍爱，一切文字人人尊。吾国野利贤夫子，文星照耀东和西。选募弟子三千七，一一教诲成人杰。"[①] 刘兴全以此特别指出："西夏统治阶级发展文化教育在重视'蕃学'，强调西夏语言文字的教育和培养以党项羌为主体的少数民族的封建统治人才，突出其民族性的同时，并不排斥其它文化。西夏统治阶级不仅十分重视学习、传播汉文化，大兴'汉学'，发展'汉学'教育，培养'蕃、汉兼备'的统治人才，推动西夏文化与汉文化的交流，而且十分注意吸收周边各民族的如吐蕃、回鹘、契丹、金等的文化，把它们同样纳入到文化教育的轨道之中，形成了党项羌、汉、吐蕃、回鹘、契丹等多民族文化兼收并蓄、相互交融的鲜明特点。"[②] 其实，西夏文化教育是如此，文学又何尝不是如此呢？这类诗歌本身就是党项羌与汉族以及多民族文化结合的产物。

---

① 此处采用张迎胜译文，与前引陈炳应、聂鸿音译文略有出入。参见张迎胜《西夏文化概论》，甘肃文化出版社，1995，第120页。
② 刘兴全：《论西夏的文化教育》，《西南民族学院学报》（哲学社会科学版）1996年第4期。

十一 宫廷诗与民俗诗
——党项羌西夏文诗歌研究之二

（一）以《天下共乐歌》与《劝世歌》为代表的宫廷颂歌

关于西夏文学，陈炳应《西夏文物研究》第八章"西夏的文学作品"进行了概述，包括三个部分，即"各种文学作品简介""几组诗歌谚语所反映的社会历史问题""四言纪事文"。这其中还包括僧人宝源所编的一部诗集《贤智集》，俄罗斯学者戈尔巴乔娃和克恰诺夫指出其为劝世诗文的汇编。《贤智集》虽然旨在劝人行善向佛，但其中并没有多少关于佛教教义的注疏，却出现了不少世俗的内容，甚至还有对西夏历史的简单描述，因此对于应该把它算作佛教作品还是世俗作品，学界至今还难以确定。[①]《俄藏黑水城文献》主要为西夏文，谚语部分已经基本译为汉语；诗歌大多属于西夏宫廷颂诗和一些劝世歌，约 30 首，[②] 只有部分译为汉语。这些诗歌有的是世俗官员所作，有的是僧人所作，更多则是佚名诗人或文人的作品。

对于这些西夏文宫廷颂诗，苏联学者聂力山的《西夏文字与西夏文献》较早以俄文翻译公布了六首诗歌的段落和部分谚语。1980 年，陈炳应发表《西夏的诗歌、谚语所反映的社会历史问题》，[③] 对聂力山文章中出现的诗歌进行介绍，其后又将该文收入

[①] 聂鸿音：《西夏文〈贤智集序〉考释》，《固原师专学报》2003 年第 5 期。
[②] 俄罗斯科学院东方学研究所、中国社科院民族研究所《俄藏黑水城文献》第 11 册，上海古籍出版社，1999，编号 789、3947、4930。
[③] 陈炳应：《西夏的诗歌、谚语所反映的社会历史问题》，《西北师大学报》（社会科学版）1980 年第 2 期。

《西夏文物研究》一书中。这六首诗歌中的第一、第二首即《颂祖先》和《颂师典》。第三首党项人诗歌为长篇五言诗，为《碎金置掌文》，是由 1000 个单字组成且毫不重复的五言诗体文，大概与《千字文》一样，是为初学识字者便于记忆字的读音而编写的。聂力山只介绍了其中一段 20 个字，陈炳应据以转译的汉文如下。

　　弥药勇健走，契丹缓步行。西羌敬佛僧，中国爱俗文。[①]

简明而准确地概括出当时几个民族突出的特征，尤其是党项羌人尚武与汉人儒雅尚文的特点首尾相映，相得益彰，饶有风趣。第四首亦为五言诗：

　　尧舜极仁慈，无闻恶父弟。文王同民乐，民子如己子。

第五首为七言：

　　大千世界无比伦，白上国里圣贤君。
　　爱生之念高于天，憎死本能大过地。
　　天举栋梁无诽者，效君封侯甚忠诚。
　　一意治国学尧舜，一心治民循汤武。
　　至圣天下皆顺之，浩瀚大地独一君。
　　不使八王起怒意，四海万民共和平。

　　第四、第五这两首诗十分明显地传达出西夏国内深厚的中原儒家文化的渊源和影响，也表达了爱好和平的美好愿望。第六首为七言长诗：

　　常有国王走极端，獬豸兽作忠诚志。

[①] 陈炳应：《西夏文物研究》，宁夏人民出版社，1985，第 348 页。下引第四、第五首诗出处皆同，故不注。

> 在这伟大天地上，寻求大智在兽旁。
> 纷说蓍草应尊敬，草边拜寻思惟力。
> 唯独圣君睿思广，弃恶存善承祖志。
> 不举凤凰幸福旗，尊重智者当荣幸。
> 不齿赤金及白银，只当它是贵物品。
> 忠诚封侯最为珍，任人唯贤言守信。
> 圣天福星细倾听，乐下九天助国君。
> 唯君独得御宝座，诸国帝王怎伦比。
> 掌管大地幸福民，赫赫英豪世无匹。[①]

第六首在现有翻译的聂力山《西夏文字与西夏文献》中未见，故不知陈炳应所录之出处。

聂力山《西夏文字与西夏文献》是用俄文写的，1960 年发表在俄版《西夏语文学》上，影响很大，广为引用，但少有人读过全文。直到 2006 年，崔红芬、文志勇将其全文译为中文，其中所译西夏诗歌段落，与陈炳应转译稍有差异。如陈炳应所译第三首《碎金置掌文》之一段 20 字，崔红芬、文志勇译为：

> 弥药勇健行，契丹缓步行，藏多敬佛僧，汉皆爱俗文。

第四首西夏文颂歌摘译为：

> 尧舜至善世无比，不言父兄恶行径。
> 文王喜与民同乐，亲子人子视同仁。

第五首颂歌译为：

> 大千世界无可比，白上国中圣明君。怜生之念比天高，憎死之行比地阔。擎天之柱无谤怨，辅国臣子皆忠诚。

[①] 陈炳应：《西夏文物研究》，宁夏人民出版社，1985，第 348~349 页。

治国一心学尧舜，教民唯思效汤武。皇天之下皆顺服，陆地之上他作主。八方国君不生怨，四海之民共太平。①

第六首颂歌《西夏文字与西夏文献》中未见，但崔红芬在别处有翻译，译文如下：

或有国君走极端，凭借獬豸辨忠奸，瑞兽之旁寻智慧；
皆曰紫芝自尊荣，灵草旁寻思维力。
当今圣主却不同，选优弃劣承祖业，不以凤凰吉祥兆，
尊贤爱智才是福。
不重金银和财宝，贤臣忠良才是宝，制定法律尊才俊。
天上吉星侧耳听，满心欢喜来助君。
巍巍帝座牛角饰，君主之中最贤明，治理天下幸福民，
豪情快乐世无比。②

将崔、文译文与陈炳应译文比较，会发现二者意思大致相近，但也有一些差异较大，如《碎金置掌文》第一段末句，陈炳应译为"中国爱俗文"，崔、文则译为"汉皆爱俗文"，字义差距较大。第六首表面上看很接近，都译为七言，但实际上翻译之格式和句数相差甚远，陈炳应译文两两相对，共二十句，崔红芬译文仅十八句。为何如此，情况较为复杂，原文是否对仗，是否押韵，尚需进一步探讨，故聂力山指出："西夏的诗歌深受汉、藏文诗歌的影响，以五言和七言体诗最为多见。但它们是否也像汉文诗歌一样，存在押韵的现象呢？在没有完全确定西夏文的发音问题之前，还难以对此做出回答。"③这也见出党项羌文学与汉文学的相似与差异。

---

① 以上三首见聂历山《西夏文字与西夏文献》，崔红芬、文志勇译，《固原师专学报》2006年第1期。
② 崔红芬：《西夏文学作品中所见儒释相融思想》，《青海民族研究》2007年第4期。
③ 〔苏〕聂历山：《西夏文字与西夏文献》，崔红芬、文志勇译，《固原师专学报》2006年第1期。

聂力山《西夏文字与西夏文献》所介绍的《颂祖先》《颂师典》以及前文所介绍的几首诗歌都是较早被译为汉文的。继陈炳应之后，聂鸿音等继续从事包括诗歌在内的相关的西夏文献整理工作，而且直接从西夏文进行考释翻译，因此题目和译文都有一些差异。在《颂祖先》《颂师典》之后，又翻译了《新修太学歌》，前面已经对其价值和意义做了简略介绍。除此之外，《天下共乐歌》《劝世歌》也是两首很重要的宫廷诗作。

《天下共乐歌》《劝世歌》在《俄藏黑水城文献》中编号为876号和121号，两卷之末都同时抄写着，可见其重要。其中876号题写作者姓名为没息义显，该人具体情况不详，但聂鸿音据西夏文《三才杂字番族姓》考订，没、息二字皆为西夏姓氏常用字，没息当为西夏姓氏无疑。[①] 再从诗的内容以及"黑头""赤面"等相关词语来看，作者应该是西夏党项羌人。现录聂鸿音译《天下共乐歌》如下。

> 从此时，母子安宁息争战，
> 君国和暖盛文德。
> 所念者，吉祥瑞相无差异，
> 因此上，明王贤臣德本同。
> 治理军民，上下同心如鱼水；
> 举擢善智，内外同谋似龙云。
> 千黑头，纷纷攘攘咸拱手；
> 万赤面，人人屡屡赞德恩。
> 美日良辰，吉帐神宫仙乐奏，
> 君臣民庶，共相欢娱宴饮乐悠悠。

诗歌描绘了西夏安宁和平、上下同心、举国欢庆、其乐融融的太平盛世图景，与其说是对西夏统治者治理有方的热情歌颂，毋宁说是表达了长期处于战乱的西夏人民祈求太平的美好愿望。

---

① 聂鸿音：《西夏文〈天下共乐歌〉〈劝世歌〉考释》，《宁夏社会科学》2000年第3期。

聂鸿音对诗中第五、第六句"治理军民,上下同心如鱼水;举擢善智,内外同谋似龙云"做了深入的剖析。这一联每句的最后三个字"如鱼水"和"似龙云"在西夏文中原作"鱼水如"和"龙云性",它们显然是古汉语诗歌中常见的互文关系,应该理解为"性如鱼水、龙云",用现代的话来说就是"情同鱼水、龙云"。以龙和云来比拟不可分离的关系在汉族文学作品中比较少见,也许作者是借用了"云从龙,风从虎"的俗谚来凑成对仗。考虑到鱼离开水便不能生存,而传说中的龙是可以离开云的,我们感觉"龙云"的比喻在这里用得似乎有些牵强。① 由此我们可以明显地看出其与汉语文学创作手法的密切渊源和变化。

聂鸿音根据西夏文翻译了《劝世歌》,全录译文如下。

> 三界四天上下,
> 分有十八地层。
> 所在欲界造业多,
> 杂部军民族部众。
> 我辈于此,得成人身乐事少,
> 寿命短如草头露。
> 先祖贤圣先祖君,
> 美名虽在身不存;
> 此后善智此后人,
> 寿常在者何尝有?
> 念彼时,国王被杀主被害,
> 天人大神有老时。
> 上天娱乐十八节,
> 彼人一日高一寿。
> 我辈之身上无光日月明,
> 彼日月,半暖半寒不相合;
> 遵嘱念诵贡品奉,

---

① 聂鸿音:《西夏文〈天下共乐歌〉〈劝世歌〉考释》,《宁夏社会科学》2000年第3期。

彼贡品，或多或少无监者。
汝我辈，美其服，千千舍命似蛆虫；
甘其食，万万结怨如牲畜。
虎狼腹心毒蛇目，
黑头相处言谈无礼生厌恶。
尊者大人，汝从此夜寐观德念，
夙兴转而未见行仁义。
汝往上天世界时，
何由侍奉佛腹心？①

该诗题为劝世，但不是一般世俗民风的反映，而是感叹人生无常、事事难测，奉劝世人常修善行、早修来世，表达向往西方极乐净土的佛教思想。与前面《天下共乐歌》歌颂明王贤臣以德治国，而出现国泰民安、百姓安居乐业的美好局面形成鲜明对比。两首诗看似矛盾，其实相得益彰。这位名叫没息义显的西夏作者的诗歌很有代表性，"在他的思想意识中儒释文化的影响同时存在，自然而然地流露在他的创作之中"。这在艺术手法方面也可以看出，诗中表现人生短暂的句子十分生动："我辈于此，得成人身乐事少，寿命短如草头露。先祖贤圣先祖君，美名虽在身不存；此后善智此后人，寿常在者何尝有？"让我们似乎读到许多汉文传统诗歌的经典名句。西夏学界屡屡指出西夏文学的一个突出的艺术手法是用典，梁松涛《西夏文〈宫廷诗集〉用典分析》对西夏《宫廷诗集》大量使用汉文典籍和党项民族典故的情况做了系统分析，认为"西夏《宫廷诗集》（甲种本、乙种本）的阅读或聆听对象为党项民族中文化层次较高的仕人阶层，其诗歌文采华丽，大量使用典故来抒情写意是一个重要特点"。②其中关于《劝世歌》，他标明"寿命短如草头露"为用典，可谓十分精确。该诗十分明显地使用了汉文诗歌的所谓"熟典"，最典型的当然是曹操著名的

---

① 聂鸿音：《西夏文〈天下共乐歌〉〈劝世歌〉考释》，《宁夏社会科学》2000 年第 3 期。
② 梁松涛：《西夏文〈宫廷诗集〉用典分析》，《西夏研究》2011 年第 3 期。

《短歌行》:"对酒当歌,人生几何?譬如朝露,去日苦多。"除此之外,这一段诗远远不止用此一典。"得成人身乐事少"与北宋诗人宋祁《玉楼春》的"浮生长恨欢娱少"何其相似,与苏轼《沁园春》的"世路无穷,劳生有限,似此区区长鲜欢"亦如出一辙。再如"先祖贤圣先祖君,美名虽在身不存"一联,又让我们联想到诗仙太白的"古来圣贤皆寂寞""楚王台榭空山丘"以及诗圣杜甫的"江山故宅空文藻""最是楚宫俱泯灭"等诗句,没息义显创作受到汉文学作品的影响是显然无疑的。

(二)《月月乐诗》等反映西夏民俗风情的诗作

1.《月月乐诗》

《俄藏黑水城文献》121号文献两面有字,我们前面分析的西夏宫廷诗抄写在反面,共30首。该卷正面是西夏诗歌刻本,共有五首诗歌,其中第一首为《赋诗》后半部分,第二首为《大诗》,第三首即《月月乐诗》,第四首为《道理诗》,第五首为《聪颖诗》,缺少后面结尾部分。注明刊刻时间为"乾祐乙巳十六年四月□日,刻字司头监",即1185年。这五首诗中目前只有《大诗》和《月月乐诗》有汉译,而《月月乐诗》可以确定为党项羌族诗歌,如聂鸿音先生所言:"《月月乐诗》以纯粹的党项民族风格概要地描述了12世纪河西地区的风土人情,历来受到西夏学界的重视。"[①] 因此我们在此予以简析。

1986年,日本著名语言学家西田龙雄发表了《月月乐诗》的日译文;1997年,俄罗斯学者克恰诺夫发表了俄译文,此前其解读手稿曾在中国以中文形式发表,对中国学界影响较大;2002年,聂鸿音先生发表了《关于西夏文〈月月乐诗〉》,[②] 在指出前有研究得失基础上,重新做了全诗的汉译,为我们的研究提供了宝贵的资料。现将聂鸿音先生的译文全文抄录于下:

---

① 聂鸿音:《关于西夏文〈月月乐诗〉》,《固原师专学报》2002年第2期。
② 收录于聂鸿音《西夏文献论稿》,上海古籍出版社,2012,第212页。

月月乐诗一卷

月月乐问根源，月月乐说根源。

正月里黑头赤面岁始安乐国开宴。白高暖厩羊产仔，日晒厩内羔儿眠。月之三日人向往：牦牛白羊草场嫩叶始堪食，羊鸣铃响牧归来。

二月里路畔草青乌鹊飞，来往行人衣履薄。冬日寒冰春融化，种种入藏物已出。西丘明月鹤唳问流水，鹤唳水秀月偏西，鹤飞水大水不竭。

三月里布谷斑鸠树丛啼叫国安乐，国势强盛水流草生猎于郊。东方山上鹃啼催植树，鹃啼树茂日光明。谷菜丰盈国不饿，鹃啼树丛广无垠。

四月一日夏季来临草木稠。布施财宝国开宴，青鹃啼叫夏色浓。开垦山原人欲见腴田，草丛花开宛如铺彩缎。泽畔水草出水如剑高尺许，鹿皮缰绳系良驹。雨露和合泉侧出，圣地上青蛙戏。

五月里国中雨降种种花草竞吐芳，来往行人观不足。高坡红草弯弯不动如雉尾，蒲苇黑头戴帽冠。羊儿食草头杂错，大蛇缓行现草丛。男女妙手正午依法制乳酪。

六月里沼泽苍翠野菜多，虫飞蝶舞大雁鸣叫国安乐。铁匠需材东南走，草场放牧沙碛行。野兽出行引领小兽慧心待其戏，红锦蝴蝶鹰展翅，阳光灿烂遍布十丘似锦毡。

七月里百谷丰盈家畜肥大国开宴。风吹草稍黄又低，正午雨降鹤鹑鸣叫乐其寿。番儿马配白木鞍，牛皮璎珞尽皆同。诸部族人寿年丰驰路宽。

八月里山坡日暖稻谷熟，良田稻谷卧畦边。人人外出周边走，番汉部族铁屏障。杂用黑稻白稻来捕鸟，逐鹿割稻三番忙不休。

九月里田头割稻穗，山丘草场依法行。百草菜蔬果实采，形形色色九月食。五谷丰盈国安乐，黄白稻麦霜未结，慧人有意积钱财。

十月里诸物入库休闲国开宴，百姓娱乐国弋射。黑风乍起鹿又鸣，风吹草低羊马惊。乌鹊交鸣绕树丛，西方自出东方去。黑白城堡均安定，国势强盛见其乐。

十一月里白高步入西方丛林冰始凝，寒冰难断路曲直。番儿侧目送往迎来同修好，马齿经寒黑鹿肥。

腊月里五九已过鱼初动，击打春牛孤鬼惊。新年将至黑头赤面国开宴。老少好似三节竹，岁首月末再相交，宅舍地头皆来同庆聚首乐悠悠。

月月乐诗一卷终。

全诗从正月开始，到腊月结束，描绘出一幅西夏人民四季生活的全景图。此诗让人情不自禁地联想到著名的《诗经·豳风·七月》，这是《诗经·国风》中最长的一首，其主题如《毛诗序》所言"陈后稷先公风化之所由，致王业之艰难"，是一首记录西周先民创业艰难的叙事史诗。据《汉书·地理志》云："昔后稷封斄，公刘处豳，太王徙岐，文王作酆，武王治镐，其民有先王遗风，好稼穑，务本业，故豳诗言农桑衣食之本甚备。"因此后人多认为《诗经·豳风·七月》作于西周公刘处豳时期，诗歌以赋的手法，真实反映了处于农业部落的公刘时期周之先民一年四季衣食住行等各个方面的劳动生产和生活状况，可谓当时社会民风习俗的长篇历史画卷，内容丰富，影响深远，在中国文学和文化史上占有重要地位，广为人知。

不仅如此，《诗经·豳风·七月》所描绘的豳国在今陕西旬邑、彬县一带，西北方向距后来党项羌生活的陕北和宁夏银川地区不算太远，生产气候与风俗皆有相近之处。故其与《月月乐诗》颇有比较之必要。

此前聂鸿音先生曾将《诗经·豳风·七月》里关于物候及农事的记载与《月月乐诗》做简单对比，发现了彼此记载相符和相异之处。相符的情况如下。

《月月乐诗》	《诗经·豳风·七月》
四月　夏季来临草木稠	四月秀葽
六月　沼泽苍翠野菜多	六月食郁及薁
八月　山坡日暖稻谷熟	八月其获
九月　百草菜蔬果实采	九月叔苴，采荼薪樗
十月　诸物入库	十月纳禾稼，黍稷重穋，禾麻菽麦

相异的地方有两处：一是《诗经·豳风·七月》记寒风乍起在十一月（一之日觱发），《月月乐诗》记"黑风乍起"在十月；二是《诗经·豳风·七月》记收割稻禾在十月（十月获稻），《月月乐诗》记"田头割稻穗"在九月。聂鸿音先生对此提出疑问："古豳国故地在今天的陕西彬县附近，气候与银川平原当无大异，而两地收割稻子的时间竟相差一个月以上。西夏人'九月获稻'，这在《圣立义海》里也有记载：'粳稻、大麦，春播灌水，九月收也。'两相对照，可以看出《月月乐诗》不误，那么，这中间的差别是怎么造成的呢？"

这个问题确实值得深思，如此差异之内中缘故令人费解，我们也不得而知。需要指出的是两诗使用的历法时序可能有差异。学者们已经论证《诗经·豳风·七月》中使用的是周历，皮锡瑞《经学通论》云："此诗言月者皆夏正，言一、二、三、四之日皆周正，改其名不改其实。"戴震《毛郑诗考证》亦指出，周时虽改为周正（以农历十一月为正月岁首），但民间农事仍沿用夏历。周历与传统的夏历有所不同，周历以夏历（今之农历，一称阴历）十一月为正月，"一之日""二之日""三之日""四之日"，即夏历的十一月、十二月、一月、二月。"蚕月"即夏历的三月。周历四月、五月、六月以及七月、八月、九月、十月，皆与夏历相同。这里必须注意，时序是我们理解此诗的重要依据。而《月月乐诗》使用的肯定不是周历，豳国与银川虽然皆地处西北，但豳国大致属于关中，而银川属于塞上，有一定距离，何况《月月乐诗》本身也有"八月里山坡日暖稻谷熟……逐鹿割稻三番忙不休""九月里田头割稻穗，山丘草场依法行"的不同记载，收割次第而行，可见影响稻谷收获时间的因素是多方面的，如此看来，两诗收获稻谷的时间差异似乎也不是完全不可理解了。

虽然都是在按时序写一年四季的生产生活，但两诗在写作手法上有一个比较大的差异。《月月乐诗》采取单线条的叙述方式，从正月到十二月刚好十二段，条理清晰；《诗经·豳风·七月》的叙述则为复线结构，全诗共八章，以"七月流火，九月授衣"开篇。朱熹《诗集传》曾对《诗经·豳风·七月》的全篇结构予以分析，认为"此章前段言衣之始，后段言食之始。二章至五章，终前段之意。六章至八章，终后段之意"。即首章谓妇女在九月"桑麻之事已毕，始可为衣"。十一月后进入冬天，朔风凛冽，农夫们"无衣无褐，何以卒岁"？接下来该章末尾写"馌彼南亩，田畯至喜"，衣食结合，农夫哀叹，农官喜悦，尖锐对比。所以说首章是以鸟瞰式的手法，概括农人全年生活，一下子把读者带进那个凄苦艰辛的岁月。同时它也为以后各章奠定了基调，提示了总纲。在结构上如此安排，的确相当严谨。所谓"衣之始""食之始"，实际上指农业社会中织与耕两大主要事项。这两项是贯穿全篇的主线。随后便分别从这两方面予以叙述，看似错乱，实则有章可循，将自然时序与农事巧妙地结合起来，脉络严密，重点突出，又形成反复冲击的效果，这也是《诗经》高妙的艺术手法之表现。

都以农村生活、农时民俗为题材，是《月月乐诗》与《诗经·豳风·七月》最为相近之处，但无论是内容的广度还是从思想的深度以及艺术的成就，《月月乐诗》与《诗经·豳风·七月》都不可同日而语。姚际恒《诗经通论》评论《诗经·豳风·七月》："鸟语虫鸣，草荣木实，似《月令》；妇子入室，茅绹升屋，似《风俗书》；流火寒风，似《五行志》；养老慈幼，跻堂称觥，似庠序礼；田官染职，狩猎藏冰，祭献执功，似国典制书。其中又有似采桑图、田家乐图、食谱、谷谱、酒经：一诗之中，无不具备，洵天下之至文也！"《诗经·豳风·七月》从各个侧面展示了西周初期的社会生活，民俗民风，凡春耕、秋收、冬藏、采桑、染绩、缝衣、狩猎、建房、酿酒、劳役、宴飨，无所不写，为后世田园诗始祖，"无体不备，有美必臻。晋唐后陶、谢、王、孟、韦、柳田家诸诗，从未见臻此境界"。这一评价基本上符合诗中实际。

相比之下，《月月乐诗》基本以纯自然的方式描绘生产生活的表面现象，而完全见不到其中复杂的人类社会生产关系。聂鸿音先生指出："它告诉我们的社会生活知识却比《七月》贫乏得多，我们甚至感到，《月月乐诗》的作者仅仅是在一个极为狭小的生活圈子里粉饰太平。我们不知道这位佚名作者对大自然和人民的生产活动是否有实际的体验。"①

虽然如此，我们也不能十分苛求，应该说《月月乐诗》在一定程度上写出了西夏时期人民生产生活的大致状况，其所写的每月物候大多与另一部西夏著作《圣立义海》相符。②这是用诗歌的体裁留下的历史纪录，具有特殊的意义。现有的文献资料中没有《诗经》在西夏翻译、流传的相关记载，但从其他西夏文译汉典籍中可以找到《诗经》引文二十六则，其中西夏文译《孟子·滕文公上》曰："民事不可缓也。《诗》云：'昼尔于茅，宵尔索绹。亟其乘屋，其始播百谷'。"其中征引《诗经·豳风·七月》四句，今残存前两句。③有限的《诗经》残句中居然就有《豳风·七月》，这看来是偶然现象，但从一个方面说明了其影响，也有其必然性。由此可知，西夏文人阅读包括《豳风·七月》在内的《诗经》作品是有可能的，至于《月月乐诗》的作者创作时是否读过或参考过《诗经·豳风·七月》，我们不得而知，但从前面的分析来看，也不是没有可能，无论如何，这是一件很有意义的事情。

此外，前面我们所引录的《月月乐诗》主要是汉文译本，据日本学者西田龙雄研究，按照其西夏文原貌，《月月乐诗》每一章都由两段组成，两段诗所表达的内容基本一样，但使用的词却大异，好像是一个人用一种语言"唱"了一遍，另一个人又用另一种语言"和"了一遍。这种特殊的体例在中国诗歌史上极其少见。

---

① 聂鸿音：《关于西夏文〈月月乐诗〉》，《固原师专学报》2002 年第 2 期。
② 〔俄〕克恰诺夫：《圣立义海研究》，李范文、罗矛昆译，宁夏人民出版社，1995，第 12 页。
③ 聂鸿音：《西夏译〈诗〉考》，《文学遗产》2003 年第 4 期。

西田龙雄指出的确实是《月月乐诗》的一个显著特点,似乎带有一点民间说唱文学的色彩。但中国古代汉文诗歌中是否完全没有这种现象,还值得探讨,诸如民歌中的和声、重沓手法等,似有相近之处,具体情况如何,尚待进一步研究。也可能这真的是西夏诗歌不同于汉诗的一点吧!

2. 西夏文《敕牌赞歌》对于西夏制度之介绍

在《俄藏黑水城文献》121号文献西夏文抄本《宫廷诗集》中,还有一首题为"敕牌赞歌"的诗歌。当代学者对它进行了考释,使其成为为数不多的西夏文汉译作品,这首诗题材比较特别,可以让我们对西夏管理制度有一定认识。下面依据梁松涛《西夏文〈敕牌赞歌〉考释》引录译文如下。

1 皇宫圣物金牌白,2 前面不知何不现,3 此刻已知不一般。

4 形状方圆日月合,5 日月相合千□敬,6 性气急速风云助。

7 风云带领万国敬,8 吾辈此刻汝威仪。

9 不是豹虎犹如豹虎显耀行。10 不是雕鹫胜似雕鹫飞而高。

11 己国臣,天高曲步以敬迎,12 他类主,地厚轻踏以礼举。

13 诸事毋庸多言俱令满足,14 带领我与带领他不类同。

15 己国他国皆所巡,16 敬畏之中乃久行。

17 汝此刻,18 莫言我之无生命,19 "敕"字之内生情义。

20 汝亦端庄所有进皇宫,21 我一显现如见圣君面。

22 天佑圣力命全城,23 如此快乐已相知。[1]

这首诗歌共有 23 句,通过解读我们可知,西夏时期曾广泛使用牌符,其"敕走马"银牌与同期辽金的银牌制度大致相同,主要用于军事行动及对外使节中。牌符由皇帝亲授,在军事行动中,

---

[1] 梁松涛:《西夏文〈敕牌赞歌〉考释》,《宁夏社会科学》2008年第3期。

可以调动驿马，索取物资；在对外使节中，这类牌符是国家及帝王的象征，在邻国中亦有很高的地位，代表国家的权威。西夏时期设有"银牌天使"一职，国家以律法的形式对牌符实施严格的管理。

该诗以第一人称的拟人手法歌颂了西夏牌符中"敕走马"银牌的地位、作用及受到万国敬仰的情况。牌符作为一种特殊的信物，历史上在各国的政治、经济、军事生活中广泛使用。但是以其作为诗歌题材加以吟咏却不多见。

唐、宋、西夏、辽、金及以后的蒙古帝国牌符种类繁多，用途广泛。西夏时期保存下来的关于牌符制度的资料很少，至今其种类、功用尚不清楚。这首诗提供了关于西夏时期诸类牌符尤其是"敕走马"银牌的地位、作用的第一手资料。总之，这首诗提供的关于西夏牌符的资料还是很有限的，只是对西夏牌符制度做了初步的勾勒，关于牌符更深入的研究还需要新的考古发掘及新文献的解读。①

（三）西夏文《五更转》与敦煌曲词之关系

除了散文诗歌之外，西夏文学中还有一种重要的文学体裁，即民间曲子词，在20世纪之前，基本上没有相关文献记载，更谈不上研究。直到20世纪末期，这种情况才有了突破。首先是1999年，上海古籍出版社出版的《俄藏黑水城文献》第10册中有编号为7987的西夏文残叶，记载了两套《五更转》残曲，②该西夏文残叶最早于1909年在内蒙古额济纳旗的黑水城遗址出土，长期藏于俄罗斯科学院东方学研究所圣彼得堡分所。2003年，聂鸿音先生发表考释文章《西夏文〈五更转〉残叶考》，认定其为西夏地区民间曲词，③并指出这是迄今发表的第一件西夏民间俗曲。

---

① 梁松涛：《西夏文〈敕牌赞歌〉考释》，《宁夏社会科学》2008年第3期。
② 《俄藏黑水城文献》第10册，上海古籍出版社，1999，第327页。
③ 聂鸿音《西夏文〈五更转〉残叶考》，《宁夏社会科学》2003年第5期。后收录于聂鸿音《西夏文献论稿》，上海古籍出版社，2012，第216页。

在聂鸿音先生对俄藏西夏文曲词考释后不久，2005 年，由著名西夏学者史金波、陈育宁主编的《中国藏西夏文献》出版，其中卷 16 中有编号为 G31·031【6733】的西夏文《五更转》曲词一组五首。该文献于 1987 年出土于武威市新华乡亥母洞石窟遗址，收藏于武威市博物馆。文献本无题名，史金波先生根据其从一更叙述至五更的内容，类似于唐五代时期的敦煌汉文曲子词《五更转》而定其名。[①] 至此，在俄罗斯和中国便分别有一件西夏文《五更转》曲词文献。

两组西夏文曲词的发现具有特殊的意义，它们不仅为西夏文学增加了新的体裁，也为羌汉文学关系的比较提供了新的视角，值得我们高度重视。

俄藏《五更转》和中国武威藏《五更转》分别有聂鸿音和梁继红两位学者的考释文章，为我们了解其内容提供了基础资料。

1. 两种西夏文《五更转》的文体意义及其渊源

首先据聂鸿音先生考释引录西夏文《五更转》汉语译文如下：
第一套：

　　三更高楼床上坐，□□□□□□□□。试问欢情天乐奏，此时□□□而拜锦衣。
　　四更□狂并头眠，玉体相拥□□□天明。少年情爱倦思深，同在长寿死亦不肯分。
　　五更睡醒天星隐，东望明□交欢缓起身。回亦泪□问归期，谓汝务要速请再回程。

第二套残曲：

　　楼上掌灯入一更，独自绫锦毡上坐，心头烦闷无止息。叹声长□，似见伊人思念我，问□未能安。

---

① 史金波、陈育宁主编《中国藏西夏文献》卷 16，甘肃人民出版社、敦煌文艺出版社，2005，第 515 页。

些许无成入二更，独自绫锦毡上坐，心头烦闷无止息……

梁继红的考释文章为《武威藏西夏文〈五更转〉考释》，对西夏原文分别做了汉文对译和意译，在此仅录汉文意译如下：

一更夜，至心做等持。殊胜过宝座，榻上坐时显。观诸事，心中迷乱如□象，此心一过可降伏。
二更夜，暂坐不觉寒。尽观三界妄，心外境可失。觉此物，耽心世界何险要，惟独此心当护持。
三更夜，稍许止息间。形象大狮子，被服左右眠。急起思，身之高卧无觉悟，抚慰烦乱此心田。
四更夜，空行始呼人。唤起瑜伽母，饶益众有情。跏趺坐，内外寻心不可得，细细察见此理深。
五更夜，身心俱翻腾。禅定与相斗，方救众生苦。天帝释，净梵等亦无此想，其中此心最难成。

同时，武威藏《五更转》还有作者署名——韦勒般若华，梁继红认为其为典型的党项羌姓名。[1]

这两组西夏文《五更转》，是目前能够看到的仅存于世的西夏文曲词文学作品，二者既有相似之处，又有各自的特点和价值。其中武威藏《五更转》为一套完整的五首，可以一窥该文体之全貌，其内容表现了僧人信徒参禅修行的过程与效果，宣扬佛法，其性质功能同于历代不同地区弘扬佛法的作品。俄藏《五更转》形式上为两套，但均为残叶，第一套剩下后面第三、第四、第五曲，第二套仅存第一、第二曲，合之亦为五首，内容与宗教无关，纯为世俗男女艳情及相思之愁，与早期民间曲词尤其是敦煌曲子词题材一致。其文学色彩更为浓郁，亦更具艺术审美价值。

---

[1] 梁继红：《武威藏西夏文〈五更转〉考释》，《敦煌研究》2013年第5期。

关于西夏文《五更转》的来源,聂鸿音先生最先予以考察,指出:"'五更转'曲式出自中原。据明杨慎在《词品》中说,隋代已有'五更转'词调。目前掌握的资料表明这是一种小型的套曲,由一更唱到五更,每更一首至三首不等,每首有固定的句式。现存的汉文'五更转'样品主要出自敦煌藏经洞。"[1] 聂鸿音先生还具体拈出汉文《叹五更》和残本《闺思》两首作为敦煌曲子词中典型的格式予以比较。

聂鸿音先生在此提出的信息很重要,在中原地区很早就有《五更转》曲式,而且流传极为广泛。但是,聂鸿音先生这里据明杨慎《词品》,将其渊源推到隋代,略有疏误,不够确切。实际上,《五更转》的渊源可以推得更早。杨慎《词品》共有六卷,其卷一第六条为"隋炀帝辞",其记载如下。

> 隋炀帝《夜饮朝眠曲》云:"忆睡时,待来刚不来。卸妆仍索伴,解佩更相催。博山思结梦,沉水未成灰。"其二云:"忆起时,投签初报晓。被惹香黛残,枕隐金钗褭。笑动林中鸟,除却司晨鸟。"二词风致婉丽。其余如《春江花月夜》《江都乐》《纪辽东》,并载乐府。其《金钗两股垂》《龙舟五更转》,名存而辞亡。……[2]

这里提到隋炀帝曾作《龙舟五更转》,《龙舟五更转》名存而辞亡。不知聂鸿音先生是否据此而定《五更转》渊源上限。同样在杨慎《词品》卷一第十七条,记录了一组题为《五更转》的乐府歌词,明确注明:"陈,伏知道《从军五更转》云:一更刁斗鸣……其后隋炀帝效之,作《龙舟五更转》,见《文中子》。"[3] 由此可见,杨慎《词品》记载的渊源并不始于隋代,隋炀帝只是模仿,更早的渊源应该在南朝(陈)时期的伏知道。

---

[1] 聂鸿音:《西夏文〈五更转〉残叶考》,《宁夏社会科学》2003年第5期。又载聂鸿音《西夏文献论稿》,上海古籍出版社,2012,第216页。
[2] (明)杨慎:《词品》,《丛书集成初编》,商务印书馆,1936,第14页。
[3] (明)杨慎:《词品》,《丛书集成初编》,商务印书馆,1936,第14页。

比杨慎《词品》记载更早的其实是宋代郭茂倩编纂的《乐府诗集》，其卷三十三"相和歌辞八"收录陈朝伏知道《从军五更转》五首，郭茂倩题注引《乐苑》曰："《五更转》，商调曲。"又云："按伏知道已有《从军辞》，则《五更转》盖陈以前曲也。"①由此可知，陈朝伏知道所作《从军五更转》是目前能看到的最早的《五更转》作品，全文如下。

> 一更刁斗鸣，校尉逴连城。遥闻射雕骑，悬惮将军名。
> 二更愁未央，高城寒夜长。拭将弓学月，聊持剑比霜。
> 三更夜警新，横吹独吟春。强听梅花落，误忆柳园人。
> 四更星汉低，落月与云齐。依稀北风里，胡笳杂马嘶。
> 五更催送筹，晓色映山头。城乌初起堞，更人悄（一作笑）下楼。

但《乐府诗集》还不是伏知道《从军五更转》最早的记录者，唐人欧阳询在类书《艺文类聚》中早已收录此诗，载于卷五十九"武部·将帅、战伐"，个别文字与《乐府诗集》有差异，②此外在该书卷十八"人部二·美妇人"收有伏知道《咏人聘妾仍逐琴心诗》；卷三十六"人部二十·隐逸上"收有其《赋得招隐》诗。这恐怕是有关伏知道创作最早的文献记载了。

关于伏知道其人，文献资料不多，逯钦立先生《先秦汉魏晋南北朝诗》据《艺文类聚》收录其诗亦仅上面三首，作者小传曰："知道，昌平人，陈镇北长史。"③未详其资料之来源，南朝伏姓最著名的人物是梁代司徒司马兼学者伏曼容，《南史》《梁书》皆列其于《儒林传》之首，《南史》还同时载其子伏暅、孙伏挺："挺三世同时聚徒教授，罕有其比。"伏挺之子名叫伏知命，助侯景之乱，"军中书檄皆其文也……及景篡位，为中书舍人，权倾内

---

① （宋）郭茂倩编《乐府诗集》，中华书局，1979，第491页。
② （唐）欧阳询撰，汪绍楹校注《艺文类聚》，上海古籍出版社，1985，第1068页。
③ 逯钦立辑校《先秦汉魏晋南北朝诗》（下册），中华书局，1983，第2602页。

外。景败,被送江陵,于狱幽死"。① 按侯景乱平在梁元帝承圣元年(552),五年后陈霸先即取代梁而建立陈朝,至后主祯明三年(589)灭亡不过三十二年,从时间上推算,伏知道与伏知命应为同辈兄弟,即为伏曼容之重孙。若是,逯钦立所记伏知道籍贯就有小误。《南史》《梁书》均载伏曼容为"平昌安丘人",其地大致在当今山东安丘一带。汉景帝中元二年(前148),安丘正式置县,《汉书·地理志》载东莱郡辖县有平昌、安丘,昌平则为上谷郡辖。如此一来,伏知道的籍贯应该在山东东莱的平昌、安丘,而非上谷郡之昌平。逯钦立或许因名称相近而颠倒致误。小传中说伏知道有从军经历,这或许也是《从军五更转》创作的背景。此外,伏知道还有《为王宽与妇义安公主书》一文,亦收录于《艺文类聚》,该文是伏知道代王宽致信妻子义安公主,表达思慕爱恋之情。文章从生活细节入手,用典自然,对仗工整,感情真切,受到后世多位评论家的高度评价。清代李兆洛将其收入《骈体类抄》,称其为缘情托兴之作;谭献批点谓其为"六朝小启,五代填词",可见其艺术造诣。

任半塘在《唐声诗》中论及《五更转》的创始时道:"至迟在齐梁间已有,盛唐入法曲。"② 未录实际材料,估计也是推测之辞,但从伏知道为梁陈间人的情况来看,其论大致不差。

伏知道之后,隋炀帝曾有拟作。王通《文中子中说》还记到听《五更转》的情况:"子游太乐,闻龙舟、五更之曲,瞿然而归,曰:'靡靡乐也,作之邦国焉,不可以游矣!'"③ 可见其声音柔媚。到了唐代,《五更转》继续在宫廷传承,《唐会要》卷三十三记载唐代宫廷音乐制度,从雅乐到北狄三国乐共14类,其中"诸乐"一条曰:"太常梨园别教院,教法曲乐章等,《王昭君》乐一章……《五更转》乐一章……十二章。"④ 可见其演唱情况之一斑。但是,如同隋炀帝《龙舟五更转》名存而辞亡一样,唐代《五更

---

① (唐)李延寿撰《南史·列传第六十·儒林》,中华书局,1975,第1732、1733页。
② 任半塘:《唐声诗》下册,上海古籍出版社,1982,第340页。
③ (隋)王通著,郑春颖译注《文中子中说译注》,黑龙江人民出版社,2004,第77页。
④ (宋)王溥:《唐会要》(卷三十三),中华书局,1985,第614页。

转》也遗失不传了。我们对其具体情况已经无法考察,但其基本内容及语言风格为宫体诗的性质也可以想见。

《五更转》这种以组诗形式表现时间的推移而逐渐加深情绪的写法,在中原古代乐府诗词中很常见,最接近的创意应该是《百年诗》,又叫《百岁篇》,唐代吴兢在《乐府古题要解》中指出:"右起'总角'至'百年',历述其幼小丁壮耆耄之状。十岁为一首。陆士衡至百二十时也。"今传陆机《百年歌》十首。

> 一十时。颜如蕣华晔有晖。体如飘风行如飞。孌彼孺子相追随。终朝出游薄暮归。六情逸豫心无违。清酒将炙奈乐何。清酒将炙奈乐何。
>
> 二十时。肤体彩泽人理成。美目淑貌灼有荣。被服冠带丽且清。光车骏马游都城。高谈雅步何盈盈。清酒将炙奈乐何。清酒将炙奈乐何。
>
> ……
>
> 百岁时。盈数已登肌肉单。四支百节还相患。目若浊镜口垂涎。呼吸喘噫反侧难。茵褥滋味不复安。[1]

类似的还有著名的江南民歌《子夜四时歌》,由晋代《子夜歌》演变而来,梁武帝即创作子夜春夏秋冬歌系列组诗,唐代王翰、李白等诗人皆有拟作。另梁代沈约所作《四时白纻歌》,虽名为"四时",却写了春白纻、夏白纻、秋白纻、冬白纻和夜白纻等,[2]与《五更转》同为五首组歌形式。

再如曲子词牌《捣练子》,又名《咏捣练》《捣练子令》,本为单曲,宋人黄舆所编《梅苑》中收入无名氏词八首,其一首起句为"捣练子",即以此为词牌名。南唐后主李煜曾留卜名篇《捣练子令·深院静》,而北宋后期著名词人贺铸用《捣练子》词牌一连创作六首,其中一首已残缺,另五首分别为《夜捣衣》《杵声齐》《夜

---

[1] 逯钦立辑校《先秦汉魏晋南北朝诗》(上册),中华书局,1983,第668页。
[2] (宋)郭茂倩:《乐府诗集》,中华书局,1979,第806页。

如年》《剪征袍》《望书归》，以思妇口吻，抒写对远方征人的相思之愁，思愁随时间层层推进，与《五更转》同一机杼。

此外，在北宋曾慥选编的最早的宋词总集《乐府雅词》中，收有无名氏连章体曲子词《九张机》，分别由九首和十一首组成，通过掷梭来描写闺中凄婉幽怨的情绪，满含哀恨。"一掷梭心一缕丝，连连织就九张机。从来巧思知多少，苦恨春风久不归。"曾慥在序中称其从乐府《醉留客》演变而来，可见类似构思在中原民歌中较为普遍，并有较为悠久的历史。

2. 敦煌曲词《五更转》之演变及其对西夏文《五更转》的影响

《五更转》虽然在宫廷和中原地区遗失，却在河西地区广为流传，并产生许多新的版本。历经战乱，毁坏难免，但许多《五更转》作品在敦煌写卷中得以保存。任半塘的《敦煌歌辞总编》收录敦煌歌辞1200余首，卷五将敦煌写卷中以"五更"为序的诗作整理为12套共74首《五更转》，[1] 称为"杂曲·定格联章"。该卷包括两套《十二月》联章杂曲、十二套《十二时》联章杂曲、六套《百岁篇》联章杂曲等，共计313首，其中含有白居易所作《十二时》一套行孝文12首。除此之外，该书卷三还有《三台》十二月辞残曲二首，卷六还有《十二时》长篇定格联章杂曲一套，同样按时序抒写慨叹，亦与《五更转》相近。张璋、黄畲《全唐五代词》载录敦煌词七套《五更转》52首，[2] 为我们了解其体制内容演变流传提供了鲜活的资料。

将伏知道《从军五更转》与敦煌《五更转》相比，敦煌《五更转》在格式方面似乎没有太大变化，从一更唱到五更，仍为整齐的结构形式，多为七古，偶尔加上一个三字句，如《叹五更》，还是比较整齐的，语言也趋于通俗口语甚至俚语。项楚先生直接将敦煌《五更转》曲调与《十二时》《百岁篇》等称为"民间俗曲"。[3]

但是从题材内容上看，与伏知道《从军五更转》相比，敦

---

[1] 任半塘：《敦煌歌辞总编》，上海古籍出版社，1987，第1222页。
[2] 张璋、黄畲：《全唐五代词》，上海古籍出版社，1986，第931~938页。
[3] 项楚：《敦煌歌辞总编匡补》，巴蜀书社，1995，序第1页。

煌《五更转》有了较大的变化。陈朝伏知道的《从军五更转》体裁为整齐的五言古诗,以代言的笔法表现征戍士卒戍边的艰辛劳苦,选取许多边塞特有的景物和典型形象,集中地渲染和突出主题,也暗含些许的思乡怀人之苦,而且其文辞较为典雅,为代表性的文人之作。与伏知道直接书写征人艰辛和边地风物不同,敦煌《五更转》的题材和基本内容可以在敦煌《五更转》的十二组小标题中见出,它们分别为"七夕相望""缘名利""识字""假托'禅师各转'""顿见境""南宗赞""南宗定邪正""无相""太子入山修道赞""太子成佛""维摩托疾""警世"。可见其题材转换较大,主要为两大类:一类是宗教类;另一类为世俗类,如夫妻家庭,爱恨幽怨。如果加上同属俗曲的《十二时》《百岁篇》,这个比例会更大。伏俊琏先生将目前发现的敦煌歌辞分为附着于隋唐燕乐曲律的曲子词、附着于宗教音乐曲式的佛道歌曲(主要是佛教歌曲)和附着于民间音乐曲式的民间俗曲三类。[①] 这是从歌的内容、调名所从属的音乐范畴来区分的,具体到《五更转》,其音乐应该属于隋唐燕乐,内容却简化为佛教题材和世俗题材两类。佛教题材无外乎参禅礼佛、宣扬佛法及佛教故事。世俗题材则包括夫妻爱恨幽怨及家庭教育等,其中也隐隐含有对佛法的尊崇。敦煌《五更转》中两套离别相思题材的作品即显现这一色彩,它们是《五更转·七夕相望》和《五更转·缘名利》,后一套七首为残本,在《全唐五代词》中题作《闺思》。

《五更转·七夕相望》全文如下。

一更每年七月七,此时受苦日。在处敷座结交欢,献供数千般。良晨达天暮,一心待织女,忽若今夜降凡间,乞取一交言。

二更仰面碧霄天,参次众星前。月明夜阑费周旋,谁知心中愿。诸女彩楼畔,烧取玉炉烟,不知牵牛在那边,望得眼睛穿。

[①] 伏俊琏:《敦煌文学总论》,甘肃教育出版社,2013,第246页。

三更女伴近彩楼，顶礼不曾休。佛前灯暗更添油，礼拜再三求。会甚望北斗，渐觉更星候。月落西山欻星流，将谓是牵牛。

四更缓步出门听，直走到街庭。今夜斗末见流星，奔逐向前迎。此时为将见，发却千般愿，无福之人莫怨天，皆是少因缘。

五更敷设了觥筹，处分总教收。五更姮娥结彩楼，那个见牵牛。看看东方动，来把秦筝弄。黄针拨镜再梳头，遥遥到来秋。①

残本《五更转·缘名利》（又名《闺思》）全文如下。

一更初夜坐调琴，欲奏相思伤妾心。每恨狂夫薄行迹，一过抛人年月深。

君自去来经几春，不传书信绝知闻。愿妾变作天边雁，万里悲鸣寻访君。

二更孤帐理秦筝，若个弦中无怨声。忽忆狂夫镇沙漠，遣妾烦怨双泪盈。

当本只言今载归，谁知一别音信稀。贱妾犹自姮娥月，一片贞心独守空闺。

三更寂寞取箜篌，叹狂夫□□□□。□□□□□□□，□□□□□□□

尔为君王效忠节，都缘名利觅封侯。愿君早登丞相位，妾亦能孤守百秋。

四更聚竹弄宫商，痛恨贤夫在渔阳。池中比目鱼游戏，海鸥……②

由此可见敦煌地区俗曲《五更转》所反映的世俗生活及其所

---

① 任半塘：《敦煌歌辞总编》，上海古籍出版社，1987，第1225页。
② 张璋、黄畬：《全唐五代词》，上海古籍出版社，1986，第933页。

受浓郁佛教文化的影响，与中原地区早期的《五更转》在内容方面有较大差异。

我们再将西夏文《五更转》与敦煌《五更转》对照，发现彼此有更多的相似性。首先，在题材方面，如前所述，现存两种西夏文《五更转》的题材分别为宗教类和世俗类，与早期中原地区伏知道和隋炀帝《五更转》所写边塞风物题材以及文献记载的唐代《五更转》宫廷诗内容无关，正好与敦煌《五更转》宗教和世俗两类题材高度吻合，可以见出西夏文《五更转》与敦煌汉文《五更转》的密切关系。敦煌地区是丝路重镇和东西方文化交汇点，其浓郁的佛教文化和民俗风情对于西夏文学与文化影响深刻，而西夏俗曲创作自然也不例外。以世俗男女情爱题材为例，俄藏西夏文《五更转》内容显然是以一位女子的口吻，写其与情郎离别前夜难舍难分的惆怅，"五更睡醒天星隐，东望明□交欢缓起身。回亦泪□问归期，谓汝务要速请再回程"，颇含天明离别前最后嘱咐与叮咛的意味。再如"少年情爱倦思深，同在长寿死亦不肯分"，海誓山盟，与敦煌《五更转》之《闺思》的内容何其相似。而手法亦十分直白、浅露，"并头眠""玉体相拥"之类亦近于敦煌曲子词以及历代中原地区民歌。

其次，在格式方面，表面上看有较大的差异，敦煌《五更转》属于"定格联章"，西夏文《五更转》句式变化较大。聂鸿音先生分析，"按西夏文原件，第一曲每首的句式为'四、三、六、三、四、三、六、三'，若从意义连贯考虑，则实际应是'七、九、七、九'；第二曲的句式为'四、三、七、七、四、七、五'，若从意义连贯考虑，则实际应是'七、七、七、四、七、五'。九字句在同时代的汉文词曲中少见，却是西夏谚语多用的格式，西夏人在抄写时把完整的句子断开，大约是为了配乐吟唱的需要。"其实，在中原民歌中许多句读是可以随音乐而变化、可断可连的，曲子词尤其如此，这类例子不胜枚举，兹不赘述。

由此，我们似乎可以清晰地看到《五更转》的发展演变轨迹，也可以看到敦煌曲词《五更转》在从文人宫廷乐府到西夏文《五更转》中间所起的桥梁纽带作用。现存资料显示，《五更转》最早源于南朝时期的伏知道,其后又有隋炀帝等仿作,可见其颇为流行,但其内容风格与西夏文《五更转》有较大差异,流传于敦煌地区的《五更转》曲词从早期的典雅风格逐渐向直白浅显演变,西夏文《五更转》明显受到其深刻影响。唐宋直到元明清,《五更转》的内容和形式更适应民间之需求,因而广为流传。此外,河西地区又有宝卷《哭五更》,与之同源,[①]由此可以见出《五更转》这种体裁在地域文学和民族文学互动中所发挥的作用。西夏地区民间文学与唐五代敦煌文学之间确实存在一定的渊源关系,中国武威和俄罗斯所藏的两种西夏文《五更转》,均反映出其受到由中原地区经河西走廊与丝绸之路传播的汉文学的影响,由此不仅进一步增加了西夏文学在体裁方面的丰富性,即传统诗文之外一种新的文体,而且有助于深入了解西夏文学与中原文的学密切关系,对于深化认识多民族文学与中华文化交融发展演变轨迹等也有积极的意义。

---

① 吴清:《敦煌〈五更转〉与河西宝卷〈哭五更〉之关系研究》,《青海民族大学学报》2011年第2期。

十二　乾顺《灵芝颂》等西夏各族
　　　　文人的汉文诗作

在使用西夏文的同时，与散文创作一样，西夏国人还用汉文写作了不少诗歌，今天还可以看到少量作品，包括乾顺《灵芝颂》、汉人张元的诗作以及拜寺沟方塔所出佚名诗集中的汉文诗残作。

（一）乾顺《灵芝颂》

西夏党项羌人用汉文创作的诗歌，目前只能看到乾顺创作的《灵芝颂》。

《灵芝颂》亦名《灵芝歌》，它是一首用汉文创作的诗歌，其作者当为党项羌人乾顺。据《宋史·夏国传》载："夏人陷府州，灵芝生于后堂高守忠家，乾顺作《灵芝歌》，俾中书相王仁宗（忠）和之。"史书载此诗为《灵芝歌》，可是从银川西夏帝陵二号墓中出土的汉文残碑称此诗为《灵芝颂》。二者名称不同，但从其内容来看当为同一首诗。这可能是因为《灵芝颂》可以和乐而唱，故又称《灵芝歌》。

乾顺是西夏惠宗皇帝秉常之子，生于1084年，卒于1139年。三岁之时，继承父位做了西夏的第四代君主。从现存的史料来看，乾顺是一位较为注意文化建设的统治者。他不仅自幼随母信佛，而且令其臣属广译佛经。在传世的西夏文佛经中，有不少经典（如《佛说宝雨经》《毗俱胝菩萨百八名经》等）都落有"就德主世，增福正民，明大皇帝嵬名（乾顺的称号）御译"的题款。据有关学者考证，乾顺本人并未直接参与译经工作，只是下令让译经大师们翻译佛经，但由此可以看出他对译经的重视和对佛教的尊崇。

乾顺对中原文化十分推崇。鉴于元昊以来，（西夏）国内特别重视蕃学而汉学衰微不振的状况，乾顺特命于"蕃学"之外建立"国学"（汉学），并且挑选弟子三百余人，以公费供读。此外，他还于西夏贞观七年（1107）公布了按照资格任用官吏的方法，提出"宗族世家议功议亲，俱加番汉一等，工文学者尤以不次擢"。

乾顺虽三岁就当上了夏国的皇帝，但大权掌握在其母梁氏的手中。1099年，梁氏被辽国使臣用毒酒杀死，乾顺才开始亲政，时年十六岁。梁氏专权期间，注重蕃礼，不重汉学，故汉文化在西夏国内的发展受到了一定的限制，直到乾顺亲政，这种局面才有了较大改观。在其亲政后的四十年里，乾顺注重文教，昌行汉学，为党项羌人系统地学习中原文化提供了方便。与此同时，他本人也养成了"崇尚诗书""附庸风雅"的习气。他不仅能写诗，而且会作文，《金史·西夏传》中收有一篇乾顺于1124年写给金国皇帝完颜晟的"上誓表"，其内容为："自今以后，凡于岁时朝贺、贡进表章、使人往复等事，一切永依臣事辽国旧例。其契丹昏主今不在臣境；至如奔窜到此，不复存泊，即当执献。若大朝知其所在，以兵追捕，无敢为地及依前援助；或后征兵，即当依应。至如殊方异域，朝觐天阙，合经当国道路，亦不阻节。以上所叙数事，臣誓固此诚，传嗣不变。"这篇表文虽然在艺术上没有什么特别的耀眼之处，但是从中可见乾顺的写作能力。

乾顺常常与下臣谈经论道，吟咏歌诗。《灵芝颂》便是他的一首应酬之作。西夏大德五年（1139）四月，西夏军队攻陷府州，时逢西夏一官员的家中生出灵芝，百官以为吉祥，纷纷上表向乾顺表示祝贺。乾顺闻知此事后亦非常高兴，遂作《灵芝颂》一首，与中书相濮王嵬名仁忠（即王仁忠）等相互唱和，并令人将歌词刻于石碑之上。由于乾顺的《灵芝颂》"早已失传"，[①]虽然《嘉靖宁夏新志》卷二的记载中有"兴州有帝庙（即孔庙），门榜及夏主《灵芝歌》石刻"的文字，但人们对诗作的内容和形式仍一无所知。直到

[①] 史金波：《西夏文化》，吉林教育出版社，1986，第136页。

1975年，考古工作者在清理位于银川市西贺兰山东麓的西夏仁孝帝陵碑亭遗址时，重新发现了刻有《灵芝颂》部分内容的残碑。上面仅有残句："俟时效祉，择地腾芳"；"德施率土，赍及多方"。四言成句，八字一韵。从这些极为有限的残碑诗片来看，《灵芝颂》是一首四言诗，其内容主要为庆颂"灵芝"生于西夏。该诗语词文雅，句法整齐，短促有力，似有韵律，表现出较高的语文修养，受到后世研究者的高度重视和评价，他们在谈到西夏党项羌族的文化成就时，都要提到它。或谓其"语句文雅秀美"，表现了"西夏宫廷诗的特点"；[①] 或认为它"给人以文雅秀美的感觉。虽是歌功颂德的宫廷诗，但也反映了西夏最高统治者的文学功力"。[②]

值得指出的是，现存的《灵芝颂》，虽然历尽沧桑而残缺不全，但在羌族古代书面文学史上仍有着自己的地位。首先，就目前掌握的材料来看，它是西夏时期羌族作者留下的唯一一首用汉文创作的诗歌。它的存在，生动地说明这一时期的羌族人，并未因西夏文的创制而抛弃汉文的学习和运用。他们不仅能用汉文撰文，而且能用汉文作诗。其次，在羌族文学史上，《灵芝颂》像一座宝贵的文化桥梁，上承十六国时期，下启元明之际的羌族汉文诗歌创作，使羌族以汉文为诗作载体的历史传统，不致在西夏时期中断。最后，作为一首四言诗，《灵芝颂》也进一步丰富了西夏时期羌族诗歌创作的种类和体裁。此外，作为一首唱和诗，《灵芝颂》的创作也说明了西夏羌族的上层人物，已经具备了用诗歌来相互应酬的能力。由此可见，《灵芝颂》一诗虽残缺不全，但它所反映的情况，却值得我们注意。

（二）张元的汉文诗

《西夏文缀》中收录的西夏文学作品基本是书表文，同时还有张元的几首汉文诗，反映了西夏与宋朝之间一段特殊的关系。

[①] 史金波：《西夏文化》，吉林教育出版社，1986，第136页。
[②] 李蔚：《简明西夏史》，人民出版社，1997，第346页。

关于张元其人，史书记载不多，正史记载尤其简略含糊，如《宋史》卷二百九十八《列传第五十七·陈希亮传》对其有简略记载曰："或言华阴人张元走夏州，为元昊谋臣。"其他在一些宋人笔记中有零星记录。记载相对比较详细的是清人吴广成的《西夏书事》，其卷十四载西夏天授礼法延祚三年（宋康定元年，1040）五月：

> 华州生张元、吴昊来投，官之。
>
> 华州生曰张、曰吴者，负气倜傥，有纵横才，累举不第，薄游塞上，觇览山川风俗，慨然有志经略，耻于自售，放意诗酒，出语惊人，而边帅皆莫之知，怅无所适。闻元昊屡窥中国，遂西走。过项羽庙，沽饮极酣，酹酒像前，悲歌"秦皇草昧，刘、项起吞并"之词，大恸而行。既入国，二人自念不出奇无以动听，各更其名，相与诣酒肆，剧饮终日，引笔书壁曰"张元、吴昊饮此"。逻者执之，元昊责以入国问讳之义，二人大言曰："姓尚未理会，乃理会名耶？"时元昊尚未更名曩霄，所上表奏，仍用中国赐姓也。闻言悚然，异而释之，日尊宠用事，后入寇方略多二人导之云。……以中书令张元为相国。

戴锡章编撰，罗矛昆校点的《西夏纪》卷十引《西夏书事》载，西夏天授礼法延祚七年（庆历四年，辽重熙十三年，1044）十一月：

> 张元等虽贵显用事，而以穷沙绝漠饮食居处不如中国，常引苻坚、刘渊及元魏故事，日夜说元昊攻取汉地，令汉人守之，则富贵功名、衣食嗜好皆如所愿。……元至夏不二年，官至太师、中书令。国有征伐，辄参机密。常劝元昊取陕右地，据关辅形胜，东向而争，更结契丹兵，时窥河北，使中国一身二疾，势难支矣。既元昊议和，争之不听，及与契丹构兵，知所志不就，终日对天咄咄，未几，疽发背死。①

---

① 戴锡章编撰，罗矛昆校点《西夏纪》，宁夏人民出版社，1988，第248页。

十二　乾顺《灵芝颂》等西夏各族文人的汉文诗作 ｜ 185

《西夏纪》其实是根据《西夏书事》引录，所据资料相对完整，基本上将现存宋元史书及笔记全面收集，从中可知张元为华州人，因科举失意而投奔西夏，受到元昊重用，不仅官封中书令，而且出谋划策，帮助元昊取得好水川大捷等，但最后未能说服元昊与契丹联合抗宋，暴疾而终。关于其卒年，《西夏纪》记载为庆历四年，即西夏天授礼法延祚七年（1044）。但是张元何时投元昊，《西夏纪》与《西夏书事》记录有别。《西夏书事》记其事在宋康定元年（1040）；《西夏纪》则记张元在仁宗景祐四年（1037）投夏州，不仅时间上提前近三年，而且将元昊称帝也说成是张元之谋。论者对此亦争执不已。应该说张元在西夏建立初期发挥了一定的作用，但作用是有限的，尤其是将西夏历代统治者的经营准备结果说成是张元蛊惑的结果，显然属于夸大。张元居西夏无论是三年还是六年，最终也未能说服元昊采取其谋为国策，因此他初到西夏，作为小人物，更不可能变更元昊早已确定的建国方略。

从其经历来看，张元基本上生活在宋朝，接受传统教育，因科举失意而投靠西夏。张元所存的诗大多是以诗言志，算不上严格意义的西夏诗，不过我们也可由此看出当时双方文化上的认同。

其《咏史》诗云："太公年登八十余，文王一见便同车。如今若向江边钓，也被官中配看鱼。"据说这是张元投奔西夏临别宋朝时所作，用姜太公渭水垂钓而为周文王礼遇的典故，表明自己空有才华不被赏识的失望和惆怅，符合他当时的心态。类似的诗句还有"有心待搦月中兔，更向白云头上飞"（《咏白鹰》），"好着金笼收拾取，莫教飞去别人家"（《咏鹦鹉》），都流露出怀才不遇的失落。

而下面这首《咏雪》则在一定程度上反映了其狂放不羁的性格和气魄："五丁仗剑决云霓，直上天河下帝畿。战罢玉龙三百万，败鳞残甲满天飞。"不仅使用典故，而且恰当地运用比喻和夸张手法，描绘了雪花漫天飞舞的壮观景象，营造一种紧张雄奇的氛围。观雪犹如观战，浪漫飘逸，想象奇特，其踌躇满志、自视颇高的形象和心理也跃然而出。其后毛泽东的《念奴娇·昆仑》词中有"飞起玉龙三百万,搅得周天寒彻",其意象与此同一机杼,显然化用其典,由此可见其影响。

另一首影响甚大的诗是《界上寺题壁诗》:"夏竦何曾耸,韩琦未足奇。满川龙虎辇,犹自说兵机。"诗为宋庆历元年,即西夏天授礼法延祚四年(1041),宋与西夏大战于好水川,元昊在张元的辅助下大败韩琦、夏竦所帅宋军。战后张元十分得意,题诗于壁,嘲讽韩琦、夏竦,诗末署"(西夏)太师、尚书令兼中书令张元随大驾至此"。诗以谐音方法,对夏竦、韩琦之名任意调笑,讥讽蔑视之情溢于言表,同样显出其外露张扬的个性,也显出其在政治、军事才能之外所具有的语言和文字功底。据《西夏纪》,王巩在《闻见近录》中说元昊那句"朕当亲临渭水,直据长安"的豪气干云的通告,也出自张元的手笔。

当然,张元的诗也有局限,聂鸿音指出张元的文学才能远不及他的政治才能,此诗中以"奇"(四支)、"机"(五微)为韵,不合科场惯例,即不合官韵,因此张元屡试不中,良有以也。[①]更重要的是,张元的诗气势有余,而气度不足,过于张扬,缺乏含蓄内敛,给人中山之狼得志猖狂的浅薄印象;也反映出其人有具体谋略,但未必有政治家的远见。他后来终没能说服元昊接受其主张,恐怕也与此有些关系。虽然如此,张元确实堪称可用之才。

由张元的经历,我们还可以有许多思考。首先,它说明元昊很重视人才的网罗和使用,特别注重吸收汉族知识分子为自己服务。据《宋史·夏国传》记载,元昊治下的上层官员中,除了嵬名守全是党项人外,张陟、张绛、扬廊、徐敏宗、张文显等都是汉人。张元、吴昊受到元昊的重视,张元还曾当过西夏的中书令,充分显示了汉族知识分子对西夏地区政治军事的重要作用。

其次,它也让宋朝统治者认识到人才的流失,也就此做过一些弥补。据《宋史》卷二百九十八《列传第五十七·陈希亮传》,张元投元昊之后,朝廷最初将其家族百余口捕获关押于房州,反

[①] 聂鸿音:《拜寺沟方塔所出佚名诗集考》,原载《国家图书馆学刊》2002年西夏研究专号,后收入《西夏文献论稿》,上海古籍出版社,2012,第226页。

复审查，饥寒且死。知州陈希亮秘密向朝廷建议，既然张元投降属实，他想有大志便不会顾忌家人，关押其家族反而使其反叛之心更加坚决，而且被关押的都是其远房亲族，没有罪。于是朝廷释放其族人回乡。临别时，"老幼哭希亮庭下曰：'今当还故乡，然奈何去父母乎？'遂画希亮像祠焉"。这比汉武帝处置李陵家人显然更为可取。

张元事件促使宋朝君臣进一步反思，并在制度上加以改进。宋王栐《燕翼诒谋录》卷五载：

> 旧制，殿试皆有黜落，临时取旨，或三人取一，或二人取一，或三人取二，故有累经省试取中，屡摈弃于殿试者。故张元以积怨降元昊，大为中国之患，朝廷始囚其家属，未几复纵之。于是群臣建议，归咎于殿试黜落，嘉祐二年三月辛巳，诏进士与殿试皆不黜落。迄今不改。是一叛逆之贼子，为天下后世士子无穷之利也。

更给人启发的是杰出的政治家王安石，有著名的咏史诗《明妃曲》二首，针对历史上昭君出塞悲剧的传统陈见，对历史上的民族关系表达了独特的观点。"君不见咫尺长门闭阿娇，人生失意无南北。"（《明妃曲》其一）"汉恩自浅胡恩深，人生贵在相知心。"（《明妃曲》其二）在千年之前的十一世纪，王安石能发出这样的见解，很是难能可贵，而且更令人诧异的是，王安石这种振聋发聩、惊世骇俗的声音，不但未像其变法主张一样招来质疑，还得到了相当的支持和回应，文坛盟主欧阳修以及广大士人纷纷唱和，可见其反响之热烈，也可以看出当时朝野对民族关系和人才制度的反思。

（三）拜寺沟方塔佚名汉文诗集

西夏元昊与野利仁荣创制了蕃文，也就是西夏文，但当时西夏并未废止汉文，因此也存在不同场合使用汉文的情况，如大量的佛经刻本、写本、发愿文以及书表碑文等都用汉文。相对而言，现存汉文诗歌创作的数量不多，如果乾顺的《灵芝颂》和张元的汉文诗都属于特例，那么拜寺沟方塔出土的佚名汉文诗集就显得尤其珍贵。

1991年，宁夏文物考古研究所对位于贺兰县拜寺沟的方塔遗址进行了清理发掘，通过塔心木柱上的墨书西夏文题记和其中十余万字的西夏文献，知道方塔建成于西夏时期。西夏方塔出土材料十分丰富，宁夏文物考古研究所报告公布了全部考古资料。[①]其后由文物出版社出版了《拜寺沟西夏方塔》，全书分上、下篇：上篇为考古篇，包括"方塔残体现状""出土遗物""拜寺沟沟内西夏遗址调查报告"等四章；下篇为研究篇，包括"方塔原构推定及其建筑特点""方塔塔心柱汉文题记考释""西夏文佛经《本续》是现存世界最早的木活字版印术""方塔出土汉文'诗集'研究"等十章。其中下篇第四章"方塔出土汉文'诗集'研究"，[②]给我们提供了有关西夏汉文诗集的材料。

西夏汉文诗集原文为残卷，损毁极为严重，虽然每页皆残，却是西夏文献中的珍品。宁夏文物考古研究所的牛达生、孙昌盛在《宁夏贺兰县拜寺沟方塔废墟清理纪要》中首先对其进行了简介：

> 汉文诗集残卷　每页皆残，计25页。每半页高21.5、宽12.3厘米。正楷墨书，无天头地脚，左右白边很小，蝴蝶装。有大字小字两种，大字者9行，行17或18字，小字者10行，行25字。多为古诗、七律，诗名或占一行，或在上首末句下空档处。计有50余首，诗名有《重阳》《炭》《打春》《久旱喜雪》《五学士》《上招抚使》《冬候兰亭》《樵父》《忠臣》《孝行》《柳》《雪晴》等。

[①] 牛达生、孙昌盛：《宁夏贺兰县拜寺沟方塔废墟清理纪要》，《文物》1994年第9期。
[②] 宁夏文物考古研究所编《拜寺沟西夏方塔》，文物出版社，2005。

1997年，聂鸿音先生根据牛达生提供的复印件对诗集做了进一步的考订，并按原复印件顺序介绍了主要内容：

第一叶，始"渔父披莎（蓑）落钓难"。存诗五首半，诗题有《炭》《冰》《冬候兰亭》。另有残片一纸，存诗题《日短》《冬至》，当补为本叶左下部。

第二叶，始"将他揖让上高堂"。存诗七首半，诗题有《窗》《忠臣》《孝行》《柳》《梨花》《桃花》《放鹤篇并序》。

第三叶，始"习习柔和动迤逦，郊原无物不相加"。存诗五首，有《春水》《上元》《春云》《春雪二十韵》。

第四叶，始"好去登高述古事，畅情酩酊日西偏"。存诗六首半，诗题有《菊花》《晚》《武将》《儒将》。

第五叶，始"流泪感多风"。存诗五首半，诗题有《樵父》《武将》《儒将》《茶》《僧》。

第六叶，始"身着袈裟化众民"。存诗五首半，诗题有《烛》《樵父》《闻莺》《酒旗五言六韵》《烛五言六韵》。本叶即在第五叶后。

第七叶，始"村中农叟歌声远"。存诗四旨半，诗题有《上招抚使》《贺金刀□》。

第八叶，始"丝□向渔舟"。存诗五首半，诗题有《久旱喜雪》《打春》。

第九叶，始"住后凝山璞乱猜"。存诗四首半，诗题有《碧云》《元日上招抚》《人日》《春风》。疑本叶原在第三叶前。

第十叶，始"触处池塘景渐新"。存诗五首，诗题有《送人应□》《雪晴》《闲居》《□□值雪》《五学士》。疑本叶原在第九叶前。

第十一叶，始"愿投洪造被陶钧"。存诗六首半，诗题有《求荐》《和雨诗》。

第十二叶，始"疾逢苦药身知愈"。半叶，存诗三首半，诗题有《寺》《善射》。另有残片一纸，存"惠日铎铃"等字，当补为本叶下部。

> 第十三叶，始"更看横开万里疆"。半叶，存诗三首，诗题有《画山水》《征人》，疑本叶原在第十二叶左。①

拜寺沟方塔汉文诗集首后俱缺，其诗在《全唐诗》《全宋诗》内均不见著录，因此不是西夏人抄录唐诗或宋诗，现存部分除一首题为"此乃高走马作也"之外，未见作者姓名和写作时间，但从诗集的部分内容看，其作者可能是居住于贺兰山附近乡村的汉族文人，时间大约在西夏乾祐年间。近年，汤君认为诗集作者至少有三人。②

拜寺沟方塔文物出土后，引起学术界高度重视，被认为是继黑水城文献等为数不多的文物之后又一重大考古发现。西夏汉文诗集在西夏文献中是第一次发现，填补了西夏文献的空白，对研究西夏文学以及了解西夏的社会、民俗和人文情况都有一定的价值。陆续也有一些学者对汉文诗集进行研究，其中相对完整的是宁夏文物考古研究所编的《拜寺沟西夏方塔》，该书第265~286页公布了汉文诗集整理成果，排序方式与聂鸿音先生有所不同。此外，孙昌盛《方塔出土西夏汉文诗集研究三题》，③孙颖新《贺兰山拜寺沟方塔所出佚名诗集用韵考》④等，都从文学的角度对其进行了探讨，让我们对其写作内容和艺术特色有所了解。

综观该诗集，其体例大多为七言，包括律诗或古诗，内容也极其丰富。下面仅就几个比较集中的主题予以简析，了解其与中原文学的异同。

第一类诗在诗集中比较多，是关于僧人和寺庙的，这与西夏崇佛的社会环境有关，也与收藏的地点拜寺沟方塔关系密切。如下面这首《僧》：

---

① 聂鸿音：《拜寺沟方塔所出佚名诗集考》，原载《国家图书馆学刊》2002年西夏研究专号，后收入《西夏文献论稿》，上海古籍出版社，2012，第222~223页。
② 汤君：《拜寺沟方塔〈诗集〉作者行迹考》，《四川师范大学学报》（社会科学版）2017年第2期。
③ 孙昌盛：《方塔出土西夏汉文诗集研究三题》，《宁夏社会科学》2004年第4期。
④ 孙颖新：《贺兰山拜寺沟方塔所出佚名诗集用韵考》，《西夏学》2011年第7辑。

十二　乾顺《灵芝颂》等西夏各族文人的汉文诗作 | 191

> 超脱轮回出世尘，镇常居寺佳遍纯。
> 手持锡杖行幽院，身着袈裟化众民。
> 早晚穷经寻律法，春秋频令养心真。
> 直饶名利喧俗耳，是事俱无染我身。①

这首诗明显表现了僧人对名利的淡然，对出家人超凡脱俗生活的向往，反映出作者的佛教思想观念。再看《寺》：

> 静构招提远俗纵（踪），晚看烟霭梵天宫。
> □□□卷释迦教，□起千寻阿育功。
> 宝殿韵清摇玉磬，苍穹声响动金钟。
> 宣□渐得成瞻礼，与到华胥国里同。

还有另外一首佚题诗：

> 十三层垒本神功，势耸巍巍出梵宫。
> 栏楯□□□惠日，铎铃夜响足慈风。
> 宝瓶插汉人难见，玉栋□□□莫穷。
> 阿育慧心聊此见，欲知妙旨问禅翁。

这两首诗描绘僧人居住的寺庙环境，香烟袅袅，宝塔巍巍，钟磬齐鸣，远离尘俗，好一个幽静清修之处，尤其是佚题诗首句"十三层垒本神功，势耸巍巍出梵宫"，明确写出该寺院宝塔为十三层。非常巧的是，历经岁月风雨，拜寺沟方塔底部被山洪冲洗埋没，人们长期以来一直以为该塔只有十一层，直到宝塔被毁，专家考古清理时才发现其为十三层，与该诗内容完全吻合。或许此诗描写、吟咏的就是该方塔，如此则更给我们留下了宝贵的参考材料，也许这就是拜寺沟方塔收藏该汉文诗集的原因。

---

① 宁夏文物考古研究所编《拜寺沟西夏方塔》，文物出版社，2005，第267页。以下所引诗集原文皆据此本，余不注。

值得注意的是诗中还用了华胥国的典故。"宣□渐得成瞻礼,与到华胥国里同",其典出自《列子·黄帝》,黄帝"昼寝而梦,游于华胥氏之国……其国无帅长,自然而已;其民无嗜好,自然而已;不知乐生,不知恶死,故无夭殇;不知亲己,不知疏物,故无所爱憎;不知背逆,不知向顺,故无所利害……"[①]这是汉文典籍中经常使用的典故,传说华胥生下了伏羲和女娲,成为华夏共同的祖先,也开始了中华民族的发展史。黄帝梦游华胥国,其实表现了中华民族自然和睦的理想境界。西夏汉文诗用此典故,具有十分重要的意义。诗文崇尚礼节,清净自然,既深得佛门理趣,又反映了儒家、庄老与佛教相互渗透融合的状况。

另有佚题诗曰:

艳阳媚景满郊墟,载谛神仙下太虚。
端正□□□□□,勤□实腹乃诗书。
侍亲孝行当时绝,骇目文章自古无。
此日青衿□祝颂,辄将狂斐叩塪除。

第二类诗大多是对传统伦理道德、儒家思想的宣扬,充满积极入世的心愿。如下面这首《孝行》:

爱敬忧严以事亲,未尝非义类诸身。
服□□□□违□,□□供耕尽苦辛。
泣笋失□□□□,挽辕出□□□□。
□□□养更朝饲,□使回车避远□。

与之相关的还有《忠臣》:

披肝露胆尽勤诚,辅翼吾君道德明。
□□□欺忘隐心,闲□陈善显真情。

---

① 《列子》,张湛注,中华书局,1985,第15页。

剖心不顾当时宠，决目宁□□□□。
□槛触□归正义，未尝阿与苟荣身。

另外有一些对安邦定国的文臣武将的赞颂之作，更加强烈地表达了儒生建功立业的渴望。如《儒将》：

帷幄端居功已扬，未曾披甲与□□。
□□□□□□□，直似离庵辅蜀王。
不战屈兵安社稷，□□□□缉封疆。
轻裘缓带清邦国，史典斑斑勋业彰。

另一首同样题为《儒将》的诗云：

缓带轻裘樽俎傍，何尝□□□□。
舍己□□□□□，纳款遂闻入庙堂。
曾弃一杆离渭水，□□□□□□□。
□□□□□兹信，更看横开万里疆。

《武将》诗云：

将军武库播尘寰，勋业由来自玉关。
□□□□扶社稷，威□卫霍震荆蛮。
屡提勇士衔枚出，每领降□□□□。
□□□□为屏翰，功名岂止定天山。

诗中每每用历史上的英雄人物作为颂扬的对象，从"直似离庵辅蜀王"的诸葛亮和"曾弃一杆离渭水"的姜子牙，到"威□卫霍震荆蛮""功名岂止定天山"的汉朝大将卫青、霍去病，诗人都满怀景仰，也显示其与中原知识分子一样以这些人物为楷模，深受传统文化之影响。再看《送人应举》：

> 平日孜孜意气殊，窗前编简匪踟躇。
> 笔锋可敌千人阵，腹内唯藏万卷书。
> 学足三冬群莫并，才高八斗众难如。
> 今□执别虽依黯，伫听魁名慰里闾。

诗中对前去应举的友生加以勉励，称赞其文才了得，胸有成竹，历经苦读，前往应试求取功名。这里充满了祝愿，但何尝不是充满希冀呢？平生抱负并未成功，实现理想谈何容易，所以此诗又包含多少复杂的内蕴，难以言喻。这从下面一类诗也可感受到。

第三类诗多写失意困顿、理想与现实的矛盾，与中原知识分子怀才不遇的境况如出一辙。先看《上招抚使》：

> 自惭生理□诸萤，更为青衿苦绊□。
> □□晨昏暮闲暇，束脩一掬固难盈。
> 家余十口无他给，唯此春秋是度生。
> 日□□童亦寒叫，年丰妻女尚饥声……

再看佚题诗：

> 环堵萧然不蔽风，衡门反闭长蒿蓬。
> 被身□□□□碎，□□□□四壁空。
> 岁捻儿童犹馁色，日和妻女尚□□。
> □□贫意存心志，□耻孙晨卧草中。

第十一页佚题诗：

> 归向皇风十五春，首蒙隅顾异同伦。
> 当时恨未登云路，他日须会随骥尘。
> 已见锦毛翔玉室，犹嗟蠖迹混泥津。
> 前言可念轻陶铸，免使终为涸辙鳞。

十二 乾顺《灵芝颂》等西夏各族文人的汉文诗作

又有《求荐》诗,为七言古体:

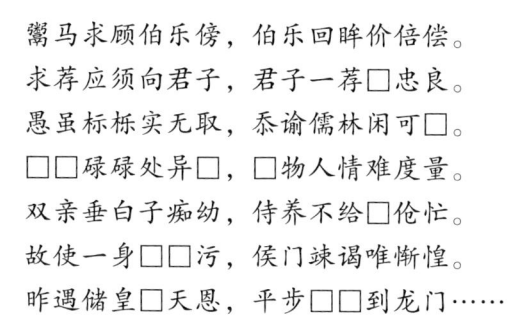

> 驽马求顾伯乐傍,伯乐回眸价倍偿。
> 求荐应须向君子,君子一荐□忠良。
> 愚虽标栎实无取,悉谕儒林闲可□。
> □□碌碌处异□,□物人情难度量。
> 双亲垂白子痴幼,侍养不给□伦忙。
> 故使一身□□污,侯门疎谒唯惭惶。
> 昨遇储皇□天恩,平步□□到龙门……

聂鸿音先生认为:"和大多数中原文人一样,诗集作者描写的自然景物不外乎风花雪月,欣赏的生活情趣无非是书画琴棋。然而,诗集中屡屡出现的这些东西却并不像作者真实的生活环境,而更多地是作者学诗时从中原作品中体味来的。"又说:"像宋代许多诗人一样,方塔诗集的作者在创作中也吸收了一些名人名句来化入诗篇。例如第三叶《春雪二十韵》有'误认梨花树树开'句,显然化自岑参《白雪歌送武判官归京》的'忽如一夜春风来,千树万树梨花开';第八叶佚题诗有'环堵萧然不蔽风'句,显然化自陶渊明《五柳先生传》的'环堵萧然,不蔽风日';第十二叶《征人》有'人人弓箭在腰间'句,显然化自杜甫《兵车行》的'车辚辚,马萧萧,行人弓箭各在腰'。对前人诗作的借鉴和模仿本无可厚非,然而过多地模仿常常会使作者的诗脱离生活实际而显得意境贫乏。在诗集中我们读不到贺兰山的雄奇险峻,也悟不出西夏鼎盛期的气象——它所展示给我们的社会生活状况实在是很少的。"[①]

如聂鸿音先生指出的,诗集确实是学习借鉴了中原文学作品,但也并不是没有反映西夏生活状况,恰恰相反,我们可以从中看到西夏社会的某些情景。读到这类作品,很容易想到以李白、杜甫为代表的中原传统文士,怀抱利器而终生落魄的景象。从作者

[①] 聂鸿音:《拜寺沟方塔所出佚名诗集考》,载《西夏文献论稿》,第224、226页。

自述中，可知其为乡村教书先生，靠微薄的束脩维持一家十余口人的生计。他显然读过不少类似的经典文学描述，作品中不乏相似手法的活用，如"归向皇风十五春，首蒙隅顾异同伦。当时恨未登云路，他日须会随骥尘"，这不就是困顿京华十载一无所获、饱尝人间冷暖、取笑同学翁、不改其志的杜陵布衣自画像吗？"随骥尘"显然就是直接用《奉赠韦左丞丈二十二韵》中"朝叩富儿门，暮随肥马尘，残杯与冷炙，到处潜悲辛"的语典，再如"日□□童亦寒叫，年丰妻女尚饥声""岁捻儿童犹馁色，日和妻女尚□□"，每每强调其饥寒境遇不仅仅是在灾荒之年和严寒季节，这在唐宋名家作品中更是屡见不鲜。天宝十四载（755）冬，杜甫回家探亲，只希望贫寒相聚，谁知"入门闻号啕，幼子饥已卒"，更未料到是"岂知秋禾登，贫窭有仓卒"。在丰收的时候饿死幼子，比在青黄不接之时更令人悲哀。韩愈作品中亦有类似之法，其《进学解》中渲染穷困有所谓"冬暖而儿号寒，年丰而妻啼饥"，至于宋代，王安石《河北民》以此手法写更为广泛的贫困状态，"老少相携来就南，南人丰年自无食"。可见这位乡村教书先生确实是饱读诗书，满腹经纶，可是屡求荐举，连连受挫，无伯乐赏识，功名无望，只得居于蒿蓬陋室，相濡以沫，"免使终为涸辙鳞"，用庄子涸辙之鱼的典故，几多痛苦和无奈。由此看来，虽然西夏表面提倡崇儒尊道，实际上书生无路，压制人才之事时有发生。这类诗以作者亲身经历，并不是风花雪月、诗情画意，给我们描绘了一幅西夏社会现实和下层文士真实的生活图景，而且是唯一的诗史文献，弥足珍贵。

第四类，除了社会现实之外，诗中也有不少表现书画琴棋等文人情趣、传统节日习俗的题材。如士大夫最喜爱吟咏的茶，也出现在诗集之中。《茶》云：

名山上品价无涯，每每闻雷发紫芽。
□□□□吟意爽，旨教禅客坐情佳。
□□□里浮鱼眼，玉筋梢头起雪花。
豪富王侯迎客□，一瓯能使数朝夸。

看来诗人颇懂得品茗之道，从茶的产地、春茶发芽采摘以及品饮环境、煮茶火候等，从理论到实践逐一论及，作为北方文士，十分难得，诗人显然读过不少关于茶的著述。该诗最后一联写饮茶的效果，不由让人想起卢仝著名的《七碗茶诗》，放在中原文士创作中也毫无二致。

反映传统节日习俗者在诗集中也为数不少，兹按时序排列如下。《元日上招抚》云：

向晓青君已访寅，三元四始属佳辰。
山川不见□□□，巡馆唯瞻今岁春。
首祚信归枢府客，和光先养抚徕臣。
书□□列持椒酒，咸祝□□辅紫宸。

《上元》云：

俗祭杨枝插户边，紫姑迎卜古来传。
祇□□□□□，□巷银灯万盏燃。
皓月婵娟随绮绣，香尘馥郁逐车辇。
□铁铸已任无□，处处笙歌大曙天。

《打春》云：

彩杖竞携官徒手，金幡咸带俗纶巾。
土牛击散由斯看，触处池塘景渐新。

《重阳》云：

古来重九授衣天，槛里金铃色更鲜。
玄甸安中应吟赋，北湖座上已联篇。
孟嘉落帽当风下，陶令持花向户边。
好去登高述古事，畅情酩酊日西偏。

《菊花》云：

> 卉木凋□始见芳，色绿尊重占中央。
> 金铃风解摧无响，一□霜残亦有香。

另一首《菊花》诗亦云："陶家篱下添殊景，雅称轻柔泛玉觞。"《冬至》云：

> 变泰微微复一阳，从兹万物日时长。
> 淳推河汉珠星灿，桓论天衢璧月光。
> 帝室庆朝宾大殿，豪门祝寿拥高堂。
> 舅姑履袜争新献，鲁史书祥耀典章。

从以上几首诗来看，中原传统习俗中的重要节日差不多都有涉及。我们知道在古典诗词中，类似之作不胜枚举。而汉文诗集作者对传统民俗、典故信手拈来，运用自如，如元日饮食椒酒，上元俗祭杨枝、紫姑迎卜、皓月婵娟，立春之日佩带金幡、击打春牛等，分外丰富。

在元日诗中，作者以"首祚"来称呼一年的开头。晋王羲之《月仪》曰："日往月来，元正首祚。"梁宗懔在《荆楚岁时记》中则有这样的记载："俗有岁首用椒酒。椒花芬香，故采花以贡樽。正月饮酒先小者，以小者得岁，先酒贺之。老者失岁，故后与酒。"

而《上元》诗中的民俗内涵也非常丰富。最早的关于紫姑的记载，见于南朝刘敬叔的《异苑》卷五，紫姑是中原民间传说中的司厕之神，又作子姑、厕姑、茅姑、坑姑、坑三姑娘等。世人谓其能先知，多迎祀于家，占卜诸事。每当上元节的时候，居家妇女便要迎厕神，许多典籍有记载，《茶香室续钞》卷十九引《东坡集》说苏轼曾作《仙姑问答》。至于"皓月婵娟随绮绣，香尘馥郁逐车辇"则凸显了古代中原最为重视的上元夜的特色。上元即正月十五，多少人为之吟咏讴歌，留下多少美妙的诗篇，如李清照的"中州盛日，记得偏重三五"，欧阳修的"月上柳梢头，人约黄昏后"。而这首诗从一个侧面写出了西夏欢度元宵佳节的情景，明月皎洁、华灯交辉、宝马香车，热闹非凡。其特殊的社会民俗价值亦由此显见。

再如《重阳》中的习俗，就用了《诗经》"七月流火，九月授衣"之典，并用了孟嘉落帽、陶令持花、登高赏菊等典故或习俗，如此等等，不一而足。这些诗本身也是西夏民俗风情的真实反映，说明该地域有与南方和中原近似的节日习俗，也正可以说明地域文化的结合与流变。

除了以上诗篇之外，该诗集还有《人日》等作品，更是带有深厚的人文情感。其诗云："人日良辰始过年，风柔正是养花天。镂金合帖色尤上，花胜当香绿鬓边。薛道思归成感叹，杨休侍宴著佳篇。本来此节宜殷重，何事俗流少习传？"①人日即正月初七，民间传说女娲造人时，前六天分别造出了鸡狗羊猪牛马，第七日造出了人，因此，人们认为，正月初七是人的生日。梁宗懔的《荆楚岁时记》曰："正月七日为人日。以七种菜为羹，剪彩为人，或镂金箔为人，以贴屏风，亦戴之头鬓。又造华胜以相遗，登高赋诗。"尤其为文人所钟爱的是唐代安史之乱期间诗圣杜甫寓居蜀中草堂，与著名诗人高适人日唱和，留下千古佳话，从此人日游草堂、祭拜诗圣便成为成都市民和文人雅士的习俗。

无论怎样，拜寺沟方塔汉文诗集内容丰富多彩，有自然山水、风花雪月、四季节日，虽然较少涉及当时的政治、军事等情况，但是在一定程度上反映了当时的社会经济和生活状况，也让我们一窥西夏汉文诗歌创作的基本风貌。

西夏诗歌创作与汉族歌曲关系密切，其中有两方面原因。一方面，其地本来就是民族杂居，除党项羌外，还有汉、藏、回、蒙等民族居民，民族通婚交融等也很常见。如沈括《梦溪笔谈》卷五所记，他在鄜延时创作《凯歌》数十首，其二写道："天威卷地过黄河，万里羌人尽汉歌。莫堰横山倒流水，从教西去作恩

---

① 汤君：《西夏佚名诗集再探》，载杜建录主编《西夏学》第12辑，甘肃出版社，2016，第161页。

波。"其五曰:"灵武西凉不用围,蕃家总待纳王师。城中半是关西种,犹有当时轧吃儿。"① "轧吃儿"就是新生儿的意思,各族民歌在西夏皆较流行,宋代曲子词也为当地百姓喜爱。如南宋叶梦得《避暑录话》曾记著名词人柳永"善为歌辞,声传一时……余仕丹徒,尝见一西夏归明官云:'凡有井水饮处,即能歌柳词。'言其传之广也"。

另一方面,西夏翻译的各种汉文典籍中也包括一些汉文古典诗歌作品,如黑水城文献中就有用西夏文翻译的汉武帝的著名诗篇《秋风辞》。②另据聂鸿音先生考证,现存多种西夏文翻译汉文典籍中引用《诗经》句26处,聂鸿音先生考察其义并训正误,试图了解西夏党项羌人对经典汉文学的理解能力以及中原文学传统对西北少数民族地区的影响。其初步结论并不乐观:"西夏《诗经》译例中有半数均存在不同程度的误解,有的甚至可以说是严重失误,这说明西夏知识分子对于《诗经》并不像我们预期的那样熟悉,以《诗经》为代表的中原古典文学没能成为党项文人文学的滋养。"话虽如此,但我们不能因此否认中原文学对西夏文学的影响,文学本身就具有多义性的特点,所谓"诗无达诂",西夏对传统中原文化的崇尚是无疑的,这其中就包括对中原文学的崇尚,这也是前面几类诗与中原文学具有可比性的基础。

---

① (宋)沈括:《梦溪笔谈》,中华书局,2009,第78页。
② 〔俄〕克平:《汉武帝〈秋风辞〉的番语译文》,李杨、王培培译,载杜建录主编《西夏学》第4辑"黑水城文献专号",宁夏人民出版社,2009,第29页。

十三　西夏遗民诗文大家余阙的创作

（一）余阙的生平和思想

余阙（1303~1358），字廷心，一字天心，人称青阳先生，唐兀氏，世居河西武威（今甘肃武威市），因其父沙剌臧卜在庐州（今安徽合肥市）为官，遂居家庐州。余阙幼年丧父，考中进士之前，躬耕读书于青阳山中。青阳山在庐州东南六十里，处巢湖之上，"深者涵云天，高者薄霄汉"的湖山胜景，陶冶着余阙的性情。他在田边舍旁放置经史百家之书，劳作之暇即坐而苦读。学有所成便收授徒弟，教书养母。他与文士张恒等交往切磋，学问日渐增长。元统元年（1333），余阙赴京参加考试，得右榜第二名，中进士，授官泗州同知，旋招京师，擢翰林应奉，转中书刑部主事。其间，余阙政绩斐然，创作精进。时人李祁在《青阳先生文集序》中称他"声光赫著，如干将发硎，莫敢触其锋；文章学问，与日俱进，如水涌山积，莫能窥其突"。他一度因不阿权贵而弃官，不久复入翰林，参与编撰辽、宋、金三史，后历任监察御史、湖广左右司郎中、浙东道廉访司事等职。元至正十三年（1353）任都元帅副使，第二年升同知副元帅，至正十五年（1355）拜都元帅，至正十六年（1356）拜淮南行省参政知事，至正十七年（1357）拜淮南行省左丞，出守安庆，与红巾军相拒，终因孤立无援，被陈友谅部所围。至止十八年（1358），安庆城破，余阙自杀身亡，年五十六岁。《元史》本传称："议者谓兵兴以来，死节之臣阙与褚不华为第一云。"朝廷追封为豳国公，谥忠宣。

余阙热心文化教育，于培养后学方面尤著。出仕后，他扩修青阳山的书房，增益储书，以惠来学。为官之余即到此讲学，受教育者有里中子弟，也有郡邑之人，甚至四方之士亦闻风而至，皆曰："青阳山房多书，学之者皆有成，吾其游焉。"他驻守安庆时，稍有空闲，则率诸生去郡学会讲，且令军士立门外以听。元末明初的著名文学家戴良"学诗于余忠宣阙，皆得其师承"。明初官拜右丞相、"有《凤池吟稿》五百三十余首"的汪广洋，也是余阙的学生。余阙的书法亦颇有声名，《书史会要》称他"工篆隶，体淳古"。明人宋濂《芝园续集》载他"书扁为赠"之事，并说："公文与诗皆超妙绝伦，书亦清劲，与人相类。"《佩文书画谱》引《紫桃轩又缀》云："余忠宣小字似不经意，而丰处有褚遂良，潦倒处有杨景度。"

余阙研习儒家经典，"五经皆有传注"。其思想的主体是儒家思想，推崇孔子的仁心、孟子的仁政，认为这两者"内外本末交相通贯，是即尧舜之近也"。由仁学出发，余阙"慨然忧国家之颠危，恻然悯生民之困悴"。他认为："善树木者，简其实而繁其本；善为国者，疏其赋而厚其民。"在浙东为官时，他吟唱"乐哉一杯酒，允矣同庶人"，"蔼然有与民同乐之意"，体现了儒家的民本思想。安庆春夏大饥，他"捐俸为粥以食之，得活者甚众"；"请于中书，得钞三万以赈民"。以后每逢旱灾水患，他都亲自祭祀，祈祷禾稼丰登，期望百姓过上富足日子。在这里，余阙忧国悯民的思想变成了爱民为民的行动。

余阙是西夏党项羌族后裔，虽然生长于庐州，在经济生活、风俗习惯等方面都受着中原文化的影响，但在思想深处，仍保留了对西夏故地和党项羌族的眷恋。在《送归彦温赴河西廉使序》中，余阙以赞赏的口气，记述合肥西夏族胞的体貌、性格和风俗：

> 合肥之戍，一军皆夏人。人面多黎墨，善骑射，有长身至八九尺者。其性大抵质直而上义，平居相与，虽异姓如亲姻。凡有所得，虽箪食豆羹，不以自私，必召其朋友。……岁时往来，以相劳问。少长相坐，以齿不以爵。献寿拜舞，上下之情怡然相欢。醉即相互道其乡邻亲戚，各相持涕泣以

为常。予初以为，此异乡相亲乃尔，及以问夏人，凡国中之俗今亦莫不皆然。

文中追忆西夏淳朴的民风，对于党项羌族后人淳朴和睦风尚的逐渐改变，余阙非常痛心。他以一个儒者特有的目光，希望归彦温到河西后，能使那里恢复良好的风俗：

今为廉使于夏，必能兴学施教，以泽吾夏人。吾夏人闻朝廷以儒臣为尊官以莅己，必能劝于学，以服君之化。风俗必当丕变，以复于古，其异姓相与如亲姻，如国初时，如余所云者矣。故道吾夏之俗以望吾归君焉。

通过教育使夏人风俗大变如国初时，或许只能是一个理想。然而，文章寄寓的是强烈的复兴"吾夏人"的美好愿望，传达出作者深厚而诚挚的民族感情。

余阙的创作相当丰富，他是元朝名臣，故作品集的传本较多。其中以明刊九卷本《青阳先生文集》最为完备，载有诗九十三首、文六十八篇，另收录《青阳先生文集序》三篇、《青阳山房记》一篇，今存《四部丛刊》续编。《四库全书》有《青阳集》六卷（《四库全书总目》及《四库全书简目》均误为四卷），《元诗选》有《青阳集》一卷。文集内容丰富，具有较高的文史综合价值。

（二）余阙的诗歌

余阙的诗歌题材多样，涉及面较广，按思想内容可分为四个方面。

第一，关注现实，抨击时弊。

元朝末期，危机四伏，战争频繁，给社会造成极大破坏，给人民生活带来极大灾难。作为儒者和朝臣，余阙对此非常关注。在《送康上人往三城》中，他回忆"兹城"昔日的繁华："芳郊列华屋，文榱被五章。乘车衣螭绣，贵拟金与张。"但是，战乱之后，呈现于眼前的却是"原野何萧条，白骨纷交横"的场面，令人"念之五内伤"。他希望战乱早日结束，让老百姓过上"耕夫缘南亩，士女各在桑"的安居生活。《拟古赠杨沛》写"谋国不谋身"的杨沛去官归家的生活："茅茨上穿漏，颓垣翳绿榛。空床积风雨，蜗牛止其巾。"这种贫寒清冷的家居景况，正是千万平常人家生活的缩影，揭露了现实政治的黑暗，客观上反映了社会的萧条凋敝。

余阙是一个有正义感的诗人，他的诗反映了现实社会的不公，对豪门贵族的奢侈，也能大胆地予以抨击。《拟古》其一描写"丞相大将军"住宅之豪华，"皇皇九衢里，列第起朱门"；生活之奢侈，"芍药调羹鼎，狒狨铸酒尊"；他到处游谒，"车马若云屯"。与之相反，"谬言拟宣尼，幽思切玄文"的东家狂生，虽满腹经纶，一腔才华，最终却"著书空自苦，名宦乃不振"。诗通过鲜明的对比，揭示了社会的不平，抒发了怀才不遇的感慨，表达了对豪贵的批判。《白马谁家子》是这类诗的代表作：

白马谁家子，绿辔缦胡缨。腰间双宝剑，璀璨雪花明。甫出金华省，还过五凤城。君王赐颜色，七宝奉威声。夜入琼楼饮，金尊满绣楹。燕姬陈屡舞，楚女奏鸣筝。慨慨顾宾从，英风四座生。一朝富贵尽，不如秋草荣。黔娄固贫贱，千载有余名。

篇题由曹植诗《白马篇》化出。《乐府诗集》云："白马者，见乘白马而为此曲，言人当立功立事，尽力为国，不可念私也。"此诗中的贵族子弟虽然也乘白马，佩宝剑，但徒有其表而无其实。他们出入宫廷官署，沉湎歌台舞榭，到底只是花天酒地的平庸之辈。两相比较，见出讽刺的辛辣。最后四句是议论，否定富贵而肯定贫贱，使主题更鲜明深刻。

这类作品具有建安文学批判现实的精神风貌，在平淡空泛的元代诗坛放射出异样的光彩，显得格外引人注目。戴良说余阙为诗"有中国古作者之遗风"。《四库全书总目》称："其诗以汉魏为宗，优柔沈涵，于元人中别为一格。"肯定这类诗的价值和特殊意义，决非溢美之词，同时也明显可见出其对中国诗歌现实主义的优良传统的继承和发扬。如《拟古》其一：

> 昔在西京日，纵观质前闻。
> 皇皇九衢里，列第起朱门。
> 借问谁所居，丞相大将军。
> 平明事游谒，车马若云屯。
> 芍药调羹鼎，猲狁铸酒尊。
> 颂声美东鲁，逸奏出西秦。
> 回风薄兰气，十里扬清芬。
> 东家有狂生，容颜若中人。
> 谬言拟宣尼，幽思切玄文。
> 著书空自苦，名宦乃不振。
> 悠悠千载下，安有扬子云。

此诗与左思《咏史八首》之四，可以比较：

> 济济京城内，赫赫王侯居。
> 冠盖荫四术，朱轮竟长衢。
> 朝集金张馆，暮宿许史庐。
> 南邻击钟磬，北里吹笙竽。
> 寂寂杨子宅，门无卿相舆。
> 寥寥空宇中，所讲在玄虚。
> 言论准宣尼，辞赋拟相如。
> 悠悠百世后，英名擅八区。

王发国先生指出二诗"无论构结或造语，均颇有同处"。[①]

---

① 王发国：《余阙和他的诗文》，《西南民族学院学报》（哲学社会科学版）1996年第5期。

第二，写景咏物之作。

余阙多次异地为官，每到一处，都能作诗以记。诗人一路题亭画轩，状山摹水，写景咏物。自然界的花草树木、鸟兽虫鱼都成为诗歌创作的对象，甚至学者之堂、道者之观、隐者之庐也成了诗歌的题材。这类诗不仅数量多，内容丰富，而且艺术上也更成熟，佳章好句，随处可摘。如：

> 远岫云中没，春江雨外流。——《吕公亭》
> 树色清尊绿，荷花女脸红。——《宴晴江山拱北楼》
> 红莲凋绮蕊，微澜见跃鱼。——《兰亭》
> 阴向曲池好，声惟雪夜清。——《题刘氏听雪楼》

这些诗句生动细致地刻画了自然界四季不同的优美景色，从不同角度展示了自然之美，语言明快，情调爽朗，画面生动，给人以清新活泼的审美享受。《秋兴亭》是写景名篇：

> 涉江登危榭，引望二川流。双城共临水，两岸起飞楼。汉渚深初绿，江皋迥易秋。金风扬素浪，丹霞丽彩舟。登高及佳日，能赋命良俦。御者奉旨酒，庖人供膳羞。一为山水媚，能令车骑留。为语同怀者，有暇即来游。

诗歌先状写双城之形胜，突出楼亭的雄奇；接着注笔江汉二水，刻画河川丽景，写出季节的变化；最后写亭上盛宴，表现了陶醉山川风景的怡然情绪。

《雨中过长沙湖》是情景交融的佳作：

> 细雨洒秋色，平湖生白波。客心贪路急，帆腹受风多。落木生秋思，惊禽避棹歌。舟行不借酒，兀坐奈愁何？

写雨中舟行的寂寞，心境与场景非常协调。一个"洒"字极为传神，仿佛这带有无限愁思的秋色，就是从漫天细雨中铺洒出来的，起着笼罩全篇的作用。"帆腹"句衬托客心的急迫,"惊禽"句突出湖面之清冷。全诗因景生情,寓情于景,景语即情语。

余阙诗所咏之物,都有倔强高洁的品格。他赞孤松"摧残若倾盖,苍翠终不移"(《拟古》其二);咏菊花"旖旎生残馥,葳蕤出故房"(《祯祥菊》)。再如《大别山柏树》:"奇树如蛟蜃,盘鹘上虚空。孤生虽异桂,半死反如桐。香带金炉气,色映绮钱中。灵从后皇服,年随天地终。常瞻北枝翠,终古郁葱葱。"诗歌描写柏树的特异,它虽无桂之馨香,却有自身的香色,有终古的葱郁,显示了顽强的生命力和独特的存在价值。诗人赋予自然界花木处艰难而不屈的禀性,这也正是他自身人格的象征。

第三,送别。

余阙的送别诗不是单纯表现黯然销魂的离愁别恨,而是在诉说别情的同时,寄以深切的希望和热忱的鼓励,具有壮行的特色。送友人为官赴任,他高唱:"丈夫有远业,文墨非所营"(《送方以愚之嘉兴推官》);"相送将何赠,期君保后凋"(《赋得九里松送吴元振之江浙左丞》)。远大的事业和殷切的期望,代替了分别时的低吟沉唱,感情真挚,格调昂扬。又如《送李好古之南台御使》:

都门相送处,旭日动兰辉。
绮树莺初下,金沟絮渐飞。
分骖向远道,把袂恋音徽。
去去江南陌,应看满路威。

诗歌一改沉郁依恋的调子,把分别的场景描绘得熠熠生光,灿烂明丽,衬托出心情的欢愉。因远别而生的一点依恋,比之友人的满路声威,便显得微不足道了。即使送别失意者,余阙也能在深情的咏叹中,做到低而不沉,哀而不伤。在《送胥式南还》中,他安慰"结笥还故乡"的胥式南"富贵在荣遇,贫贱有安行";望他能保持节操,对生活充满信心,"恒恐岁年迫,皋兰凋紫芳。君看沙上雁,骞翻乃随阳"。另外,余阙也有一些感叹人生别离的

诗作,一般都写得情真意切,有依依不尽之恋。如《别樊时中》:

桃花灼灼柳丝柔,立马看君发鄂州。
懊恼人生足离别,不如江汉共东流。

第四,题画之作。

题画诗在余阙诗中占有一定比例。这类作品有的用精练的语言描摹画面,三言两语,历历在目。《题段吉甫助教别墅图》描绘别墅四周的景色:"峰高乃霞上,叶变是秋初。游客看常在,溪声听却无。"展现了中国山水画构图巧妙、想象丰富的特点。又如《题红梅翠竹图》:"竹叶梅花一色春,盈盈翠钿掩丹唇。休言画史无情思,却胜宫中剪彩人。"在竹叶苍翠、梅花绽开的背景上,诗歌着重刻画居于图画重要位置的宫女,见出画面层次分明、主体突出。有的题画诗则是透过画面的描摹,发掘画图蕴含的深意,诗情画意融为一体,增强图画的艺术感染力,做到诗因画显,画因诗著。如《山亭会琴图》,先写画中隐者居所的幽寂环境:"连山环绝壑,云水乱纷披。"接着推出其中的抱琴隐士。最后两句"萧然久不去,问子欲何为?"写出"抱琴者"醉心隐逸生活的情态,丰富了画图的内涵。再如《题红葵蛱蝶图》:"蛱蝶既无数,秋花亦满枝。终焉不飞去,似怨弄芳迟。"诗歌既再现蛱蝶飞舞、秋花缤纷的景象,又深发蛱蝶贪恋芳华的意韵,使这幅画平添了几分情趣。

《李白玩月图》是题画佳作:"春池细雨柳纤纤,手倦挥毫日上帘。想得停杯江海夜,月明照见水晶盐。"分不清何者为诗,何者是画,然而诗仙李白把酒戏月的浪漫形象又分明突现眼前,真可谓深得画意之作。

在艺术形式上,余阙诗各体皆备。古体诗大多是五言,亦有七言歌行;近体诗则有五绝、五律、五言长律、七绝、七律等。中国古代诗歌成熟的体制,他都能够较好地掌握并熟练运用,这在古代羌族作家中是绝无仅有的。胡应麟《诗薮》说元诗"五七言律可摘者"有十多家,称他们"句格庄严,辞藻瑰丽,上接大历、元和之轨,下开正德、嘉靖之途"。在这十多家中,余阙亦列一家。从《送王其用随州省亲》等诗看,余阙的七律对仗工整,音律和谐,确实是"句格庄严"的好作品。他的七言绝句则写得含蓄蕴藉,深沉邈远。如《南归偶书》二首,写游子思归的心绪波动,起承转合,章法井然,颇得唐人七绝意旨。其他五言各体,亦多有佳构。李祁云:"廷心诗尚古雅。""古雅"正是余阙诗歌艺术特色的一个方面,这是他"沉浸汉魏"的结果。余阙的很多五言古体诗,如《拟古》二首、《白马谁家子》、《九日盛宴唐门》等,大多宗法汉魏,继承现实主义传统。这些诗歌不事雕琢,语言质朴无华,笔力苍劲雄健,字里行间充溢着慷慨之气,显现古朴典雅的特色。另外,余阙"诗体尚江左,高视鲍、谢",学习六朝优秀诗人。他的大部分近体诗,或写景咏物,或送别题画,词语自然明快,比喻形象生动,意境鲜活优美,具有"清新明丽"的特点,呈现艺术风格的多样性。戴良说:"论者谓马公之诗似商隐,萨公之诗似长吉,而余公之诗则与阴铿、何逊齐驱而并驾。"胡应麟《诗薮》称:"元人制作,大概诸家如一。惟余廷心古诗近体,咸规仿六朝,清新明丽,颇足自赏。"是为恳切之论。顾嗣立《寒厅诗话》称余阙、迺贤诸人之作为"新声艳体",就这类诗言,亦非虚妄之词。应当指出,余阙诗取法汉魏,规仿六朝,虽多能吸取前人艺术表现精华,为自己的诗歌创作所用,但有的作品有明显的模仿痕迹。如《龙丘苌吟赠程子正》中的"仰视天际鸿,俯弄席上弦"便是嵇康"目送归鸿,手挥五弦。俯仰自得,游心太玄"的翻版。《赋得慈恩寺塔送李惟中赴西台待御》中的"流影灞陵津,揽辔还登眺"则是对王粲"南登灞陵岸,回首望长安"的改写。这种刻意模仿在一定程度上束缚了诗人的艺术创造力,使部分诗作给人似曾相识的感觉。又由于追求古雅,有的诗作语言显得古奥呆板,缺乏诗的灵动秀美。

虽然如此,余阙的诗歌成功还是明显地反映了羌汉文学的结合,在保持西夏文化特色的基础上,广泛借鉴中原主流文学传统,除了前人已经指出的他比较具体地学习了汉魏风骨、六朝风韵之外,他还有不少作品直接表达了对中国诗坛双子李、杜的景仰。如前提到的《李白玩月图》:"春池细雨柳纤纤,手倦挥毫日上帘。

想得停杯江海夜,月明照见水精盐。"写太白月夜醉吟之飘逸神态,另有《题峨眉亭》:"空亭瞰牛渚,高高凌紫氛……凭轩引兰酌,休忆谢将军。"笔者曾指出该诗"对谢李的仰慕与仿习完全交织在一起,这也就不难解释《青阳山房集》中作品质朴流畅、无富贵浓艳气的原因。此二人均为元代中叶文坛享有盛誉者,则李白之影响亦可想见。"① 同时,身处元代末世的余阙,也深深受到杜甫的影响,在战乱中与朋友聚会,想到的是百姓暂得安宁。《安庆郡庠后亭宴董金事》云:

> 鲸鲵起襄汉,郡邑尽烧残。
> 兹城独完好,使者一开颜。……
> 主人送瑶爵,但云嘉会难。
> 岂为杯酒欢,乐此罢民安。……

表现了对乱离百姓的关切之情。可惜太平宁静的日子短暂,人生无常,友人聚少别多。诗末云:"魄渊无恒彩,清川有急澜。明晨起骖服,相望阻重关。"可与杜甫同样作于乱世中的《赠卫八处士》相对比:"人生不相见,动如参与商。今夕复何夕,共此灯烛光。……明日隔山岳,世事两茫茫。"立意极为相近,亦可见其渊源。② 由此可以深切地感受到余阙诗歌主旨及艺术与诗圣精神的相通。再如《送康上人往三城》:

> 尝登大龙岭,横槊视四方。
> 原野何萧条,白骨纷交横。
> 维昔休明日,兹城冠荆扬。……
> 此祸谁所为,念之五内伤。……
> 明当洗甲兵,从子卧石床。

---

① 徐希平:《李杜诗学与民族文化论稿》,民族出版社,2011,第73页。
② 徐希平:《李杜诗学与民族文化论稿》,民族出版社,2011,第132页。

康上人要归卧三城，诗人也有临渊之羡，但现实社会一派"白骨纷交横"的动乱局面，因而诗中明确地表达了洗甲兵、盼太平的愿望，充满积极进取的意趣，不同于一般的送别应酬之作，真切感人。如朱玉麒先生所论："诗人此际的感受是与李白'莫谓无心恋清境，已将书剑许明时'、杜甫'非无江海志，潇洒送日月。生逢尧舜君，不忍便永诀'的感情有着共通之处。他们都希望将自己的经纶理想用之于世间；而余阙乃在国家危亡之际，表现出这种入世的思想与渴望和平、功成身退的志向，不能不说是更有进取性的。"①《饮散答卢使君》后四句"所喜襟怀共，由来态度真。何时洗兵马，得与孟家邻"，同样真切地抒写志向，能看到传统儒家思想的积极影响。"他的诗歌规仿六朝，清新明丽；以汉魏为宗，优柔沈涵，形成两种不同的风格。"② 由此确实看出其诗歌深受中原文化的熏陶。

（三）余阙的散文

陈垣在《元西域人华化考》中指出："马祖常之外，西域文家，厥推余阙。"说明余阙的散文在元代少数民族作家文学中有着重要的地位。《青阳先生文集》有散文六十多篇，包括序、记、书、表、碑、铭等文体，其中最有价值的是那些以序、记、书名篇的散文。

1. 议论文

余阙自幼苦读，博闻强志，经史百家，无所不览。故其文"温厚有典则，出入经传疏义，援引百家，旨趣精深而论议宏达"。他的议论文，或评说古今、讨论政治，或议论教育、探讨创作，一般都能引经据典，旁征博引，有较强的理论性。

余阙的政论文"皆有关当世安危"，是针对社会政治问题直接发表见解。他参加科举考试的答卷《元统癸酉廷对策》，论如何

---

① 朱玉麒：《元代党项羌作家余阙生平及创作初探》，《民族文学研究》1997年第1期。
② 魏红梅：《异域诗人笔下的六朝风情与汉魏风骨——试论余阙诗歌的艺术特色》，《潍坊学院学报》2005年第3期。

保有天下的问题。文章先提出论点："是仁者，人君临天下之大本也。"然后就"得天下者为难，保天下为尤难"的观点展开论说，认为"忧患而思勉者易，安乐而勿失者难。……盖治平则志易肆，崇高则气易骄。志肆则败度之心滋，气骄则爱民之意熄"。从根本上找出"保天下为尤难"的原因。接着引述史实，以"成康文景之君"和"桀纣幽厉桓灵"为例，从正反两个方面加以论证，阐明"知其祖宗得天下之难……则知所以保天下之道矣"的道理，又引孔孟的学说为理论依据，总结"我国家得天下之本，一仁而已"。最后得出"守成之本，仁也；所当先务者，仁也"的结论。全文体制宏大，议论雄伟，论点鲜明突出，论据繁富充分，具有较强的理论逻辑和浩荡充沛的文章气势。《元史》本传说他"为文有气魄，能达其所欲言"，是符合实际的。

在《题宋顾主簿论朋党书后》中，作者认为"国家之政，夫人而得言之"，实际上也是有感而发的。文章写道："盖天下之势如操舟，舵师失利，岂特棹夫之患哉？而凡同舟之人患也。故有忧天下之心者，无不以尽其言。不尽其言者，是不忧天下者也。……天下之大患，在于人之不得言，而得言者不以言欤！虽言之而不用，其情甚者，至以为俗。虽有忧天下之心之人，而知天下得失、利害、治乱之故者，亦不敢言，而国遂以乱亡。"比喻恰当，说理透彻。在他看来，天下者人人之天下，大家都应当忧之言之，慨然有"天下兴亡，匹夫有责"之意。他的《上贺丞相书》四篇，申述国势之艰危，指道时政之弊病，力陈破敌之良策，言辞剀切激越，是忧国敢言的政论文。

余阙议论文学创作的文章，颇受孟子"养气说"和曹丕"文以气为主"观点的影响，强调作家的内在修养和气质的重要性。《题涂颖诗集后》谈到学诗的情况："余尝论学诗如炼丹砂，非有仙风道骨者，不能有所成也。"认为在诗歌方面要想有所成就，必须经过反复磨炼。所谓"仙风道骨"，是指通过刻苦修炼而形成的一种超越常人的气质，这种气质对一个作家来说是根本性的。《送葛元哲序》实际上是文论专篇，主要讨论语言表达与道德修养的关系。作者认为，语言的精当，不是"孜孜焉追琢磨砺"就能达到的。欲学圣贤之言，首先要学圣贤之道，因为"圣贤道德之光，积中而外发，故其言不期其精而自精"。如果仅仅是"学于圣人之言，则非惟不得其道，并所谓言胥不能至矣"。文章强调作家的道德修养对语言表达的决定作用，仍可供今天借鉴。

《送月彦明经历赴行都水监序》是一篇关于治理黄河的科学论文。文章首先分析黄河的特性及难治的原因："其性劲悍，若人性之有强力。其来也甚远，而其注中国也为甚下，又若建瓴水于峻宇之上，则其所难治也固宜。"其次考查治河的历史，"道出梁宋，观河所决"，认为"以寻丈之防而捍，犹螳螂之驾而可以捍大车之奔"，是不会成功的。最后根据黄河多泥沙、易淤积的特点和南高北低的地理特点，提出疏导北引的治河方案。全文围绕治河这一中心，从黄河的特性、治河的教训及黄河的现状三个方面展开论说，议论有根据，说理有事实。

2. 记叙文

余阙的记叙文有记事和记人两类。记事之文大多条理清楚，层次分明，其特点亦多尚议论。如《穰县学记》叙述"蒙古月鲁不花君"在穰县兴建学校的盛况：

> 遂出其田禄，以为民倡。民欢乐之，乃买地于州治之西，攻其正位。肖孔子及颜子以下十四人之像于殿，余七十二子以及诸儒之从祀者，悉绘之于两序。后为学舍廪厫，以安居其师弟子。前辟门道，属于大衢，立表而题其上曰："穰县之学"。

这段记述，从倡议、买地到学宫、学舍的建成，因事写来，文序井然，语言洗练朴实。此外更多文字，则是在谈论"学校之教，圣人所以尽人性者也"的道理，议论重于记叙。

《湘阴州镇湘桥记》先述湘水源流和湖水阻隔之患，以明湖上建桥的必要性，接下来回溯宋代州人邓氏媪建邓婆桥和元初黄仲规以私财建石桥的故事，然后写到黄惟敬、黄惟贤、黄惟德兄弟承父业而集资修复镇湘桥的情况：

>　　乃撤覆木，施石梁，更作大屋。中为道，左右为市肆。桥广若干尺，袤若干尺，上可以任大车，下可以通千斛舟。饰以彩绘，远而望之，烂若阴虹之饮湖中。行者之往来，与州人之市于此者，若由康庄而履堂奥，不知其有湖之阻也。

文字准确谨严，状物细致逼真，比喻形象生动，崭新灿烂的镇湘桥恍若眼前，给人留下深刻印象。最后发表议论："夫水，天下之至险，圣人为之舟楫以济民，而舟楫需人之力。人之力有限，而涉者之无穷也。不须人而能济，有无穷之利者，唯桥为然。"阐明修桥的深层意义。文章融叙事、描写、议论三者为一体，因水而记桥，因桥而写人，赞扬人们征服险阻、造福大众的无畏精神，是记事文的佳作。

余阙记人的散文，或叙友谊，或述交往，或赞其文章，或称其道德，于塑造形象、刻画性格方面多注笔墨，有较强的文学性。《高士方壶子归信州序》记写超俗画师方壶子。文章先写信州天气苦寒，环境恶劣，生活习惯与南方迥异，得出南方之人"或至焉者，则亦名利之人"的结论，以引起人们对方壶子是否名利之人的关注。然后写与之交往后的印象：

>　　高士方壶子至正中至自信州。余始遇之，以为名利之人也。徐与往来，见其气泊然，其貌充然。人与之谈当世之事，则俯而不答。独其性好画，人以礼求之，始为出其一二，皆萧散，非世人所能及。

简短几句便刻画出一个淡泊世情的高士形象。写方壶子之到信州，是为了观赏北地"雄杰奇丽"的景色和"古之名画"，称赞方壶子如"轮扁"，"不知有王公之贵"，"不知有晋楚之富"，是一位潜心绘画艺术的"善操技者"。《贡泰父文集序》写自己与贡泰父因"性迂"而相交：

>　　故吾二人者，欢然相得，若鱼之泳于江，兽之走于林

也。时泰父为应奉翰林文字，固多暇者，即与聚。盖有蔬一品，鱼一盘，饮酒三行或五行，即相与赋诗论文。凡经史词章，古今上下治乱贤否，图书彝器，无不言者。意少适，即联镳过市，据鞍谈谑，信其所如而止。及暮，无所止，则相与问曰："将何之？"皆曰："无所之也。"乃各策马还。

通过饮酒赋诗、信马过市等情景的描写，刻画他们自由洒脱、不拘礼节的性格。后来，二人因"翱翔自放，无所求于人，已而皆无所遇"，只好离开"迂非所宜有"的京城。十年后，朝廷"搜罗天下人才之有政誉者"，使他们又重逢于京师，乃"相见益欢"。作者以极大的热情，描述贡泰父的容貌，赞美其道德文章："吾年少于泰父，须发皆白，而泰父锐然，面红白如常。出其别后所为诗文，甚富且大进，益知泰父真豪士也。……且其貌充然，非其中有所负，盖不能尔，然则吾泰父之迂，又过我远矣！"全文紧扣"迂"字落笔。首写"余性素迂"，引出贡泰父这个"迂者"；次叙两人因"迂"而交谊，又因"迂"而离京；最后写久别重逢，突出迂性之未改。这里所谓"迂"，正是污浊官场中难能可贵的"率真"。

余阙的两篇警寓文字，亦诗亦文，颇有特色。《结交警语》："君子相亲如兰，将春无夭色之媚目，有清香之袭人；小人相亲如桃，将春有夭色之媚目，无幽香之袭人。"《染习寓语为苏友作》："人若近贤良，喻如纸一张。以纸包兰麝，因香而得香；人若近邪友，喻如一枝柳。以柳穿鱼鳖，因臭而得臭。"上篇说君子之交虽淡，然有味，小人之交虽浓，但无用；下篇谈"近朱者赤，近墨者黑"的道理。比喻浅近有趣，语言生动幽默。

（四）余阙在文学史上的地位及其影响

明人胡应麟《诗薮》称元代民族作家的创作"篇什差甚，步骤称端"。清人王士禛《池北偶谈》赞其"文章彬彬极盛，虽齐鲁吴越衣冠士胄，何以过之？"在这些论家的评述中，余阙皆名列其中，与著名作家马祖常、萨都剌处于同等重要的位置。《元诗体要》《元诗选》等元代诗歌总集，均录有余阙的诗作。清人张景星等编撰《元诗别裁》，在浩如烟海的元诗中精选诗歌百余篇，余阙就有《吕公亭》和《秋兴亭》两首入选。谭正璧编《中国文学家大辞典》，余阙也被收录。以上情况充分说明，余阙在中国文学史上是占有一席地位的，他的创作已成为中国文学遗产的一部分。

在羌族文学史中，余阙是古代羌族书面文学创作的集大成者，无论诗歌，还是散文，都卓然成家，处于十分重要的位置。羌族是一个古老的民族，其书面文学创作的起源是相当早的。但是，在元代之前，羌族的书面文学创作只是零星出现，有如涓涓细流，时断时续。西夏时期的书面文学创作虽然可谓丰富，但保存下来的作品不多，没有产生较大的影响。只有到了元代，各种条件具备，出现了一定数量的羌族书面文学创作者，才开创了古代羌族书面文学创作的新局面，使原先的细流，汇成了蔚然壮观的波澜，昭示着羌族书面文学创作空前繁荣时代的到来。在开创新局面的众多作家中，余阙无疑是居于首位的。与同时代、同民族的作家相比，余阙的书面创作最为繁富，他留存下来的诗歌和散文，数量最多，质量最高，反映的社会生活面最广，思想内容最丰富。他能够熟练运用中国传统文学的各种诗文形式，并在艺术上取得较高成就。这些都是古代羌族作家无法与之匹敌的。因此可以说，在羌族文学发展的过程中，总结并丰富古代羌族书面文学创作这一历史任务，是由余阙来完成的，他以优秀的创作，把羌族书面文学创作推到一个新的更成熟的阶段。

余阙的影响，主要在诗歌方面。一般说，元诗前期伤于平淡空泛，后期则流于纤细柔弱。因此，余阙古雅而清丽的创作，在元代诗坛上就显得格外引人注目，《四库全书总目》称"其诗以汉魏为宗，优柔沈涵，于元人中别为一格"。据钱谦益《列朝诗集小传》记载，元末明初的著名文学家戴良就"学诗于余忠宣阙"，明初官拜右丞相的汪广洋"少从余阙学……工诗歌"，他们的创作，实际上开了明代诗歌复古运动的先河。余阙的散文质朴无华，多尚议论，颇得秦汉文章的旨趣。王汝玉《青阳先生文集附录序》

说:"文章虽公余事,然片言只字,必求前世作者之精英,而议论雄伟,多过人者。"这种尚典尚议的文风,对明清文章的复古倾向,也有一定的影响。陈垣《元西域人华化考》称:"马祖常之外,西域文家,厥推余阙。"无论从文章本身,还是从影响方面来看,这个评论都是恰当的。明人高谷在重刊《青阳文集》的引言中说:"忠宣公之节义政事当与日月争光,宇宙悠久,固不待乎斯文之传与否。然晚生后学,仰企前修,沾溉余馥,有不能忘情者,庶或于兹见焉!"在赞美余阙节义的同时,对其文学的沾溉影响作用,也予以高度的肯定和重视。

十四　一个多民族文学互动的典范

——元明之际西夏后裔唐兀崇喜《述善集》初探

唐兀是蒙元对西夏遗民的代称,[①]又有唐古氏等多种异名,王国维《鞑靼考》说:"唐古亦即党项之异译。"[②]1227年,蒙古军灭夏,一部分西夏遗民迁居内地,其中一支辗转迁徙而定居在河南濮阳附近。元代唐兀崇喜(杨崇喜)编撰《述善集》,该书分为"善俗""育材""行实"三卷,并附伯颜宗道传,比较完整地反映了西夏党项羌后裔迁居濮阳的历史经过以及在濮阳的社会、生活状况及与各民族交往的情况。该书在民间珍藏600余年,1985年面世,引起学界高度重视,被整理出版。该书具有极高的学术价值与综合史料价值,我们不仅可以由此了解民族融合的历史,还可以从历史、民族、民俗等方面进行研究。该书收录了与唐兀崇喜交往的各族名士的诗词散文、人物传记等,是研究羌汉文学关系的典型范例,十分难得。本章在此谨对其予以初步的探讨,以窥其综合价值之一斑。

(一)《述善集》整理研究概况

《述善集》是西夏后裔唐兀崇喜(杨崇喜,字象贤)所编的文集,其成书经历了一段很长的时间。张以宁的《〈述善集〉叙》写于元至正十八年(1358),说明至正十八年《述善集》已初编成书。危素于至正二十四年(1364)写的《赠武威处士杨象贤序》

[①]　《新元史·氏族表》中说:"唐兀者,故西夏国,自赵元昊据河西,与宋金相持者二百余年,元太祖始平其地,称其部众曰唐兀氏。"
[②]　王国维:《观堂集林》卷十四,中华书局,1959,第650页。

说:"兵乱以来,(杨象贤)哀所得缙绅先生之文章,次辑之,曰述善之集。"说明在至正二十四年之前《述善集》已成书,并表明《述善集》是集辑当时社会名流的文章而编成的。但流传至今的《述善集》中收有明洪武五年(1372)三月陶凯所写《送杨公象贤归澶渊序》,说明杨崇喜在书成之后仍然继续收录文章。而王崇庆的《序杨氏遗集》作于嘉靖六年(1527),说明在杨崇喜逝世之后,仍有人续编《述善集》。在《述善集》的最后还收有大明正德十六年(1521)辑入的《伯颜宗道传》和清顺治十六年(1659)的"尾题诗"。这说明《述善集》自1358年杨崇喜初编成书后,又经多次多人补编和续编,直到1659年,历经301年的时间,才完成我们现在所看到的《述善集》。[1]

这也是杨氏家族比较兴盛的时期,因此才有可能多次补编、重编《述善集》。此后,《述善集》就成为杨氏(唐兀氏)家族的精神财富,在家族内部流传600余年。现在杨氏家族愿将此"祖传之宝"公之于世,成为中华民族的共有财富,真是可喜可贺。

首先,在整理方面,甘肃人民出版社于2001年11月正式推出由焦进文、杨富学整理的《元代西夏遗民文献〈述善集〉校注》,给研究提供了基本资料。2006年,李吉和发表于《西夏学》第1辑的《〈元代西夏遗民文献《述善集》校注〉述评》一文对其重要作用做了详细的点评。

其次,在研究方面,自20世纪80年代中期,杨姓族人珍藏600余年的祖遗藏书《述善集》抄本面世以来,《中国文化报》《河南日报》等国内新闻媒体做了报道与介绍。1997年4月24日,濮阳县政府在柳屯镇召开"唐兀氏家乘及《述善集》第一次学术研讨会",2001年,何广博主持编辑《〈述善集〉研究论集》,[2] 收集了包括白滨、邓少琴、李范文、史金波等著名学者在内的二十余人的文章,分别涉及西夏史、元代西夏遗民以及濮阳西夏遗民研究、《述善集》诸文献的综合价值等,从伦理学、教

---

[1] 朱绍侯:《元代西夏遗民文献〈述善集〉校注序》,焦进文、杨富学整理《元代西夏遗民文献〈述善集〉校注》,甘肃人民出版社,2001,第1页。
[2] 何广博主编《〈述善集〉研究论集》,甘肃人民出版社,2001。

育学、民族学等角度对《述善集》进行直接研究，基本上反映了《述善集》研究情况。此后又有一些零星论文，但迄今未见从文学角度进行专门探讨者。

（二）《述善集》基本价值

朱绍侯先生在《元代西夏遗民文献〈述善集〉校注序》中高度概括其巨大的综合价值，首先指出其三大史料价值："《善俗卷》以《龙祠乡社义约》为主体，配有序、赞、诗等文字。《龙祠乡社义约》是元朝保存下来的唯一完整的乡约，包括序、赞、诗在内，都是研究元代乡约民俗的第一手资料。《育材卷》以崇义书院为主体，计有《亦乐堂记》……《崇义书院记》及有关诗文。其中有申请私办孔子庙学的呈文及元中央政府批准建立崇义书院的原始文献。《行实卷》以记载唐兀氏家族前六世的历史及其善行善事为主体，主要文章有《祖宗行实碑铭》《思本堂记》《祖遗契券志》《顺乐堂记》《敬止斋记》《知止斋记》《孝感序》《为善最乐》《观德会》等，并收录有铭、诗、箴等赞颂、劝诫等文字，是研究西夏后裔濮阳唐兀氏一支随元军征战及迁濮阳后汉化、儒化的原始记录，弥足珍贵。"他同时指出《述善集》对于研究元代和明初的政治、经济、军事、文化、教育、民俗等都有重要价值，又对其文学价值特别介绍指出："由于《述善集》长时间仅在唐兀氏家族中内部流传，因此所收录的诗、箴、铭、文，包括元明时期名人的诗文，也不为外人所知，甚至名人自己的文集中也没有收录，赖《述善集》才得以保存下来，对于研究元明时期的文学也是极其珍贵的资料。"

（三）《述善集》文体篇目概况

《述善集》文体丰富，篇目数量众多，朱绍侯《试论〈述善集〉学术价值》一文做了具体统计："《述善集》共收录各种体裁的文章及诗赋 75 篇。其中文章（序、记、赞、碑铭、箴、志、符文、疏、传）有 41 篇，诗、赋有 34 首，涉及作者 41 人。"① 李吉和认为："内收记、序、碑铭、诗赋、题赞、杂著等共 75 篇。"② 而刘巧云在《〈述善集〉学术价值刍议》中却提出《述善集》收录文章及诗赋 100 多篇。"明清至民国年间，唐兀氏家族继承其先祖遗风，不断续修家谱，邀请地方文化名人作序、题诗，与原书编辑一起，共收录记序、碑铭、字说、公文、诗赋、铭、赞 110 篇，其中，唐兀崇喜自著诗文 9 篇，其余皆系当朝重臣和地方名人所写，文字精美，叙事简洁生动，内容丰富多彩，不仅是研究宋元及西夏社会政治、经济、文化、艺术、哲学、伦理道德等诸多方面的重要文献资料，而且是一部颇具文学价值的社会史诗。""一部《述善集》，洋洋数万言，一百余篇。"③

朱绍侯、李吉和与刘巧云关于《述善集》的篇目数量之所以出现歧说，是因为他们探讨的文本不同，朱绍侯、李吉和所论应为原藏手抄本，而刘巧云所论则为焦进文、杨富学整理的《元代西夏遗民文献〈述善集〉校注》（以下简称校注本）。据笔者考察，实际情况与他们所论亦有所出入，均不完全吻合。原藏手抄本前有元翰林学士张以宁的《〈述善集〉叙》，作于至正十八年（1358），应为初编之时，称"记、序、碑铭、字说、诗文、杂著，凡为篇二十九"。其后列具体目录，则为三十，故焦进文、杨富学认为未详其何所指，指出"书中还有不少内容未入目录，抑或我们所见到的抄本已与原书有别，未可知也"。④

朱绍侯谓 75 篇，实际应为 75 题，其中王继善《题杨崇喜亦乐堂诗》为二首，⑤另曾鲁和张孟兼均分别为二首，⑥故总数应为 78

---

① 朱绍侯：《试论〈述善集〉学术价值》，原载《史学月刊》2000 年第 4 期，何广博主编《〈述善集〉研究论集》，甘肃人民出版社，2001，第 6 页。
② 李吉和：《〈元代西夏遗民文献《述善集》校注〉述评》，《西夏学》第 1 辑，宁夏人民出版社，2006，第 186 页。
③ 刘巧云：《〈述善集〉学术价值刍议》，何广博主编《〈述善集〉研究论集》，甘肃人民出版社，2001，第 15 页。
④ 焦进文、杨富学整理《元代西夏遗民文献〈述善集〉校注》，甘肃人民出版社，2001，第 6 页。
⑤ 焦进文、杨富学整理《元代西夏遗民文献〈述善集〉校注》，第 81 页。
⑥ 焦进文、杨富学整理《元代西夏遗民文献〈述善集〉校注》，第 218、225 页。

篇。校注本另增附录二类。附录一为"历代其他乡约"共五篇，与《述善集》卷一《善俗卷》重要内容《龙祠乡社义约》密切相关，可供研究参考。附录二为"杨氏家谱资料"，收集清至民国杨氏家谱序文诗记等18题共31篇（其中李德昌、王廷彦有同题重序家谱诗，又与翟尧岭有同题思本堂诗，主持编修的刘新宫有《读〈述善集〉》诗十首），故校注本实收各类作品98题114篇。

（四）《述善集》相关作者考订

《述善集》由唐兀忠显、唐兀崇喜父子二人共同编辑，涉及作者41人，其中潘迪13篇，唐兀崇喜9篇，张以宁7篇，程徐5篇，伯颜宗道、张翥、张桢、睢稼各2篇，其余33人各一篇（其中有3人不知姓名）。他们有的本身为著名学者文士，如张翥、危素、张以宁等，有的则不见其他记载。《述善集》作为羌、汉等各民族融合的一个典型实证，值得我们对它的主要作者进行深入的考订。①

《述善集》所收作者作品为本文研究重点，拟根据具体情况对作者的生平行迹以及作品内容特色等予以考订探析。现据相关资料对部分作者予以简介和考订。除唐兀崇喜作为编者需要特别介绍之外，还有三位少数民族作者值得注意，他们是伯颜宗道、刘让、李颜。

伯颜宗道（1292~1358），开州濮阳县月城村人，哈剌鲁氏，一名师圣，号愚庵。《元史》卷一百九十《儒学二·伯颜传》记载："六岁，从里儒授《孝经》《论语》，即成诵。""稍长，受业宋进士建安黄坦，坦曰：'此子颖悟过人，非诸生可比。'""伯颜自弱冠，即以斯文为己任，其于大经大法，粲然有睹，而心所自得，每出于言意之表。乡之学者，来相质难，随问随辨，咸解其惑。于是中原之士，闻而从游者日益众。至正四年，以隐士征至

---

① 本节所引《元史》《明史》材料均为中华书局点校本，具体卷次文中有说明，故不一一标注。

京师，授翰林待制，预修《金史》。既毕，辞归。已而复起为江西廉访佥事，数月，以病免。及还，四方之来学者，至千余人。盖其为学专事讲解，而务真知力践，不屑事举子词章，而必期措诸实用。士出其门，不问知其为伯颜氏学者。至于异端之徒，亦往往弃其学而学焉。"至正十八年（1358），伯颜宗道率乡人抵抗刘福通部属，失败后被俘，不降而死。史传死时年六十有四，而《述善集》中有《伯颜宗道传》谓其享年六十七，且补充正史所未详。杨富学《元代哈剌鲁人伯颜宗道新史料》一文考订甚详。[①] 伯颜宗道平生修辑《六经》，多所著述，皆毁于兵，亡佚殆尽。伯颜宗道与唐兀崇喜为儿女亲家，其女嫁与唐兀崇喜独子唐兀理安。[②]《述善集》保存伯颜宗道《龙祠乡社义约赞》《节妇序》两文，为其仅存之作。此外，《正德大名府志》卷十《文类》亦有记载。

刘让为元判濮阳首知，《述善集》载其自述诗，署名自称"西夏刘让"，可知其为西夏后裔。诗前有序曰："至正八年（1348）春，予以守令判濮阳首知。同夏，象贤杨君伯仲，好义能下士，继祖父志，为吾夫子庙貌，费巨万，殿堂门庑轮奂一新。亲王额书，名贤赞美，差强人意，诚一段佳话。"五言律诗云：

若祖来西夏，澶乡卜震居；
百夫虽授长，三代实崇儒。
肯构魁多士，周穷变六虚；
明时君子重，金柜正抽书。[③]

李颜，生平不详，《述善集》卷三有其诗一首，自署"西夏李颜"，贺兰人。诗云：

---

① 杨富学：《元代哈剌鲁人伯颜宗道新史料》，《新疆大学学报》（哲学社会科学版）2001年第1期，又收入杨富学《中国北方民族历史文化论稿》，甘肃人民出版社，2001，第257~268页。
② 焦进文、杨富学整理《元代西夏遗民文献〈述善集〉校注》，第140页。
③ 焦进文、杨富学整理《元代西夏遗民文献〈述善集〉校注》，第116页。

> 与君同是贺兰人，柳色都门别意新。
> 万里青山横上国，一簪白发照青春。
> 读书尚足征文献，耕钓何妨老晋绅。
> 旧隐可能无恙否，好因秋雁寄书频。①

由此可见刘让、李颜与唐兀崇喜同为西夏遗民后裔，他们的诗皆体现了较熟练的汉文写作素养和文化底蕴。

汉族作者数量众多，且多为文化名人，见载于正史的就有十余人，《元史》有传的为张翥、张桢，《明史》则收录有张以宁、程徐、危素、陶凯、魏观、曾鲁、张筹、张孟兼等。他们的诗均围绕《述善集》相关专题内容而产生。

首先需要提到的一个人物，虽不见载于元、明正史，但非常重要，这就是潘迪。潘迪为元代元城（河北大名）人，历官国子司业、集贤学士、致仕礼部尚书，为著名经学家，也是唐兀崇喜的国子学老师，著有《易春秋学庸述解》《格物类编》《六经发明》等。他为《龙祠乡社义约》作序，在《述善集》中有诗文13篇，是集中收集和留存作品最多者，可见其与唐兀崇喜关系密切，并对唐兀崇喜有重要影响。

其作品篇目如下：卷一《龙祠乡社义约序》；卷二《亦乐堂记》《礼请师儒疏》《礼请师儒疏》《有元澶渊官人寨创建庙学记》；卷三《大元赠敦武校尉军民万户府百夫长唐兀公碑铭并序》《昆季字说》《顺乐堂记》《敬止斋记》《知止斋记》《唐兀敬贤孝感序》《观德会跋》、《伯颜宗道传》。多为不可或缺的重要篇章，排序于各卷前列，其中尤其是《大元赠敦武校尉军民万户府百夫长唐兀公碑铭并序》（简称《唐兀公碑》）、《伯颜宗道传》两篇人物传记，记事翔实，层次井然，为我们留下了考证西夏后裔迁徙足迹的重要依据，实属不可多得之珍贵史料，具有十分重要的文献与文学价值。同时潘迪作为国子司业，循循善诱，提供了古代各民族团结合作交融的成功范例，《唐兀公碑》末尾铭曰：

---

① 焦进文、杨富学整理《元代西夏遗民文献〈述善集〉校注》，第220页。

> 贺兰右族，归顺国初。拥慝圣胄，强梗是锄。剪金虐宋，不避艰虞。……延师诲子，道义是求。贫而好学，愿代束修。子女匮食，乃赎于室。乃室乃归，俾遂所适。贫弗能官，我叙其职。亡不能葬，我资其力。①

以简练的语言叙述了唐兀崇喜祖先迁徙濮阳及办学兴儒的过程，表现了对不同民族的理解和由衷的尊重，由此可以看出他与弟子唐兀崇喜交往并深得其信赖的原因。他们彼此影响，促进了民族文化的融合与情感的相通。

张以宁（1301~1370），字志道，古田人。《明史》卷二百八十五列传第一百七十三"文苑一"有其传，称"泰定中，以《春秋》举进士，由黄岩判官进六合尹，坐事免官，滞留江、淮者十年。顺帝征为国子助教，累至翰林侍读学士，知制诰。在朝宿儒虞集、欧阳玄、揭傒斯、黄溍之属相继物故，以宁有俊才，博学强记，擅名于时，人呼小张学士。明师取元都，与危素等皆赴京，奏对称旨，复授侍讲学士，特被宠遇。帝尝登钟山，以宁与朱升、秦裕伯等扈从拥翠亭，给笔札赋诗"。

洪武二年（1369）六月，张以宁"奉使安南，封其主陈日煃为国王"，明朝皇帝"御制诗一章遣之"。他刚抵达安南，陈日煃去世，安南国人请求直接以印诏授其世子，但张以宁不同意，坚持让安南世子向明朝皇帝告哀并请袭封爵，得到许可，等待新的使者到达进行册封。张以宁教安南世子服三年丧，令安南国人学习中国顿首、稽首礼仪，天子闻而嘉奖之，赐玺书，以陆贾、马援相比，再赐御制诗八章。不幸于归途去世。

张以宁为官清廉，不营财产，在元朝入明官员中，张以宁与危素名气最大，危素长于史，张以宁长于经。出于客观原因，危素的史书成就少有人知，张以宁的《春秋》学则较为通行。

《述善集》收录了张以宁的《〈述善集〉叙》、五言长诗一首、《濮阳县孝义乡重建书院疏》《崇义书院记》《知止斋后记》《书唐

---

① 焦进文、杨富学整理《元代西夏遗民文献〈述善集〉校注》，第142~143页。

兀敬贤孝感后序》《送杨象贤归澶渊序》，共 7 篇。其诗文数量仅次于唐兀崇喜之师潘迪，可见其地位，也可见其与唐兀崇喜关系密切。其赋开宗明义：

> 侯贺兰之名裔兮，宅澶渊之隩区；
> 族浸蕃而孔硕兮，袭祖祢之庆余。

同样对其先祖充满敬意，并借有关嵩阳书院和白鹿书院典故之叙述，揭示其所受程朱理学之直接影响。

张翥（1287~1368）字仲举，晋宁（今山西临汾）人，为元代著名诗人，也是著名学者和教育家。《元史》卷一百八十六列传七十三有其本传，他少时四处游荡，后受业于著名文人李存，学其所传陆九渊道德性命之说，后又从诗人仇远学习，以诗文知名。官至翰林学士承旨，加河南行省平章政事。长于诗，其近体、长短句尤工。有《蜕庵诗集》4 卷，又曾收集元末反对农民起义而死者事迹编为《忠义录》，许多作品在元末动乱中遗失。邓绍基《元代文学史》对张翥文学成就有详细介绍和高度评价。[①]《述善集》之"善俗卷"有其五言长诗一首，"育材卷"收其七律诗一首，[②] 皆不见于本集，对于这位在动乱中作品散佚较多的作家，其意义自然可知。

五言长诗一首，其中写道：

> ……英英西夏贤，好古敦民彝，
> 几世家濮阳，乐兹风土宜。
> 同乡余百年，桑梓联阴翳，
> 礼让庶几兴，居人聿来归。……

其七律诗云：

[①] 邓绍基：《元代文学史》，人民文学出版社，1998，第 514~520 页。
[②] 焦进文、杨富学整理《元代西夏遗民文献〈述善集〉校注》，第 58、79 页。

好事多君有义方，里人弦诵共琅琅。
须知石鼓终名院，要似匡山旧筑房。
高栋宿云油素润，虚窗迎日碧□香。
此心尚友当千古，不独朋来乐一堂。

张桢，字约中，元代汴（今河南开封）人，登元统元年（1333）进士第，累迁至中政院判官、监察御史、山南道肃政廉访司事等官，至正初年曾任开州刺史。曾重新修葺文庙。至正八年（1348），弹劾太尉阿乞剌欺罔之罪，未果；至正二十一年（1361），"除佥金山南道肃政廉访司事，至则劾中书参知政事也先不花、枢密院副使脱脱木儿、治书侍御史奴奴弄权误国之罪，又不报"。遂辞去，结茅河中安邑山谷间。"有访之者，不复言时事，但对之流涕而已。"至正二十四年，"孛罗帖木儿犯阙，皇太子出居冀宁，奏除赞善，又除翰林学士，皆不起。扩廓帖木儿将辅皇太子入讨孛罗帖木儿，遣使传皇太子旨，赐以上尊，且访时事"。桢复书，"扩廓帖木儿深纳其说，是用事克有成。后三年，卒"。《元史》卷一百八十六列传第七十三有传。

《述善集》卷二收张桢诗一首，[①]卷三有《知止斋铭》。[②]其诗云：

万象涵濡丽泽多，蕊珠琪树共吟哦。风行川水波光溢，日射帘栊昼影和。白马翩翩来上国，锦衣灿灿照行窝。明堂厦屋须梁栋，不是衡门隐者歌。

程徐，字仲能，鄞（今浙江宁波）人，"元名儒端学子也"。"至正中，以明《春秋》知名。历官兵部尚书，致仕。明兵入元都，妻金抱二岁儿与女琼赴井死。洪武二年，偕危素等自北平至京，授刑部侍郎，进尚书，卒。"精勤通敏，工诗文，有《积斋集》五卷传于世，收录于《四库全书·集部·别集类》。《明史》卷

[①] 焦进文、杨富学整理《元代西夏遗民文献〈述善集〉校注》，第71页。
[②] 焦进文、杨富学整理《元代西夏遗民文献〈述善集〉校注》，第173页。

一百三十九列传第二十七、《国朝献征录》卷四十四有传。《述善集》收有程徐诗文5篇：五言长诗一首（与张翥合署）、《象贤征士亦乐堂诗》、《崇义书院田记》、五言古诗一首、《知止斋箴》。①

其《象贤征士亦乐堂诗》云：

圣朝崇教化，乡塾总儒林。古郡弦歌盛，征君众庶钦。
构堂千载意，讲道百年心。和会交闾里，欢欣动风襟。
育材宁弃禄，教子不遗金。邂逅纷倾盖，追随尽盍簪。
传经师说富，辅德友情深。知二怀端木，闻三喜子禽。
菁菁莪草茂，秩秩简芸森。适意诗频和，忘怀酒屡斟。
华香浮几静，云影落窗阴。步月秋携手，临流昼听琴。
中原称胜事，大雅托遗音。俊彦罗阶玉，贤材拟国琛。
涵煦思盛世，腾跃望甘霖。他日澶渊上，扁舟许我寻。

另有五言古诗一首：

名都多节行，尤说二难贤。共掷银符贵，相趋彩服鲜。
获丧宁问马，尽孝即通天。枢上回飞火，江边汲涌泉。
古今同一理，又见后人传。

危素，字太朴，金溪人，"唐抚州刺史全讽之后。少通五经，游吴澄、范梈门。至正元年（1341）用大臣荐授经筵检讨。修宋、辽、金三史及注《尔雅》成……由国子助教迁翰林编修……迁太常博士、兵部员外郎、监察御史、工部侍郎，转大司农丞、礼部尚书"。至正十八年（1358），"参中书省事，寻进御史台治书侍御史"。至正二十年（1360），"拜参知政事，俄除翰林学士承旨，出为岭北行省左丞。言事不报，弃官居房山"。

"素为人侃直，数有建白，敢任事。……因进讲陈民间疾苦，诏为发钱粟振河南、永平民。""明师将抵燕，淮王帖木儿不花监

---

① 焦进文、杨富学整理《元代西夏遗民文献〈述善集〉校注》，第77、100、190、173页。

国,起为承旨如故。素甫至而师入,乃趋所居报恩寺,入井。寺僧大梓力挽起之,曰:'国史非公莫知。公死,是死国史也。'素遂止。兵迫史库,往告镇抚吴勉辈出之,《元实录》得无失。"

明洪武二年(1369),"授翰林侍讲学士,数访以元兴亡之故,且诏撰皇陵碑文,皆称旨。……兼弘文馆学士,赐小车,免朝谒。尝偕诸学士赐宴,屡遣内官劝之酒,御制诗一章,以示恩宠,命各以诗进,素诗最后成,帝独览而善之曰:'素老成,有先忧之意。'时素已七十余矣。御史王著等论素亡国之臣,不宜列侍从,诏谪居和州,守余阙庙,岁余卒"。

危素为元翰林学士,实际主撰宋、辽、金三史,入明后又与宋濂一道修元史。晚年谪居和州(今安徽省含山县),守西夏遗民大臣余阙庙。其主要文化贡献应该是在史学,一人参与了二十四史中四部史书的撰写,这是很少见的。但他是降臣,故受到封建统治者打压,《明史》及历代编撰的《抚州府志》和旧《金溪县志》,仅将其置于"文苑"传中予以介绍。危素在元末明初有很高的文学地位和影响。他的诗风骨遒劲,气格雄伟,有《云林集》2卷;其散文被誉为元代一大家,有文集《说学斋稿》4卷,清人王懋称其文"演迤澄泓,视之若平易,而实不可及";此外,还有《尔雅略义》19卷,以及《草庐年谱》《元海运记》等。在《太和正音谱》中有《危太朴后庭花》杂剧1本,王国维疑为危素所撰。《述善集》卷三中有危素赠唐兀崇喜的《赠武威处士杨象贤序》,[①]不见于其集(序略)。传在《明史》卷二百八十五列传第一百七十三"文苑一"。

陶凯,字中立,临海(今属浙江)人。《明史》卷一百三十六列传第二十四有传。"元至正乡荐,除永丰教谕,不就。洪武初,以荐征入,同修《元史》。授翰林应奉……为礼部尚书……定科举式。充主考官,取吴伯宗等百二十人程文进御,凯序其首简,遂为定例。"洪武六年(1373)二月,"出为湖广参政。致仕。八年起为国子祭酒。明年改晋王府左相"。陶凯"博学,工诗文。……

[①] 焦进文、杨富学整理《元代西夏遗民文献〈述善集〉校注》,第205页。

扈行陪祀，有所献，帝辄称善。一时诏令、封册、歌颂、碑志多出其手云。凯尝自号'耐久道人'。帝闻而恶之。坐在礼部时，朝使往高丽，主客曹误用符验，论死"。《述善集》有《送杨公象贤归澶渊序》，[①]作于明洪武五年（1372）。

魏观，字杞山，蒲圻人。《明史》卷一百四十列传第二十八有传。"元季隐居蒲山。太祖下武昌，聘授国子助教，再迁浙江按察司佥事。……迁两淮都转运使，入为起居注。奉命偕吴琳以币帛求遗贤于四方。"洪武三年（1370），"转太常卿，考订诸祀典。称旨，改侍读学士，寻迁祭酒。明年坐考祀孔子礼不以时奏，谪知龙南县，旋召为礼部主事。五年……出知苏州府。前守陈宁苛刻，人呼'陈烙铁'。观尽改宁所为，以明教化、正风俗为治。建黉舍，聘周南老、王行、徐用诚，与教授贡颖之定学仪；王彝、高启、张羽订经史；耆民周寿谊、杨茂、林文友行乡饮酒礼。政化大行，课绩为天下最。明年擢四川行省参知政事。未行，以部民乞留，命还任。初，张士诚以苏州旧治为宫，迁府治于都水行司。观以其地湫隘，还治旧基。又浚锦帆泾，兴水利。或谮观兴既灭之基。帝使御史张度廉其事，遂被诛。帝亦寻悔，命归葬"。

《述善集》卷三有其七言律诗一首。[②]诗云：

> 张守从来畏简书，薛苞归去复田庐。
> 蓬莱春色吟无尽，桑梓韶华乐有余。
> 日上虚庭初度鹤，雨收芳漳忽沉鱼。
> 邻翁賷酒来相过，好为南宫致起居。

诗中以唐代名相张九龄在朝常畏简书和东汉孝子薛苞安贫乐道之典，赞美唐兀崇喜村居生活的平淡惬意与道德情操的高尚自足。

曾鲁（1319~1372），字得之，新淦（今江西新干县）人。

---

① 焦进文、杨富学整理《元代西夏遗民文献〈述善集〉校注》，卷三，第215页。
② 焦进文、杨富学整理《元代西夏遗民文献〈述善集〉校注》，第216页。

《明史》卷一百三十六列传第二十四有传。

曾鲁年七岁就能够暗诵五经，一字不遗。"稍长，博通古今。凡数千年国体人才、制度沿革，无不能言者。以文学闻于时。……洪武初，修《元史》，召鲁为总裁官。史成，赐金帛，以鲁居首。"洪武五年（1372），"拜中顺大夫、礼部侍郎。鲁以'顺'字犯其父讳，辞，就朝请下阶。吏部持典制，不不许。戍将捕获倭人，帝命归之。儒臣草诏，上阅鲁稿大悦，曰：'顷陶凯文已起人意，鲁复如此，文运其昌乎！'未几，命主京畿乡试。甘露降钟山，群臣以诗赋献，帝独褒鲁。是年十二月引疾归，道卒。淳安徐尊生尝曰：'南京有博学士二人，以笔为舌者宋景濂，以舌为笔者曾得之也。'鲁属文不留稿，其徒间有所辑录，亦未成书云"。《述善集》卷三收其诗二首。①

张筹，字惟中，无锡人。《明史》卷一百三十六列传第二十四有传。

"父翼，尝劝张士诚将莫天佑降，复请于平章胡美勿戮降人，城中人得完。以詹同荐，授翰林应奉，改礼部主事。奉诏与尚书陶凯编集汉、唐以来藩王事迹，为《昭鉴录》。洪武九年，由员外郎进尚书，与学士宋濂定诸王妃丧服之制。筹记诵淹博，在礼曹久，谙于历代礼文沿革。然颇善附会。初，陶安等定圜丘、方泽、宗庙、社稷诸仪，行数年矣。洪武九年，筹为尚书，乃更议合社稷为一坛，罢勾龙、弃配位，奉仁祖配飨，以明祖社尊而亲之之道，遂以社稷与郊庙祀并列上祀。识者窃非之。已，出为湖广参政。十年坐事罚输作。十二年仍起礼部员外郎。后复官，以事免。"

《述善集》收其诗一首，诗云：

江上花飞委绿波，送君奈此别愁何。一杯且干麻姑酒，万里须经瓠子河。某水某山宜猎钓，我疆我理足委佗。白头

---

① 焦进文、杨富学整理《元代西夏遗民文献〈述善集〉校注》，第218页。

归隐真奇事，不愧诗人赋在阿。①

张孟兼，浦江（今属浙江）人，名丁，以字行。《明史》卷二百八十五列传第一百七十三有传。

洪武二年，太祖诏修《元史》，以宋濂、王祎为总裁，三年，重开史局，仍以宋濂、王祎为总裁，张孟兼与赵壎等三十余位四方文学士征为纂修官。史成，授国子学录，历礼部主事、太常司丞。刘基尝为太祖言："今天下文章，宋濂第一，其次即臣基，又次即孟兼。"太祖颔之。孟兼性傲，尝坐累谪输作。已，复官，太祖顾孟兼谓濂曰："卿门人邪？"濂对："非门人，乃邑子也。其为文有才，臣刘基尝称之。"太祖熟视孟兼曰："生骨相薄，仕宦，徐徐乃可耳。""未几，用为山西佥事。最终因廉劲疾恶，得罪太祖宠臣，惹怒太祖，械至阙下，命弃市。"

《述善集》收张孟兼诗二首，其一：

天上青春老，江干细柳长。客归舟倚渡，人送酒盈觞。未觉年华晚，空怜岁月忙。惭予留滞久，惜别最思乡。

其二：

三月江南景，村村荞麦齐。归装连晓发，好鸟向人啼。纵酒歌频放，停车思欲迷。今朝回首地，应隔五云西。②

此外还有曾坚，字子白，明代金溪（属江西）人。少与危素齐名，元末进士，累官翰林学士，明洪武初为礼部侍郎。有《龙祠乡社义约赞》并七言古诗一首，③长达三十韵。

王崇庆（1484~1565），字德征，号端溪，明代开州人，正德三年（1508）进士，明代著名学者，历任户部主事、四川布政使、

---

① 焦进文、杨富学整理《元代西夏遗民文献〈述善集〉校注》，第222页。
② 焦进文、杨富学整理《元代西夏遗民文献〈述善集〉校注》，第225页。
③ 焦进文、杨富学整理：《元代西夏遗民文献〈述善集〉校注》，第62页。

南京太常卿、礼部侍郎、南京吏部尚书等职，有《海樵子》等多种著述，另有《端溪集》，明史无传。《述善集》卷首载王崇庆《序杨氏遗集》。

《述善集》有睢稼四言古诗和五言律诗各一首，[①] 可见有较大的辑佚价值。

（五）编者唐兀崇喜及其作品概况

在这些作者中，编者唐兀崇喜最为关键，故在此首先对其生平及创作情况做一考察。

唐兀崇喜，为《述善集》编者，与不少作者关系都很密切，集中诗文大多因他而作。《元史》无传，光绪《开州志》卷6有《杨崇喜传》，记载了他捐资助军与建立崇义书院的业绩。他因长期不仕，故又被称为处士。至正末，中原红巾军起，元政府军力吃紧，供应短缺，崇喜自愿捐米500石、草万束，以助国用，而不求名爵。并创建庙学以养士，割良田500亩赡之。朝廷以其事下中书，赐名"崇义书院"。他在元末避乱京师时，曾任过官职，惜未详其具体职位。从其交往的人士多为达官贵人或名重一时的学者这一因素看，当时他在京师是有着很高地位和声望的。关于唐兀崇喜的生卒年，各种史籍均未见记载。焦进文、杨富学注释考："至正十六年（1356）唐兀崇喜曾向朝廷上呈《报效军储》，称时年56岁。由此可知，唐兀崇喜当生于大德四年（1300）。其卒年无从考证，但从《述善集》所收崇喜于洪武五年（1372）二月所写的《劝善直述》来看，崇喜卒年当在1372年以后。"[②] 大致可参。

《述善集》收唐兀崇喜作品目录如下：

> 卷一收两篇：
> 《龙祠乡社义约》（至正元年，1341）

[①] 焦进文、杨富学整理：《元代西夏遗民文献〈述善集〉校注》，卷三，第174、189页。
[②] 焦进文、杨富学整理：《元代西夏遗民文献〈述善集〉校注》，第19页。

《自序》（至正二十七年，1367）

卷二收两篇：

《报效军储》（至正十六年，1356）

《节妇后序》（至正丁未，1367）

卷三收五篇：

《〈唐兀公碑〉赋诗》（未署时间，据潘迪《大元赠敦武校尉军民万户府百夫长唐兀公碑铭并序》写作时间为至正十六年，可知作于1356年）

《祖遗契券志》（至元后二年，1336）

《为善最乐》（至正十三年，1343）

《观德会》（至正辛卯，1351）

《劝善直述》（洪武壬子，1372，二月朔旦）

《述善集》之"行实卷"载有《大元赠敦武校尉军民万户府百夫长唐兀公碑铭并序》，碑为元顺帝至正十六年（1356）立，碑文为唐兀崇喜之师潘迪撰，对其家世有较详记载。这也是《述善集》中最为重要的文献，对于了解唐兀崇喜家世有极为特殊的重要价值。

碑主唐兀公为唐兀崇喜之祖唐兀闾马，闾马之父唐兀台，即崇喜曾祖，世居宁夏路贺兰山。"岁乙未（1235）扈从皇嗣昆仲南征，收金破宋，不避艰险，宣力国家。尝为弹压，累著功效。方议超擢，年六十余，以疾卒于营戍。其妻名九姐，年五十余，先卒。时府君（唐兀闾马）甫十岁许……"

唐兀闾马成人后优于武艺，随元军"攻城野战，围打襄樊，诸处征讨，多获功赏。然性恬退，不求进用，大事既定，遂来开州濮阳县东，拨付草地，与民相参住坐"。以后便正式迁于此地。配哈剌鲁氏，生五子，依次为达海、镇花台、闾儿、当儿、买儿。

长子达海（1280~1344），即崇喜之父，配孙氏，乃汉族女子，崇喜则为唐兀与汉族结合之后裔，达海以崇喜恩封忠显校尉，左翊蒙古侍卫百夫长。有子二人：崇喜，字象贤，娶李氏；卜兰台，字敬贤，配旭申氏。

唐兀崇喜为"国子上舍生，积分及等，蒙枢密院奏充本卫百户，受敦武校尉。娶李氏，封恭人。子一人，名理安，娶征士奉议大夫翰林待制伯颜宗道之女哈剌鲁氏。女二人，长适旭申氏阳律。"唐兀崇喜为唐兀氏，其母、妻皆为汉族女子，其子女又分别配哈剌鲁氏和旭申氏（许慎氏，蒙古族一支）。《述善集》中还有其亲家伯颜宗道的传记。

唐兀崇喜《〈唐兀公碑〉赋诗》云：

> 欲镌金石纪宗枝，特特求文谒我师。
> 为感恩亲无可报，且传行实后人知。

唐兀崇喜在崇义书院建成后，延聘唐兀伯都执掌教席。唐兀伯都为前国子上舍生，曾任濮阳监邑、密州学正，《述善集》中收录其读《乡社义约》后题七律诗一首并序，诗云：

> 虽假龙祠立社名，本书乡约正人情。
> 祈晴祷雨非淫祀，劝善惩邪实义盟。
> 助罚有方风俗美，交劝无过礼义明。
> 蓝田剂券覃怀籍，一脉流芳到鄄城。[①]

纵观《述善集》基本内容，可知唐兀家族是一个多民族和谐融合的大家族，《述善集》中的诗文作品，创作时间跨度较长，作者数量众多，族别涉及较广。唐兀崇喜接受了中国多元文化与传统儒家文化的影响，这与其进入国子学学习不无关系。元代后期，科举恢复，儒学影响进一步扩大。作为唐兀崇喜国子学的老师，潘迪在《述善集》中文章最多，可见其与唐兀崇喜关系密切和对唐兀崇喜的影响。唐兀崇喜等人的作品有对党项羌族先祖征战的景仰和怀念，但更多的是对儒家教化、勤俭行善等观念的宣扬，有的甚至十分激烈，如伯颜宗道、唐兀崇喜分别所作《节妇

---

① 焦进文、杨富学整理《元代西夏遗民文献〈述善集〉校注》，第35页。

序》《节妇后序》,就是当时社会背景下现实和各族士大夫思想观念的真实反映。如其《〈唐兀公碑〉赋诗》云:"欲镌金石纪宗枝,特特求文谒我师。为感恩亲无可报,且传行实后人知。"该诗朴实无华,十分真实地写出其不忘根本、传存本族家世根源的民族情结,也糅合了中原地区普遍存在的光宗耀祖的传统观念。这反映了《述善集》的编撰目的,客观上也彰显了中华多民族文学与文化融合的价值。

十五　西夏羌族遗民书面创作的汉文化要素略论

西夏是以党项羌族为主体建立的地方封建政权，自1038年元昊称帝，到1227年西夏灭亡，共传十位君主，立国近二百年，是中国历史上少数民族建立的一个重要政权。西夏政权的建立，标志着古老的党项羌族在政治、经济、军事、文化等方面都有了长足的发展，成为中华民族大家庭中的重要一员。在这一历史时期，原为游牧部落的党项羌族有了相对固定的居住地域，民族语言和文字也有了很大的进步。这对党项羌民族性格的稳定、民族意识的增强、民族习俗的形成都有着重要的影响。同宋、辽、金等政权几乎对等的相互交往，也提高了他们的民族自信心和自豪感。到了西夏末期，由于上层腐败，内政不修，封疆不固，西夏与宋、金多次交战，屡遭失败，经济和军事力量大为削弱。1227年，蒙古军队包围西夏首都中兴府，西夏末帝遣使乞降，不久被杀，西夏宣告结束。

西夏政权结束后，作为政权主体的党项羌族再也不能维持统一的局面。除部分笃信佛教的党项羌人仍然留居西夏故地外，其余纷纷外迁，流寓他乡。其中，属于西夏统治集团上层的部分党项羌人，投靠蒙古族统治者，入元后仍然活动在政治经济舞台上。有的人投金后，被安置在今河南、信阳、方城一带；有的人则东迁，在河北保定附近定居；还有的人南徙，经过长途跋涉，到康定木雅一带建立了西吴小邦。据现在掌握的材料，党项羌族并没有因为西夏政权的灭亡而消失。从元代至明代中叶，他们以杂居或小聚居的方式，生活在中华民族的大家庭中，为发展祖国的经济、文化做出贡献。

（一）西夏羌遗民书面创作繁荣兴盛之概况

《蒙古秘史》称西夏为"唐兀"，《马可波罗游记》称之为"唐古特"（Tangut），王国维则认为："唐古（唐兀）亦即党项之异译。"① 据此可知，元代所说的"唐兀氏"，就是西夏党项羌族遗民，"唐兀氏"即"党项人"，也称"河西人""西夏人""夏人"。

由于时代久远，文献资料缺乏，现代学者对投金、东迁、南徙以及留居的西夏羌族遗民的活动所知不多。但是，根据《元史》和其他古文献的记载，对投靠蒙、元统治者的这部分西夏羌族遗民的情况，可以有一个大致的了解。

自西夏入元朝的党项羌人，受到蒙古族统治者的重视，活跃在元朝时期的军事、政治、经济、文化等各个领域，对元朝的统一、立国和发展都产生了相当大的影响；在蒙古族灭金伐宋的战争中，党项羌将领及其所率部队立下了汗马功劳。他们中有的人运筹帷幄，为蒙古军出谋划策，如西夏国族子、党项人李桢，在伐金的战斗中，得到太宗的极大信任。《元史·李桢传》载太宗命皇子阔出："凡军中事，须访桢以行。"李桢起到了军事顾问的作用。有的人披甲上阵，攻城略地，成为灭宋的重要将领。如西夏皇族后裔、曾任蒙古汉军都元帅的李恒，曾率军从湖北、湖南、江西、福建、广东一直打到海边，是元朝对宋战争的主将之一。其他还有克泸州、攻重庆的拜延，统领唐兀军转战中原的昂吉儿，参与蒙古军征讨云南的算知尔威等，都是元朝统一战争中的重要军事将领。在元代的政治、经济生活中，西夏羌族遗民也非常活跃。据王桐龄《中国民族史》统计，仕官元朝的唐兀氏多达六十人，著名的有：元初官拜翰林学士、建议设立御史台的西夏进士高智耀，元中期为海山即武宗位、爱育黎拔力八达（仁宗）登太子位而立功升迁的杨教化、杨朵儿只兄弟，元末为顺帝亲信内臣

---

① 王国维：《观堂集林》，河北教育出版社，2003，第321页。

的平章政事阿乞剌及参知政事纳麟。此外还有，在宁夏组织屯田、治理河渠、功绩卓著的朵儿赤，负责海道漕运、组织南粮北运的黄头，董理盐政的两浙盐使司同知木八剌沙等。这些党项遗民的仕官者，在元朝封建制度的建立、推动时局的变化、促进当时的经济建设中都起到了一定的作用。

在文化领域里，西夏羌族遗民更是多有建树，成绩突出。元代开国前后，党项羌人中的部分有识之士在保护文人学士方面提出了不少建议。上面谈到的李桢，在太宗时期见当时的文人处境困难，建议寻访天下儒士，并给予优厚的待遇。元初名儒高智耀，曾向皇子阔出建议废除让儒者做苦役的做法。《元史·高智耀传》载宪宗时期，高智耀提议朝廷任用儒士，称"用之则活，不用则否"；元世祖召见时，"又力言儒术有补治道，反复辩论，辞累千百"。经政府同意，高智耀以翰林学士身份巡行淮、蜀郡县，得文士数千人，解放了被俘虏而沦为奴隶的儒者。《元史·礼乐志》记载，太祖初年，由于高智耀的进言，朝廷"征用西夏旧乐"，使西夏音乐成为元朝每年在大明殿行佛事演奏的音乐之一。《元史·祭祀志》记载，元朝还设立了音乐机关——天乐署（初名昭和署），专门"管领河西乐人"。元代编修《宋史》，党项羌有三人参加，他们是高智耀之孙纳麟、西夏宰相斡道冲之后斡玉伦徒、元末名臣余阙。余阙还参加了《辽史》和《金史》的编撰。参修《金史》的还有刘完之子沙剌班。在提倡儒学、发展文化教育方面，西夏羌族遗民也十分卖力。余阙辟青阳山房让众生阅读并经常在此讲学。《元史·余阙传》称余阙守安庆时，稍有闲暇，则"帅诸生谒郡学会讲，立军士门外以听，使知尊君亲上之义"。任平江路达鲁花赤的西夏禄实公，到任后首先"谒先圣先师，饬学官，增弟子员，礼聘名师"，[①] 发展教育。在文化建设上做出特殊贡献的还有杨朵儿知，他参与了元朝雕刊西夏文《大藏经》的董理工作。三千六百多卷的西夏文《大藏经》的刻印，从一个侧面

---

① （元）陈基：《夷白斋稿·平江路达鲁噶齐西夏禄实公纪绩碑颂》，文渊阁四库全书，上海古籍出版社，1987，1222册，第237页。

反映了党项羌族上层人士对元朝政府文化政策的影响。顺帝时期，在居庸关通道修筑过街塔，门洞石壁上用汉文、梵文、八思巴文、藏文、西夏文、回鹘文镌刻了《陀罗尼经》和经题。参与奏请此事的有纳麟，书写西夏文的是党项羌人智妙酩布。这一六体文字石刻，是元代融合多民族文化的一个典型反映。上述事实说明，西夏羌族遗民为元代多民族文化的繁荣和发展做出了他们的贡献。

到了明代，政府对少数民族采取了强制同化的做法，规定蒙古人、色目人"不许本类自相嫁娶，违者杖八十，男女入宫为奴"。① 这样自然加快了党项羌人被同化的过程，明代关于党项羌人活动的记载就更少了。但是，党项羌人并没有因此很快消失。明代初年，党项羌人用西夏文刻写佛经，并且"附印千部，施诸族处"。② 明代中叶，居住在保定附近的党项羌人还用西夏文为死者刻立石幢。这些情况说明，直到明朝中期，党项羌人后裔还能够公开使用自己的语言文字和姓氏，并努力保留和发展本民族的文化。

在文学创作方面，西夏羌族遗民的书面创作十分繁荣，是古代羌族书面文学创作的鼎盛时期。清人顾嗣立在《元诗选》"萨都剌小传"中说："有元之兴，西北弟子尽为横经，涵养既深，异才并出。……余廷心诸人，各逞才华，标奇竞秀，亦可谓极一时之盛。"在这个民族融合盛况空前，少数民族作家创作十分活跃的时代，在驰骋当时文坛的众多"西北弟子"中，西夏羌族遗民作家占有重要的地位。在这一百多年间，涌现出了一批颇有才华的羌族作家，他们与同时代汉族及其他少数民族的作家互相唱和，争奇斗艳，为元代的文学舞台增添了绚丽的色彩，也为羌族文学史谱写了辉煌的篇章。进士昂吉和张雄飞都长于作诗，昂吉有《启文集》存世，张雄飞有《张雄飞诗集》流传。名臣余阙在诗歌、散文创作方面都取得了突出的成就，是古代羌族文学书面创作的集大成者，他留下了《青阳先生文集》。古文家孟昉以《孟待制文集》扬名当时，他的

---

① （明）舒代箏篹《大明律·户律》，见郑振铎主编《玄览堂丛书》三集。
② 史金波、白滨：《明代西夏文经卷和石幢初探》，《考古学报》1977 年第 1 期。

古文创作对明代散文产生了一定影响。潮州路总管王翰,喜读书作诗,今存《友石山人遗稿》。其他如斡玉伦徒、完泽、买住、琥璩殉等,都是元代著名的羌族作者。他们或为朝廷重臣,或为地方官吏,或为翰林学士,或为失意文人。他们地位不同,经历迥异,因而创作题材和艺术风格也呈现不同的特色。从思想内容上看,他们的作品反映了当时的政治斗争和战争风云,揭露了民族矛盾和民生疾苦,记录了仕途际遇和人生感慨,描绘了名胜古迹和风土人情,从不同的角度,对元代社会生活的各个方面,做了深度和广度各殊的反映。就文学体裁而言,他们的作品既有中国古典文学的传统样式——诗歌和散文,也有元代兴起的新样式——散曲。诗歌有骚体诗、乐府诗、古体诗、近体诗。近体诗又有五言绝句、七言绝句、律诗和排律。各种诗歌体制在他们手上都能运用自如,并显现出较高的艺术才能。散文则有论说文、记叙文,还有赋、颂、碑、铭、赞、表等,也是各体皆备。

由于年代久远及收集保存不当等,有些作品已经散佚而无从寻查。但是,只要翻开《元诗体要》《元风雅》《元诗选》《元音》《元诗纪事》等元代文学总集,就随处可见西夏羌族遗民作家的名字及作品,在同时代许多作家的别集中,也可以找到他们从事文学创作的踪影。就是到了明代,羌族遗民的书面创作也并未绝迹。明代西夏文刻经中的《施经发愿文》就写得较有文采,颇具文学意味。另外还有一些用西夏文写作的碑铭传世。这些都说明,西夏羌族遗民的书面创作是十分繁盛的,他们在中国古代文学史上应当占有一席地位。

(二)西夏羌族遗民的书面创作繁荣兴盛之原因

西夏羌族遗民的书面创作出现如此繁荣兴盛的局面,主要有三个方面的原因。

1. 西夏深厚的中原文化渊源

西夏政权所辖之地,本来就是羌、汉、蕃、回等多民族杂居的地区。早在西夏政权建立之前,党项羌人与中原在经济、文化等方面就有接触。宋人在谈到党项羌的组织形态时说:"党项、吐蕃,风俗相类。其帐族有生户、熟户。接连汉界、入州城者,谓之熟户;居深山僻远,横过寇略者,谓之生户。"① 这反映了部分党项羌人与汉人杂居交往的状况,甚至有的羌人原先就是汉人。真宗咸平五年(1002),张齐贤上书说:"西凉蕃部,多是华人子孙,例会汉言,颇识文字。"② 张齐贤所说的"多是华人子孙"未必符合实际,但在杂居的情况下,各民族间的相互同化是完全可能的。这实际上也说明中原文化与党项羌文化的密切关系。要在中原文化有相当影响的河西地区建立一个少数民族地方政权,面临的首要问题,就是怎样处理民族文化与中原文化的关系。西夏统治者在这方面做了成功的尝试:他们一方面标榜自己是民族利益的代表,以争取更多族人的支持;另一方面又时刻注意吸收先进的中原文化作为统治的工具。西夏政权的奠基者李继迁在叛宋时就曾"出其祖彝兴像以示戎人",③ 号召大家复兴宗绪。但在进袭灵州时他又说:"其人习华风,尚礼好学,我将借此为进取之资,成霸王之业。"④ 明确地说出了他崇尚中原文化的目的。开国皇帝元昊强调"蕃汉各异,国土迥殊",⑤ 曾下秃发令,振兴蕃学,制作与中原有别的礼乐和文字,以加强民族的凝聚力和独立性。同时,李继迁又"潜设中官,全异羌夷之体;曲延儒士,渐行中国之风",⑥ 对中原文化表现出极大的热情。汉儒张元、吴昊投靠西夏,备受元昊的重用,就是显著例证。

  元昊之后,在吸收中原文化方面,西夏多位统治者在不同程度上采取了积极的政策,尤其是在夏仁宗执政的五十多年间,中原文化在西夏的传播和发展达到顶峰。仁宗本人酷爱中原文化,他即位后马上立知汉书、识汉礼的罔氏为皇后。人庆元年(1144)仁宗下令各州、县设立学校,全国增弟子至三千人,是崇宗初立

---

① (元)脱脱:《宋史·宋琪传》,上海古籍出版社,1986,第1024页。
② (宋)李焘:《续资治通鉴长编》卷51。
③ (宋)李焘:《续资治通鉴长编》卷25。
④ 《西夏书事》卷7。
⑤ (宋)李焘:《续资治通鉴长编》卷125。
⑥ (宋)李焘:《续资治通鉴长编》卷50。

国学（汉学）时人数的十倍。同年，在皇宫内设立小学，宗族子孙五至七岁者皆可入学，习学汉文，仁宗和罔氏还经常亲临训练。稍后，又建立了学习汉文化的最高学府"大汉太学"和发展儒学的教育机构"内学"；尊立儒学先师孔子为文宣帝，命各州郡立孔子庙以祭祀；还成立翰林学士院，增设翰林待制、翰林真学士等学官。西夏仁宗建设学校、发展教育、尊崇儒学等一系列措施的实行，使中原文化在西夏地区得到了更加广泛的传播和系统的发展。翰林学士院的建立则进一步确立了封建文明在西夏政治生活中的主导地位。正是在这种背景下，西夏文字学家骨勒茂才编成了夏汉、汉夏对译词典《蕃汉合时掌中珠》，为西夏人学习汉文、汉人学习西夏文提供了方便。作者在此书"序"中说："今时人者，蕃汉语言可以俱备。不学蕃言，则岂和蕃人之众；不会汉语，则岂入汉人之数。蕃有智者，汉人不敬；汉有贤士，蕃人不崇。若此者，由语言不通故也。"这里虽然谈的主要是互通语言的重要性，实际上也道出了汉文化对西夏社会影响的深刻性。

上层统治者对汉文化的高度重视，使西夏形成了崇尚儒学的风气，不少党项人在学习、运用中原文化方面，表现出精湛的造诣，与中原学子相比毫不逊色。西夏宰相斡道冲，八岁就以《尚书》中童子举，能通《五经》，曾用西夏文翻译《论语注》，并作《论语小义》二十卷，是西夏著名的汉学大师。其他像诗才超妙的濮王嵬名仁忠，编修《西夏实录》的翰林院学士焦景彦、王佥，文字学家骨勒茂才等，都是善于汲取中原文化的代表人物。元代虞集《西夏相斡公画像赞》说："西夏之盛，礼事孔子，极其尊亲，以帝庙祀。乃有儒臣，早究典谟，通经同文，教其国都，遂相其君。"不仅颂扬了斡道冲的业绩，而且描述了西夏的崇儒之风。中原文化的广泛传播和深刻影响，使西夏人形成了爱好文学艺术的风气。崇宗贞观十二年（1112）规定，遴选官员资格时，"凡宗族世家议功议亲，俱加蕃汉一等。工文学者尤以不次擢"。崇宗帝乾顺曾作《灵芝歌》，并使"中书相王仁宗（忠）和之"。由此可见西夏人喜爱文艺之一斑。西夏时代的文学作品，流传至今的有西夏文刊本《西夏诗集》、写本《西夏宫廷诗》残集，诗体格言《圣立义海》，诗文集《贤智集》和《三世属明言集文》等，可见当时的文学创作也颇不寂寞了。

西夏深厚的中原文化渊源，不仅培养了西夏人崇尚儒学、崇尚文艺的风气，而且在沾溉党项后人方面也有着重要的作用。元代羌族遗民作家大多是西夏世族或官僚的后人，他们的先辈接受了良好的教育，具有较高的汉学修养。陈垣在《元西域人华化考》中说:"唐兀去中国最近，其国又颇崇儒术，习睹汉文，故入元以来，以诗名者较他族为众。"指出西夏羌族遗民书面创作的繁荣，是与西夏深厚的中原文化渊源分不开的。

2.元代特殊的民族政策

蒙古族统治者在征战、统一的过程中，十分注意对所征服的西北各民族人才的任用，把他们作为治理全国的得力助手。元代立国后，根据民族的不同及其被征服的先后，把全国各民族分为蒙古、色目、汉人、南人四个等级。在任用官吏、法律地位、科举名额等方面都有种种不同的规定。元成宗时期，各道廉访司必择蒙古人为使，或缺，则以色目世臣子孙为之；其次，参以色目人和汉人。元武宗时规定，各地达鲁花赤之职，需委付蒙古人担任，若无，则于有根脚的色目人中选用。作为色目人的一种，唐兀人，当然主要是上层人物，是享有这些优厚待遇的。同时，由于西夏羌族遗民一般都具有较高的文化水平和才能，又愿意为蒙古族统治者尽忠效力，因此受到元历世皇帝的青睐。元太宗曾访求河西故家子孙之贤者，元世祖则称"西夏子弟多俊逸"。[①] 元世祖在位期间，因李璮之变，蒙古族统治者有意识地削弱了汉人、女真、契丹将领的实权，但党项羌人依然受到重用。《元史·世祖纪》载：至元五年（1268），"罢诸路女真、契丹、汉人为达鲁花赤者，回回、畏兀、乃蛮、唐兀人仍旧"。可见西夏党项羌族遗民的地位。最高统治者的赏识、重用及各项政策的优惠，使西夏羌族遗民看到了希望，他们顺应了时代发展的要求，发挥先辈文化素养高的优势，在元代政治、经济、文化等各个领域里尽显才干，

---

① （明）宋濂：《元史·朵尔赤传》，上海古籍出版社，1986，第378页。

占有不可忽视的地位。

对西夏羌族遗民书面创作产生直接影响和促进作用的，是元朝科举之法的真正实行。元朝实行科举较晚，到仁宗延祐年间才开始斟酌旧制而行。仁宗皇庆二年（1313），政府颁发了一系列科举条例，在考试程式、录取名额及发榜办法等方面，对蒙古人、色目人、汉人、南人均做了不同的规定，如四等人分两场考试：蒙古人、色目人一场；汉人、南人一场。考试的内容和难度也有所不同，对蒙古人、色目人的照顾和优惠是很明显的。科举制度的实行，促进了元朝文化事业的发展和文学创作的繁荣。科举政策的优惠，客观上还激发了少数民族文人学士学习中原文化和汉文经典的热情。

陆文圭《送家铉翁序》云：

> 先皇帝武定内难，文致太平，举中原百年之旷典，大比兴贤，天下之士雷动响应。山岩薮泽之间，搜罗殆尽，而殊方异俗，释捆掉甲，理冠带，习俎豆，来游来歌，蹈德咏仁，莫不洗涤，思奉明诏，立跻膴仕。[1]

文章生动地描述了科举制度实行之后，各民族人士弃武从文、读书求仕的盛况。陈垣先生在《元西域人华化考》中也指出："色目人之读书，大抵在入中国一二世以后。其初皆军人，宇内既平，武力无所用，而炫于中国之文物，视为乐土，不肯思归，则唯有读书入仕之一途而已。"可以看到，在全国已经统一，武力无所用的新形势下，由读书而入仕已成为一种时代风尚，也是当时唯一的进身之阶。加上元朝政府用人政策和科举条例的特别优惠，大多数色目人子弟以读书稽古为事。其中本来就有较深汉文化基础的党项羌人后裔颇居风气之先，出现了一批知名的文士。这种读书风气的兴起，对西夏羌族遗民书面创作的繁荣，无疑是至关重要的。为求仕进身而刻苦读书，由读书而从事文学创作，这是古

---

[1] （元）陆文圭：《墙东类稿》卷六，《四库全书》本，上海古籍出版社，2009，第5986页。

代作家的必经之路。著名诗人昂吉、张雄飞、余阙、斡玉伦徒等是西夏羌族遗民书面创作的代表，他们都是元朝的进士，这就是明证。

3. 中原传统文学的深刻影响

中原文学对西夏羌族遗民书面创作的影响可以追溯到西夏时代。西夏人在吸取先进汉文化精髓的同时，对中原传统文学也有着特别的爱好。叶梦得《石林避暑录话》卷三载："余仕丹徒，尝见一西夏归明官云：'凡有井水处，皆能歌柳词。'言其传之远也。"柳永是北宋中期著名的文学家，他的词作深情隽永，语言浅显明白，所以既得到汉族人民的欣赏，也受到西夏地区农牧民的喜爱，传唱甚广。北宋著名政治家沈括在陕西任边帅时，曾作几十首"凯歌"令士卒习唱，其中一曲有"万里羌人尽汉歌"之句，说明"汉歌"在夏、宋交界地区的羌人中是十分流行的。尹继善《江南通志·文苑传》记载："沈初，字子深，无锡人。熙宁癸丑（1073）进士。元祐中尚辞赋，朝廷以初赋颁为天下格。传至西夏，夏人织以为文锦。"可见，西夏人对中原文学作品是极其珍视的。以上事实说明，中原传统文学在西夏地区流传广远，影响也是很深刻的。西夏政权给中原王朝所上的表章，都用汉文。表章一般都写得很有文采，显出文字流畅、语言精当、用典贴切等特色，文体大多也是模仿中原王朝对仗工整的骈体文，受中原传统文学的影响是显而易见的。元昊正式称帝时给宋朝的上表，全文只有三百多字，先煊耀先祖的功德："祖继迁，心知兵要，手握乾符，大举义旗，悉降诸部。临河五郡，不旋踵而归；沿边七州，悉差肩而克。"继而叙述称帝之事势在必行："臣偶以狂斐，制小蕃文字，改大汉衣冠。……辐辏屡期，山呼齐举。伏愿一垓之土地，建为万乘之邦家。"最后请宋朝予以册封，愿以后"鱼来雁往，任传邻国之音；地久天长，永镇边方之患"。表文气势旺盛，结构谨严，一气呵成，具有较高的文学水平，显示了作者深厚的汉语言文学功底。

西夏羌族遗民进入中原以后，虽然还存有较为强烈的维护本民族特色的主观愿望，但这种愿望实际上只是对先祖辉煌的一种怀念罢了。客观现实使他们在经济生活、风俗习惯、心理状态、语言文字等方面都发生了巨大的变化，姓氏也逐渐失去民族特征。面对变化了的现实生活环境，党项羌族遗民做出了理智的选择。他们把对自己民族的眷恋深深地埋藏在心底，继承先辈崇儒学、尚文艺的传统，同时又接受先进而又源远流长的中原文化熏陶，成为典型的中国式的知识分子。他们读书稽古、研习经典以作为晋身之阶，走的是中原文士所经历的学而入仕的道路。因此，当他们执笔进行文学创作的时候，自然会在中原传统文学的丰富宝藏中吸取营养。

西夏羌族遗民的书面创作主要是诗歌。他们有的取法汉魏，继承了中国诗歌的现实主义传统。如"诗以汉魏为宗"的余阙，用质朴的语言、犀利的笔锋，写出了抨击时弊的愤世之作，"有中国古作者之遗风"。有的则学习唐宋，在咏物写景中表现出深情隽永、清新绵丽的特点。如以状写山水景物见长的昂吉和张雄飞，在与同时代诗人的唱和中，以优柔的笔调、活泼的语言，创作了富有生活气息的作品。他们的创作在一定程度上留有模仿的痕迹，正好说明中原传统诗歌影响的深刻性。孟昉《天净沙·十二月乐词》就是模仿中唐诗人李贺的组诗《十二月乐词》而写成的一组散曲。在散文方面，西夏羌族遗民留存下来的作品不多。但是，今天能见到的余阙的散文，如李祁《青阳先生文集序》所评"有典则出入经传，疏义援引百家"，且语言朴实，议论宏伟，其受秦汉乃至唐宋的文风影响是明显的。古文家孟昉，字天昉（一作天伟），他的散文得到时人的高度评价，余阙《题孟天昉拟古文后》赞其"善模仿先秦文章"，傅若金《傅与砺文集·孟天伟文稿序》则称他的散文"各极其体，汲汲焉古作者之度"，对明代的复古文风也产生了一定影响。

同时需要指出的是，西夏羌族遗民作家虽然受到了中原文化的强烈影响，但是他们并没有完全汉化。他们在内心深处，仍然保留着对西夏先祖和党项羌族的深深依恋。斡玉伦徒对斡道冲的画像被撤一事深为痛惜，他请人临摹了斡道冲的画像，并请虞集作了述赞，在追忆先祖的同时，表达了他对党项羌族祖先的眷恋之情。余阙在《送归彦温赴河西廉使序》中，用深情的笔墨、赞赏的口气,描述"合淝"宋军西夏族胞的性格和风俗,希望归彦温到河西后,"能兴学施教,以泽吾夏人",文中表现出来的民族感情是真挚而深沉的。王翰的诗歌无处不流露出沉痛的家国之思,他对元朝灭亡的哀叹,实质上是对唐兀氏民族深切怀念的曲折反映。这些事实说明,虽然羌族遗民的书面创作缺乏对民族生活的直接描写,但他们所具有的深沉的民族感情,表明他们还是党项羌人,因此,有理由认为他们的书面创作仍属于羌族文学。

下编

清代及近现代岷江上游羌族文学与汉文学关系

十六 清乾嘉时期岷江上游高氏五子及赵万嚞等诗文作品

清代乾隆、嘉庆以来，岷江上游地区羌族用汉文创作的情况能够体现这个时期的文学互动关系，以"嘉庆高氏五子"和赵万嚞为代表。

（一）嘉庆高氏五子的诗文创作

"嘉庆高氏五子"是指高万选、高万昆[①]、高吉安、高辉斗、高辉光五人。由于史籍在谈到他们的情况时着墨不多，故我们今天对其生平和文学创作还缺乏深入的了解。据《汶川县志》的一些零星记载，他们都是生活在清乾隆至嘉庆年间的羌族人。王康先生在《羌族文学史》中曾有所考证，主要有以下理由。

其一，他们是土生土长的岷江河畔人，其体内或多或少带有羌族的血统。下面仅以高吉安、高万昆等人为例，来详细说明这一问题。首先，《汶志纪略》等史志文献在收录高吉安、高万昆等人的诗作时，就注明他们是"邑生"。据我们调查，高吉安、高万昆的祖辈是世居汶川的绵虒人。其祖传的"宗支簿"（家谱）上还列有他们的姓名。据汶川县农牧局的高荣茂（汶川绵虒人，高吉安的第五代孙，其祖母为羌族）介绍，他们高家祖传的字辈排行为"腾……从、吉、继、体、世、泰、荣、昌"。由此可见，他们都是土生土长的岷江河畔人。其次，从绵虒《高氏家谱》和雁门

[①] 高万昆，在李明主编的《羌族文学史》中作高万岷，此处清李锡书纂修《汶志纪略》和民国祝世德等纂修《汶川县志》改。

乡月里村《赵氏家谱》的记载来看，他们的祖先是在元末明初之际，由湖北麻城孝感乡迁至绵虒的。绵虒《高氏家谱》载，其祖为湖广麻城人，"元末避土城红巾祸由楚来乡"。《汶川县志·赵氏家谱序》亦云："月里村的赵氏家族，其祖赵芳于明弘治十八年随叔从湖广至汶川。"当时的绵虒同今天的月里村一样，是较为典型的羌族聚居区。加之，据有关史料记载，元末明初之时，迁居羌族地区的湖广人为数不多，并且以男性为主。例如，高姓之人初迁到绵虒时就只有高腾凤、高腾凰兄弟二人，袁姓之人初迁到雁门乡小寨子一带定居时，也只是"兄弟八人"。[①]因此，从元代末期到明代正德七年，在一百多年的历史进程中，迁居羌族聚居区的少数湖广人氏，要想在岷江上游生息、繁衍下来，就不可能不与羌族人通婚。这就使得他们的后代必然会带上一些羌族血统。例如，高吉安的祖母就是羌族，高荣茂的祖母也是羌族。此外，由于明初迁居岷江上游的湖广人氏的后裔一直生活在羌族地区，因此，他们的思维方式和生活习俗必然受到羌族文化的强烈影响，有的人甚至完全羌族化了。例如，羌族诗人赵万囍便是如此。赵万囍的先祖赵芳，就是于明弘治十八年迁居雁门乡的"湖广人氏"。[②]再如，已故著名羌族端公袁正祺，就是明初迁居今雁门乡小寨子的湖广人氏袁文嘉的第十一代孙。据《汶川县志·小寨子袁姓墓碑记》：小寨子袁姓之人的族谱排行为二十四个字，即"天培世隆，庆康文光，照曜斗辉，大有士明，洪朝正开，以晓后人"。袁正祺就是"正"字辈的。

其二，与同时代的汉族文人诗作相比，他们的作品没有歧视羌族的色彩。由于受封建统治阶级的影响，清代的许多文人对少数民族抱有偏见，甚至将羌族视为"蛮"或"夷"。例如，清代初年的汶川县"邑生"杨钰和高从孔的诗歌作品中，就有这种错误倾向，而高吉安、高万昆、赵万囍等人的作品虽然也描写岷江上游地区的生活，却不歧视羌族人民的生活，这说明他们的思想感

[①] 《汶川县志·小寨子袁姓墓碑（火坟）》。
[②] 《汶川县志·赵氏家谱序》。

情是有别于其他文人的。

其三,他们的作品大多是以欣赏或赞美的口吻,抒写羌族地区的山光水色和民俗传说。例如,高辉光的《汶阳八景咏》、高万昆的《过雁门观晴雪》等作品,在描写羌族地区的山川名胜时,就灌注了真切的爱恋之情。再如,高万选的《石纽山》和赵万嘉的《锁谷坪》《通鹤城》《美女峰》等作品,不仅自然融入了羌族民间的风情习俗和传说故事,而且写得津津乐道,意味深长。这些都说明他们对羌族文化是有着深沉的认同感的。

嘉庆十年(1805),李锡书编撰的《汶志纪略》收录了"嘉庆高氏五子"的一些诗作。他们所留下的作品在题材和风格上也有诸多相近之处,因此,可以把他们视为一个相对独立的羌族作者群。

"嘉庆高氏五子"所留下的诗作,主要收录在《汶志纪略·艺文》中,数量有限,其共同的特点为:立足于故乡之土,彩绘山川,唱咏古迹;诗风淳朴,笔力遒劲,生动而又真切地表现了汶川山水名胜的古朴蕴意,艺术成就较高。但创作的题材比较狭窄,缺乏对社会现实生活的反映,这是"嘉庆高氏五子"之遗诗的弱点和缺陷。上述这种情形的出现,一方面可能与汶川传统的诗歌创作风气有关,从清顺治年间起,汶川本地的儒生,如杨开运、杨钰、孟侯等,就不断有吟咏故乡山水名胜的诗作问世。到了雍正、乾隆时期,从外地来汶川做官的,如黄俞、李锡书等,也先后写下了不少以汶川县山水古迹为题的诗作。因此,"嘉庆高氏五子"注重吟咏故乡山水名胜的创作倾向,可能是受了先辈文人墨客的影响。另一方面则可能是受了《汶志纪略·艺文》编选体例的限制。从所选录的诗文来看,《汶志纪略·艺文》是以吟咏本地山川名胜的作品为主,故"嘉庆高氏五子"所留下的诗作在题材和风格上较为统一,很可能与《汶志纪略·艺文》的编撰体例有关。

至于除了描写山水名胜,"嘉庆高氏五子"是否还写有其他题材的作品,目前尚不得而知。下面就将"嘉庆高氏五子"的诗作分别予以简介。

高万选,汶川绵虒人,字号及具体身世不详。他曾跻身"明经"之列,并捐有候选训导之位。他是五子中艺术造诣较高的诗人。他的山水之作，在较为注重描绘古迹景物的同时，又适当渗入一些羌族民间传说。故其作品常常显得画面简洁，内涵丰厚，思绪流长，意境深远。《石纽山》一诗便是如此。

石纽山是汶川县境内的一处古迹（距绵虒镇十余里），以大禹的故乡而名载史册。司马迁《史记·六国年表》曾载："禹兴于西羌。"《吴越春秋·越王无余外传》进一步云："鲧娶于有莘氏之女，名曰女嬉，年壮未孳，嬉于砥山，得薏苡而吞之，意若为人所感，因而妊孕，剖肋而产高密。家于西羌，地曰石纽。石纽，在蜀西川也。"汶川县绵虒一带的羌民更是盛传大禹就生在石纽山中的刳儿坪。为此，古代羌民还在石纽山上修建了一座禹王庙，名曰"圣母祠"，借以表达崇敬之情。据说，由于刳儿坪是大禹的诞生地，羌族人视之为圣地，故不敢在这里放牧、居住。若有人因过失而逃到这里藏身，也无人敢去追捕。①

高万选自幼生长在绵虒，对故乡的这些民间传说和名胜古迹自然十分了解，因此，他笔下的石纽山也特别有味：

> 势极龙山一气通，山形纽折石穹隆。香传薏苡王孙草，瑞霭流星圣母宫。古道几弯留野牧，危江一带锁长虹。羌人指点刳儿坪，隐约朝霞暮雾中。

诗歌形象地描绘了石纽山的自然风光和人文古迹，像一幅浓淡交融的水墨画，构思奇特，笔势流畅，特别是句末的"羌人指点刳儿坪，隐约朝霞暮雾中"，不仅写出了刳儿坪朝云暮雾的缥缈景象，而且把羌族百姓对大禹所特有的那种难以言状的敬畏之情表现得淋漓尽致。

同高万选相仿，五子之中的高万昆也是"明经"出身，并且从其字辈排行来看，他与高万选还是同宗兄弟。不过，高万昆的山水诗在创作上与高万选略有不同。其特点为：不太注重对民俗风情和民间传说的叙写，而是以描绘自然界的优美景色见长。例

---

① 可参赵德厚、杜学钊《岷江河畔的羌族人》，四川民族出版社，1983。

如,《过雁门观晴雪》:

> 竟夕凉风促晓行,披裘五月度边城。云浮玉垒千层现,雪映龙山一片明。岭外虹霓垂古道,人家烟火趁新晴。凝眸身在瑶池里,忘却蓬壶海上生。

诗中的每一个句子几乎都是一组情景交融的分镜头,但相互结合起来又是一幅完整的图画。构思精巧,色彩明丽,意境飘曳,动中有静,十分生动地传达了雁门晴雪时的绚丽景象,以及作者对故乡山水的挚爱之情。因而,读起来能给人以较强的美感。

高吉安,汶川绵虒人。从传世的高氏家谱来看,他虽为湖广移民高腾凤的后裔,但随着时间的推移,其体内已注入了羌族的血液(据说,高吉安的曾祖母就是羌族)。高吉安自幼生长在岷江河畔,对故乡的名胜古迹颇有感情。其诗歌的特点为:注重将自然风光和人文古迹结合起来,在描绘景物的同时,插入对史事的叙写和评判。如《温凉泉》:

> 山间一沼大如盆,味最清凉性最温。曲曲小池澄碧落,萋萋芳草伴黄昏。读书自许陶真性,执谏何为撼禁门。世庙不原诸议礼,流泉和泪湿苔痕。

诗的前四句是在写景,后四句则是在写明代的玉垒先生王元正(字舜卿,陕西人,明正德辛未进士,官翰林检讨)。《汶川县志》有关王元正的记载云:"嘉靖三年,大礼议起,何孟春等二百余人,跪左顺门。帝使司礼谕退,不从。杨慎、王元正撼奉天门大哭。帝怒,俱下狱,为首者戍边。于是元正受廷杖,谪戍茂州。"行至汶川玉垒山时,徘徊不去,遂留居在此,人号玉垒先生。嘉靖戊戌(1538)夏,王元正借游汶之际在温凉泉边作铭文一篇。高吉安《温凉泉》一诗的后半节,便是叙写王元正不幸被谪之事,特别是"世庙不原诸议礼,流泉和泪湿苔痕"二句,既写出了王元正游温凉泉时的痛楚心情,又抒发了诗人对于执谏者的敬仰。

十六　清乾嘉时期岷江上游高氏五子及赵万嘉等诗文作品

高辉斗，汶川绵虒人，世居三关庙一带。他留下的诗作仅一首，即《七盘古道》：

> 由来蜀道共称难，谁把蚕丛凿七盘。丞相庙临江水激，卫公楼衬日光寒。征衣半透朝云润，羸马高衔晓月残。行到山头回顾望，不知何处是层峦。

作品以苍劲的笔力，写出了七盘古道的曲折与艰险。该诗风格淳朴，意境凝重，艺术地传达出了诗人在游历古道时的真切体验。

高辉光，从其字辈排行来看，当与高辉斗同宗、同辈。据传，高辉光生前十分爱好访古探胜，他四处教书，遍游汶川境内山川古迹，并写有一些诗篇。其代表作为《汶阳八景咏》：

> 道角凌霄一鹫峰，元阳洞口白云封。星明碧汉灯初挂，草入池塘露已浓。曾上雁门啁食雁，屡经龙洞忆犹龙。朝来散步银台望，玉垒高标听晓钟。

诗篇以精练的笔墨，描绘了汶川境内的八处景色，写出了这些景色的不同特点，又巧妙地使之浑然一体，相映成趣；有山有水，有云有雪，色彩绚丽，声情并茂，充分展示了岷江山水的迷人风姿和诗人善于点画景色的艺术才能。

"嘉庆高氏五子"是嘉庆时期重要的羌族作者，他们留下的诗作虽不多，但在羌族书面文学发展史上却占据着十分耀眼的地位。首先，"嘉庆高氏五子"以其具体的创作实绩，打破了岷江上游的羌民自古以来一直没有书面诗作流传于世的局面。据有关历史文献记载，羌族迁徙到岷江上游一带生息、繁衍，已有两千多年了。然而在清代以前，羌族作者却未见有书面诗作留下。"嘉庆高氏五子"及其诗作的出现，不仅结束了岷江上游羌族长期无书面诗作留存的历史，而且在一定程度上展示了清代中期羌族诗歌创作的大致风貌，以及其达到的艺术高度。其次，"嘉庆高氏五子"在创作上所表现的诸多相似之处，如在诗体上多采用七言八句，在题材上均以描绘故乡的山川名胜为主，在诗风上较为古朴凝重，等等，表明他们是一个艺术风格大致相同的作者群。而像这样的作者群，在羌族书面创作史上，尚属首次。他们的出现，标志着羌族书面诗歌创作在清朝中期已有了自己的艺术流派。最后，"嘉庆高氏五子"所留下的一系列山水诗，既艺术地展示了汶川境内的自然景色和人文风光，又开创了岷江上游羌族作者以诗歌来咏吟故乡山川风情的先河，故在羌族书面文学史上有着特殊的意义。

作为一个创作风格大致相近的艺术流派，"嘉庆高氏五子"对于后世羌族作者的影响也是较大的。清代后期羌族诗人赵万矗的山水诗，在创作题材、语言风格和以民俗入诗等方面，就明显学习和借鉴了"嘉庆高氏五子"的某些成功经验。新中国成立以后，为数不少的羌族作者，更是继承和发展了"嘉庆高氏五子"以山水诗抒发对故乡山川名胜爱恋之情的创作传统，写出了一首首讴歌岷江山水、反映羌族民俗的艺术诗篇。

（二）赵万矗的诗文创作

从现已掌握的材料来看，岷江上游的羌族还有一些作者于清代留下作品，如赵万矗的诗歌、散文，赵文才的《赵氏家谱序》和袁朝辅的《小寨子袁姓墓碑（火坟）》，等等。其中比较重要的是赵万矗，故我们对赵万矗予以简单探析。

《汶川县雁门乡概况》记载："赵万矗，号三吉，生于清嘉庆二十四年（1819），殁于光绪十一年（1885）。雁门乡月里村人氏，羌族。出身于书香门第，其高曾祖父均为当地名儒。万矗自幼颖悟，熟读诗书，博学能文，且擅长书法，儒门中堪称文坛秀士。……一生写了不少的文章著作和诗词歌赋。民国末期尚存少许写本，惜于'文革'中焚毁。"[1]

赵万矗生活的时代，正是中国封建社会开始解体，并逐步沦

---

[1] 汶川县雁门乡政府编《汶川县雁门乡概况》。

为半封建、半殖民地社会的年代。各种社会矛盾日益尖锐,腐败现象层出不穷,民族歧视也更加严重。然而,从小就生长在崇山峻岭中的赵万嚞,起初对于社会的腐朽本质还缺乏深刻的认识。在传统的"万般皆下品,唯有读书高"思想的影响下,他曾天真地幻想,只要自己拥有真才实学,就一定能通过科举之道而步入仕途。因此,他自少年时代就励图精进,发奋读书。多年的努力,终于使他练就了满腹文才。但是由于赵万嚞为岷江上游的羌家弟子,在官场之中无任何关系,所以他虽有才华,省考却未中。残酷的现实粉碎了他"读书做官"的梦想,也使他逐步对科举制度的虚伪和社会的黑暗有了一些认识。作为封建社会末期的一个穷知识分子,赵万嚞的人生之路是较为坎坷的。他曾渴望有所作为,却始终不得意;后来寄情山水,又无法彻底摆脱尘世的烦恼。这种矛盾和痛楚的情绪,一直萦绕在他的心间,并不时从其诗文作品中流露出来。

  从现已掌握的材料来看,赵万嚞留下的诗歌作品共有二十五篇,主要收录在《汶川县雁门乡概况》中,其内容大致可以分为三类:一是抒怨愤世的自遣诗,二是寄情山水的写景诗,三是与友人唱和的应酬诗。

  自遣诗是赵万嚞诗歌创作的重要部分,这类诗歌所触及的生活面虽不宽,却有一定的思想深度。赵万嚞家境贫寒,一生坎坷,虽有才华却不得志。他曾多次参加"童试""岁试",对于封建科举制度的虚伪和弊端有着切身的体验。社会的腐败,使他强烈地感到现实生活的不公;举业的失败,更把他推入了痛苦的深渊。作为一个屡试不中的穷书生,赵万嚞既无力去改变自己的命运,又不愿默默忍受世道的不公,于是只好以写自遣诗的方式,来排解内心深处的痛苦与失望,抒发他对黑暗社会的不满。

  例如,《岁试蓉城醉后题壁》(其一):

    每试蓉城醉作歌,待将榜发看如何?富豪子弟常侥幸,贫困男儿受琢磨。人事果然难逆料,世情到底得张罗;一回

> 声价一回减，提笔兴怀恨益多。

这首抒怨恨世的自遣诗，是赵万矗在第二次赴成都参加省考时写下的。一次次应试落榜，使他慢慢悟出了自己屡试不中的真正原因："富豪子弟常侥幸，贫困男儿受琢磨。"这里诗人不仅是在揭露科举考试的虚伪，而且是在控诉封建社会的腐败与黑暗。残酷的社会现实，使出身贫寒的赵万矗对科举考试失去了信心。然而，当他回想起自己为求功名而含辛茹苦的读书生涯时，又不禁凄然泪下，悔恨万分。

又如《岁试蓉城醉后题壁》（其二）：

> 蜀国来游咏且歌，回回空向又如何？寻还酒债还书债，不受人磨受墨磨。幸有三生期来遇，惭无一得要包罗；而今看破争名事，悔恨当年费力多。

举途的失意使赵万矗不得不回到万山丛中的故乡去寻找生计，这对于曾怀有鸿鹄之志的赵万矗来说，无疑又是一个莫大的打击。失意的痛苦和生活的坎坷，不仅大大削弱了他励图精进的斗志，而且使他产生了自暴自弃的思想。例如其《虚度年光》："人皆谓我爱吟诗，感慨流连早晚时；岭上雪梅看一色，门前桃李秀三分。喜君有意常留客，自愧无能好作师；教学原为糊口计，图延水月又何奇。"以及《自遣诗》（其四）："年年问我事如何，繁务纷纭似织梭；不管前途看寂寞，余今只得受磋磨。"这两首诗所表现出来的悲观、消沉情绪，正是诗人在无可奈何的景况下的痛苦呻吟。在此之后的数十年中，赵万矗一直在岷江河畔的山区过着教书糊口的生活。大自然的景色虽然给了他许许多多的抚慰，但终究不能完全愈合其心灵深处的创伤。

再如《自遣诗》（其五）：

> 睁眼前途着意看，衣冠不振我心寒；人生岁月原无几，多少贤豪说是难。

《自遣诗》（其六）：

> 容颜对镜不时看，须发浩然自胆寒；一事无成延岁月，我生只怕到头难。

这两首情真意切的诗，既写出了诗人一生的悲切与哀怨，又把他那流泪的心灵展示在读者面前，真是淋漓尽致，入木三分。

诚然，从表象上看，赵万矗的自遣诗虽为抒发个人苦闷和哀怨的"牢骚之作"，但由于诗人的"牢骚"多源于对当时社会弊端的不满，因此，它所表现的社会思想早已超出了纯粹的个人私怨的范围。自遣诗对黑暗社会的揭露和对科举制度的控诉，更是反映了当时许多贫穷知识分子的共同呼声，具有一定的代表性，非常值得我们重视。

在赵万矗的作品中，艺术成就较高的要算写景诗。他自幼生长在景色秀丽的岷江河畔，对故乡的一山一水都怀有十分真挚的情感，有着真实的体验。因此，当他屡试不中并逐步"看破争名事"后，便开始寄情山水，到大自然中去寻求精神上的寄托和抚慰。如《访圯川》（其一）：

> 环村四面是云山，曲直圯川水一湾；佳器能成期二字，高房可住有三间。不是诗句堪留壁，长日柴门得掩关；举世俗尘何所问，蕳然亦自好偷闲。

诗人在外出教书谋生之际，遍游岷江上游的名川古关，观云赏雪，探幽访胜。频繁的旅行，开阔了他的眼界；真切的感受，丰富了其诗歌创作的"灵感"。因此，他写的山水诗，大多形象生动，意境幽雅，语言清新，构思新奇，与其自遣诗的风格迥异，具有较高的艺术价值。

赵万矗写景诗在艺术上的一个耀眼之处，是他善于将大自然的闲适、空灵，与自己欲摆脱尘世纷扰的心境结合起来，使其诗作带有某种独特的个性。例如《美女峰》（其二）：

> 美女划船在此江，无夫无子独清闲；
> 天为罗帐雪为粉，霞作胭脂云作环。

"美女峰"是岷江上游一座小山，位于汶川县雁门关外十五里、青坡与文镇交界处。羌族民间对此山有诸多神奇的美妙传说。赵万嘉在这首描摹大自然的写景诗中，不仅出神入化地写出了美女峰的风姿秀色，而且把自己渴望寄情山水的意念渗入了诗中。其实，这种"天为罗帐雪为粉，霞作胭脂云作环"的"独清闲"生活，正是诗人举业失意后，在乡间闲居的一种真实写照。

赵万嘉写景诗在艺术上的另一个特点，是较为注重对民情风俗的叙写。自然界的山川名胜无一不与当地居民的风情民俗有联系，赵万嘉十分注意抓住这种联系来展开他的山水诗创作。因此，他笔下的山川名胜，大多不是空泛的自然景物，而是包含丰富文化内涵的艺术画卷。例如《锁谷坪》："鸡公山下两三家，云锁重重谷口遮；来径草深人迹少，到村树密鸟声哗；神仙路上飞泉挂，太子坟前落日升。""神仙路"和"太子坟"是雁门乡境内的两个地名，当地羌民对此有着种种神奇的传说。诗人抓住这两个地名作诗，不仅增强了作品的美学意境，而且丰富了作品的文化内涵，让人读来意境深远，浮想联翩。又如《访刊川》（其二）：

> 岁岁来时雪共云，此间村落隔尘氛。两山有幸来排对，孤客无心去作文。樵子斧声才几下，猎人枪响望三分。门前溪月还堪步，醉起时间过鹿群。

诗在描绘刊川奇丽景象的同时，把羌族人的山野生活表现得声情并茂，趣味横生。再如《通鹤城》：

> 通鹤城多景，城空景未空。有沟皆楠柳，无日不生风。
> 靴脱关门外，儿求石洞中。环山晴雪白，点水晚霞红。
> 雁稼殊生岭，棺材异葬翁。潭湾鱼变化，脉聚较场东。

不仅艺术地勾画了通鹤城的自然风貌，而且把当地居民求子、丧葬等习俗点画了出来。诗末"脉聚较场东"一句，更是巧妙地写出了羌族人的"地脉"观念，使人读起来，能体会到一种浓郁的民俗气息和山区风情。

赵万嚞的写景诗大多声情并茂，意境幽远，读来朗朗上口。如《自罗山归家》："瑞雪二霄积满山，青坡文镇雁门关；何人立雪何人咏，一路飞花送我还。"这首诗由山野写到村寨，由风光写到心境，有静有动，绘声绘色，好似一幅清丽优美的山水画，生动细腻地传达了诗人对故乡自然风光的痴情和挚爱。

赵万嚞还有许多描绘当地名胜古迹的小诗，语言自然流畅，平白如话而又富有深层的情韵，宛如无语东流的岷江水，貌似自然平缓，内部却蕴含着激越雄浑的气势。如《雁门关》（其一）：

　　未识何人凿，雄哉是雁关。千秋成道路，万载属江山。
　　雪晴朝晴里，霞明夕照间。灵霄高阁废，垒石尚堪攀。

再如《过街楼》：

　　过街楼赛岳阳楼，心旷神怡看斗牛。
　　去国怀乡当感慨，文公笔迹到今留。

朴素简洁的语言，充满了山地文化所特有的厚重气息，而这种气息又是与诗作的题材和内容相吻合的，故细读起来，语意丰厚，情韵隽永。

总的来说，赵万嚞的写景诗大多比较清新自然，具有较浓的诗情画意，并表现出一种淳朴、苍劲的山野风味。

赵万嚞诗歌创作还有一个组成部分，是与友人唱和的应酬诗。这类作品的数量不多，其思想价值和艺术成就也不及他的自遣诗和写景诗。这里仅举一首《志别杨兄》以窥其一斑：

　　此馆相依共暑寒，忽言分袂两辛酸。不因臭味差驰别，只为家寒左右难。悔我无能堪指国，喜君有志待弹冠。相逢须念同车笙，莫作悠悠过路看。

以写意的笔法，反映了诗人的家庭情况，以及他与友人之间的真挚友谊，感情跌宕，意味深长。

赵万嘉生前还写有一些散文，留存至今的有《月里庙宇碑记》和《重建索桥村外三圣宫庙宇碑序》等文。这些作品反映的生活面比较狭窄，主要内容也是叙写与鬼神有关的民俗祭仪，思想价值不高，但艺术上达到了一定的高度。从民俗学的角度看，这些作品也较为真实地记录了当时羌族民间的一些风土民情，故有较高的史料价值，可称为清代羌族散文作品的代表。

《月里庙宇碑记》是一篇叙写汶川县月里村"川主庙"修缮事件的短文，作于清咸丰六年（1856）。文中不仅生动地记载了羌族聚居区的传统信仰和民俗，而且反映了赵万嘉本人的宗教观。兹据民国《汶川县志·艺文》录文于下：

盖闻人得人妥，人得神安。神非人何以得崇庙宇而奉明禋，人非神何以得庇护而隆昭报？是神与人，两相需者也。我汶治月里村，旧属威州吊下里，建立有川主、土主神庙，应感常昭，咸灵丕著，不知经历多年矣。查考宝鼎上所刻名讳，前朝邱、高、冯、张、向、王、杨七姓人等修建，年号遗失。国朝康熙乙亥年重建，大殿上文瓦木柱石，皆是古人创造，迄今千百余载，为风雨所飘摇，而庙庑缺角，为鸟鼠所休息，而丹艧剥残，是神不妥而人亦不安也。客岁十月之朔，因山神会期，酒后失手，误伤二人，命延旦夕，连夜梦神医救，不日伤愈无恙。若非神圣保佑，不但二人恩沾再造，即合村亦受异矣。川主、土主在天之灵，有求必应，无感不通。爰有首事筹谋之村人，公同计议，即于本处募化锱铢。今功成勒石，乃圣乃神，有妥侑之，所以享以祀，得瞻拜之休。士农工商获清平之庆，东西南北，咸沾惠泽之孚。是神妥人安，一举而兼得。同乡善士捐钱，计刻于后，永垂不朽，以是为序。大清咸丰六年六月二十四日吉旦,文生赵万嘉。

碑记首先论述了人、神之间的微妙关系,接着追叙月里村的川主庙历史,最后以生动简洁的笔墨叙写月里村的羌族居民修缮川主庙的原因和经过。层次清晰,结构严谨,叙事生动,议论活泼。特别是文中关于"梦神医救"的那段文字,写得十分精彩,且具有较强的传奇性,充分展示了作者在散文创作上善于谋篇布局、巧引事例、画龙点睛的艺术才能。

同《月里庙宇碑记》相仿,《重建索桥村外三圣宫庙宇碑序》也是为纪念一座庙宇修缮竣工而作的碑文。不过这篇作品在文学上的耀眼之处,在于它对庙宇修复之后"巍峨""华美"的描写,在于对羌族地区昔日壮丽河山的追记和彩绘。如文中描写汶川县索桥一带古时地貌风光的一段文字:

> 当始之时,其地四面虽山,而高低凹凸,颇有形势:上有美女看船,下有龙墩塞雁,兴龙磨月,背岭添光,前背鱼潭走马,古号万载江山。况又黑土在右,黄泥在左,泉源溪水,合塘入河,磨沟旋转,乾坤不停,其间葡萄满架,一碗千金,尔时突兀峥嵘,蜒蜿绵亘,无不壮丽……

这段文字,好似一卷慢慢展开的山水图,景色奇丽,姿态万千,色彩缤纷,隽永传神,既有古朴的风韵,又有厚重的内力,十分形象地展示了古代羌族地区的壮丽河山,使人读罢,有一种身临其境之感。

当然,作为一个生活在清代末期的羌族文人,赵万嘉的思想中也不免封建迷信,这些观念反映在他的碑文创作中,就是错误地曲解人与自然的关系,并把山川的变迁、村落的兴衰、居民的祸福,都归结为神灵的旨意。这是旧时代带给赵万嘉的局限,也是其碑文创作的致命缺点。

总之,在羌族古代文学史上,赵万嘉是一个较为耀眼的作家,他以众多的创作实绩,丰富了岷江上游羌族古代书面创作的内容。

在诗歌创作方面,他不仅继承了"嘉庆高氏五子""立足故乡,描绘山川"的创作风格,而且把清代羌族的山水诗创作向前推进了一步。从诗体上看,道光以前的羌族山水诗作几乎都是用七言体写成的,而赵万嚞的山水诗则是七言、五言体并举;从艺术手法上看,赵万嚞的山水诗也较之前人更加丰富多彩。特别值得指出的是,赵万嚞的一系列自遣诗,用现实主义的描写揭露和控诉了封建社会及其科举制度的腐败与虚伪,使其诗歌创作能更加贴近社会生活,从而大大拓宽了当时羌族书面文学创作的领域。在散文创作方面,赵万嚞的碑文不仅真实地记载了当时羌族地区的一些风情民俗,而且在艺术上也达到了一定的高度,是后人了解清代羌族散文创作风貌及其发展水平的一个重要窗口,故在文学史上占有一席之地。

此外,赵万嚞抒写哀怨的自遣诗,也对后世羌族诗人的创作产生了一定的影响。他生前写下的一些山水诗作,如《锁谷坪》《过街楼》《美女峰》等,虽然经历了时光的冲刷,但至今仍为月里村一带的羌族居民传抄咏诵,足见其影响久远。

十七　近代行走于茶马古道的歌行者
——董湘琴

论及中国现代文学起源，过去人们一般简单地以1919年为分界线。实际上，任何事物都不是突然发生的，应该有酝酿渐变的过程，近年来学界注意到了这一点，看到现代文学的发生在晚清就已经有所呈现，当时就已经有了所谓"诗界革命"、"小说界革命"和"文界革命"。如杨义先生所指出的：

> 中国现代文学研究应该关心它的发生学，最直接的发生学存在于晚清到民国初年。发生学中有几件从政治文化到文学革新的大事：一八九五年甲午战争后的《马关条约》及其引起的思想文化界"公车上书"的骚动；一八九八年戊戌变法及同年出版的严复译的《天演论》所表述的"物竞天择，适者生存"的文化哲学；一八九九年林琴南译《巴黎茶花女遗事》出版引发后来的林译小说系列和文学翻译的浪潮；一九〇二年《新民丛报》刊载《饮冰室诗话》一百七十四则及同年出版的《新小说》杂志和由此带来的以晚清四大文学杂志为代表的文学报刊现象。[①]

这里所列举的事件确实对中国现代文学影响巨大，说明现代文学的发生经历了一个较长的酝酿演变过程。除此之外，还有一些事件，虽然影响不能与之相比，却从另外的方面反映了文学观念和思潮的变化，有潜在的影响和意义，同样不能忽略。现代文

---

① 杨义：《重绘中国文学地图》，中国社会科学出版社，2003，第234页。

学的发生不仅在时间上可以提前，而且在地域方面也不能仅限于京城和江浙沿海地区。四川羌族作家董湘琴创作的万言长篇记游诗《松游小唱》便是这样一部有代表性的作品，其问世时间早于以上大事件，内容与艺术成就甚高，具有文体探索的特点，在川西地区广为流传，但是由于地域因素，较少为论者注意，无一部文学史有所提及。然而，作为晚清特定文化思潮的产物，无论对于作者本身，还是对于了解四川现代文学的酝酿发生，《松游小唱》都有特殊的价值和意义。

（一）董湘琴生平及著述略考

关于董湘琴其人，有关资料缺乏，现存较早的资料为民国叶大锵、罗骏声等纂修的《灌县志》。该书卷十一《人士传上·文学类》有其小传，记载甚为简略，曰："董玉书，字香芹，天资颖异，先辈皆以翰苑相期，卒以岁贡，恐非其志也。所著诗文已成帙而稿复散失，其脍炙人口者，零章断句而已。颉颃于董氏者，有杨作舟，诗思超逸，稿亦仅存。"①综合零星短篇略可知其生平。

董湘琴，名朝轩，又字香芹，号玉书，出生于1843年，卒于1900年，享年57岁。清末四川灌县（今都江堰虹口乡）人。天资聪颖，幼而好学，精通文史，擅长诗赋，是清末灌县地区著名文人学士，光绪十一年（1885），以直隶理番厅乙酉科"拔贡"入仕，人称"川西第一大才子"。光绪十八年（1892）受松潘厅总兵夏毓秀聘为幕僚，协助平定松潘叛乱，乱定后授候补知县。光绪二十三年（1897）辞官归里，卜居成都百花潭。因素性倜傥，行侠好义，涉足哥老，很快成为风云人物，被尊为冒顶（袍哥舵把子）。光绪二十四年（1898）以"冒顶"罪入狱，后出狱，转事闭门著述，著有《百花潭诗集》《腕腴精舍词赋》《松游小唱》，惜多散佚。今仅有《松游小唱》及部分佚著（赋一、挽歌二、诗

---

① 叶大锵、罗骏声等纂修《灌县志》，中国地方志集成编委会编《中国地方志集成》第九册，据民国二十二年（1933）铅印本影印，巴蜀书社，1992，第332页。

十八、楹联七）行世。

虽然董湘琴作品脍炙人口，在川西地区名气很大，但相关研究一直缺乏。近年来相继出现了几篇文章，如张宗福《〈松游小唱〉：与岷江历史文化的对话》①、周正《董湘琴〈松游小唱〉的成因简析》②等，对其主要内容和特点及其成因做了初步探讨。周正文章还对董湘琴的生平家世进行了考证梳理，指出：

> 董湘琴是川西羌族董姓土司的后裔。唐朝贞观十九年（公元645年），"茂州羌起事"，诸羌叛乱，唐王朝出兵镇压。贞观二十一年，"羌酋董和那蓬固守松州有功"，"以董和那蓬为刺史"，从此董姓羌族成为一个声名显赫的大姓，历史上一直成为中央政府在羌区的代言人。宋代也以董姓为羌长。元朝推行土司制度，董旺格封为静州长官土司。明代成化时期，董百彪被封为通化土司，住维城。清朝顺治时期，静州土司董怀德归附清朝，建立衙门，其子董光书中举，建立董氏祠堂，设立祖先牌位，制定宗支行序。康熙时期，董百彪一支后裔迁往灌县，世居虹口，清朝末期这支董姓羌人通过开办煤窑、淘金、开矿、种茶、种药、制漆、开发森林，逐渐成为富豪。董湘琴就是董百彪一支的后裔。③

因而，其作品对于研究中国文学过渡转型和羌汉文学关系都有重要意义。

《松游小唱》为光绪十八年（1892）九月，董湘琴受夏毓秀聘携妻入松潘时作的一篇脍炙人口的记游长诗。其内容十分丰富，记叙了七百里松茂古道上的景物风情、古迹名胜、历史掌故、神话传说。其语言更若行云流水，自然晓畅，典雅通俗，有如板桥道情。

---

① 张宗福：《〈松游小唱〉：与岷江历史文化的对话》，《四川师范大学学报》（社会科学版）2009年第3期。
② 周正：《董湘琴〈松游小唱〉的成因简析》，《阿坝师范高等专科学校学报》2010年第2期。
③ 周正：《董湘琴〈松游小唱〉的成因简析》，《阿坝师范高等专科学校学报》2010年第2期。

这首长短句结合而成的新体长诗不仅名震川西，而且在中国诗歌发展演变史上具有特殊的地位。许多诗人或评论家对其予以高度的评价。诗评家李村称其为诗派中新的一种"湘琴体"，①四川老诗人白航称其为"解放体"，袁和风认为其开创了"自由体"，等等，可见其在诗歌体裁方面的探索创新和引人注目的成就。著名诗人贺敬之也曾对这首长诗做过评论，指出它"在我国传统诗歌形式的演变和发展过程中占有重要地位，诗本身也具有相当的艺术价值和史料价值"。②据说毛泽东当年在成都会议期间，在谈到诗歌创作的大众化方向时，也曾对董湘琴的《松游小唱》高度赞扬，并信口吟诵诗中的一些名句，表现出对其大胆尝试创新的充分肯定。③近年来随着对羌族文化内涵的发掘，有学者进一步指出其特殊意义：

> 从古诗到白话体新诗，中间有个大跨越，恰恰是《松游小唱》这样的诗歌处在这个中间环节中，也就是说它是连接古体诗和新体诗的桥梁，是连接文言文和白话文的桥梁，由此也就能够看见这首诗在文学史上的地位了。诗歌发展到现在，如何继续向前发展，《松游小唱》的形式对创新而言应该是一个启发。④

《松游小唱》广泛传唱，但过去主要以手抄本的形式流传，因而版本较为复杂。1984年，阿坝州汶川县政协文史资料委员会编印《汶川县文史资料（第一辑）》刊发了杨蕤林的《〈松游小唱〉校勘记》。1993年，天马图书有限公司出版了《松游小唱校注》，由玉垒诗社编辑何正泰校注，是一个较为详尽的刊刻注释本。2004年9月，四川出版集团、四川美术出版社出版了张宗品主编的《松游小唱绘图本》（张宗品、张文忠画）。该书以余昌一收藏的民国

---

① 张宗品主编《松游小唱绘图本》，四川出版集团、四川美术出版社，2004，"续记"第157页。
② 贺敬之：《贺敬之谈诗》，人民文学出版社，2004，第138页。
③ 参见张宗品主编《松游小唱绘图本》，"续记"第157页。
④ 周正：《董湘琴〈松游小唱〉的成因简析》，《阿坝师范高等专科学校学报》2010年第2期。

十二年（1923）佚名手抄本为底本，并介绍了李启明手校本、孙洪寿校正点评本、松潘张启禄手抄本等。此外，笔者还见到一个民国时期的刊印本，封面题"四川灌县灵光室出版，董湘琴著，蒲春蔚（种芗）校正，静远署面"。最近又有张起《晚清松茂古道的一次民间行吟考察：董湘琴〈松游小唱〉校注、整理与研究》以及张宗福《〈松游小唱〉新注新解》出版。① 作为清末著述，《松游小唱》出现如此多的版本，从一个方面反映了其受到欢迎的程度。

因为至今尚无人将其纳入整个文学史或巴蜀文学史予以论述，我们有必要对其内容和特点做具体分析考察，揭示该诗在巴蜀近现代文学转型中的价值和意义。

（二）《松游小唱》基本内容

《松游小唱》内容十分丰富。它是一篇长篇记游诗，洋洋万字，第一次以诗歌的形式完整地叙述了从灌县经汶川、茂县到松潘七百里茶马古道的风光景致、历史传说和民俗风情，为了解这条具有连接四川、甘肃、青海和西北丝绸之路纽带作用的重要商贸通道提供了宝贵的资料和记录，对研究茶马古道历史和川西江源文明、古蜀文明都有参考价值，具有文学、史学、民俗学、民族学、经济学等重要综合价值。

1. 描绘自然风物与名胜景观

作为长篇记游诗，《松游小唱》首先按照行程顺序描写了从灌县出发经茂县到松潘沿线村镇的景物特点。灌县至松潘一线为四川西部高原与盆地接合部，沿岷江河谷，地形险要，山势峻拔，风光秀美而雄奇。"三垴九坪十八关，一锣一鼓上松潘。"② 所谓三垴，就是寿星垴、西瓜垴、东屈垴；九坪即豆芽坪、银合坪、兴文坪、大邑坪、杨木坪、富阳坪、周仓坪、麂子坪、镇坪；十八

---

① 张起：《晚清松茂古道的一次民间行吟考察：董湘琴〈松游小唱〉校注、整理与研究》，西南交通大学出版社，2016；张宗福：《〈松游小唱〉新注新解》，四川辞书出版社，2017.

② 张宗品主编：《松游小唱绘图本》，第1页。

关即镇夷关（玉垒关）、茶关、沙坪关、彻底关、桃关、飞沙关、新保关、雁门关、七星关、渭门关、石大关、平定关（新民村）、镇江关、北定关、归化关、崖塘关、安顺关、西宁关；一锣即罗圈湾；一鼓即石鼓。它们如同珍珠串成彩练穿越关山，次序井然，夺目璀璨。

沿途另有白沙（紫坪铺镇）、安澜索桥、五里塘（朱罗坝）、楠（拦）木园、龙洞、龙溪（龙池）、娘（羊）子岭、映秀湾、羊店、飞沙岭、石纽山、汶川县（绵虒镇）、涂禹山、白鱼落（玉龙村）、七盘沟、沙窝子、姜维城、威州、过街楼、白水寨、茂州、燕儿岩、石榴沟、檫耳岩、长宁、两河口、首蓿堡、烟墩堡、大定、马脑顶、大水沟、老龙沟、小关子、叠溪营、蚕陵、较场、叠溪龙池、孟良城、观音岩、五盘山、平桥沟、沙湾、猴儿寨、太平山、永镇、靖夷堡（今解放村）、莲花岩、金瓶岩、平夷堡（今永和村）、平番（今五里堡）、黄龙洞、龙潭（龙坛堡）、新塘关、得胜堡、下寺、安顺（今安宏乡）、云腾堡、中条、鸳鸯桥、石河桥、交川县（今红花屯）、茨坝、松潘西岷顶、苍坪等风景名胜，达120余处。或详或略，描叙点染，表现了作者对茶马古道奇异山水的喜爱之情。如下面这段写离开灌县时所见风景：

> 镇夷关高踞虎头。第一程江山雄构，大江滚滚向东流。恶滩声，从此吼。灵岩在前，圣塔在后，伏龙在左，栖凤在右，二王宫阙望中浮。好林峦，蔚然深秀，看不尽山外青山楼外楼。尽夷犹，故乡风景谁消受。①

> 行至白沙，路转西斜。平畴入望野桑麻，流水小桥，是一幅苏州图画。舟人自舟，筏人自筏，生涯在水涯。回首灌城，茫茫雉堞残阳下。长桥竹索横空跨，过桥来，柳荫闲话。②

---

① 张宗品主编《松游小唱绘图本》，第10页。
② 张宗品主编《松游小唱绘图本》，第12页。

又如其渲染千里岷江奔腾湍急、蜿蜒曲折之势：

> 路曲又逢弯。弯外鸣潭，银涛雪浪飞珠溅。飞到山巅，点点湿征衫。雄岩万丈汇深渊。风猛烈，水喧阗，把风声水声搅成一片。纵有百万健儿齐嘶喊，强弩三千，射不得潮头转。澎湃吼千年，想项羽、章邯，无此鏖战。
> 得得到关前。观音殿，闲停喘，放眼江山。由来此地称天险，把滟滪、瞿塘上游独占。万流奔赴一深潭，不敢低头看。方信到如临深渊，兢兢战战。①

让人如临其境，如闻其声。写出了沿岷江行走的茶马古道特有的地形，一边是峭壁危岩，一边是万丈深渊，人傍岩行，险似螺旋。诗人叹息曰："我把那古今名人画稿都翻尽，并没有此种山形。"②再看其沙窝子流沙风横痕：

> 岭上风光分外明，路旁沙色白如银，象一所玉屏，寻不出刀痕斧痕。纵刀断斧截，无此齐整。风起皱纱纹，纹如片片龙鳞影。③

险要山形看得太久，让人疲倦，诗人不免发出叹息："河在中间，山在两边，九曲羊肠，偏生挂在山腰畔。抬头一线天，低头一匹练，滩声似百万鸣蝉，缠绵不断，搅得人心摇目眩。最可厌，一山才断一山连，山山不断，面目无更换，总是那司空见惯。问蚕丛开国几经年，这沧桑为何不变？"但很快又自我宽解道："行程要耐烦，水榭风亭，或有个地儿消遣。"④可谓山重水复，柳暗花明，风光无限。

---

① 张宗品主编《松游小唱绘图本》，第36、38页。
② 张宗品主编《松游小唱绘图本》，第86页。
③ 张宗品主编《松游小唱绘图本》，第48页。
④ 张宗品主编《松游小唱绘图本》，第24页。

2. 展现奇异的藏羌民族风情、历史文化与传说

茶马古道沿线、岷江两岸是古老的羌族同胞生活栖息之地，这里又是嘉绒藏族、白马聚居的地方，因而有着许多奇特的民族风情及历史文化与传说，《松游小唱》对此均予以真实的记载和描写。如下面一段：

> 场口闲游玩，人行溜索飞如箭，到头来捷似猱猿。小留连，也要算书生涉险如开眼。①

写了羌族人们出行常靠溜索经过深山沟涧。这是一种古老的交通工具，《灌县志·灌志文征》卷十四，收录了唐代独孤及的四言诗《笮桥赞》，题注云："俗名溜筒，今漩口乡有之。"诗曰：

> 笮桥缅空，相引一索。人缀其上，如猱之缚。转趾如渊，如鸢之落。寻橦而上，如鱼之跃。顷刻不戒，陨无底壑。②

此诗不见于独孤及《毗陵集》，或为其轶文，但说明了该工具之古老，为羌族人民所习用。

再如写当地羌族妇女的服饰装束：

> 太平山口忽然开，平畴非狭隘。左是杨柳沟，右是萝卜寨。夷人妇，装束怪，两个大锡圈，当作耳环戴。青布缠头，红毡腰带，白衣黑裙大花鞋，别有一番气派，可为万国人种图上载。③

抓住特征，简笔勾勒，羌族妇女服饰的奇异和大气跃然纸上，同时强调、突出了其人类学和民俗学的独特价值，这在当时并不多

---

① 张宗品主编《松游小唱绘图本》，第 28 页。
② 叶大锵、罗骏声等修纂《灌县志》，载《中国地方志集成》第九册，据民国二十二年（1933）铅印本影印，巴蜀书社，1992。
③ 张宗品主编《松游小唱绘图本》，第 110 页。

见，十分可贵。

诗歌许多段落则一再反映所经之处的土特物产，如写石大关、鹦哥嘴一带地形之后道："此处产梨有佳味，何妨购几枚，当饮醇醪如醉。"① 又如写沙湾："沙湾无沙漠，地名取何义？不比那飞沙关，沙窝子，沙坡高垒随风起，此地烟火迷离，人家拥挤，菽麦满地，鲦鲤满溪，胡桃满树，瓜实满畦。"②

而有关世界自然遗产松潘黄龙古洞的描写则将物产与当地习俗连在一起反映。

> 走归化，路太长，幸遇着"王道荡荡"，不是那鸟道羊肠。此处山溪，源远流长，每逢三月桃花浪，流出些鲩鲦鳌。头上一点红光亮，这群鱼历有考详。均云龙子龙孙，西海龙王。土人爱惜，不敢罟网。洋洋围围出大江。指点此是丙穴旁，黄龙古洞通行藏，此水不寻常。③

黄龙古洞水源的来历，当地群众视鱼为神物而表现的敬畏，以及岷江特有的冷水鱼头上有传说中朝拜黄龙真人时被点下的红点，都为之平添了许多神秘的色彩，具有旅游开发的价值。今天有学者将其视为旅游诗而做专题研究，④ 也充分说明了这一点。

除旅游资源外，作者还描写了当地的矿藏资源。如：

> 金瓶岩，金矿旺。相对两峰真雄壮。太阳斗光，遍山皆亮。毕竟夷人未富强，万事由命，福薄气象。沙石层层宝贝藏，色似鹅黄，丹砂在上。颇有发泄千万帮，恨无矿师来采访，任将此地抛荒。热心人见此生惆怅，有一番富国思想，要把条陈上。请开官厂，何愁此地不富强。⑤

---

① 张宗品主编《松游小唱绘图本》，第92页。
② 张宗品主编《松游小唱绘图本》，第106页。
③ 张宗品主编《松游小唱绘图本》，第134页。
④ 李清茂：《谈〈松游小唱〉旅游诗的文献价值》，《乐山师院学报》2010年第9期。
⑤ 张宗品主编《松游小唱绘图本》，第122页。

在 19 世纪后期，诗人即有富国志向，较早注意到民族地区资源开发利用与经济发展的关系，可谓见解不俗，令人心生敬意。

3. 记录历史，再现史实。

> 桃关关上种胡桃，桃树桠槎都合抱。曾记得十年前此地游遨，酒肆茶寮，往来商旅蜂衔闹。斜阳晚照，见几处门楣真不小。退光漆匾，驷马门高，泥金额，皇恩旌表。吾宗此地有人豪，是西来表表。何事恁萧条？询土人，方知道。年逢庚寅，水龙王胡闹，匝地起波涛，雷轰电扫，江翻海倒。烟笼雾罩。人语啁嘈，鱼鳖登床蛙上灶，顾不得扶老携幼，哭声嚎啕。贸贸的把一千人断送于江鱼喂饱。我来此地重悲啸，白茫茫寒烟衰草。风景甚刁骚，抵一篇古战场文，无此凭吊。①

这里记载的便是发生在光绪十六年庚寅（1890）茶马古道上的一次巨大的灾难。桃关位于映秀与汶川之间，地处要道。在此之前，桃关十分繁华，"酒肆茶寮，往来商旅蜂衔闹"。而水灾来时，不仅气势汹汹，而且伴随许多奇异的自然景象，"匝地起波涛""鱼鳖登床蛙上灶"等，真实地再现了龙门山断裂带险峻深涧山洪泥石流爆发的特征，与 2010 年夏映秀洪灾何其相似。当年死亡上千人，令人叹息不已。这一历史事件，史书却较少记载。诗人通过采访询问，了解到这一史实并加以记录，不仅可以弥补史籍文献之不足，还可以给后人提供研究和借鉴的第一手资料，避免前车之鉴，具有实际之价值和意义。

作者旅经之地，山川雄奇而又多深厚人文底蕴，故诗中特别注意名城重镇人文历史的记叙和发掘。如其写汶川城：

> 一城如斗拱万山，城外萧然，城内幽然，风景绝清闲。断井颓垣，疏疏落落谁家院。行过泮宫前，衙门对面，绝不闻人语声喧，多应是讼庭草满。由来此地出名员，甲榜先生

---

① 张宗品主编《松游小唱绘图本》，第 30 页。

多部选。……城外茶税关。①

过桥去，涂禹山，土司土官，蜀国屏藩。论世袭，远追唐汉。切莫笑夷蛮，要算是此邦文献。②

不仅写其风景清闲，还展示其民风淳朴，人才辈出，更突出其地作为多民族杂居区的悠久历史，见出作者注重民族特色的可贵意识。再如写威州，同样不忘重要历史事件的叙述，令人慨叹不已。

威州自古叫维州，城号无忧，三面环山一面水，李文饶旧把边筹，冤哉，悉怛谋！牛李自此生仇构。怀古不胜愁。③

对于地处东西南北要道的茂州古城，作者更是浓墨重彩地进行了描绘：

茂州局势大开张，西来第一堂皇。……果然是神禹乡邦，王业销沉，尤可见兴朝气象。六街三市，射圃球场。睹雉堞峨峨，大似锦城模样。金凤引我城头望，郭外隐斜阳。听班马萧嘶，何处韵悠扬？一曲铜鞮，蛮娘归去山腰唱。雄图天府控遐方，熙来攘往。……东望路茫茫，西通卫藏，南接乡江，万家累累是北邙。

……

茂州北上渐登坡，左山右河，文章依旧多重复，山势起嵯峨。童然而角，斧斤伐尽牛山木，人见其濯濯。尽不少神骏千金，骅骝、駬騄，一步一蹉跎。药裹东来用马载，茶包西去换牛驮，小载有驴骡，铜铃一颗，铃声响应鸣山谷。外还有马夫骡脚，腿琵琶，身车轴。④

---

① 张宗品主编《松游小唱绘图本》，第42页。
② 张宗品主编《松游小唱绘图本》，第44页。
③ 张宗品主编《松游小唱绘图本》，第54页。
④ 张宗品主编《松游小唱绘图本》，第66、68页。

诗人先铺叙其"神禹乡邦"的气象,揭出其重要的地理位置。茂州西经黑水入藏区,北上松潘赴甘(肃)青(海),东往北川出秦岭,南接汶川回蜀地,真可谓扼守要津。再对古道的交通工具和主要功能进行详细的描绘,山道险峻,牛马驮载,马夫肩负,内地的茶叶和边地的药材在古道上川流不息,茶马古道的繁荣中包含着多少辛酸和感慨。

再如其记录擦耳岩石洞通道:

试问那凿石通幽人何在?那一年逢癸亥,李道人经此岩,到处募资材,率领石工,整整三载,才把这峭壁危岩凿开。到如今,且看他化险为夷,千秋遗爱。①

记录了同治二年癸亥(1863)石洞开凿的史实,同时也对这种造福子孙、不求回报的公益事业做了评价,表明其人生态度。

(三)《松游小唱》主要艺术创新

第一,形式自由,灵活多变,这是《松游小唱》最突出的特色之一。

作为长篇记游诗,《松游小唱》一共写了多少个景点,实际上无法做出精确的统计。曾有人说它写了"32处景观,120处风景名胜,叙述了18处历史古迹,16处民族风情,10余个掌故传说,包括都江古堰、沙窝奇观、神禹故乡等著名景点",②实际上也仅是举其大概。诗歌长达万言,张宗品先生在主编绘图本《松游小唱》时,将其划分为152个段落,其实也可称其为连章体,或一景一咏,或多段勾勒,或一笔带过,点到为止,或逐层深入,重点突出,或完全不拘形式,杂言句式长短不齐。有的篇幅十分简短,如开篇一首:"橐笔往西游,灌阳郁郁闲居久。几幅鱼书催促后,辞

---

① 张宗品主编《松游小唱绘图本》,第82页。
② 周正:《董湘琴〈松游小唱〉的成因简析》,《阿坝师范高等专科学校学报》2010年第2期。

不得三顾茅庐访武侯。把行期约定在九月九。走！"①寥寥几笔，交代了起程之因，诗人豪爽性情亦呼之欲出，跃然纸上。有的吟咏达数百字，如雁门关、富阳坪、七星关等篇章。每句一字到十字参差错落，最长的如尾章"并知道川西一带民俗风情亦足称"②一句达十四字。韵律灵活，大多句句押韵，但也有隔句押韵者。如"前途望眼赊，沿江一带古烟霞。五里塘，恰似那八阵图，风云迷幻，又好比，元夜灯，火树银花。拢界牌，才知是灰白炭黑经融化。谚语云：'灌汶交界，黑白分明'点不差"，就是隔句押韵。③

第二，语言风格清新，以口语俚俗语为基调，文白夹杂，浅显自然，通俗易懂，节奏明快，朗朗上口。如下面这段：

　　渐渐的行来平地，抬轿人惫矣，坐轿人馁矣，映秀湾歇气。④

雅词与白话结合，一气呵成，毫无障碍。再如：

　　五盘山曲曲盘盘，下山容易上山难。……急忙下坡坎，尽都是石梯石板，且喜路宽原不险，不觉到平原。平桥沟，平房太破烂，不必稍缓，赶紧到沙湾，歇店好煮胡麻饭。⑤

基本上全为白话口语，顺畅自然。

　　行至白定关，地平且宽，街道接连。农工商贾把场赶，酒舍茶轩，纷纷人语自盘旋。或云掉换，或买油盐。⑥

有的时候用俗语，如"任汝忒聪明，也猜不出石头清醒，全

---

① 张宗品主编《松游小唱绘图本》，第8页。
② 张宗品主编《松游小唱绘图本》，第152页。
③ 张宗品主编《松游小唱绘图本》，第14页。
④ 张宗品主编《松游小唱绘图本》，第22页。
⑤ 张宗品主编《松游小唱绘图本》，第104页。
⑥ 张宗品主编《松游小唱绘图本》，第132页。

今藏着个葫芦闷"。① 此外还大量用蜀地方言入诗，如多次用"支尖""打茶尖""支尖站口"等表示川人用餐。

第三，用典丰富而恰切，体现作者深厚的积累和修养，也是其信口狂吟、纵横开阖的基础。

诗歌几乎为白话写成，却不让人感到平淡无味，除丰富的内容之外，大量典故的恰切使用是一个重要原因。作者有着深厚的历史文化与文学修养，同时又熟悉当地的自然人文、文献典故。经史子集，信手拈来，给作品增添了丰厚的文化底蕴，让人读来不觉生涩难懂，又增加了耐人寻味的文学美感。如其写旅途慨叹：

说什么金樽檀板，白苎红罗，山阴敕勒，塞上明驼。只此鸣笳吹角，也值得子夜闻歌唤奈何。似这般黄沙白草真萧索，长途感慨多，无端怅触。又不是李白夜郎，坡仙海嶼，杜陵忧国，宋玉坎坷。②

写羊店飞沙风：

扬尘扑面，吹平李贺山，杜陵茅屋怎经卷？③

再看雁门关地形气势：

边气郁萧森，江间波浪兼天滚。……明妃出塞最消魂，青冢黄昏，纵文姬归来，已不堪飘零红粉。往事怕重论，同是天涯沦落人。司马青衫，年年都被泪痕损。④

作者有时用一些民间笑话作为典故。如龙溪至映秀之间的羊子岭，过去当地人讹为娘子岭。作者为此以杭州民间笑话为喻，

---

① 张宗品主编《松游小唱绘图本》，第 62 页。
② 张宗品主编《松游小唱绘图本》，第 72 页。
③ 张宗品主编《松游小唱绘图本》，第 32 页。
④ 张宗品主编《松游小唱绘图本》，第 58 页。

说:"佳名自昔叫娘子,把新旧唐书重记起。天宝开元,这典故无从考据。伍髭须,杜十姨,或恐是才人游戏。"旧时杭州无聊文人将伍子胥祠署为"伍髭须祠",杜甫祠题为"杜十姨(拾遗)庙",[①]地方官无知,竟然将二庙合一,配嫁一家,闹成笑话。作者以此为讽,亦为诗增趣不少。

另外,作者还将典故与口头词语结合使用,尤见其灵活自然,不拘章法,如渲染"鬼打石"的扑朔迷离:

> 这石上旧窝痕,深深浅浅新涂粉。更有好事人,手抹牛溲马粪……试问他抹系何人?洗又何人?《山经》《尔雅》《志异》《搜神》,纵渊博如郑康成,这坑坑无从考证。三生果是旧精魂,补天或是娲皇剩,几次细详评,块然独存。[②]

作者这类结合俗词口语使用典故的手法,既不同于旧体诗用典,毫无僻涩,又给民间歌谣似的小唱增加内涵和厚度,更有几分诙谐和风趣,可谓一个成功的尝试。

(四)《松游小唱》创作渊源及其影响

《松游小唱》的产生并不是偶然。有论者已经指出其受四川文化、维新派、袍哥性格等影响,可谓抓住特点,但是对于其影响的具体表现语焉不详,此外还有何种因素影响也未能深入探究。而这些对于研究该诗在世纪之交文学变革时期出现的代表性意义十分重要,因而有必要进一步剖析。

第一,与"诗界革命"及晚清社会环境、文化思潮之密切关系。

《松游小唱》的产生,首先与晚清时期文化思想期待变革的潮流有着十分紧密的联系。这首长达万言的记游诗乃1892年作者应松潘总兵夏毓秀聘,由灌县赴松潘就任,旅途中即兴而作。在此

---

① 张宗品主编《松游小唱绘图本》,第20页。
② 张宗品主编《松游小唱绘图本》,第62页。

之前，董湘琴曾参加光绪十六年庚寅（1890）朝考。在同乡亲友、吏部主事、翰林院编修周盛典的家中，他与后来的"蜀学会"成员宋育仁、"保川会"成员杨锐等维新派代表人物相识，并保持联系。作为四川灌县的名人学士，董湘琴受到康有为、梁启超维新思想的影响，也支持他们的变法活动。为配合改良运动，梁启超等人在戊戌变法前，就已经提出"诗界革命"的主张。流亡日本时，梁启超更是通过主办《新民丛报》等大力鼓吹这一主张，《饮冰室诗话》则为其提供了理论上的依据和支持。这对20世纪初期的中国文学产生了深远的影响。《松游小唱》创作时，梁启超"诗界革命"的主张尚未明确提出。但是，代表"诗界革命"成就、符合革命要求、被称为近代开辟革新世界第一人的黄遵宪，已经于光绪十七年（1891）在《人境庐诗草自序》中提出改革诗界的方案，要求"其述事也，举今日之官书会典方言俗谚，以及古人未有之物，未辟之境，耳目所历，皆笔而书之"。在继承传统的基础上，进一步丰富诗歌语言，创造出"不名一格，不专一体，要不失为我之诗"的作品。① 当时还有丘逢甲、谭嗣同、夏曾佑等，他们的创作皆"出现于梁启超的《饮冰室诗话》之前。即是说，'诗界革命'是先有货色、再挂招牌的"。②

作为诗歌改良运动的"诗界革命"，反映了改良运动的需要，也为诗歌自身发展所必需。黄遵宪、谭嗣同等人喜欢选用新事物和西方名词术语入诗，在带来一些新气息的同时，也使有的新学之诗突兀生硬，为人所讥，后来才有所纠正。身居四川的董湘琴对外部世界之风气变换感受强烈，并充满期待。《松游小唱》中常有这类求新求变思想的反映。他在诗中批评闭塞地区的落后风气，如写农奴制度下的夹竹寺（今镇坪乡夹竹村）："此地土司也不小，一条沟管至白草。把这个野蛮风气长守倒，全不晓文明世道。"③ 表

---

① 黄遵宪：《人境庐诗草自序》，郭绍虞主编《中国历代文论选》第四册，上海古籍出版社，1980，第127页。
② 杨义、中井政喜、张中良：《中国现代文学图志》，生活·读书·新知三联书店，2009，第30页。
③ 张宗品主编《松游小唱绘图本》，第120页。

现了希望革新的思想。现代含义的"文明""野蛮"这类新名词出现在诗句中,十分自然妥帖。

再如下面这段,将当时的社会情形描写得更为具体生动:

> 直向平番(今五里堡)走,孤城如斗,此地吸烟男女,十有八九。失业废时,一切工商俱莫有。虽是松属营头,守备千总有官守。曾不思如何挽回,如何补救!勒令烟癖从此休,赶紧把普通知识来研究。①

这里透出的信息十分丰富,写出了当时鸦片烟毒泛滥带给国人的极大危害,如此偏远民族地区的状况正反映了鸦片战争后的国情。同时诗人又批评当地官员昏庸无能,完全没有考虑如何根治烟毒,恢复生产。"赶紧把普通知识来研究"一句已经隐隐透出作者对科学与现代技术的了解和倡导。在诗歌的最后一节,诗人依旧对促进文明富强满怀憧憬:

> 从来钟毓多英俊,此地何时文明进。愿邦人把富强心抱定,并知道川西一带民俗风情亦足称。②

说明其思想并不封闭,见解不俗。诗歌将民生关注、地方文化和形式创新自然结合,由此我们说《松游小唱》与时代紧密关联、遥相呼应就不是空言,称其为"诗界革命"的先行者和实践者也是当之无愧的。再联想到其身居西南一隅,并无黄遵宪等人那样的海外经历,而能有如此见识,令人惊叹,反映了当时社会发展进步的需要和变革主张的影响,也说明了蜀人对于时事的关心,其勇为人先、探索创获的精神更是难能可贵。如此优秀篇章,却限于地域原因,未能突破夔门,发挥应有的影响。这也是巴蜀作家所面临的普遍情形。

---

① 张宗品主编《松游小唱绘图本》,第126页。
② 张宗品主编《松游小唱绘图本》,第152页。

第二，与巴蜀文学、文化传统的关系。

除了时代风气影响之外，《松游小唱》还得力于董湘琴自己特殊的优势和巴蜀的地理环境。首先是巴蜀雄奇险峻、姿态万千的自然山水和独特民风，"蚕丛及鱼凫，开国何茫然。尔来四万八千岁，不与秦塞通人烟"。巴蜀地区深藏于西南崇山峻岭，山川险峻，神秘莫测，自给自足，民风醇厚，与中原形成明显的差异，如《汉书·地理志》所记："巴、蜀、广汉本南夷，秦并以为郡，土地肥美，有江水沃野，山林竹木疏食果实之饶。南贾滇、僰僮，西近邛、莋马旄牛。民食稻鱼，亡凶年忧，俗不愁苦，而轻易淫泆，柔弱褊厄。景、武间，文翁为蜀守，教民读书法令，未能笃信道德，反以好文刺讥，贵慕权势。及司马相如游宦京师诸侯，以文辞显于世。乡党慕循其迹。后有王褒、严遵、扬雄之徒，文章冠天下。由文翁倡其教，相如为之师，故孔子曰：'有教亡类'。"[①]李白"惊天地、泣鬼神"之千古名篇《蜀道难》也正是在这样一种自然与社会环境下产生的。

董湘琴世居蜀地，身受熏染。《松游小唱》所描写的松茂古道，地理位置十分重要，处于四川盆地西部边缘，《汉书·地理志》曾有记载："武都地杂氐、羌，及犍为、牂柯、越巂，皆西南外夷，武帝初开置。民俗略与巴、蜀同，而武都近天水，俗颇似焉。"[②]松茂古道将大西南与丝绸之路沟通，是连接长江、黄河发源地的一条极具经济意义和战略意义的通道，但千百年来少有系统资料。《松游小唱》以此为素材，为其创作成功打下了重要基础。

其次，《松游小唱》呈现出通俗浅近、流畅清新的风格，展现了诗人狂放不羁、崇尚自然的个性，也与巴蜀悠久的文学传统及总体特点密切相关。巴蜀文学既有中国文学的总体风貌，又独具特色，在中国文学史上占有十分重要的地位。作者在诗歌前面有

[①] （汉）班固《汉书·地理志》，《二十五史》第一册影印本，上海古籍出版社，1986，第522页。

[②] （汉）班固《汉书·地理志》，《二十五史》第一册影印本，上海古籍出版社，1986，第522页。

一段自序，写其创作由来，也清晰地展现了其与巴蜀文学传统的密切渊源。序云：

> 《松游小唱》者，松潘之游，随游随唱也。曷唱乎尔？自来名士从军，才人入幕，就所阅历，发为诗歌。途次所触，欲以五七字赋之，而又苦于裁对。因念古人如白玉蟾、朱桃稚辈，信口狂吟，自鸣天籁，音之高下、句之短长，在所不计。余自灌束装，以迄抵松，有见必唱，间有挂漏亦略所当略。阳春白雪尚已，下里巴人何妨。敝帚自享。二三知己以为板桥《道情》可，盲女弹词亦可。①

诗人"随游随唱也。曷唱乎尔？""信口狂吟，自鸣天籁，音之高下、句之短长，在所不计"，风格可谓十分鲜明。这里包含两个层面的特点：一是张狂不羁，充满自信；二是自然天成，形式随意。这正是巴蜀文学的突出特点。巴蜀文学不仅有司马相如之类铺张扬厉、华美整饬的风格，而且有率性自然、不囿陈俗、灵活善变的传统。其俗如前面《汉书·地理志》所称"未能笃信道德，反以好文刺讥，贵慕权势"，②《隋书·地理志》更谓"其人敏慧轻急，貌多蓑陋，颇慕文学，时有斐然"。③

"蜀人好乱，易动难安"，体现了"巴蜀人文精神那喜好标新立异，敢于大胆反叛权威和勇于自作主张，不乏偏激骄狂之态等地域性格"。④ 因而，巴蜀文学也以狂放不羁、飞动天成相标榜。类似典范不胜枚举，往往领时代风气之先。这

---

① 张宗品主编《松游小唱绘图本》，第6页。按：这段引文中的朱桃稚应为朱桃椎，可能为编误。
② （汉）班固《汉书·地理志》，《二十五史》第一册影印本，上海古籍出版社，1986，第522页。
③ （唐）长孙无忌等撰《隋书·地理志》（上），《二十五史》第五册影印本，上海古籍出版社，1986，第109页。
④ 邓经武：《大盆地生命的记忆——巴蜀文化与文学》，电子科技大学出版社，2005，第40页。

从"可能是巴蜀地域所流传的代表巴蜀文化的古籍"①《山海经》之神话可见一斑。逐日之夸父、填海之精卫、射日之后羿、大战黄帝之蚩尤,以及断首执干戚舞的刑天、怒触不周山的共工等似乎不自量力而又蔑视权威、搏击不休的悲剧英雄,均在相当程度上体现了蜀人大胆叛逆、骄狂不羁的个性。尤其是鲧、禹父子英雄,当洪水滔天时"鲧窃帝之息壤以堙洪水,不待帝命。帝令祝融杀鲧于羽郊。鲧复生禹,帝乃命禹卒布土以定九州"。②父子二人前仆后继,治水成功,表现出不屈不挠的拼搏精神。其地先民另有上通于天的建木、勇吞大象的巴蛇、蚕丛纵目、杜鹃啼血等神秘美丽的传说。还有《华阳国志》中反映"巴师勇锐,歌舞以凌殷人"的巴渝歌舞、流传楚国郢都的下里巴人曲词,曾与彭祖、不死民、巫山神女等一道对屈原楚辞的创作产生重大影响。

不畏强权,不断追求,勇于创新,也成为后来巴蜀文学在中国文学史上长期居于一流的原因。正如唐人魏颢精辟的论断:"自盘古划天地,天地之气艮于西南。剑门上断,横江下绝。岷峨之曲,别为锦川。蜀之人无闻则已,闻则杰出。是生相如、君平、王褒、扬雄,降有陈子昂、李白,皆五百年矣。"③司马相如《凤求凰》的佳话千古称羡,"美酒成都堪送老,当垆仍是卓文君",其不拘礼法而成就了大汉雄风号手的地位。"诗仙"李太白天马行空,傲视权贵,"清水出芙蓉,天然去雕饰"。甚至被称为"诗圣"的杜甫,初入蜀而作《成都府》时,因明显觉得"我行山川异,忽在天一方"而感慨万千,"喧然名都会,吹箫间笙簧"的巴蜀文化氛围使其深受影响,更增狷狂自然之情性。在其后的《狂夫》诗中,诗人在"万里桥西一草堂,百花潭水即沧浪"的茅屋窘境下却能欣赏"风含翠筱娟娟静,雨裹红蕖冉冉香",发出了"欲填沟壑唯疏放,自笑狂夫老更狂"

---

① 蒙文通:《略论〈山海经〉的写作年代及其产生地域》,载《巴蜀古史论述》,四川人民出版社,1981,第146页。
② 袁珂校注《山海经校注》,巴蜀书社,1996,第536页。
③ (唐)魏颢:《李翰林集序》,《李太白集注》,上海古籍出版社,1992,第553页。

的浩叹,可谓狂态十足。到了华夏文明造极一时的赵宋时期,巴蜀文学更涌现出远领时代风骚的以三苏为代表的杰出作家群。东坡之文汪洋恣肆,如清泉喷涌,不择地而出,似高天流云,行止自如;其诗无事不可入,奔放灵动,触处生春;其词更是为曲子词传统格律缚不住者,"倾荡磊落,如诗如文,如天地奇观",① 堪称蜀人翻空出奇、腾挪求新而又自然和谐的典范。自此而降,壮年入蜀的经历使陆游得以认识"诗家三昧",改变了其人生和诗歌创作的道路,一生难忘,特将其诗集命名为《剑南诗稿》。明清时期四川杨升庵、李调元、张问陶皆为全国一流诗人。杨升庵强调性与情的统一,《性情说》云:"合之则双美,离之则两伤。举性而遗情何如,曰死灰;触情而忘性者何如,曰禽兽。"其著述惊人,其诗文"随题赋形,一空依傍,于李何诸子之外,拔戟自成一队"。更有散曲《陶情乐府》清新如话,弹词通俗自然,名闻天下。李调元同样性格旷达通脱,不为礼法所拘,不但有诗话、词话,还有赋话、曲话,更亲身参加戏曲实践,极大地推动了戏曲的发展。影响更为直接的还有被誉为"青莲再世"的清代最著名的蜀中诗人张问陶,其诗自成一体,不因循前人,抒写真实性灵,所谓"漫语谰言却近真,乱头粗服转丰神"、"诗中无我不如删"、"古人只是性情诗"、"天籁自鸣天趣足,好诗不过近人情",如此等等。嘉庆三年(1798),张问陶入川陕栈道写成纪实名篇《宝鸡题壁十八首》,"盛传天下"的同时,又被人激烈批评,如朱庭珍《筱园诗话》所评"叫嚣恶浊,绝无诗品,以其谐俗,故风行天下,至今熟传人口,实非雅音"。而这种批评正说明其诗所受到的普遍重视及其原因,酷爱巴蜀前贤的董湘琴受其影响也就十分自然了。

与疏放不羁、纵情狂歌的巴蜀义化传统相对应,巴蜀地区悠久的民间文艺也以通俗清新而产生影响,这正如《松游小唱》的序中所称:"阳春白雪尚已,下里巴人何妨。"其中如表现市井风

---

① (宋)刘辰翁:《辛稼轩词序》,徐汉明编《辛弃疾全集》,四川文艺出版社,1994,第395页。

情的竹枝词就在巴渝民间十分盛行,唐代刘禹锡予以借鉴和加工,使之广为流传,这在《松游小唱》中也有所反映。如序末提到的《道情》、弹词等,皆为南方地区流行的诗赞体民间说唱文学。

第三,与道教文化的关系。

除了上述渊源外,还有一个突出因素也不可忽视,这就是道教文化的深刻影响。这在《松游小唱》的序中也有明确的表述。

《松游小唱》的序中直接提到的人物一共三位,即"古人白玉蟾、朱桃稚辈"和"二三知己以为板桥《道情》可,盲女弹词亦可"的郑板桥。此三人均为著名的道士与道教文学家。

白玉蟾(1194~?),本名葛长庚,因过继雷州白氏为后而改其姓名。字白叟、以阅、众甫,号海琼子、海南翁、琼山道人、武夷散人、神霄散吏、紫清真人,祖籍闽清(今属福建),生于琼山(今属海南)。他生活在南宋后期,学道而遍历名山,被全真教尊为南五祖之一。他创作颇丰,有多种别集被收于《道藏》之中。其徒彭耜合编为《海琼玉蟾先生文集》四十卷。2004 年,海南出版社出版朱逸辉主编的《白玉蟾全集校注本》,较为详尽。白玉蟾现存诗词 1200 余首。其诗词自然洒脱,不受拘束,一如其《希夷堂》所说:"道人久矣泯耳目,萧然自如脱羁束。"也如《黄风子赞》所写:"先生不狂是诗狂,先生不颠是酒颠。颠颠狂狂人不识,归去青城今几年。曾将诗酒瞒人眼,不是酒仙与诗仙,只是个黄颠。"故现代学者认为白玉蟾"道家的思想大大地影响其诗词创作,有自赞诗二首曰:'千古蓬头跣足,一生服气餐霞。笑指武夷山下,白云深处吾家';'神府雷霆吏,琼山白玉蟾。本来真面目,水墨写霜缣。'以上两首诗可见他修道之深,重身轻物,思想开拓,将自己融于大自然之中"。[1]其道士生活情趣与神情栩栩如生,此外如《玉壶昨起》:"白云深处学陈抟,一枕清风天地宽。"《送谈执权张南显归广州》:"君但归,归去好,人生有情为情恼。明朝轻舟当径度,不须回首端州路。"《将进酒》:"米大功名何足

---

[1] 包德珍:《白玉蟾的道家思想和诗词创作》,《白玉蟾真人评介集》,银河出版社,2005,第 165 页。

数,鸿毛利害奚自苦。醉则已,睡则休。水浩浩,天悠悠。君知否,昔在甲辰尧嗣位,迄今嘉定之辛巳。其中三千六百年,几度寒枫逐逝川。"《清贫轩》:"有时挂杖青松畔,便是人间快活仙。"以及《快活歌》《大道歌》《茶歌》《云游歌》《武夷歌》《短歌行》《杜鹃行》等,均个性鲜明,意在林泉,不同世俗,而且句式灵活,长短参差,从三字到十三字不等,其《叠字招隐二首》,则从三字句到十字句排列有序,别有意趣,自然生动。明代杨慎《词品》、清代陈廷焯《白雨斋词话》等都曾对其高度评价,董湘琴有意借鉴也是情理之中。

郑板桥,名燮,号板桥道人,为清代扬州八怪之一,早年卖画扬州,后入仕做官,曾任山东范县、潍县县令,因得罪豪绅罢官,再回扬州卖画。郑板桥不仅诗书画三绝,而且擅长民间通俗文学,其摹写世态风情的《道情十首》就是一种民间讲唱文艺作品,广为传唱,影响深远。

《道情十首》前有楔子云:"自家板桥道人是也,我先世元和公公,流落人间,教歌度曲,我如今也谱得道情十首,无非唤醒痴聋,消除烦恼。每到山青水绿之处,聊以自遣自歌。"[①] 这里的元和公公是指民间文学作品中常见的唐代书生郑元和,最早是从唐代民间说话《一枝花》和白行简的著名传奇《李娃传》演化而来。据说郑元和是唐代荥阳公之后,为恋长安名妓李娃(李亚仙)而床头金尽,落魄不羁,沿街唱《莲花落》,与《道情》皆为民间俗曲小唱。元杂剧《李亚仙花酒曲江池》等即写这个著名的故事。郑燮称郑元和为先世,寓意颇深厚,自号板桥道人,亦理所应当。《道情十首》主要通过渔翁、樵夫、头陀、道人、书生、乞儿等市井阶层的生活,抒写其追求自然的闲适心态。如第四首写道人:

  水田衣,老道人,背葫芦,戴袱巾;棕鞋布袜相厮称。修琴卖药般般会,捉鬼拿妖件件能,白云红叶归山径。闻说

---

① (清)郑燮:《郑板桥集》,中华书局,1962,第155页。

道悬岩结屋,却教人何处可寻?①

能耐甚高而归隐无迹,令人神往。而第十首直抒胸臆:

> 吊龙逢,哭比干。羡庄周,拜老聃。未央宫里王孙惨。南来薏苡徒兴谤,七尺珊瑚只自残。孔明枉作那英雄汉;早知道茅庐高卧,省多少六出祁山。②

其崇尚道教的基本倾向由此可见一斑。再看其尾声:

> 风流家世元和老,旧曲翻新调;扯碎状元袍,脱却乌纱帽,俺唱这道情儿归山去了。③

充分显出《道情》明快率情的特点,不要求协韵对仗,顺口即可,这种讲唱文学形式后来在巴蜀地区流行甚广,与之相似的还有《莲花落》等,《松游小唱》近于口语式的写作特点与之亦有略同处,故董湘琴特地加以点出。

《松游小唱》序中提到的还有一个重要人物,这就是朱桃椎。四川美术出版社整理出版之绘图本写作朱桃稚,而民国时期蒲春蔚(种芎)校正、四川灌县灵光室出版的版本则作朱桃椎,按应以朱桃椎为是。朱桃椎,又作朱桃槌、砵桃椎,为唐代蜀中著名道士和隐者,在各种古籍文献中多有记载。最先有初唐时太子少保河东薛稷所做《朱隐士图赞》:

> 隐士朱君记,《灵池县图经》云:朱桃槌者,隐士也,以武德元年,于蜀县白女毛村居焉。草服素冠,晦名匿位,织履自给,口无二价。后居栋平山白马溪大磐石山。石色如冰素,平易如砥,可坐十人。石侧有一树,垂阴布护于其上,

---

① (清)郑燮:《郑板桥集》,中华书局,1962,第155页。
② (清)郑燮:《郑板桥集》,中华书局,1962,第156页。
③ (清)郑燮:《郑板桥集》,中华书局,1962,第156页。

当暑炽之月，兹焉如秋。桃槌休偃于是焉。有好古之士，多于兹游。朱公或斫轮以为资。前长史李厚德，后长史高士廉，或招以弓旌，或遗以尺牍，并笑傲不答。太子少保河东薛稷为之图赞云：

先生知足，离居盘桓。口无二价，日唯一餐。筑土为室，卷叶为冠。斫轮之妙，齐扁同欢。[①]

其后有刘肃《大唐新语》卷十"隐逸传"载曰：

朱桃椎，蜀人也。淡泊无为，隐居不仕，披裘带索，沉浮人间。窦轨为益州，闻而召之，遗以衣服，逼为乡正。桃椎不言而退，逃入山中，夏则裸形，冬则树皮自覆。凡所赠遗，一无所受。每织芒屩，置之于路，见者皆言："朱居士屩也。"为鬻取米，置之本处。桃椎至夕取之，终不见人。高士廉下车，深加礼敬，召之至，降阶与语，桃椎不答，瞪目而去。士廉每加优异，蜀人以为美谭。[②]

《太平广记》卷二〇二《儒行》（怜才、高逸附）亦据以收录，文字全同。

正史之中，《旧唐书》卷六十五列传第十五《高士廉传》记录其事，《新唐书》卷一百九十六列传第一百二十一"隐逸"为之列传，均作"硃桃椎"。

宋孔平仲所撰《续世说》有相关记载，北宋马永卿《懒真子》卷一载苏轼在黄州赠隐士诗句："士廉岂识桃椎妙，妄意称量未必然。"

《松游小唱》序中谓朱桃椎信口狂歌，这一特点在《全唐文》卷一百六十一所收录其唯一存世之作《茅茨赋》中也可看出。其文如下：

[①] 《全唐文》第 2 册，卷 275，上海古籍出版社，1993，第 1237 页。
[②] （唐）刘肃撰《大唐新语》卷十，上海古籍出版社，1984，第 156 页。

若夫虚寂之士，不以世务为荣；隐遁之流，乃以闲居为乐。故孔子达士，仍遭桀溺之讥；叔夜高人，乃被孙登之笑。况复寻山玩水，散志娱神，隐卧茅茨之间，志想青云之外，逸世上之无为，亦处物之高致。

若乃睹余庵室，终诸陋质。野外孤标，山旁迥出，壁则崩剥而通风，檐则摧颓而写日。是时闲居晚思，景媚青春；逃斯涧谷，委此心神。削野藜而作杖，卷竹叶而为巾，不以声名为贵，不以珠玉为珍。风前引啸，月下高眠；庭惟三径，琴置一弦。散诞池台之上，逍遥岩谷之间。逍遥兮无所托，志意兮还自乐；枕明月而弹琴，对清风而缓酌。望岭上之青松，听云间之白鹤。用山水而为心，玩琴书而取乐，谷里偏觉鸟声高，鸟声高韵尽相调；见许毛衣真乱锦，听渠声韵宛如歌。调弦乍缓急，向我茅茨集。时逢双燕来，屡值游蜂入。冰开绿水更应流，草长阶前还复湿。吾意不欲世人交，我意不欲功名立。功名立也不须高，总知世事尽徒劳；未会昔时三个士，无故将身殒二桃。[①]

朱桃椎早年曾任祭酒之职，后弃官而去，淡泊名利，安于贫苦，遁隐山林，自得其乐，追求内心的平和与宁静，可谓得道之人。故《正统道藏》洞真部记传类《历世真仙体道通鉴》曰："益之灵泉分栋山道观朱祭酒，名桃椎，得道正果，不乐飞升，混迹樵牧，往来城市山林间，以救世度人为念……得道于蜀中玉珍山，有《养生铭》《茅茨赋》《水调歌》《撼庭秋》等作遗世，大较自述隐遁之乐与内丹诀云。"又谓其后受封为妙通感应真人，号朱真人，入神仙传。这充分揭示了其在道教中的身份和地位。

四川自来与道教有特殊的渊源和密切关系，大邑鹤鸣山为张道陵创立道教之地，青城山则为其发祥地，道教由此北上流入中原。传说老子游历过的成都青羊宫，以及江油窦团山、梓潼县七曲山文昌宫、三台云台观、绵阳西山观、剑阁鹤鸣山、彭州阳平

---

① 《全唐文》卷一百六十一，上海古籍出版社，1993，第724页。

观与葛仙山、彭县仙女山、新津老君山与纯阳观等,均为道教名胜。历代著名道士也很多,唐代就有精通天文地理的袁天纲,帮助唐玄宗创造出《霓裳羽衣曲》的彭县道士罗公远,据传能出入三界、帮助唐玄宗寻找杨贵妃的什邡道士杨通幽,等等。五代到宋初年间,普州崇龛(四川安岳县)人陈抟,更是大名鼎鼎的太极图之创立者。元朝巴蜀有全真道的分支——龙门派。清初,陈清觉又在四川开创龙门派丹台碧洞宗。道教渊源连绵不断,对文学也产生了重大影响,李白也曾到岷山学道,董湘琴受其影响。

  综合以上多种因素,董湘琴诗歌可谓广泛吸取,力求创新,以"小唱"的形式表现家乡父老熟悉的题材,内容浅近而内涵丰富,趣味横生而意义重大,近于口语,明白如话也便于流传,自然为百姓所接受和喜爱,邑人争相传诵,大有洛阳纸贵之慨。[①]这继承传统而又富于个性的创造,正说明其为成功的尝试。《松油小唱》不仅为晚清诗坛增添佳作,更为清末民初文学转型酝酿时期巴蜀文人探索诗歌新路提供了范本。同时,我们知道白话文学为现代文学转型的语言标志,"歌谣化是中国现代新诗最值得重视的创作趋向之一",[②]那么从这个角度来重新认识《松游小唱》,其价值和意义将更为彰显。

[①] 张宗品主编《松游小唱绘图本·后记》,第154页。
[②] 李怡:《中国现代新诗与古典诗歌传统》(增订本),北京大学出版社,2008,第95页。

十八　朱大录与张善云的散文

在新中国成立后的羌族文学创作中，散文是出现最早的文体。1953年初，刚刚创刊的《阿坝报》先后登载了《三龙羌胞欢乐过春节》和《耍灯笼喝咂酒过春节》两篇文章。就现有资料看，这是最早发表的当代羌族作者的散文作品，记叙了当时羌族同胞庆祝春节的欢乐情景。它们都有点近于新闻报道，基本上是客观记述，平铺直叙。经过几十年发展，羌族散文创作有了很大进步，从结构安排到叙事抒情诸种手法较为和谐的运用，都可见羌族作者已经比较熟练地掌握了写作技艺，并以此反映广阔的生活，抒发健康的情感。羌族文学首次在全国获奖的作品便是散文，它也说明这是一个很有成绩的领域。在羌族散文作者中，朱大录的创作较早产生影响，张善云则以科普散文著称。本章最后会简略论及女作者罗子岚，她的作品亦较有特色。

（一）朱大录的散文

朱大录，四川省阿坝藏族羌族自治州茂县人。1968年毕业于威州师范学校普师班，1985年到西南民族学院中文系干部专修班学习，曾任区乡小、中学教师，茂县文教局干部，县文工团副团长，县委党校教师，县委宣传部秘书、副部长、部长等职。朱大录从小生活在羌寨，后又因工作关系跑遍全县乡村，这为其文学创作打下了比较坚实的生活基础。1978年4月，他与另外几个同志被抽调为庆祝茂汶羌族自治县成立二十周年筹备文艺节目，开始学写歌词、编舞蹈脚本等。后来又与州文化局组织的创作组及省市文艺工作者一道深入基层，参加采风，为全省文艺调演创作节目等,使他逐渐对文艺产生了浓厚的兴趣,促使他以极大的创作热情去反映羌族人民丰富多彩的生活与羌族地区天翻地覆的变化。1979年,朱大录在《阿坝报》文艺副刊发表第一篇散文《叠溪海子话今昔》,介绍美丽迷人的叠溪自然风光。随后他陆续在《词刊》《四川日报》《四川大众文艺》《龙门阵》《中国农民画报》《旅游天府》《新草地》《阿坝报》《民族教育》等报刊上发表多篇作品;创作的诗歌有《电视天线》《故乡情思》《羌山月夜》《三龙一瞥》《驶向彼岸》等;创作的歌词有《春风吹遍羌寨碉房》《请你作客到羌家》《岷江边的果园》《摘花椒》《织地毯》等,这些作品都寄寓了作者对羌寨山水、父老乡亲的深情厚谊。《故乡情思》曾获《新草地》创作三等奖。而最能显示其文学创作水平的是他的散文作品。1981年,朱大录创作的《羌寨椒林》荣获第一届全国少数民族文学创作奖,这也是有史以来羌族作者第一次获得全国性创作奖。除此之外,他创作的《白石的思念》《羌族皮鼓》《羌寨婚礼》《青青箭竹林》《别》《叠溪遗迹》《羌家的俄日俄足》《茂汶苹果香飘万里》《羌笛声中话茂汶》《兰草记趣》《情系南沟》等,也都获得好评。1980年9月发表于《四川日报》的《羌寨椒林》是朱大录的第二篇散文作品,它以"简洁而精细的笔触再现了羌寨日常生活的画面,刻画了二姆大叔这个普通农民对椒林的深厚感情,从而揭示了粉碎'四人帮'以后党的政策在农村现实生活中的深刻影响,以及随之而产生的农民在精神面貌上的变化"。[①] 作者熟悉和了解羌族百姓的生活,对羌寨椒林印象深刻,有一种特别亲切的感情,因此写起来得心应手,文思泉涌,文笔流畅自然,其中的一些情节,如暑假与伙伴到椒林摘采没收净的花椒等就直接来自其亲身经历,读后令人对椒林的美景及经济价值等都有了新的认识。如作品开头写椒林概貌:

每年农历六月进伏以后,便是羌寨采摘花椒的季节,那

[①] 李启源:《文苑不负苦心人——访羌族业余文学作者朱大录》,《阿坝报》1982年3月17日。

满山遍野的椒树上，花椒一簇簇一团团像羌族姑娘精心刺绣的火盆花，挂满枝头，惹人喜爱。一群群羌族姑娘、小伙子和老年人走进椒林，一边用灵巧的双手采摘花椒，一边唱着悠扬的山歌，热得使人发闷的椒林充满欢乐和生气。

在喜气洋洋的丰收景象中，作者那由衷的热爱之情溢于言表，羌寨日益红火的生活也由此展现。读者自然为这羌寨特有的美景所陶醉和感染，并会随着作者的介绍，去了解人们喜爱花椒的原因，了解花椒广泛的用途与价值，知道它与羌民、与作者生活的密切关系。接下来，作者重点围绕二姆大叔种椒、爱椒的大半生经历，对比椒林今昔的变化，揭示了椒林对羌寨因地制宜地发展副业生产、搞活经济的重要意义。最后情不自禁地直抒胸臆：

我爱椒林，因为它有顽强的生命力，它耐干旱，耐霜雪，像羌民粗犷、豪放的性格。生在高山，长在高山，喜爱高山，默默无闻地吸收很少很少大自然赋予的营养，用婆娑的枝叶和身躯把荒山秃岭装点得美丽迷人，为羌寨穿上美丽的衣衫，吐出那丰硕的果实，为人民作出巨大贡献。

其后同样发表于《四川日报》的《白石的思念》也是一篇优美动人的抒情散文。作者以童年成长和对白石的认识、理解为线索，写出白石在羌民心目中与生活中的重要地位，写出一个古老民族悠远而缓慢的发展历程。那深沉而忧伤的咏叹白石的酒歌，祖辈在白石神护佑下战胜"戈基"、安居乐业的传说，都充满梦幻和传奇色彩，令人神往。文章笔法细腻真切，火塘边听老人唱酒歌那一段尤为传神：

这对童年的我来说，什么白云石呀、雪山呀，天神的化身呀……一点也不懂。老人低沉的歌声，简直是再好不过的催眠曲。不等咂酒喝完，我早已趴在大火圈上进入美妙的梦乡。火塘里跳跃的火苗，像颗颗晶莹的白石，在梦中跳荡，激起我童年生活的火花。

老人们低回反复的吟唱与幼稚天真的童趣融汇成民族文化的特有氛围,一代代的羌民都是如此度过,白石给单调寂寞的童年生活带来乐趣,增添光彩。岁月的流逝,历史的变迁,使白石失去了神圣的光环,但它依然那样美丽,默默奉献,装点羌家。因此,文中所表达的思念之情,已经超出这无生命的石头本身,散文是对白石坚硬、晶莹、纯洁的禀赋及其所代表的羌民质朴浑厚、热爱生活的美好性灵的礼赞。朱大录的散文情感真挚,又多与具体景物相结合,并运用比喻、象征、拟人、排比等手法,使之形象生动、气质充沛。椒林、白石、皮鼓、叠溪,都寄托了作者对故乡的热爱,对羌族历史文化的自豪和对美好未来的憧憬。

作者在《青青箭竹林》中也采用了这种以景寓情的写法。箭竹林的辛酸历史映衬出羌山人民的血泪史。漫漫长夜里,"羌民多么希望有一盏灯啊!很多很多年过去了,这盏灯始终没有找到",只有靠"箭竹姑娘"干枯的身躯制成的"箭竹灯"照明。到了新中国,羌民的愿望得以实现,"寨子里的电灯亮了,一座座碉房银晃晃的"。灯的演变,反映了羌山日新月异的飞速变化和人民甘甜红火的新生活,也透出更加光明的前景和人们无限的喜悦与感激之情。评论者早在 20 世纪 80 年代初就指出了朱大录散文的这种特点,在评《青青箭竹林》时谈道:"现实生活是诗意的火种,独特、深刻的生活感受是散文作者抒发志趣情怀的基石,有了真挚的情感,就能叩开读者的心扉。这样的散文读后才能使人产生强烈的共鸣。"[①] 同时,作者叙事抒情往往从小处着笔,选取羌寨的一山一水、一草一木,立意较为新颖,故能以小见大;他善于汲取民间文学的丰富营养,在文中常穿插一些优美动人的传说和歌谣,使作品显得古朴深沉,富有浓郁的民族色彩和地方风味。《青青箭竹林》中在青石板上凿孔点灯和用箭竹制作羌笛的记叙以及《草鞋》《白石的思念》《羌族皮鼓》《羌寨婚礼》等作品中的一些描

[①] 李朝正:《绽开在雪山草地的鲜花》,《草地》1982 年第 3 期。

写，还具有特殊的民俗学价值。

朱大录的散文也存在不足之处，如文章结构有程式化痕迹，缺少变化，就一篇具体作品而言，或许不明显，但将其主要的作品对照来看，便略有单调雷同之感，说明作者对篇章安排的多样化还注意不够。20世纪90年代后，朱大录笔耕不辍，题材有了新的开拓。《永远的怀念》回忆了作者初涉文坛时与著名作家周克芹及《四川文学》编辑、女作家向义光的短暂而又难忘的交往经历，两位作家给予了他真诚的鼓励和鞭策，以对文学和人生的执着实践其赠言。作品笔调质朴，感情真挚，有一定感染力，亦颇具启示意义。时代在发展，朱大录视野更宽广，思想也更深沉，在倾洒一腔挚爱的同时，更增添了理性的色彩，注入了独特思考。他在后来的作品中已逐渐显出这种新的意向。这与当代羌族文学发展的轨迹也相一致。

在物质文明高度发展的今天，人们的观念到底应如何更新、应怎样正确对待身边所发生的一切，朱大录在《寻觅》中记录了故乡的变化，让人沉思和警醒。记忆中的故乡田月村生活十分清苦，但民心纯朴，人们相处和谐。后来，河对岸的山村富了，田月村人变得古怪起来，别人打猪草就撵，别人过路就放狗咬。再后来，田月村人像阿里巴巴一样发现了金矿，于是疯狂地抢金沙。淘金给村民带来了一幢幢新房，带来了高档录音机、大彩电、卡拉OK录像机，他们不再寂寞，不再寒碜，而"脾气也变得更古怪，谁也不理谁，谁也不怕谁，钱是撑腰的，酒是壮胆的，张家的瓜丢了，全家倾巢痛骂，王家的苹果少了一个，对着风也要骂一通。人骂，狗也跟着助威，很是热闹"。朱大录在最后感慨不已："人们富裕了，生活变好了，在它的背后我总觉得少了点什么，使我的心难以平静。啊！田月村，在你的怀抱中，我还能寻觅到那颗不泯的童心吗？我盼望和希冀着总会有那么一天。"作者祝福着，呼唤着真善美的复归，期待着精神文明建设与物质文明发展同步。与前期多以颂美为主的作品相比，朱大录的认识达到了一个新的高度，具有更深刻的思想意义。此外，《兰草记趣》所寓的生活哲理，以及小说《雾兮归来》表现的初步反思，都显示出其题材的开拓和不懈的追求。

（二）张善云的科普散文

张善云，这个出生在四川理县的普通羌族汉子，多年来致力于九寨沟的自然保护、开发研究与宣传，取得了令人瞩目的科研成果，也创作了一批有影响力的科普旅游散文。张善云曾担任南坪县科协主席，他的研究论文曾获四川省政府重大科技成果奖和优秀科技成果奖。他参与了九寨沟的开发研究工作，也担负起了宣传和保护九寨沟的时代重任。1992年和1997年，他两次代表中国撰写申遗报告，为九寨沟被联合国教科文组织列入《世界自然遗产名录》和加入世界生物圈保护区网络做出了重要贡献。与此同时，他潜心创作有关九寨沟的系列科普作品，陆续出版了《九寨奇趣》《走进童话世界——九寨沟旅游指南》《九寨沟自然交响曲》《黄金旅程新奇乐》《黄龙九寨恋歌》《九寨沟志》等十余部著作。由于在科普创作中的杰出成就，张善云被中国科普作家协会、中国农业林业学会等联合授予"20世纪80年代以来科普编创成绩突出的农林科普作家"称号，被评为"四川省科普作家协会建会以来成绩突出科普作家""四川省20世纪90年代优秀科普作家"。张善云常年置身于九寨沟的自然美景中，感受其特有的山岚湖韵，故其科普作品显露出强烈的自然之美，呈现出物我交融、天人合一的鲜明意识与氛围。正如李川在为《走进童话世界——九寨沟旅游指南》作序时所指出的那样："这是一本充满诗情画意的书，是一本人与自然对话的乐章，是一本富含哲理的散文。全书充满了自然与人的和谐之美。"[1] 这也是贯穿张善云所有作品的共同主题，是其特色之所在。

通览张善云的十余部著作，其由衷热爱自然之情溢于言表。这是张善云散文的一个鲜明特点。文体大多为语言流畅、风格清新、融叙事抒情于一体的科普旅游散文。一部书就是一部独具特

---

[1] 张善云:《走进童话世界——九寨沟旅游指南》，中国轻工业出版社，1998，"序"第1页。

色的散文集,他的书都以九寨沟为题材,从不同角度展现其雄奇秀美的醉人神韵,吟咏讴歌其百态千姿、万般风情,引人入胜,兴味无穷。同样注目九寨沟而并不觉其累赘重复,这当然首先与九寨沟自身的无限风光有关,同时也与作者的主观因素不无关系。张善云是带着一种特殊的情意和使命去悉心观察、探寻、研究的,因此其创作不是走马观花、浅尝辄止、千篇一律,而是在题材的广度和深度上努力发掘,写出九寨沟独有的风姿和审美价值。张善云熟悉九寨沟的每一片海子,每一个壑谷,幽泉飞瀑、奇观伟景、珍木异禽,如在胸中,叙写之时得心应手,娓娓道来,如数家珍,故而其作品特色鲜明,绝少雷同。其作品介绍的内容既有世人熟知的九寨沟标志性景观如诺日朗瀑布、长海、五彩池等,也有隐藏不露、人迹罕至的深林美景、珍稀资源。如在《走进童话世界——九寨沟旅游指南》中,张善云首先以"九寨归来不看水"的开篇献辞作为总纲,采用散文诗一般清新优美的笔调,勾勒九寨沟斑斓夺目的色彩、多姿多彩的景观、如梦如幻的意境、令人惊叹的山水,让读者对这神奇诱人的童话世界产生初步认识。然后分别从自然景观、嫩恩桑措景点、自然奇观、地学旅游、生态旅游、旅游环境、人文景观以及诗词、神话、食俗等多种角度予以介绍,便于读者各取所需,详细了解。其中,自然景观方面依次介绍了海、瀑、泉、滩、山、岩、树,仅仅是写海,便有芦苇海、双龙海、卧龙海、火花海、树正群海等二十余个,琳琅满目,美不胜收。其特色亦各自突出,五彩池、诺日朗群海等令人难忘,其他湖海莫不如此。如作者笔下的镜海:

> 海边谷坡陡峭,森林密集,林带色相四季变化,层次丰富。每当晨曦初露,或朝霞吐辉之时,海水一平如镜,蓝天、白云、远山、近树,尽纳海底,海中景观,镜相清晰,线条分明,色泽艳丽,富于变化。"鱼在天上游,鸟在水底飞"的奇幻景象,使人如醉如痴。海边一根碗口粗的长藤,紧紧地攀援在一株参天大树上,与树齐高,直冲霄汉。树给藤无限温馨的绿荫,藤给树美丽清纯的爱恋。于是人们给镜海取了

个别名——爱情公园。

这抒情性的描写让人对这个虽不十分著名但颇具特色的景观有了比较深刻的印象。类似的描写不胜枚举,再如对金铃海的介绍:

> 金铃海海拔 2435 米,一大一小紧相毗连,因形似铜铃而名。俯瞰金铃海,湖水呈靛色,"青出于蓝"分外夺目。海岸浓荫密布,景色特秀,将一对铜铃似的湖泊映衬得更加玲珑,似乎不需打击,已闻清脆。

简短的几行文字形神兼备地呈现了金铃海景观,令人一目了然。而对一百多个海子中最大的海子——长海的摹写,令人更加难以忘怀。

> 长海海拔 3060 米,最深处达 44.57 米,面积 3 万平方米,长约 5 公里,顺山弯去把头深藏在重峦叠嶂的山谷之中,是九寨沟最大的海子。海子对面,雪峰皑皑,冰斗、U 字谷等典型冰川景观,历历在目。岸边林木丰茂,邈远娟雅,一眼望去,水似明镜,苍杉巍巍,沐浴在蓝天白云之中。仿佛想象中的仙山琼阁。

如果说扣住景物特色反映了作者对景物的熟悉和观察角度的新颖,那么其作品引人入胜的更为重要的原因在于作者的笔触饱蘸感情,寄托心志,移情于景,情景相生,赋予大自然鲜活的生命,也赋予其灵魂、性情和人格精神,让读者不由自主地予以关注、呵护,怜爱之情油然而生。无论写动物、植物、地貌、气候等自然之物还是写人文景观,几乎篇篇含情,描摹入微。其中歌咏九寨沟动物的《大熊猫奇闻趣事》《猴中"美人"多情趣》《密林深处道野鸡》《高山贵客播奇香》《九寨鸟歌》等,仅从篇名即可感知作者的喜爱之情,作者从多方面描写九寨沟动物特殊的观赏审美价值。写植物类的文章就更加丰富了,如《九寨红叶动心魄》《林中奇观叶上珠》《昔日黄龙变金龙》《繁花朵朵话扁桃》《抗癌奇树——三尖杉》《九寨杜鹃》《九寨蔷薇》《碧海苍山话子遗》《林木森森入画来》《饮誉林海一明星》《果美叶红咏柿子》等，揭示九寨沟各种植物不仅具有明显的观赏价值，还有巨大的、独特的药用保健、营养食用以及科学研究等价值，热烈地歌颂了自然界的美景及其对人类的巨大贡献。其他如《冰川遗迹添奇景》《九寨之魂——钙华加积》《九寨云雾》《九寨彩虹》等也写出了九寨沟地貌、环境的奇特壮观。这些自然景物，往往具有值得赞美的各种美好品质、禀赋、性格。它们或亭亭玉立，雄姿英发；或生性孤独，温文尔雅；或不屈不挠，坚韧不拔；或默默奉献，不求显达。其中，金丝猴的尊老爱幼、舍身救子，大熊猫的娇憨温驯、活泼可爱，蔷薇的艳婉柔淑、纯真高尚，以及野草的不畏劣境、生命不息等，都描绘得具体生动，给人留下深刻而美好的印象。在《九寨红叶动心魄》一文中，作者满含深情地描写了九寨秋色美好象征之红叶所表现的动人风姿和高尚情怀，寓意深远，令人浮想联翩。片片红叶，如霞如火如血如花，它们千姿百态，构成了九寨沟金秋辉煌画卷中最美丽的风景，不仅使神奇的九寨更神奇，而且使人触景生情，产生美好的联想。作者一连用了四个排比段，极力赞美其高尚情操，描绘形象而生动。下面一段尤为传神：

> 九寨红叶美，九寨红叶最动情。它那自我牺牲的品格是催人攀登的战鼓，使人们的心情总是不能平静。秋天到了，雨水少了，日照短了，养分不足，在"饥"和"渴"的威胁来临之际，它勇敢地作出了最后的选择，自觉地谢绝了水和养分的供给。在叶柄和枝条的连接处，形成了一个特殊的组织——离层，把水和养分全部让给了树体。忍耐着、忍耐着，在泛出生命的艳丽色彩之后，冷静地收藏起美好的爱恋，向着纵横交错的枝条告别，飘然坠地，给树木留下最后一句嘱咐："冬天一过，便以加倍的芳艳，争妍竞秀，去迎接新的春风，新的春雨，新的幻想，新的日出。"

在生命的尽头奏响最灿烂的乐章,是红叶情愫,或自抒胸臆,难以区分。它与《九寨野草》《九寨沟内根之颂歌》《林中奇观叶上珠》《神妙奇幻的钙华彩池》等文,均为托物传情、物我交融的典型体现。这正如宋代爱国词人辛弃疾作品所表现的那种意境:"我见青山多妩媚,料青山见我应如是,情与貌,略相似。"我国传统文化审美观念之积极影响在此得到很好的继承和发扬,并融合现代环境意识,"湖的恬静、瀑的浪漫、山的清逸、树的含蓄、花的媚艳、月的皎洁……这些外界审美的对象,将无形地引导着人们以无限爱意进行人与自然、人与人的沟通,使人际信息交流披上一层诗化的色彩,沉浸在美感享受之中"。

张善云散文的另一个鲜明特点是知识性与趣味性的有机结合。作者长期从事农业科学研究和实践,对科学普及工作的重大意义有深刻认识和实际感受,这使其散文在描写自然风光、抒发赞美情思的同时,十分注意对相关科普知识的介绍,不仅为自然景观增色,也为文章本身增趣。这一点得到人们的充分肯定,正如牟洪明所指出的,张善云的散文"使人们既看到了如诗的画卷,听到了动人心弦的大自然交响乐,又增添了不少科普知识,也提供了一些值得研究的东西,期待人们去探索新的奥秘"。[①]确实如此,读张善云的作品,人们不得不为其所涉足的领域之广泛而惊叹,无论是自然科学中的动物学、植物学、药物学、营养学、地质学、建筑学、数学、物理学、化学、大气科学等,还是人文科学中的文学、艺术学、历史学、人类文化学、民俗学、美学、经济学、旅游地理学等,他都有或多或少的涉猎,并自然而然地融合进作品上。读者在阅读他的作品时,对九寨沟的雪峰幽谷、彩池飞瀑、花鸟虫鱼、风情民俗等认识得更加深切,感觉更加亲切,缩短了人与自然的距离。不少散文通过科普知识的传授,解答了美丽自然奇观的形成原因,使人在接受美的熏陶之时,亦为收获新的知识而欣喜。如《九寨之魂——钙华加积》一文就颇具代表性。作者首先抓住最富特色的九寨奇观——群海、瀑布、滩流发

---

① 张善云:《九寨奇趣》,四川民族出版社,1988,"序"第1页。

问，追根溯源，设下一串悬念。

　　　　五花海为什么盛满了光怪陆离的乳汁，铺就了千变万化的锦绣？卧龙海哪来晶莹透亮的珊瑚，横亘着微微蠕动的蛟龙？是谁造就了飞珠舞玉、宽阔雄伟的诺日朗瀑布，为九寨沟挂起了一幅巨大的水帘？是谁在珍珠滩撒下了蹦蹦跳跳的珍珠？在滩上铺满了豪华的色彩，弹起了欢快的节奏？

　　随后，作者引用地质学家的结论做出回答："钙华加积是形成九寨沟瀑布、群海、滩流的主要因素之一。"紧接着便对钙华的具体含义，九寨沟钙华的自身特点，黄龙钙华景观在世界同类景观中的地位，钙华与景物色彩状貌形成之关系等做了明晰的介绍，令人叹为观止。

　　类似的还有《繁花朵朵话扁桃》《抗癌奇树——三尖杉》等，说明这些植物除美丽形貌之外，还有巨大的经济实用价值和科学研究价值。扁桃是我国特有的珍贵乡土油料树种，也是作者早年的农业科学研究项目之一，它先于百花给人们带来春的消息，同时具有生命力强、含油量丰富、含碘质多、产量高、不与粮争地、见效快、价值大等优点，张善云在文中均以具体数据做了说明。三尖杉则是我国独有的孑遗植物，属二级保护树种，作者介绍它不仅有凌风起舞的柔媚，更有特殊的抗癌功能，人们由此更增添了爱惜和保护意识。又如《昔日黄龙变金龙》《饮誉林海一明星》等则介绍了沙棘、刺五加等外表平凡无奇而含蕴丰富营养及药用价值的植物，让读者认识熟悉之后同样生出珍爱之情。

　　为了更准确地说明问题，阐述观点，作者博览群书，广泛征引，再以简洁浅显的语言娓娓道来。从《物种起源》《植物分类学》《九寨沟地貌基本特征、形成和演化》等现代科学专业论著到《本草纲目》《尔雅》《说文》《史记》《汉书》《西游记》《圣经》等古典名著，从最新的生物遗传基因工程、克隆技术到远古的神话传说，张善云都有所论及、反映，辛勤的汗水浇开鲜艳的花朵，他的散文给人以美的享受，也令人得到益智的收获。

科普知识还给作者插上想象的翅膀，成为开掘境界、变换角度的重要途径，从而于平淡中显新奇，发人深省，耐人寻味。作者从林海中的乔木花叶身上，不仅看到其色彩美、艺术美，还别出心裁地根据数学、力学等原理看到其特殊的科学美，诸如木棉花的平衡美，乔木枝叶抗压力强的建筑美，常青藤的三角函数美，松果鳞片的对数螺旋美，扁桃新枝的几何学黄金分割美，等等。优美的形体与科学原理、实用功能高度融合，自然造化杰作，鬼斧神工，精妙绝伦。再如其吟唱各类植物"根"的颂歌，叙写动物各式各样"眼"的奇妙，均从科学角度予以发掘，出乎人的想象，饶有趣味。

在一般人看来，介绍科学知识的文章往往不易掌握分寸，深奥的理论、枯燥的数据难免使人感到有些乏味。为了解决这个矛盾，张善云充分发挥文学的特点，注意调动各种表现手法，以生动活泼的语言，使知识性与趣味性紧密结合。这从其著作名称及文章题目即可看出，如《九寨奇趣》《黄金旅程新奇乐》《生物礁带之谜》，有的书题似显俗套，但作者有意从奇闻趣事入手，将读者引入奇幻色彩的神秘未知世界，潜入深邃空远的知识海洋，可视为科普旅游散文创作的探索。增加趣味性最常用的手法便是拟人化，以人的特性去描摹形容各类生物的自然本能，反映它们千奇百怪的生存手段、斗智斗勇的特殊本领，真是无所不用其极。或偷袭取胜，或陷阱诱敌，或善于伪装，如有"拟态三杰"之称的竹虫、枯叶蝶、竹节虫，完美模拟植物枝叶，让人真假难辨；蚱蜢的绿色外衣与环境相融，借以自我保护。凤蝶的假死逃生，长足蚊的"金蝉脱壳"，大熊猫的仿人耍赖，金丝猴的纪律严明，还有食虫植物——水生狸藻的捕食技巧，等等，都写得活灵活现，并赋予其智慧、机敏、狡猾、欺诈、慈爱、残暴、忍辱等人类精神特质，意趣盎然，令人忍俊不禁并受益匪浅。

《生物世界的三大婚姻悲剧》一文是知识性与趣味性巧妙结合的成功范例。该文由"八卦阵中的生死搏斗""大刀将惨死情人口""花丛中的短命夫妻"三个片断构成，给我们讲述了蜘蛛、螳螂和蝴蝶三种昆虫鲜为人知的求偶交配过程，独特而惊险，读来津津有味。如有关螳螂舍生求偶的描写就十分精彩。作者先简洁交代螳螂的勇猛好斗，敢拼强敌，有"大刀将"之誉，为下文做好反衬；接着正面赞美刻摹，大刀将常常冒着九死一生的危险，舍命求爱，亲身实践着"……爱情价更高……生命也可抛"的箴言。文章通篇以拟人手法，描写细腻逼真，层层转折，出人意表而扣人心弦，栩栩如生地刻画出一幅生物世界"道是无情却有情"的戏剧场面，不仅介绍了科普知识，也激发了读者了解自然奥秘的浓厚兴趣。综观张善云的科普创作，情境交融，寓意丰厚，读之让人灵魂净化、神清气爽，从而会对自然、对生命、对人类居住的这个神奇美好的世界投注更多的关爱。由自然山水升华超越，全无狭隘的地域与民族观念，显示出一种博大的、奔放开阔的胸襟，这是张善云作品最需要特别指出和肯定的地方，也是他在现代羌族作者中别具特色之处。

罗子岚，阿坝州岷山机械厂工人，阿坝州作家协会会员，是为数不多羌族女作者之一。1984年，她以一首抒发火热生活情怀、充满真情实感的诗——《铸造工之歌》——步入创作园地，稍后的散文诗《美的使者》也是对辛勤奉献于平凡岗位的清洁工人的赞颂。此后的一段时间里，罗子岚主要进行散文创作，题材亦有所开拓，先后发表了《沙滩上的黄昏》《海底通讯》《淡绿色的雾》《没有回声的土地》等散文作品，此外还发表了小说《林间小曲》《草叶上的月亮》等。其中《没有回声的土地》和《沙滩上的黄昏》较为出色，曾获阿坝州文学创作二等奖。《没有回声的土地》深沉隽永，是草原深处藏族妇女生活的素描：孤零零的帐篷、女主人奇特的装束、磨糌粑的粗糙石板、反复哼唱的古老藏族民歌，体现了藏区特有的风味。作者以女性的细腻感受，去捕捉描摹细微而有特色的生活景象，透出含蓄蕴藉之美。如刚刚见到女主人时的肖像刻画：

> 去了一天，第一次看见了人烟，匆匆靠近，才发觉是个装束奇特的女人。像下雨前会冒汗的石头般的脸上，画满皱

纹，风雨和烟火，燎去了最后一丝年轻的迹印。晚霞烧得正红，和她眼睛的颜色一样。泛黄的蓝色解放帽，满是灰尘和油渍。扣在只有半寸长的头发上，像刚剪过毛的绵羊。这是当地风俗——死了男人或不再嫁人的标记。

作者没有用通常的陈词滥调，而选取了带有高原特征的事物来打比喻，"下雨前会冒汗的石头""泛黄的蓝色解放帽""刚剪过毛的绵羊"，准确地传达出初见这位饱经风霜的寡妇时那种特殊的内心感受。其所承受的生活重压、劳作的艰辛、心境的孤寂等都从这副肖像中透出，给读者留下难以磨灭的印象。文中写她喂牛、挤奶、磨糌粑，日复一日，枯燥而沉重，疲惫不堪，而心却并未枯竭。一张在州内护士学校读书的女儿的照片时刻珍藏在她的怀中，告诉人们许多无须言传的东西。女儿是她的希望，是支撑她终日辛劳的力量源泉。只要女儿过得快乐，她愿意默默地奉献一切，不奢求什么报答。散文结尾颇耐人寻味，女主人沉默了许久，又哼起了那首驱除压抑的古老的歌："歌声在原野上低声重复，在草浪上轻轻滚动，但很快消失，听不见一点点回声。"这种极普通的景象，却蕴含生活的哲理，寓意像草原一样博大宽广、忍辱负重的母亲的胸怀。写生活中的希望，写高尚美好的情操，是罗子岚散文的追求。《沙滩上的黄昏》截取"文革"时的一朵浪花，写出了一颗既纯洁幼小而又忧郁老成的童心，折射出那个特殊时期的阴影，也表达了灾难终将过去、文明之光必定战胜愚昧黑暗的信念。《淡绿色的雾》同样是伟大母爱的颂歌，只是比起以叙事为主、兼有抒情的前两篇作品来，这篇抒情色彩更浓而无叙事成分，表现出文笔流畅、语言简洁的特点。

十九　谷运龙小说与散文创作

谷运龙，四川阿坝藏族羌族自治州茂县人，铁匠家庭出身，少年时代曾在家乡的山林牧羊，对本民族的生活有着较为深切的体验。他1977年考入阿坝州财贸学校会计专业学习，毕业后分配到黑水县商业局工作，后调县政府办公室，现任中共阿坝藏族羌族自治州州委副书记、州人大常委会主任，阿坝州文联名誉主席。在长期的生活实践中，谷运龙深切感受到羌族人民勤劳、朴实、善良的美德，也看到民族地区的落后与不足，所以萌发了用文学形式来反映本民族人民生活的强烈愿望。

勤奋的创作，不断的进取，使他在创作道路上洒下了辛勤的汗水，也留下了坚实的脚印，成为一位成绩斐然的羌族作家。自1982年在《新草地》上发表第一篇短篇小说《顺哥》以来，谷运龙已陆续发表了数十篇短篇小说和散文作品。其中《飘逝的花瓣》《滚上山的石头》《第十任厂长》《别了——那些小白脸》《苦涩的梦》《爱的拼搏》《老辣子》等短篇小说都有较大的影响。《飘逝的花瓣》1985年获第二届全国少数民族文学短篇小说创作二等奖，成为第一篇获全国性创作奖的羌族作者的小说作品，同时该作品还获得了四川省首届郭沫若文学荣誉奖。后来，谷运龙曾以《飘逝的花瓣》为书名出版小说集。散文作品《淘金》获民族文学山丹奖，《家有半坑破烂鞋》获四川省第二届少数民族文学奖，《岷江河——母亲的河》获四川省第三届少数民族文学奖，《轻言细语话黄龙》获中国（四川）第四届南国冰雪节暨首届阿坝大九寨冰瀑旅游节"大九寨之冬"有奖征文特别奖。此外，《岷江河——母亲的河》《漆克子》《爷爷》《故乡新叶》《河里的欢笑》《南行纪事》《家有半坑破烂鞋》《淘金》等散文作品，都显出立意新颖、感情真挚、笔法细腻的特点。2004年,《谷运龙散文选》由四川民族出版社出版,并编入《四川少数民族作家选集》。2006年,《谷运龙散文选》获第五届四川文学奖。谷运龙的小说作品在《大家》《上海文学》《美文》《民族文学》《西藏文学》《现代作家》《四川文学》《新草地》《四川日报》《阿坝日报》等发表,并结成短篇小说集出版。

谷运龙1985年加入阿坝州文学创作者协会,1987年加入中国作家协会四川分会,成为中国少数民族作家协会会员、四川省少数民族作家协会会员。

(一)谷运龙的小说

谷运龙的短篇小说数量不是很多,但最能体现其前期创作成绩。谷运龙以其"对生活的熟悉、对普通人命运的关注与同情","向我们奉献了自然天成、生活气息浓郁并已兼及人物性格刻画的作品"。[①]写普通人的遭遇,以此作为时代的缩影,表现改革开放所带来的社会变化和人们新的精神风貌,这是谷运龙小说创作的基本倾向。代表作《飘逝的花瓣》便充分地展现了这一特点。

《飘逝的花瓣》叙述一个羌族农村妇女被做了干部的丈夫抛弃的故事,属于"痴情女子负心汉"一类传统题材,但作者将它置于农村大变革的历史背景中,写出新时期人们性格与认识的发展变化,使之超出对一般喜新厌旧思想的批判,具有更为广泛的现实意义,女主人公春英也就成为一个兼有劳动妇女传统美德与改革开放时代独立个性的艺术典型。春英勤劳朴实而心地善良,为了支撑一个大家庭,也为了让在外读书的丈夫能与别人一样体面,她含辛茹苦,费尽心神。当孩子渐大,弟妹成家后,她已"像仲秋一片树叶,变得苍老而焦黄",而妯娌却以怨报德,冷嘲热讽,最终分家。春英依旧任劳任怨,并主动提出让弟媳不愿奉养的年迈多病的爷爷跟自己一家过,表现出宽广无私的胸怀和美好的情

---

① 李明主编《羌族文学史》,四川民族出版社,2009。

操。虽然这样,生活的道路并未因此变得平坦,紧接而来的是更大的波澜。进了州委机关的丈夫孝清编造谎言,提出了离婚的要求。这无异于击碎了春英多年辛劳的全部精神寄托和梦幻,使她如坠深渊,苦不堪言。但故事没有以此悲剧作结,春英也不像旧时妇女那样终日泪流满面,痛不欲生,而是在经过一番激烈的思想斗争后,毅然做出抉择,镇静自若地办理了离婚手续。这种勇气和力量来自新的时代,因为改革开放的春风已吹遍广袤的原野,"承包的土地"充满勃勃生机,春英已认识到自己的独立存在,无须再做男人的附庸。因此,她不乞求怜悯,对未来满怀信心,"觉得离婚并不是她的不幸,而是乐事",显出思想认识的一大飞跃。她看透了丈夫那虚伪肮脏的内心,表示了无限的鄙夷:"我不相信这么大个共产党就连你这些毛毛虫都没有办法。"她坚信不义之辈终将受到谴责与惩罚。小说末尾的一段描写尤其寓意深远,令人难以忘怀。春英带着孩子离开法院,在雪地上留下深浅不一的脚印,走向希望的田野。人们读后并不觉得悲哀,而有如释重负、心情舒畅之感。正是由于作者把人物塑造与新的时代紧密地结合起来,所以读者对春英就不仅仅是同情,而更多的是钦佩。春英崭新的精神境界,是旧时代妇女难以想象的。作品积极的现实意义即在于此。

《滚上山的石头》和《第十任厂长》都同样反映了20世纪后期中国改革开放的变化和成就。前者写农村,后者反映城镇。《滚上山的石头》的主人公张表嫂最初抱着犹豫的态度随丈夫上山承包荒地和鱼塘,辛勤劳作,在科技人员帮助下,战胜鸡瘟等各种灾害,取得农渔副业大丰收,赢得"红鲤嫂"的美称。作家以此歌颂了农村改革和科技致富的成果,形象生动地表现了农民群众日益富裕的生活、明亮而踏实的心境,以及他们由怀疑到坚信党的政策"千变万变都只有朝着农民有利的方面变"的认识发展过程。张表嫂心直口快、泼辣能干的性格特征也给人以较深的印象。《第十任厂长》的笔触由农村转向城镇,塑造了一个精明强干、敢想敢为的女厂长何柳丽的形象。小说写一个酿造厂,多年积下的问题成堆,如一塘死水,在改革开放的大潮中,年轻的中专生何柳丽带着青春的活力与追求新奇生活的热情来到厂里，通过深入调查，克服重重困难，从整顿财会制度入手，刹住白吃白拿歪风，调动了工人的积极性，并实现了工人由损厂到爱厂的转变；她又针对产品滞销问题，采取多种措施，终于在市场竞争中取胜，使工厂从绝境中解脱出来，表现了紧密联系现实的积极主题。

谷运龙后来的作品题材有了进一步的拓展，《苦涩的梦》反映了一群正值多梦时节的中专学生丰富多彩的学习生活。作者有相似的经历，故写得真切生动。作品从他们的喜怒哀乐、追求思考中显出复杂变幻、虚实难测的人生。全篇技巧娴熟，流动自然，人物塑造不落俗套，美与丑、善与恶、表象与实质交融成矛盾和谐的统一体。"老实人"张松、"小弟娃"余保生，还有其貌不扬、看似玩世不恭而实际上正直仗义、富于独立见解的刘永强，都塑造得栩栩如生，给人以新鲜而似曾相识的感觉。与作家前期作品相比，《苦涩的梦》显出其结构安排、语言驾驭等能力都达到了一个新的高度。总体上与时代发展密切相关，也见出当代中国社会基层的大致状况。

由于谷运龙有着较为坚实的生活基础，故他笔下的人物大多显得比较真实。如勤劳善良的劳动妇女春英、张表嫂，淳朴忠厚的老辣子、顺哥，还有何柳丽、贾红等新一代羌族青年形象，以及反面人物孝清，都写得有血有肉，个性分明。

虽然有些作品结构仍显得较为单调，有一点概念化的痕迹，但谷运龙的小说中亦有较为讲究谋篇布局、颇具匠心的，如《飘逝的花瓣》。作家采用倒叙手法，开篇与结尾都处于新的时代背景中，寓意十分明显，形象地突出了新时代氛围与妇女新价值观念的密切关系。作品一开头便写在乡亲们的盼望中，衣着整洁、容光焕发的春英回来了，没有半点颓丧和憔悴的样子，以致乡亲们产生错觉，误以为她的家庭已和好如初，根本未料到她刚刚经历了重大的人生波折。这种悬念十分巧妙，促使读者对女主人公产生强烈的关注之情，也使作品的主题得到强化，人物性格异常鲜明。此外，作品的一些细节和景物描写，也较好地起到了刻画人物特征、烘托人物心境的作用。

谷运龙小说散发着浓郁的乡土气息，尤其是作品语言，议论、叙事、抒情及人物对话，多用当地百姓通行的俗语，虽不免粗糙却质朴无饰、清新流畅。如《第十任厂长》中工人打赌所说的"手板心煎鱼给你吃"，《飘逝的花瓣》中形容梅花怒放的"火爆爆地开了"之类，都很生动形象。作品中不少细节材料也都直接来自生活，如《飘逝的花瓣》中春英卖马草时掺水以增加重量，用仅有的腊肉给丈夫开小锅伙食；《老辣子》中老辣子偷着给假装扯猪草的小辣子背篼里装菜等，都合乎生活的本来面目而具有动人的艺术魅力。

（二）谷运龙的散文

谷运龙由小说开始创作，后来更多地转向写散文，这与作者的工作可能有一些关系。正如《谷运龙散文选》有这样一段自述性文字："长期从政，余好文学。二十五载，文政合一，以政附文，以文承政。政田盈实，文土禾瘦，喜在其中，悲亦在其中。人诚而笨，文实而拙，如有寡喜者，亦吾之大幸也。"[1]这是作家散文选集上的自述，客观地讲，谷运龙一直从政，从基层干部到中共阿坝藏族羌族自治州州委副书记、州人大常委会主任，他的主要责任是处理好政务，带领百姓奔向富裕之路，用于文学创作的时间和精力不多。

《谷运龙散文选》分三辑："民族的背影""孤独的乡愁"和"山外的世界"。贯穿全书的是谷运龙渗透在字里行间的情感、对本民族的自豪、对家乡和亲人的热爱以及对山外世界的关注等。这是一个至情至性的男人，热烈深沉地爱着生养他的土地和人民。我觉得他散文的特点就是一个"情"字。这个"情"字，在他的散文中一会儿表现为思念亲人、怀念家乡的"小爱"；一会儿又表现为心系世事、关心国家民族的"大爱"。

谷运龙的散文字字句句皆饱含深情，读之令人动容。作者对

---

[1] 谷运龙：《谷运龙散文选》，四川民族出版社，2004。

亲人和故乡的深厚感情在散文集的第二辑"孤独的乡愁"中体现得尤为绵长和感人。《家有半坑破烂鞋》溢满了作者对自己父亲和母亲的心疼与爱怜，也赞美了勤劳的农人对土地的热爱与依恋。"我又看见父亲在油灯下敝帚自珍地补着他的农田鞋，情思从那打蜡的线中飞出，五谷的香气从那鞋中溢出，兴旺的六畜在那鞋里高昂地嘶鸣。""我常常看见临近过年时，母亲为赶做我们的新鞋，手缠布条刷刷地将鞋底纳至深夜。眼熬红了，手勒肿了，人瘦弱了。……破破烂烂的鞋堆中跳跃着母亲完整的心。"字里行间，作者对父母的心疼和爱怜依稀可见。

这种情感在《淘金》中也有表现，文中有段描述父亲形象的文字。"我突然对我的父亲生出一种特别的敬意，同时又夹着淡淡的心酸。他苍老多了，还不足五十岁的人，倒像已年逾花甲。牙齿落完了，嘴瘪了，眼落坑儿了。"作者对因辛劳过度而过早衰老的父亲是心疼不已的，在心酸的同时又对父亲生出一种敬意。这是一种复杂的情感，父亲瘦小羸弱的身躯，在风雨飘摇的艰难年代中将这个家稳稳地支撑起来。正是在如山般的父爱呵护下，作者才能健康成长，才能"飞"出去。父亲朴素的语言却蕴含着深刻的道理，他说："你以为硬是下河淘金才叫淘金。这淘金的门路多得很。你们念书、工作不也是在淘金。"父亲的话常常引作者思索他此生的"淘金"之路。作者通过对父亲的描写，展现了当代中国农民勤劳朴实的优良品质。

在《土地的恋情》中，父亲对作者说道："变了泥鳅，还怕沾泥巴？再说，没有地种了，这心里空落落的总不是味道。笑，有啥笑的，农民种地天经地义！"作者在"莹莹泪光中"看到"父亲仿佛也变成了一棵树，绿意充盈地摇曳在故乡的土地上"。作者感叹道："是啊，他把根深深地扎在故乡的土地上，所以他离不开故乡那片永远充满爱恋、充满庄严的土地。"文中所感叹的对象，从表层上看是作者自己的父亲，其实作者从深层次上揭示了中国的农民离不开土地、土地就是农民的衣食父母的简单道理。这对当下全国火热的土地市场有一定的警醒作用：农民赖以生存的土地被开发商占用，致使一部分农民失去了祖祖辈辈的安身立命之所。

作为一方土地的领导干部,作者在看待身边诸事时,会有更深层次的思考和判断,视野和深度皆有别于他人。

　　作者对亲人的这种深情与爱怜在《母亲心中的佛》《新坟》《姐姐》等文中都有自然流露。在《母亲心中的佛》中,作者被伟大的母爱感动得一句话也说不出来:"妈妈回来时已是落日时分。我目睹她从对面山坡上细长的小道上匆匆地走下来。浓烈的喜悦从她飘飞的白发中弥散开去,浸润出儿女们崇敬的千般绿意。我站在后门的石阶上,用爱怜的目光迎接着我圣洁如月光的妈妈,一腔柔情的话想倾诉给她,抚慰一下她劳累的心灵。可是,当她说:'我回来了'时,我竟说不出一句好听的话,傻乎乎的我,有一种想哭的感觉。"在《新坟》中,有对大妈深深的愧疚和感动:"大妈对我的爱,却不得不说是一种厚重而永远的母爱。""想着大妈对我的好、大妈的苦难和痛苦,就流下来不好受的眼泪。……我一把握住她的手,含着泪点点头,久久不忍离去。"在《姐姐》一文中,则是作者对姐姐揪心的心疼与不舍:"我到医院去看她时,医生叫她,她怔怔地从病房里走出来,木讷的表情,瘦弱的身体,穿着宽松而肥大的病号服,一看见我,还未叫出名字眼泪就珠玉似的往下落。我抱住她,叫着姐姐,眼泪也流了出来。我把她扶坐在椅子上。她望着我,恳求我接她回去,我劝她要听医生的话好好养病。她哭着哀求着。"这些情深意长的文字读起来让人回肠荡气,为之动容。作为一个人,一个有血有肉的人,无不为这些深情浸润着的文字所感动并为之流泪。

　　作者这种细细密密、情意深重的"小爱"在文中无处不在,弥漫于作者所有的文字当中,《孤独的乡愁》最浓最烈,《民族的背影》和《山外的世界》也同样稠得化不开、厘不清。在《庄稼人的感觉》中,源于内心深处对家乡强烈的喜爱,作者笔下的各种家乡小吃,让读者垂涎欲滴,直吞口水。在《孤独的乡愁》中,作者描写的家乡让人十分震撼。"每一年春节回家,为了观看中央电视台的春节联欢晚会,即使离电站最近的桃坪,一台电视机前面至少得串联二至三个调压器,一个灯泡也要用一个调压器,否则电灯如瞌睡人的眼,电视也只能是摆设一个。我亲身感受了在

500 瓦灯泡之下点着四根蜡烛吃年夜饭的滋味,那是个什么样的滋味呢,至今我说不出来。"对于都市里生活的人们来说,桃坪用电紧张的状况是我们根本无法想象的。500 瓦的灯泡,我们几乎没有概念。点着 500 瓦的灯泡的同时,吃饭还需要点亮四根蜡烛,而电视形同虚设。此段文字对我的震撼相当大,使我想到中国广大农村里农民的生存状况和生活场景,我瞬间理解了谷运龙为什么眼里常含着眼泪,因为有良心、有责任感、有情感的真正中国人,没有不为之动容的,更何况那是一片生他养他的土地!作者从心底深处喊出了:"故乡需要光明、需要动力!"作者的呐喊,喊出了千千万万农民的心声和希望。阿来评价谷运龙的小说,认为他是以自己"对生活的熟悉、对普通人命运的关注与同情","向我们奉献了自然天成、生活气息浓郁并已兼及人物性格刻画的作品"。[①] 这段评论同样适用于作者的散文创作,谷运龙正是凭借自己对周围环境和身边人物的熟悉与关注,才写出那一幅幅充满浓郁生活气息的画面和场景,以及那一个个令人难忘的生动形象。

　　作者散文选集的开篇就是《一个民族的背影》,字里行间交织着作者复杂的情感。羌族,曾经驰骋沙场,激荡历史,但是昔日的辉煌如今已经不在,"他们伟大的身躯都到哪里去了呢?他们奔驰的马队都到哪里去了呢?他们漫卷的牛羊都到哪里去了呢?"作者在文章的开篇就发出了震耳欲聋的声音:"望着这个民族的背影,我感到彻骨的悲凉。看着这个民族的历史,我感到冲天的愤慨。"文为心声,作者展现给我们的是这个古老民族的日渐式微与衰落,以及作者那满腔的悲凉与无奈,我们几乎可以听到作者痛彻心扉的呐喊:"我们只看到一个伟大民族的依稀背影,聆听到一个伟大民族长歌当哭的警世呼唤。"文章的末尾,作者由衷地为羌族人民在新中国的幸福生活感到欣喜和高兴。"新中国成立以后,羌人就再没有了噩梦的惊扰。于是,这个民族才真正地享受了阳光温馨的抚爱,承接了雨露甘甜的滋润。他们早已从马背上跳下来,演绎着现代文明。清风徐来,流水东去,他们

[①] 阿来:《我的读解》,《草地》1989 年第 4 期。

便悠然自得地坐下来，扯起嗓子吼一段美滋滋的山歌，喝一盅沁人心脾的咂酒，昭示着这山这水的灵性，抒发这朝这代的幸福。"从中不难窥出作者热爱自己国家和民族的滚烫红心。

因为热爱着这个民族，作者同样地也深沉地热爱着这个民族的女人们，《尔玛女人》中多苦的阿妈、多苦的阿姐、多苦的小阿妹们，在"苦难中你们驮载了一个民族的不息繁衍；苦难中你们养育一个民族的不断壮大"。民族的生息繁衍，怎能少得了这些伟大的忧伤的女人，在羌笛的幽怨旋律中，历经战火的民族开始了支离破碎的长途迁徙，他们终于来到了岷江的上游地区，在这里，"女人们用泪水浸泡了生长悲伤的田园，用梭子穿织了编织苦难的生活"。任何一个民族，女人均与其共生共存，一个民族的历史也就是这个民族女人的历史。羌族则尤甚，作者对此有着清醒的认识，他说："一部尔玛人历史的序言是归结于一个'姜'字。尔玛人是女性文明中不可或缺的一部分。一个'姜'字既滋润一个剽悍蛮荒的民族，又栩栩如生的道出了劳动对象的所有内涵。"历史文献中所记载的姜原（又写作姜嫄、姜源）就是周人的女始祖，没有姜原的存在，就没有周人的昌盛发达，也就没有后来绵延千年的华夏文明。尔玛女人是伟大的，如同她们伟大的民族，正是因为有了她们的存在，祖国的文明之花才会绽放得如此绚烂多姿。今天生活在祖国的各个民族或多或少，或远或近都与羌族有着丝丝缕缕的联系与瓜葛。

作者并不仅仅止于对自己本民族的书写与思考，他更多将视野拓展到山外的世界，有对中国历史的思考，对时代新气息的敏锐感受，对现代高科技讯息的捕捉。作者在对山外世界肯定和赞美的同时，也进行了理性的思考和判断，这些都显示了作者异于常人的远见卓识。在《感悟北京的辉煌与忧伤》中，作者对长城、定陵、颐和园、故宫的思考中，有对历史的反思，对未来的向往，引人以无限的遐思并重新去审视这些过往的辉煌。作者对北京的感悟是："这些辉煌的忧伤和忧伤的辉煌蒂落之时，总沉甸甸地把中国大地敲得山响。"对于长城，一般人仅仅停留在对古代文明的啧啧称奇和慨叹上，而谷运龙却有着他自己的思索。提到长城,他说:"多丢人的一段中国历史、多复杂的一种民族横向关系。没想到野蛮的极致竟孕育的文明;没想到古代悲哀的绝顶却成为今天淋漓的歌唱。"对定陵,作者将它与长城做比较,认为:"长城是一种久远的沸腾、生命的激荡、民族气质的坚忍不拔。定陵却是一种死亡的铺陈、寂寞的忧伤、大度的挥霍。"关于定陵的思考,作者在文章末尾的总结值得我们重视和深思,"任何王朝都可能毁灭,任何玉体金身都会腐烂,唯有思想埋没不得、掩盖不得,只有道德死去不得。任何人,大至一国元首,小到一介草民都应把墓修在人民心中,让人民永世景仰"。这样的声音,在当今社会,尤其有特别的意义。

作为一个共产党人,时刻应该把人民的事情放在心上,人民的事情比天大。谷运龙心里时刻装着阿坝州的人民,他热切地期盼人民能过上幸福的生活,他一心想把人民带上一条充满希望的康庄大道。《飘逸在云南的情思》中,有对生态文明的关注;《感悟温州》中,有对市场经济的思考;《人妖》中,有对人道主义的关怀,字里行间闪烁着人性的光辉;《草原驶来的红帆船》《扎西德勒圣地阿坝》中,有对改革开放和新政策的肯定与欣喜;等等。这些无不体现作者对祖国、对人民的关心和热爱,体现了一个共产党人的理想和情怀,体现了一个领导干部的担当和责任。一本散文选集,让我们感受到了作者滚烫、激荡的雄心,触摸到了作者对祖国人民的一片深情,聆听到了作者对亲人柔情的耳语。一本文集,大爱与小爱同在,柔情与壮志共存。只有一个立体的人,一个有丰富内涵的人,一个有充沛情感的人,才会有如此令人动容的文字,才会有如此深邃的思考。

人们对他的散文亦颇多好评,为其"凝聚在笔端长达五千多年悲怆凝重的羌族历史所震撼;被谷运龙发自尔玛人灵魂深处的炽热情怀所感动"。[1] "与其说谷运龙先生是羌族中一位富有成就的散文家,还不如说他是一位辩思的哲人,因为谷运龙先生散文的最大特色除了它浓郁的艺术味和文化味外,便是那种诗意的写

---

[1] 晓钟:《谷运龙——一个古老民族的时代歌手》,《草地》2006年第1期。

作风格，而构成这种风格的，恰好就是那种雅致高贵的忧伤，神驰古今的浪漫,充满终极关怀的文化品位。"①"你读了谷先生的散文，你就知道什么是人人心中均有，人人笔下均无，你就明白什么是柳暗花明又一村，你就理解什么是于无声处听惊雷。""长城很多人写了，象说明文，要把它写得鲜活，写得真切，写得哲理，我是第一次见。羌寨就在我们身边，却没有进我们心里，把它写得清新，写得含蓄，写得哀怨，我是第一次读。"②

谷运龙长期从政，但他笔耕不辍，所写小说、散文多次在《大家》《西藏文学》《美文》《现代作家》《四川文学》等上面发表，并且多次获奖。所有这一切，说明了谷运龙的创作生命力是相当旺盛的。但是，作者在散文选集的自序中说自己："长期从政，余好文学。二十五载，文政合一，以政附文，以文承政。政田盈实，文土禾瘦，喜在其中，悲亦在其中。人诚而笨，文实而拙。"谷运龙很谦虚，他说他是"政田盈实，文土禾瘦"，实际上他是政田、文土皆盈实，非他本人所说的文土禾瘦。"人诚而笨，文实而拙"，为作者自谦之词，道出了作者笔墨文字的主要特征："诚"与"实"，也就是我们前面所说的"情"。作者将对生活的熟悉，对周遭人与事的关注与热情，形诸文字，充满了真情实感，文字虽朴实却深刻，虽通俗却耐人寻味。有人说谷运龙的散文创作太沉迷于小我，缺乏宏大的视野。当然，不同的读者心中有不同的哈姆雷特，对同一部作品，不同的人有不同的理解和观点，这是很正常的事情。宏大的叙事、恢宏的视野，原本也不是散文这种体裁所能承载的。即使要表现社会大事件，也并不一定要通过宏大叙事来完成和表现。谷运龙的散文创作虽以情胜，但并不乏理，不少文章闪耀着睿智的见解和精警的哲理，在反映故乡天翻地覆的变化同时，也展现了新时代大背景下人们的思想观念、生活方式的改变以及民风民俗的历史变迁。

其实谷运龙的小说创作也是成绩斐然，比如《飘逝的花瓣》

---

① 杨国庆:《谷运龙散文创作初探》,《草地》2006 年第 1 期。
② 周正:《文情并茂——读〈谷运龙散文选〉》,《草地》2007 年第 4 期。

等。他小说创作的基本倾向主要如李明在《羌族文学史》中所指出的:"写普通人的遭遇,以此反映时代的缩影,表现改革开放所带来的社会变化和人们新的精神风貌。"①其实,谷运龙的创作无论是小说,还是散文,都扎根于长期的生活实践,以及他对羌族人民勤劳善良的美德的感受,由此形成一种强烈的创作冲动,激荡作者将这些感受形诸笔端,以反映和表现本民族人民的生活和喜怒哀乐。所以我们说,没有作者对人民的热情关注,没有对亲人的深情厚谊,就不会有作者今天的"文土盈实",羌族文坛中就不会有如此绚烂的一朵文学奇葩。

---

① 李明主编《羌族文学史》,四川民族出版社,2009。

二十　李孝俊诗歌与小说简论

（一）李孝俊诗歌

早在1994年6月，李孝俊就将十余年的诗作整理结集为《在这片星光下》，由成都出版社出版。诗歌评论家杨远宏先生在为诗集所作序中称李孝俊"或许还是羌民族第一位诗人"，这当然不尽准确，但是这部集子确实是迄今所见的当代羌族诗歌作者的第一部个人诗集，因而在羌族诗歌史上亦应有其特殊的意义和价值。言为心声，情感是诗歌的灵魂，是诗歌创作的基本要素，没有由生活感受而发自内心的丰富强烈的感情，便写不出诗，更写不出动人的好诗。对于这一普遍诗律，李孝俊有着清醒的认识。其诗作给人的一个深刻印象便是纯朴和真诚。如同羌山的白石、红叶，羌寨的邛笼、秋月，质朴无华，清新如水，娓娓地诉说岷山深处那个民族古老而新鲜的故事，淡淡地倾吐对亲人和故乡执着而深沉的感情，诗行间飘荡着黑土与山桃、榴花混合的特殊气息，清幽而芬芳。

多年以后，很多人出于各种原因离开了诗歌和文学，但李孝俊和一大批羌族作者还执着地在文坛坚持，为着自己的信念，为着中国文学和民族文学振兴的梦，笔耕不辍。2013年，他出版了精心撰写的长篇小说《岁月无痕》，为阿坝藏族羌族自治州建州60周年献上了一份厚礼。我曾应邀去理县参加首发式，又一次实际感受、体会到李孝俊与家乡父老那种深厚的情感，乡亲们如同参加盛大节日，纷纷向他道喜与祝贺，充分体现了他们对文化的渴求和对知识的尊重，纯朴的羌山民风民俗令人感动不已。

2014年，李孝俊出版了诗作精选《羊角花开》，分为"平常生活""浅吟岁月""情真意切""身在他乡""为你而歌""走进故土"六卷。整部诗选充分展示了诗人满怀热忱、在生活的道路上曲折行进的心路历程;在一定程度上显示了新一代羌人珍视历史、热爱故乡而又思索命运、向往山外广阔天空的真实性灵与精神;意欲将人们带入那特定历史文化与民族精神积淀下的丰富内心世界,唤起心与心的碰撞与沟通。

在诗作中,李孝俊真实地抒发了对恋人、家人的婉转深切的柔情,表达了对在生命中占有特殊地位的恋情的执着坚定。李孝俊的诗犹存先辈的火热炽烈,亦有古老情歌的泼辣外露,但又融入了更多的含蓄与温存、细腻与缠绵,引入了当代文化特质与现实背景因素,显出现代观念与文学思潮的冲刷洗礼,由此迥然有别于其本民族的传统情歌而具现代抒情诗特色。如那首《情书》:

> 从初春开始的日子／就把你／等候在黑色笔尖／汇成一行行草／让一张白纸／生长木棉／根在土里相吻／熟悉的行草／在日记中聆听那涛声／怎样播撒／那水灵灵的心弦。

痴迷的情思化作可感的形象,让人似乎明白,却又不那么清晰;奇特的寓意,传达出微妙的心音,令人咀嚼不已,明显地带有新一辈羌人(有文化和现代意识的羌族青年)的生活印痕与心态特征。纯真的恋情斑斓多彩,绮丽的诗行满是梦幻,其中有伊人厮守的甜蜜温馨,也有月夜细雨织就的迷离扑朔,还有离别相思、寻觅等候中的淡淡忧伤和苦涩,都在李孝俊笔下轻轻流泻。

再如《别》:"还是那片充满峡谷的阳光／沿途／挥撒我青春的笑靥／雪白的梨花在身后凋落／回首远方／终是无言。"特殊的体验和纯净的意象,绘出幽美的境界,令人神往。而那首清幽隽永的《山桃花》更让人回味:

> 花期早已过去／我却在苦苦寻觅／枝头的相思是你吗？一缕风带我远去／花瓣飘落／一片片任水破译／小溪散发的温馨和湖中的倩影。

这是情诗，还是别有寓意？它有古典诗词的韵味和意境，却是作者自身的感受和全新的表述，真情与素养自然交融，色彩浪漫。或许诗人的阅历有限，情感之路相对单纯，故而其描绘与抒发多偏于美丽奇妙，"爱人甜蜜的鼾声／在努力寻回／最真诚的呓语"（《梦幻》），这似乎可构成其基调。他眼中的山女，也同样是那样的温柔多情，"趁雪花飞扬／便爬上那山／喊一沟温馨／流于男人的门槛／瞧他们毛茸茸的胸膛／在白茫茫的冰丫中／把自己醉成迟到的风光"（《山女》）。这些都可以见出李孝俊对生活真实的体察和对自然之美的发现。

另一首《梦幻》同样给人以无限韵味：

在雾丝蒙蒙的山顶／大潮奔涌的夜／我听一支奏不完的春曲／迎来粉红色的黎明……

这"粉红色的黎明"可当作诗人献给天下有情人的真挚美好的祝愿。而《在这片星光下》抒写了其由感性体验而达理性思考的认识与总结，富于哲理，对多数生活于现代社会的读者不无启迪意义。诗歌写道：

在这片星光下／只要有你／与我同行／我不会感到孤独／山有多高／水有多远／我只需与你一同走去／听牧笛悠悠传来／便是你我共有的风景／在这片星光下／在这样的夜晚／相互搀扶便是一种安慰／此生／我只愿与你结伴／只要你无怨无悔。

这是一种对婚姻爱情的至高人生体验：相濡以沫，平安相伴，无怨无悔地走完生命的旅程。它看似平淡无味，却需要纯洁的真情，需要坚韧的毅力。

与许多羌族作者一样，李孝俊是带着一种神圣的使命感进行创作的，这就是对本民族的热爱、对本民族历史与现状的认识和了解。诗人不畏艰辛，不惧稚嫩，纵力挥洒一腔真情，写故乡的山水、故园的乡亲，写民族的历史与传说、羌寨的变迁与远景。

仅仅写水，李孝俊就写出风情万种，多姿多态："那湾不规的春水／好比梳妆台上的小镜。""当雪花塑造完最后的形象／绿偷偷凝视／水润山岚。""水／流成一种风景／羊涉过人迹罕至的季节／断裂阳光。"甚至，诗人在的潜意识中还赋予故乡江河以个性和性别，"对面／是男性的岷江／流洗远方"。可见其用情专注，体察入微。

带着无限的深情，李孝俊反复倾诉对故乡的眷恋，写下《梦回故乡路》《故乡的红叶》《九月的乡情》等一首首饱含挚情的诗歌。甚至故乡那土气十足的尖勾子背篓，也成为他咏吟的诗材，激起丰富的联想，折射出羌人漫长单调的停滞的历史岁月：

> 绿豆藤一根根编织羌人从小到大的圆／底是尖的绳是细的小孩背成了老汉／小的换成大的大的又背烂／岁岁年年我在里面长／阿妈送走太阳又装一背星光

相比之下，更富于羌族特征的邛笼与羊皮鼓，自然成为李孝俊叙述与反思历史文化、寄托民族情感的载体。《走进邛笼》一诗，便可看成一个历尽艰辛的民族的历史与希冀。诗是这样描绘羌族先辈的身影与性格的：

> 在历史的轱辘中把泥石折叠成／远古的部落／站立成父亲额上的太阳／一天天晒熟故乡后／皱纹深处升起的独桅船／就飘在坚硬的制高点／高耸一个民族不灭的脊梁／／是一枚待发的箭在垂钓阳光／射向天宇的嘴在咀嚼历史的烽烟之后／有一种眼睛盛开成阳光下的企盼／把喉管塞满枯枝兽皮尸骨或灾难／瞭野草长出蚂蚁爬过的痕迹／有椒林刺痛山们的悲壮／那是邛笼的影子么／为何一个民族的雄风总在这儿重现／／我仰望／那弓早已拉开一个民族／石器时代就拥有的漫长／于是／这个民族的强悍／便生长在险路高山／／还是这远古的部落／在放飞一个美丽的传说后／听女人心中

关于男人的夜晚／把一个部落延续的象征／鸟瞰成／《山乡巨变》。

作者运用拟人与象征的手法,将邛笼写成一位饱经沧桑的历史老人,他目睹一幕幕悲欢离合、厮杀争战、人兽相斗的历史剧。时空变换,场景未改,邛笼无言,默默地将岁月的酷烈惨悲凝固成记忆,在衰老中祈祷、期待着羌人美好的明天,这全是诗中传达给读者的鲜明意象。

不少羌族作者对古老羌族文字失传的著名故事十分熟悉,念叨不已,李孝俊也以其富于想象力的笔,再次做了新的解读,融进了一些新的意蕴。读罢《再听鼓声》,似可听到那内涵丰富、"咚咚"不息的鼓点与呐喊,感受到深沉而特殊的羌族文化氛围。

是偷吃竹经的羊在述说哀怨／是远古失传的羌文化在发出呐喊／／千年的羊皮绷成昨日的鼓／在吻别千次鼓槌之后／不用敲击／大山之间邛笼之旁溪水之源桦林之边／就有不灭不古不古不灭的鸣响／／寻觅／十月初一的边关／羌人的生命经绿色的清澈流向／枫叶把大山点燃／就杀鸡或羊滴血于石木间生长／祈祷千年的鼓槌／从释比口中诵读失传的经典／敲出咂酒坛子中五谷于竹管／吸出金木水火土的汩汩回响／看独木桥独木梯独木窗／在石槽石缸石柜石磨石碗石墙中／醉成不灭不古不古不灭的鼓点／／大山之间邛笼之旁桦林之边溪水依然流淌／偷吃竹经的羊／以一种声音忏悔／羌人远古的牧鞭同山鹰／盘旋／于是／不等敲击／嫦娥就领着吴刚／练一阵血雨腥风的铠甲／跳一曲欢庆喜悦的莎朗／／鼓槌落下／每个声音都在表白／千年的羊皮裹着今夜的星光／挂于邛笼之巅／耐心期待大山之间桦林之边溪水流向／枫叶又把山林点燃／听一个民族的灵魂／又一次发出不灭不古不古不灭的呐喊／呐喊一个民族／一个文字失传的民族／历史怎样把历史遗忘。

重新审视民族的历史与文化,并非空自怀古,留恋昨天,而是意在总结成败得失,保持坚韧不拔的品质与特性,争取新的灿烂辉煌。"今夜的星光"寓意深长,不正形象地喻示着诗人的深邃思索和企盼,古老的羌族应如何面对新的时代,敞开胸怀,沐浴外来的风,与整个中华民族一道,告别蒙昧,创造重获振兴的历史。

与诗歌主题相呼应,《再听鼓声》的语言亦颇具特色,"释比""咂酒""莎朗"与"嫦娥""吴刚"一同醉舞,再以反复、重叠描摹那急促的鼓点,更强烈地渲染出羌人走向新生的迫切心境。《再听鼓声》说明诗人既有继承又有创新,将民族诗歌传统与现代化诗艺相结合的意图和构想。

如一株并不灿烂的树从石缝中长出,虽然艰难,但已立足于天地之间。回首成长的路,诗人万分感慨,他难忘哺育其成长的贫瘠而慷慨的热土,并尽力予以回报。对那"流着血、滴着汗、构筑无数不知名的丰腴身躯的熟透花枝的土地",对以深邃的乳汁把他喂养的满头银丝的慈母,还有那如期躬耕留下沉默背影的父亲,以及曾给予他关怀教育的所有的人们,诗人道出满心的感激之情。《石磨》同样将丰富的寓意浓缩:

> 石磨／在你手里转动／把苦荞和比苦荞更苦的山岚／磨成白面／喂养我时／如雪的山脊有声音拔节／爆出红的蓝的花蕊／石磨老了／好比母亲／嚼不烂苦荞／也嚼不断阳光／只悄悄巡视着家园。

正如杨远宏先生特意点评:"收得拢,打得开,诗意集中,而又在诗末,诗境豁然而自然辽阔,是一首较优秀的小诗。"①

诗人艾青在他的《诗论》中曾说过这样的话:"一首诗的胜利,不仅是它所表现的思想的胜利,同时也是它的美学的胜利。"艾青又明确宣称:"凡是能够促使人类向上发展的,都是美的,都是善的,也都是诗的。"这两段话充分地揭示了诗的积极主题与美

---

① 李孝俊:《在这片星光下》,成都出版社,1994,"序"第1页。

的形态之间的辩证关系,也强调了诗的特性,为我们评价和认识诗歌提供了基本标尺。

李孝俊执着于现代诗歌创作,但不刻意搬弄技巧,而是老老实实地体察人生,抒写真情,寻求一种与心灵对话、与世界沟通的方式。就在这种不经意间,他的诗显现出自然朴实的美的形态和风格。就外在形式而言,其诗作不拘一格,十分自由。有的四行一段,相对整齐;有的则单行成段与多行划段相映衬,错落有致。句式由一字到十八字不等,参差顿挫皆因内容所需,绝非艾青所批评的那种把无聊的句子分解成行的所谓写诗。

诗歌以情动人,离不开真实生活的感性体验,但仅仅如此是不够的,还需要有理性的思维,对生活做深层次的剖析,发掘其规律与本质,再加以具象性的描绘和揭示。这也是我们读李孝俊诗集的一个印象,其诗在摹写生活景物或社会现实时,常以寓含哲理的警示语简练地概括其对生活的深刻认识与理解,促人深省,有的甚至可以视作生活格言。如《茶余饭后》中的诗句:"捏着耙的／松手还是好汉","六面都装好／镜子问能看见什么","早熟苹果／未必都酸","不怕鞋小／就怕脚小"等,都见出作者独特的思维视角与深度。

曾几何时,一些号称新生代的诗人发起颇为时髦的诗歌浪潮,割裂传统,否定现实,嘲笑抒情,但这些起劲叫嚷自己是先锋的人,转瞬之间即已被读者遗忘,终于难成大器。归根到底这是因其错误地理解了先锋的真正含义,以频频变换的诗歌模式与面具来代替诗人所应具备的超前意识和革新精神,其写作不是出于生命激情的燃烧,而是过度的自恋导致脱离现实的自我标榜、浮躁地追逐,以怪诞唤起轰动效应。近年来,诗人与评论家都更冷静地反思,开始出现新的走向,正如有的评论家所察觉到的那样:"更多的诗人则立足于自己的存在,考虑如何面对传统、衔接传统,如何面对现实、处理现实,从而导致了诗歌向现实与传统的一定程度的回归。"①

---

① 吴思敬:《九十年代中国新诗走向摭谈》,《文学评论》1997年第4期。

就此意义而言，不那么热衷追赶潮流的李孝俊等羌族诗人反倒避开了虚浮，他们脚踏实地，甘于寂寞，坚持感性与理性的结合，抒写对现实与生活的真情，在继承传统的基础上适当借鉴新的方法，引进新的语言。这种沉稳的态度使他们既不同于蜂拥变幻的先锋诗群，亦有别于某些囿于民族特色而难与外界对话交融的少数民族诗人，在热闹与冷寂交替无常的诗坛中反倒保持了基本一贯的平实风格，难能可贵。

同任何事物的发展规律一样，诗歌是在不断自我总结、自我审视中逐渐完善和发展的，诗人需要有超越和创新精神，作为尚待进一步发展的年青的少数民族诗人，尤需艰苦不懈的努力。李孝俊的诗或清幽纯净（虽然略嫌纤细），或壮阔宏大，或质朴刚烈，恰恰是在那片星光下迁转牧羊的民族本自具有的特性。尽管他的诗在主题的深化发掘、韵律节奏的变化和句式的避免重复单调等方面均未臻完美，我们却满怀信心和期盼，这不仅仅是因为其爱好，更是由于他的执着坚韧和永无止境的追求。正如李孝俊的诗所写的那样："所有的痕迹／都证明是虔诚。""在没有星光的日子里／虔诚有时也是斗争。"（《一种生活》）"跋涉的过程很累／可只有沿着那段艰辛／聆听黑土地上发出的第一声沉吟／方能活得／无憾／无愧／无悔。"（《三月梦》）有了这样的精神，他定然会在冷寂的山道一路攀升，迎来满天朝霞，实现三月的梦；他定然无愧于时代，无愧于生活，也无愧于养育并关注他的父老乡亲！

（二）李孝俊长篇小说《岁月无痕》

2013 年，李孝俊出版了第一部长篇小说《岁月无痕》，为阿坝藏族羌族自治州建州 60 周年献上了一份厚礼。从写诗到写小说，从诗人到小说家，虽然文体变了，身份变了，但那一腔饱满的诗情和那颗跃动的诗心没变。他凭借自己的真诚和才情，再次出发，引领读者走进羌人的历史记忆和现实空间，走进一直滋养和庇护着羌人的岷水羌山，在小说的世界里感动和感悟、回味和思考。因为喜欢李孝俊诗歌的那一份素朴和纯净，笔者在第一时间迫不及待地步入了他的小说世界，于是有了下面的文字。

从《岁月无痕》这部小说的题材来看，李孝俊是一个故土情怀超过追新求异的人。任凭时下文坛光怪陆离，风云变幻，自有一个小千世界蕴藏于他的胸中，他无怨无悔地守望着这片令他魂牵梦绕的土地。虽然小说的题材算不上新颖，但这绝对是一部非常"走心"的作品。用心耕耘，必有厚报。这部小说的起点是1934年，"我"奶奶在巴州老家参加红军，随部队长途跋涉，转战西南羌族地区；结尾是在2008年，汶川发生大地震。时间跨度70多年，涉及三代人的人生际遇。以女红军"奶奶"因陪伴战友分娩不得不离开红军队伍留在当地，继而在那里"生根发芽，开花结果"的经历为故事开端，进而着重讲述红军后代"我"（钟亦诚）的成长经历。

作者在小说结构上是颇费心思的。小说的主线是红军后代"我"的成长经历，小说前四章的叙述主体却是"奶奶"，小说中所有的人物关系几乎都是借"奶奶"之口交代的。如果没有这四章的内容，直接从"我"写起，那小说就是在讲述一个羌族后生的成长史，主题显然少了纵深感和厚重感，更像是一部成长小说。这个"奶奶"的身份比较特殊，她是一名刚参军不久的女红军，在随部队转战至羌族山区时，接到了一项特殊任务，就是照顾另一位女红军分娩。她们不得不留在当地。她们像种子一样在民族的土壤中生根发芽，开花结果，她们的命运也随着时代的浪潮和社会的变革跌跌撞撞，起起伏伏。她们的后代，并没有因为是红军的后代而受到优待，反而因为是外乡人，要多付出一份努力来融入当地。随着情节的进一步发展，"我"才知道"奶奶"原来不是"我"的亲奶奶，"我"的亲奶奶已在战斗中牺牲，因照顾战友而离开部队留在当地的"奶奶"，义不容辞地承担起为战友抚养后代的义务。小说中的"我"是红军的后代，血脉中有一份执着与善良，并凭着这份执着与善良，在人生的道路上一路前行。有了这个前因，主人公"我"这个主体，就有了更丰富的内涵和寓意，加重了主题的分量。在"奶奶"作为叙述主体的前四章中，第三章"分娩"写得最为出色，据作者在后记中交代，这一章曾作为一个短篇，单独发表过。这一章主要讲述"我"爸爸出生时所遭遇的困境和惊险，与后来的"我"有直接关联。这一章情节跌宕起伏，部队在前方遭遇敌军，而女战士即将分娩，情急之下，上级只好派另一名女战士，就是"我"奶奶，照顾她，一同留在当地，以便顺利分娩。为了安全产下孩子，两人只得冒险进入寨子，不想寨子里空无一人，一个外出逃难的羌族女孩趁着夜色回家取东西，正好遇见摸黑进寨的女红军，女红军一番解释之后，羌族女孩同意安排她们住下。可一波未平一波又起，敌军此时追了过来，来者不是别人，正是羌族女孩的姐夫，名叫秋哥。就在女孩说服姐夫手下留情之时，又一拨敌军赶了过来，内讧顿起，一时剑拔弩张。对峙中双方都开了枪，女孩为保护姐夫秋哥中弹身亡，最终秋哥一方获胜，女红军及婴儿有惊无险，转危为安。后来秋哥带着一帮兄弟参加了红军。这一章是小说中精彩的一笔，内容饱满，结构紧凑，戏剧冲突扣人心弦，叙述的节奏把握得当，初进寨子时紧张气氛的营造也非常成功。最后一段做了些后续的交代，信息量很大，起到了承上启下的作用。

从第五章开始，叙述主体转换为"我"，作者用了十章的篇幅，讲述"我"从童年一直到大学的成长经历。在"我"的童年生活中，"黑豹"和"杀猪过节"两章给人留下了深刻的印象。"黑豹"主要讲述在那个缺吃少穿的时代，撵山狗"黑豹"给"我"带来的精神慰藉和童趣，它的聪明和忠诚，它的强悍和威猛，是那个年代的人所欠缺的，可它最终还是败给了人的残忍和冷血，在那个疯狂的年代，能给人带来温暖、快乐和安全感的竟是一只狗。而这只给我带来快乐和骄傲的"黑豹"，最终却被人用最残忍的手段杀害了。作者用含蓄的笔调，控诉了人性的泯灭，在人都难熬的日子里，一只狗自然也厄运难逃。这一章作者写得很克制，完全用的是孩子的视角，不动声色地描述，而读者却早已心潮起伏，涌起阵阵酸楚，为"黑豹"的结局伤感不已。

"杀猪过节"是场面描写很成功的一章，作者并没有过多渲染过节的喜庆，而是聚焦到杀猪的不同场面的描写上。为集体养猪不仅能得不少的工分，还有可观的杂粮补贴，但名额有限，须抓阄决定谁养谁不养,所以运气很重要。到了过节杀猪分肉的时候,整个村寨都高高兴兴的。可是在赶猪出栏的过程中却出了意外,不仅猪遭了罪,人也受伤进了医院。杀猪的时候也很不顺,人们多有怨言,特别是寨子里的老人,觉得是不祥之兆。结果一个喜气洋洋的开始,变成一个闷闷不乐的结尾,这不是大家所要的,也是读者始料未及的。这就使一个小事件,变得有了亮点。这头猪是"我"家为集体养的,中秋节能长到130斤出栏的话,就很划算,因为工分是定死了的600工分,杂粮补贴也是定死了的600斤,所以猪越早出栏养猪人就越划算。可"我"家的猪中秋节的时候没长到130斤,错过了机会,大大延迟了出栏的时间,到了宰杀的时候,已长到400多斤了,家里不仅没赚反而赔了。今天杀猪,"我"格外高兴,因为不仅可以分到肉吃,而且再也不用为它打猪草了。可妈妈却哭了,"不仅是为活不过今天的猪,更是为这早就该死的猪"。本来妈妈和我的心情是一样的,可细腻的作者却写出了区别,而这些细腻之处恰恰是最能打动人的地方,也是平庸的作者和高明的作者的不同之处。这一章通过杀猪的场面以及出意外人畜受伤的场面的细腻描写,反映了在那个缺吃少穿的年代,寨子里同呼吸共命运的人们相对温暖的一面。

爱情线是一个人成长过程中不可或缺的部分。这部小说也不例外,小说的主人公遭遇了难以忘怀的三段感情。主人公"我"非常有女人缘,生命中跟三位女性有纠葛,一位是青梅竹马一起长大的曾珍,一位是模样漂亮、家庭背景很不错的大学同学付田元,还有一位是比"我"大得多的女教师王叶惠。王老师"文革"时期被人逼迫做过伤害"我"家的事情,害得"我"父亲离家出走,下落不明。王老师一直心存愧疚,希望等"我"成人以后,以自己的方式来还债。和王老师再次重逢时,"我"已是大学生了。一次王老师特意备下酒菜,邀请"我"到她的寝室一叙,小说中写道:

几杯酒下肚,我和王老师都有些醉意,说话似乎更随意了。"金生,十多年前,我把你们母子害苦了,不知我这辈子能否还清这个账。"王老师流着眼泪,表情痛苦,却又诚心诚意。……王老师拭了拭眼泪,向我这边移动了椅子,又继续说:"我一直想早日见到长出胡须的你,只要你有了胡须,我就有了希望。哪怕只见一面,我也无憾了。感谢上苍,今天终于给了我这个机会。"

王老师的话中有一个细节,就是"哪怕只见一面,我也无憾了"。这说明面对这个自己曾经不得已伤害过的学生,她要的并非正常男女间天长地久的爱情,而是了却一桩心愿。当然这其中也不排除她内心深处对这个优秀学生的喜爱。两方面的原因,导致了王老师这种不计后果的举动,最终因"我"的猛然醒悟而终止了这段情缘。这是小说中写爱情匠心独运的一笔,产生了一石数鸟的效果。师生恋在任何时期都有,但几乎是长辈的女老师恋上男学生,颇有些不伦的意味,要表达这样一种感情是需要勇气的,王老师毫不掩饰地表达了,其个性可见一斑。再者,王老师对学生的"情诱"带有还债补偿的意思,深究起来,也是那个扭曲人性的荒唐年代造成的,王老师本身也是受害者,她想补偿她曾经不得已伤害过的人,可谁又来补偿她呢?她的青春、她的爱情,该向谁去讨还呢?这层意思读者是不难悟出的。

另外,"我"与曾珍的爱情也颇令人感叹。本来他们两小无猜,情投意合,爱情修成正果应该是水到渠成的事,但偏偏曾珍的父亲在乡亲们心目中是个卑劣之人,他多次伤害过"我"和"我"的家庭,并且双方家长都极力反对这门亲事,两人要跨过这道障碍是很难的。结果曾珍家拿她给哥哥换亲,拜堂之后,她逃婚去了深圳。这也给"我"以后的生活埋下了伏笔。"我"顺其自然地跟那个聪明伶俐的大学同学付田元结了婚。看起来已经很完满了,但就像张爱玲的小说《红玫瑰与白玫瑰》中的那句经典的爱情语录:"也许每一个男子全都有过这样的两个女人,至少两个。娶了红玫瑰,久而久之,红的变了墙上的一抹蚊子血,白的还是'床前明月光';娶了白玫瑰,白的便是衣服上的一粒饭粘子,红的却是心口上的一颗朱砂痣。"主人公钟亦诚何尝不是如此呢？他娶了大学同学付田元，虽然妻子漂亮聪明，家庭背景又好，但他心里仍牵挂着那个远走他乡的曾珍，毕竟两人青梅竹马，在共同成长的日子里，各自心中都存有很多抹不去的难忘记忆。后来付田元因公殉职，接着2008年汶川发生大地震，随着曾珍的再次归来，主人公又有了再续旧情的可能。可见，爱情这条线被作者设计得一波三折。但在这些爱情经历中，主人公有过暧昧，有过纠结，也有过挣扎，但没有越过道德底线，小说中的每一个当事人都用自己的方式维护着爱情的尊严和纯洁。

作者很善于把对现实的思考和批判，纳入对生活不动声色的描写之中。这里以第五章"扭曲"为例来谈。钟亦诚的童年记忆是从"文革"的梦魇开始的。刚上小学二年级的"我"一次因淘气被老师罚站，不准上厕所，结果因内急加上紧张尿了一地。这本来就够丢人了，更倒霉的是原本拿在手中的《毛主席语录》掉在了尿里，这还得了，随着"反革命，反革命"的吼声，老师不知所措，学生乱作一团。当天傍晚，对这件事毫不知情的"我"的父亲钟果被五花大绑，被全村人批斗。揭发他罪行的是王老师。父亲的罪行是指使儿子向领袖撒尿，想复辟资本主义。这起冤案的制造者，正是曾珍的父亲、时任大队革委会主任的曾昕。曾昕这样做还有更卑劣的目的，就是借此事抓住王老师的把柄，待有机会时逼迫王老师就范，达到占有她的目的。可悲的是，他真的做到了，不仅害得王老师身心受辱，而且一辈子都活在愧疚和自责中。"我"的父亲钟果当夜被打得不省人事，半夜醒来后，设法越过"红袖套"的看守，"畏罪潜逃"了。后来"我"母亲为了"我"能顺利升入中学，不得不委曲求全，以自己的身体和尊严为代价，换来儿子继续上学的机会。这一章为以后很多事情的发生埋下了伏笔，对推动故事发展做了很好的铺垫。这起事件对"我"一家来说，可谓灭顶之灾，但作者写得相当克制，始终以一个孩子的视角，平静地道来。这样的平静，跟跌宕起伏的情节，形成巨大反差，更容易激起读者心中的波澜，为小说中人物的不幸遭遇愤愤不平，从而引起人们对那段荒诞岁月的反思。

如果说"扭曲"是对"文革"那段特殊历史的回顾与反思的

话,第十六章"报到"则更多的是对时下诸多不正之风的思考和批判。主人公钟亦诚从益州中等艺术学校调到益州市委宣传部工作,心情激动的他,报到当天就碰了一鼻子灰。复杂的权力之争,微妙的人际关系,构筑起一张灰色的大网,钟亦诚的调动成功,并非正义的胜利,而是借助了更高的权力。甚至可以说,钟亦诚的调动成功,也是不正之风的一部分,虽然他是个人才,但人才没有背景,在当时要想成就一番事业也是有难度的。在这一章里,作者几乎是平铺直叙,没有任何暗示和象征,也没有所谓揭示主题的议论,但文字背后的含义,读者是心领神会的。

接下来说说小说的瑕疵。

首先,小说的趣味性较弱,情节的张力不够。小说字数不算多,却有三十三章之多,导致不少章的故事还没完全展开或根本没故事,只是一些说明和交代就仓促地收尾了。有些章里几乎全是人物对话,而这些对话蕴含的信息量也不够,无论是对突显人物性格,推动情节发展,还是承上启下,其作用都不明显。这无疑会大大影响小说的趣味性,小说的趣味性弱了,就会直接影响读者的阅读兴趣。小说在总体结构上,缺少一种环环相扣、章章相接的紧凑感。所以对一个作家来说,设计出色的故事情节是至关重要的。前面提到的第三章"分娩"、第六章"黑豹"、第五章"扭曲"和第八章"杀猪过节"都是不错的;而第二十章"线索"、第二十七章"奶奶的期盼"等就显得很薄弱,寥寥数语的内容支撑不起一章的框架,就像一根筷子不能代替茶几的一条腿一样,不如合并到别的部分里好。

其次,是叙述视角的越限。这部小说主要是以"我"为叙述主体的,"我"是小说的主人公,这是一个有限视角,通常只方便叙写"我"的所见所闻所感,不能越过这个权限,否则就会影响小说的真实感。可是这种情况在这部小说中时有发生,第一人称的"我"经常会充当全知全能的角色,随意地、无所不能地在别人的内心世界里进进出出。"我"即使不在场时,也能像超人一样听到或看到别人的言行。另外,有些地方转换叙述主体时应有必要的过渡,这样才不至于使读者感到突兀。

再次，人物姓名的巧合设计得不太自然。"文革"时期的作品，由于受极"左"思潮的影响，人物塑造脸谱化、模式化，甚至在人物姓名上安排一些巧合，如正面人物、英雄人物一般姓"高"（如《金光大道》里的高大泉）、"方"（如样板戏《海港》中的方海珍）、"洪"（如《红色娘子军》里的洪常青）等。反面人物一般姓苟、姓"刁"（如样板戏《沙家浜》里的反面人物刁德一）等。中间人物一般姓"袁"、姓"温"（如《杜鹃山》中的温其久）等。"文革"以后的优秀小说一时间也摆脱不了这一弊病，即使像路遥这样的优秀作家也不能免俗，如《新星》里的"潘苟世"等。最先使用这些巧合的作者，还能让人会心一笑，但巧合用得多了就全无新意了。《岁月无痕》中也有类似的巧合。一是"我"的嫂子"苟步茹"，这个人物极其自私，"我"很厌恶她，虽是亲戚，可她的为人处世连外人都不如。二是"我"新单位的领导、"我"的情敌"郑金"，这个名叫郑金的人，其实为人很卑劣，与他的名字相反，是个很不正经的人。三是"贾素芬"，这个名字坊间用来形容说话、行为不自然不真诚的人。如果说"郑金"这个名字还有一点反讽意味的话，那么其他的都毫无新意，显得有些刻意，用意太明显，反而失真。

最后，小说虚构的空间还可以更大。据作者在"后记"中表述："因工作所需开始修志，依托几年修志工作之便，接触并有意查阅搜集了大量史料，经十几年业余时间的创作而又数易其稿，作品才成了现在的模样……"基于这样的原因，作者在构思的时候可能常常会受史料的束缚，以至于小说的虚构空间受到了一定程度的干扰，所以有些部分有读回忆录的感觉，在一定程度上削弱了小说的故事味儿。

二十一　雷子、梦非等新世纪诗歌创作

（一）雷子诗歌的汉字元素

雷子，原名雷耀琼，出生于四川省阿坝藏族羌族自治州汶川县，现供职于四川省茂县财政局。1985年，雷子在雪山草地间开始写诗，至今已有两百多篇作品散见于《民族文学》《星星诗刊》《草地》《阿坝日报》《羌族文学》等报刊，作品多次在各种赛事中获奖，现为四川省作家协会会员。2008年底，雷子的诗集《雪灼》获得第九届全国少数民族文学创作"骏马奖"，这部诗集由中央文献出版社出版，谷运龙作序。在诗集中，作者以"生命的倒影""阳光·高原""网络之门的第N种意向"以及"桌上最后一株幽兰"四个主题勾勒出作者对大自然、人生、虚幻和现实的感悟。《雪灼》是雷子从18岁开始创作的诗集，作品里包含着雷子对阿坝藏族羌族自治州山山水水的热爱和对羌族文化的诠释。她自己这样评价道："诗集里的一部分诗歌我认为是很有思想的，那是我对羌族文化发自内心的感悟，但有些早年创作的诗歌还是比较幼稚，现在看来觉得还有很多地方需要充实。"作者在诗集后记中就创作感受这样写道："生活中许多无法见到的东西常会在我的梦中出现，于是我用诗歌的样式将其记录下来。这样的写作虽然艰辛，略带几许痛苦，却总是能让我如痴如醉，如梦如幻。""所有在我生命中出现过的人和事都在我记忆里留下了很深的烙印，不管是悲与苦，欢乐与幸福，都深深地触及我的灵魂，他们给予了我创作的灵感。"诗集《雪灼》正是雷子对生命中悲欢离合的诠释。《透过云朵的诗绪》（组诗）可谓这种历史与生命体验的代表，诗歌融古典神韵与现代气息于一体，反映羌族诗人在现代文明环境下的深刻思考。生活的惬意，些许的迷茫，传统的失落，观念的碰撞，灵魂内外的矛盾交锋，生命的复杂行程，通过一些带有象征意义的符号意象，隐隐约约地透露出来。一方面是"关山月、平沙落雁/赤着脚涉入我的河流/钟声飘逸的庙宇——/东方古老的家/吹箫人的心若空"，"今夜，前世的你我举杯/偌大的酒壶盛满竹叶、清菊与记忆浑身豪情与醉意/心灵的青鸟灵感扑扑/一条婉约的诗词之溪/在洞箫里飘走了千年/你清凉的眼里还有什么在闪动？"（《洞箫》）写出对传统文化的深深眷恋，"且作洞箫声声前最初的柔情/我是洞箫声声后最后的侠骨"；另一方面，现代元素又不可抗拒地融入其生活，诗人较早使用电脑并进入网络创作，许多作品反映电脑、网络对生活之影响，也描写其痛苦与快乐。如《五笔》："若夜的黎明/五笔的咒语开启网络的虚拟/城市的微笑/隐没在钢筋水泥的骨髓间/五笔/穿行在古老汉字最新概念中/造字的仓颉正展开复苏的灵魂/二十六个字根/二十六个伤感的站台/等待起程和回归的人/云走过的四季/你的手指狂奔在键盘的原野/最初与最后的沉默不因岁月而老去/五笔的舞蹈在蓝色的网状里蹦迪/所有欲说的段行/如星星从你胸膛升起"。诗歌运用形象的比喻，生动地刻写出羌族作者现代写作方式的改变以及思想观念的变化。这种矛盾在《一个人的战争》中得到了更为集中的展示。类似之作还有《葬我于网络的黎明》《夜舞的迪吧》《请将我格式化》《网络之门的第 N 种意向》等，反映出雷子诗歌的灵性，对当代人的内心世界进行深刻地或痛苦或幸福的剖析。透过诗歌，人们似乎可以看到其复杂而矛盾的灵魂。诗人在属于自己的天空和孤寂之中探索、追寻和耕耘，于时间和生命的缝隙里用灵性的文字抒写着自己的心情与感悟。由于工作性质，雷子长期与数字符号打交道，又与文字有着不解之缘，她用方块字承载自己的喜怒哀乐，也用它们搜寻并记录着羌族的血性与文脉。用雷子的话说，写诗的功夫在诗外，任何事情太痴迷了反而会变得糊涂，数字充满逻辑性，而文学富于感性。在文学与数字之间穿梭，那种无拘无束的快乐让她忘却所有烦恼。雷子在写作时也会感到困惑，担心自己写出的东西不能得到读者的认可，有时候甚至怀疑自己的写作方式不能被读者接受，但她固执地坚持着自己的写作习惯和风格，不在乎作品能否发表。今天的成功正是对雷子执着创作的一种回馈。雷子的诗辞藻华丽空灵，诗意独具而不失大气。《梦里寄放的孩子》是一首充满抒情色彩和哲理思考的诗：

> 我的宝宝，寄养在梦的花园里／人像一只孤独的候鸟／梦的天空无法测量他饥饿的浓度／昨夜他贪婪地吮吸着我雪莲一般的乳浆／梦里的宝宝是一块美玉／他的微笑是宝石／他的乳牙散发着月牙一般的光芒宝宝，寄养在我梦里的孩子／我很少将他探望／明知他是星辰里唯一绽放的花蕾／是远古箫声里蓝色的呼啸／也许他会成为一位战士／也许他会在绝美的音域里一世流浪／我看见他的翅膀在冰层里撕裂／赤裸的身体战栗着暮色的荒凉／我搂他于怀中却一无所有／包裹他的唯有我漆黑的长发飘绕

诗中的宝宝是一个带有象征意义的形象，象征着人类的未来、人类的希望，那样的美妙无比，又是那样的柔弱无助。"宝宝说想见到他梦外的哥哥，然后到真实的原野上与他一起奔跑。"这个愿望非常简单，却又茫然缥缈，不知能否实现，表现了诗人对人类社会发展和生存环境的关注和担忧，期盼真善美的回归和美好人性道德建设的心理，意在唤起人们对现实民生和未来命运的思索和共同关心，具有积极的思想意义和艺术感染力。有评论者这样评价雷子的诗："似乎她的诗里埋进了一颗关爱人类的种子，这远远地超越了一个羌族女诗人仅仅对本民族的执着情怀。"[①]在《震疡·蓝色叠溪》中我们可以明显地感到诗人这种对人类的关爱："我梦里的闪电常常惊见／山崩了，地裂了，疾风扭转着身躯怪叫／笔直切断的古城轰然塌陷／顷刻凝固的水密封了数万人绝望的嚎啸……今夜，月叩水门门不开／流星无语在水底伤怀／梦的精灵披着缀满补丁的长袍／携我进入诡秘的时光隧道／我要把回家的

---

① 远星：《诗性的对话——读雷子诗集〈雪灼〉》，《草地》2007年第2期。

路径刻在心上我要把迟到的信息告诉求生的欲望/……我要带着雪白的婚纱赠予羌城最美的新娘/我要让银发的长者悠闲面对夕阳/我要让所有活泼的孩子健康成长/梦啊/请指引这群鲜活的生灵吧/让所有珍贵的生命有预谋地逃亡……十面埋伏的惊雷在地下滚动/所有的快乐与忧伤的人啊/抛弃你们生命之外所有的俗物/快随我坐上最后的大禹之船。"诗歌回忆了八十多年前的那场灾难,十分生动形象。人类经历了太多的苦难,留下来的记忆如此深刻鲜明,经历了2008年汶川大地震后重读此诗,更是别有一番滋味。正如在获"骏马奖"后记者问及雷子获奖感受时,雷子感触之情溢于言表。她说:"此时此刻获奖,对于我来说是悲喜交加的,汶川大地震,夺去了多少同胞的生命,我在地震中是幸存者,但地震带给我的伤痛是难以愈合的。在这种情况下获奖,我的内心十分复杂,如果我在这次地震中失去了生命,我的诗集《雪灼》会不会还能得到骏马奖?我觉得这个奖不是给我的,而是颁给整个羌族人民的。我庆幸自己还活着,祖国人民在这种时候给了我们更多的关爱,给了我们继续活下去的勇气和信心,我被全国人民的大爱之举深深感动,我要好好地活着,继续写作。"[①] 由此,诗歌所表达的主题也就更加让人对这个民族增加了几分了解,对其在历经劫难的漫漫征程中所表现的坚韧、坚强与互助关爱的民族性格充满敬意。

(二)梦非、张成绪的散文诗

梦非,本名余瑞昭,出生于汶川羌寨,1988年毕业于西南民族大学,供职于茂县宣传部,现为茂县政协副主席,四川省作家协会会员。

梦非1988年开始业余文学创作,已经在《民族文学》《四川文学》《青年作家》《新草地》《阿坝报》等报刊发表诗歌散文作品

[①] 秦声:《在冰与火中阐释生命——访第九届"骏马奖"获奖者羌族女作家雷子》,《贵州民族报》2008年11月24日。

二百余篇，出版了诗集《淡蓝色的相思草》。收录在"羌山文丛"（诗歌集）中的诗歌《另类心境》，为梦非亲自选编，可见作者对该诗的重视程度。还有《献给阿兰和自己的歌》《二十首抒情的诗和一支绝望的歌》两首长诗，这种精心结撰的长诗体例本身就为其他羌族诗人所少有，可谓形式上的一点突破。诗歌的主题皆为对爱情的赞颂和歌咏，而又有不同的侧重点。《献给阿兰和自己的歌》着重写面对世俗和肉体欲望诱惑与坚守真挚爱情承诺之间的灵魂交锋，最后拒绝诱惑，做出人生的抉择：

像古铜磨制的镜子／聚一束光，分开流动的夜／我们在光明中朝爱情行走／衔彩虹的余晖／筑巢在青山高处／云涨云飞，隔断红尘无数／然后手握住手／如握住九天玄鸟送来的福音／诗歌，默契中延续的故事／便泡在了杯里／饮尽它，痛苦开始的时候／幸福也已经开始。

诗歌表面上似乎是写爱情，但又含有某种寓意，可视为理想或事业之象征，颇有"香草美人以寓君子"的传统诗歌兴寄意味。其诗遣词造句中也时常流淌着淡淡的古典诗词韵味，如"你伸过来的手／洁白，使人想到和田的玉／日暖生烟，五十柱年华是一只拨动的琴"；"露重风浓／让很多心愿感到寒冷／拨打数字的手指于是伤势很重／连心，疼痛不需要理由／你在水一方／音讯与心事一样迷茫"；"我在／这方，自己／营造的氛围太／温馨／高处不胜寒"。此类诗句，均可以让人感受到作者较深的艺术素养和对中华民族传统文化精髓的有意借鉴，意蕴深厚含蓄，耐人寻味。

张成绪，阿坝藏族羌族自治州羌学学会秘书长，其散文诗创作有一定成就和特色，收录在"羌山文丛"（诗歌集）中的组诗《部落走进的岷江及草原》堪称其代表作。其他如《草地，生长我的名字》《草原红狐》《草原鹰笛》《草原黄昏》等，写出了岷江草原的万千气象、自由绚烂，人与自然的和谐相融、草原的馈赠与生命的美丽，还有草原民族的个性与深情，文字优美，富有抒情

性和淡雅的韵味。如获得 2004 年"大九寨之冬"有奖征文大赛诗歌类三等奖的《部落走进的岷江及草原》第一章:

> 在一页历史和一首歌谣之间／我冷静地审视那每一个标点／在一双眼睛和一颗心灵之间／我激动地记下那声挚爱的喟叹／在一座峰峦和一道峡谷之间／我欣喜地发现一处风韵别致的洞天……看见你／没有边沿的日子／草地／／看见你藏文字母带来的宽广传说和诗歌／看见你一片绿叶刮成阵阵倾泻不止的清香／你无所顾忌／什么啃掠、践踏／什么赞美、鄙夷／生命铺展着奉献／岁岁年年／被所有的眼睛承认／多彩的形式是永远的许诺。

再如另一章:

> 鹰群不顾一切地飞腾／在白云和星辰间／唱着生命奋斗的歌／那是草地馈赠的自由／羊群佯装一朵云的姿态／在远方的地平线雪亮的飘落／在绿叶之上低吻草香……

同样叙写民族特性的还有《蜀西尔玛人的歌谣》,通过对踢哒欢快的莎朗舞、爱情信物的苕西和羌人原始崇拜的白石山神的解读,展现其新的理解和心得。又如诗歌《尔玛人生活的圈子》:

> 世界没有阳光的时候／我们是垂头流泪的索玛／世界明亮的时候／我们是即将鹏程高飞的雄鹰／／这里是尔玛人生活的圈子／一堵黑色的墙／曾把世界与我们／分开／一块黑色的帘布／阳光总是透不过来／这里是尔玛人生活的圈子／阳光何时停足亲吻／我们渴望属于自己的／红薯土豆和荞麦。

羌人生活的岷江高原,风光雄奇壮美而又险峻,环境艰苦,也常常发生各种自然灾害,给羌人留下惨痛的记忆。羌人就在一次次的灾难中前行。《行走雪地——写给雪灾后的家园及坚强的族人》《叠溪城遗憾》二诗就写出了这种步履蹒跚而又倔强坚韧的行程，具有特殊的意义。

> 雪淹没了家园／淡蓝色的雪地／不再是一页纯白的纸／反射的冷霜面孔／让人毛骨悚然／雪中长大的孩子／在这页纸上写下自己的经历／也写下无风的雪夜，毡房里升起的淡淡青烟。

后一首诗开头便以历史记载的笔法写道：

> 1933年8月25日15时50分0秒／那只黑色的鸟／只是几声恐怖的悲鸣／如黑色烈性的种子／便疯长了一段黑色的记忆／可怜的诗人呵／风暴袭顶而过／一轮甲子年前／还憨闭着眼睛／六十年后／你成为一片美丽的风景。

这首作于20世纪90年代的诗，真实地描绘了大地震的凶残，一切荡然无存。凭着上一辈人的回忆和诗人的想象，写来劫难如在眼前，似乎诗人亲身经历，让人难以置信，又是千真万确之史实。诗末段写道：

> 风吹来依旧清凉。鸟走过依然轻巧／沉默……沉默为一湾称之为堰塞湖的风景……如此美丽的死的静／如此寂静的死的美丽／其实，那镜就是海／能沉默一切掩盖一切的海／这就是历史的运动方式／一个城陷落海中／必定有个城会倒映在陆地。

对于发生在八十多年前的大地震，诗人可以用比较冷静的笔调加以叙述，并作理性的思考，将死亡憔悴之容表达为一种凝固成黑色的印痕。今天重读，令人心潮起伏，百感交集。

（三）曾小平的诗

曾小平，四川省作家协会会员、汶川县委组织部干部，业余进行诗歌创作，继诗集《梦的花瓶》后，又出版了诗集《飘浮在雪域的灵感》，同时作为"星星诗文库"诗坛新人重点推出。诗集由中国文史出版社出版，共收入作者近年来创作的诗歌六十余首。著名诗人、《星星》诗刊副主编李自国先生在序言中盛赞："他的诗格调清新，文笔优美，风格独异，从雪域里走来，在季节中穿梭，纵横于阡陌之间，放歌于村庄农舍，没有矫揉造作，没有脂粉装扮，而是自然地、朴实地像清泉般歌吟，像小溪般流淌，偶或还像春雨润物般地展示他亲近故乡、亲近泥土、亲近亲人的真情实感，无疑是盛开于雪域高原的一朵艺术奇葩……堪称贴近自然、贴近时代、贴近生活、贴近乡土的亲情佳作。"确实如此，曾小平的诗扎根于自己生活和热爱的羌族土地。《萝卜寨，一个崛起的梦幻》可谓其代表作：

> 鱼一般泊在岷山之巅的萝卜寨／离天最近／您这遗存最大的古羌部落／闪现着神秘之光……／黄土铸就的辉煌／吸引八方宾朋／向世人述说着／古羌民族灿烂悠久的昨天／萝卜寨／写满岁月沧桑的萝卜寨／您黄土夯筑的艺术杰作／是一本无字的史书／满载着羌族先民的勤劳与智慧／……长长的小巷／是一把钥匙／引领文人墨客／开启一个民族远古文明的大门／如今／您说外面的世界真精彩／生活的规则不应是／日出而作，日落而息／鹰一般锐利的目光／不只在山歌、莎朗、咂酒、羌笛中徘徊／眺望远方金光四射的太阳／新建的柏油路／是您伸向未来的手臂／深情拥抱现代文明／用种植庄稼的手叩击键盘／打开通向世界的门窗／不安分的血管荡漾着蔚蓝的梦／像美艳的凤凰／展翅翱翔在神奇的天宇。

诗歌以萝卜寨这一个遗存最大的古羌部落为代表，展示其岁月沧桑、悠久文明、勤劳智慧与民族精神，揭示其在当代社会的独特价值，同时也写出羌人对现代文明的呼唤，渴望与世界对话，"打开通向世界的门窗"，透出新一代羌人的历史使命，热爱并传承先民文化，而又向往未来，让梦想展翅翱翔，去发展和创造新的辉煌。传统与现代和谐相融，情感与理智自然结合，较之一味地沉醉于过去或者徒劳地为衰微而伤感，更富有思考的深度和鼓舞力量。这是诗人着力表达的主题，如另一首诗作《吹响春天的号角》，曾小平同样如此深情地歌咏："五千年金色的文明在甲骨文里泛光"，"广袤大草原的祖先"疲惫的目光，还有祖先"书写的执着和坚韧"，当然也有"像羊角花一样娇美地盛开"的蔚蓝色的梦和"蛮荒对工业文明深情的呼唤"，可见其真正表达了生活在雪域高原上羌人的梦与希望，唯其如此，才更显真切感人。

曾小平还有一些其他题材的作品反映出其多方面的生活与思索，如《更换挂历的日子》：

> 星与星之间 / 隔湍急的银河 / 一只喜鹊飞翔于两岸 / 不曾留下影子；更换挂历的日子怎能忘记 / 一切雪花的祝福 / 于彼此年轻的思绪 / 膨胀却孵化了 / 一行行蹩脚的象形文字 / 无法邮寄 / 最美的诗句也写着 / 苦涩与无奈 / 而我企盼的玉指 / 和梦一般轻轻拂过的长发 / 总在星与星的磁场里 / 酝酿几多感应。

似是苦恋中的相思之愁。《冬夜遐思》则一连用了七个排比句，展现诗人美好的希望：

> 让心情舒展如绿叶 / 让日子的枝头荷花般美好 / 让梦幻啊 / 展翅飞得高高 / 似流云潇洒…… / 让忧郁和寂寞的黑夜远遁 / 记忆的天幕重现湛蓝 / 让可爱的风啊 / 吹来一粒种子撒在心之荒原 / 幻成少女般的风景 / 伸出多情的触须 / 炽烈如酒 / 浓醇如酒。

通篇充满火热的激情活力，满怀对美好未来的憧憬，透出积极的人生态度。

（四）杨明伟的诗

　　杨明伟，生于四川省理县的一个贫穷羌寨，后成为西南民族大学一名普通教师，自1987年开始进行业余诗歌创作，但多年来作品少有发表。2010年，他将多年诗作整理出来，由作家出版社出版，这便是他的第一部诗集《春山灵露》。作者在自序中写道："这些诗，有些是我在读大学时（1987~1991年）创作的，但基本上是我在青藏高原东南麓一个偏僻小镇和九顶山下、岷江河畔的茂县教书时（1991~2000年）创作的。"其后，他一发不可收拾，连续推出了《印月清荷》《心中的恋歌》《觉醒》等诗集。在为他第一部诗集所作的序中，笔者曾经写道："断断续续进行有关羌族文学研究近二十年，竟有如此疏漏，未发现身边还有这样一位才华横溢、勤奋耕耘、成就颇丰的羌族诗人。感慨之余，不禁对著名羌族作家谷运龙先生曾经说过的一句话有了更新的理解。他说：'羌族文学是一坛发酵了五千年而未启封的老酒，一旦有人碰碎了尔玛人陈年酿老酒的封盖，冲天的醇冽一定会迷醉整个世界。'我想，这不单指其神秘悠久的古老的羌族历史文化，不断进取的当代羌人有多少宝贵品质和成就尚不为世人所知，由此也可见一斑。"[①] 这段话在杨明伟后来的创作实践中得到了充分的印证，同时他的诗也提供了研究羌汉文学关系的又一个例证。

　　概括而言，杨明伟的诗有以下几个鲜明特点。

　　首先，杨明伟诗歌作品体裁多样，形式丰富，包括旧体诗、新体诗以及散文诗等，表现作者较为深厚的文学功底和探索借鉴、勇于创新的意识。当代羌族诗人群体中，不乏在继承和创新方面卓有成效的诗人，但其中大多数是以新体诗为主，而杨明伟的诗集中，旧体诗居然占了相当的比例，不仅有格律诗，而且有曲子词，可以见出作者的涵养与积淀。无论新体诗还是旧体诗，其语

---

① 杨明伟：《春山灵露》，作家出版社，2010，序言第1页。

言风格都自然清新,表现手法灵活老到,往往化用古语典故。如其诗《抒怀》:"昂藏有古貌,扶摇上万里,不饮盗泉水,只栖梧桐枝。关山道阻长,哀怨多新诗。举杯常邀月,顾影人独立。"诗歌自注用了卢照邻的诗,《尸子》,庄子的《逍遥游》《秋水》等,其实不仅如此,该诗几乎句句用典,但显得较为恰切得当。有的更是不露痕迹,给诗歌增加了内涵,耐人咀嚼,如下面二首:

  素琴久衰绝,古韵早失音,高山空巍峨,流水徒淙淙。半世尚雅洁,一生落寞心。无缘邀李白,月下独长斟。(《素琴》)
  风雪小镇,叶落树摇,滚滚烟尘。浑蒙天地,寒冰冬日,难走行人,堵客一夜睡沉,梦醒时,鸦啼声声。山外小溪,明春涧谷,茅舍谁人?(《柳梢青》)

有的诗句句押韵,似乎不太合格律习惯与传统,但也无伤大雅。清末都江堰羌族名士董湘琴《松游小唱》已开其先河,善于借鉴而又不囿于传统,正是其特色所在。

其次,杨明伟的诗内容充实,涉猎广泛,既有对自然山水风景的描绘,也有对社会人生的思考和关怀,还有对宇宙自然的关注和对生活哲理的表现,体现出当代羌人对故乡那份深沉的爱和坚忍不拔的精神,以及接受生活洗礼、驱除自卑和狭隘意识、勇敢面向未来的热情憧憬和力量。而且杨明伟的诗情感真挚,如其在诗集后记所言:"这些诗是我用我的灵魂和生命之血书写而成的,没有遮掩,没有矫揉造作。这些诗中有我对人生的追问和对生命的思考,有我对心灵深处孤独的倾诉与呐喊,有我对人生的壮志豪情的表白与对命运不济的哀怨。不管怎么样,我的这些诗诚如我的心是坦荡荡的。"

我们且看其旧体诗中的羌村岁月:

  明月无根天边,清泉有声山涧。羌村群童嬉戏玩,爽朗笑声连连。摘两颗红莓香,掬一口溪水甜。惯看东坡野花灿,

最喜彩虹如幻。(《西江月·忆童年》)

或许有些词语不一定选择准确,但可以感到作者对故乡的情感,写来别有一番风致。在后来出版的诗集中,杨明伟的诗禅宗意味增浓,多表现一时的感悟,也反映诗人对真善美和简单生活的追求。

最后,在杨明伟的诗中我们还可以深切地感受到其所受多元文化的影响,融合成为独特的意境和形象。有人说羌族是一个勇于付出的民族,在中华民族发展的历史长河中,羌族曾做出巨大的贡献,同时,羌族虽然弱小,却一直生生不息,虽然它没有自己的文字,长期使用汉字,却能保持自己的文化特色,十分巧妙,令人称奇。我们可以看到杨明伟的诗视野十分开阔,这里有羌水、白石神、莎朗舞、羊角花、雪隆包等,体现了深厚的民族文化情结,也体现了唐诗宋词、李白杜甫的影响。他一再表达对古代著名诗人的倾慕,引为知己,并视为仿效之楷模。如《心事》所写:"此情欲与李白说,那堪天上明月照。扁舟今夜犹待发,江水已干魂已销。"《思慕》诗云:"徒慕太白诗,枉羡清照词。空发万千思,难落惊人语。"他还有一诗《续杜甫绝句》,直接有感于杜甫绝句而作。诗云:

锦江春来水又绿,三两白鹭偶翻飞。推窗不见西岭雪,依稀翠柳忆黄鹂。东吴遥遥寻旧游,万里桥头绝船只,千秋已过风景异,望江楼上思依依。

此外还有卢梭、泰戈尔等元素,古今中外,兼收并蓄,广泛吸取多元文化和文学的营养,使整个诗集不仅诗意盎然、隽永优美,更充满了积极进取的时代活力,从一定程度上反映出羌族的生存密码和风貌,也是我们需要大力弘扬的时代精神。

下面这首《生命悟思》具有特殊的寓意:

化作成一茎柔细的青青草

> 在蕴藏蓄积希望的山峦坡野
> 一年复一年
> 一次续一次
> 萎去枯灭
> 等大死之后
> 翌年的春风轻轻吹来之际
> 以全新鲜活灵动而碧嫩的新姿
> 活脱出另一具超越更超越的壮美之生命

这似乎是古老历史的轮回,也是对历经了 2008 年 "5·12" 汶川特大地震的羌族文化和文学传统坚韧气质的一种期待。

二十二 融汇进取的羌汉文学关系
——以羌族诗人羊子的诗歌为例

羌汉文学关系研究具有十分重要的学术价值和深远的现实意义。羌族这一古老民族伴随着中华民族繁衍交融的足迹生生不息，在各少数民族中为数不多，极具代表性。当代羌族文学创作也取得突出成绩，丰富的羌族文学不仅是中华多民族文学宝库中不可分割的一部分，更蕴藏着其历经忧患而绵延坚韧、不失特色的生存密码。羌汉文学关系密切，互相渗透和影响，对羌汉文学关系进行比较研究，探索其在题材、体裁、语言、风格以及地域文化背景等方面存在的相似和差异、借鉴与独创，不仅可以揭示羌族文学发展繁荣的重要原因，还可以探讨中华多民族文学相互影响和促进发展的过程与普遍规律，同时对各民族对汉语文的巨大贡献、汉语文包容多元文化作为多民族文化内涵载体的特性和凝聚各民族智慧结晶重要价值等有新的认识。对羌汉文学关系进行研究，对于经历了2008年"5·12"汶川特大地震、遭受了重创的羌族文化的保护工作，具有特殊的意义；对于探索民族文学繁荣发展的有效途径，促进祖国各民族团结与现代社会的和谐发展，都有十分积极的作用。

当代羌族的文学创作反映了这种密切难解的关系，透过近年来颇有影响的羌族诗人羊子的诗歌，我们可以更清晰地看到这一点。

羊子，本名杨国庆，羌族，四川省理县人。1992年7月从位于南充的四川师范学院汉语言文学系毕业后到若尔盖县中学任高中语文教师，2002年7月借调到阿坝藏族羌族自治州文联工作。现为汶川县文联主席、《羌族文学》主编、阿坝藏族羌族自治州作协副主席。他创作有诗歌、散文、小说、评论，出版个人诗集

《大山里的火塘》《一只凤凰飞起来》,多次在征文大赛中获奖。羊子创作的歌词《神奇的九寨》先后受到州级、省级、国家级的表彰和奖励,曾选为全国十大金曲之一,获四川省第八届"五个一工程"奖,并入选中学音乐教材。"5·12"汶川特大地震后,他得到中国作协重点支持的长篇大型组诗《汶川羌》,更是影响广泛,获得巨大成功。

从 2008 年汶川特大地震前的诗作和以《汶川羌》为代表的震后诗作的对比分析中,可见羊子作品的人生价值取向,他的作品以生动优美的意象和热烈真挚的激情,彰显了浓郁的民族情怀和独立的民族思考,同时又有着深厚的中华文化底蕴和宽广的胸怀,由此可见羌族作家可贵的借鉴、反思和创新品质。

(一)《汶川羌》系列的民族基因

羊子曾如此自白:"像我……这样的诗人,生活在重山环绕的岷江上游,被苍茫巍峨的岷山所掩埋和遮蔽,被孕育和期盼,吃尽坚强,生死不息,犹如脚下这条万古奔流的岷江一样,终于撕开亿万年来的地质封锁和传统习性,在中华大地之上,在辽阔海洋的目光之中,在蔚蓝浩荡的天空之下,流淌着属于自己血性的诗歌。"[①]

这段话清楚地告诉我们其诗歌所具有的多重因素。首先是羌民族的文化与生活的地域,这是其十分明显的特质,也是广大羌族作者创作的共同特性。20 世纪 80 年代何健在《致〈诗林〉编辑部的信》中说:"写出我民族的历史,写出我民族的心理素质和个性特征,写出我民族的精神和风俗,写出我民族的变迁和生存之地域,是我提笔写诗那一天就明确了的、终生追求的一条艰辛的道路。"[②] 这是羌族作者群创作的动因,也是其作品的基本内容。无论是朱大录的《羌寨椒林》《白石的思念》,余耀明的《羊皮

[①] 《长诗〈汶川羌〉是"羌和汶川"与"我"的一次交融》,杨国庆在《汶川羌》首发式上的致辞,杨国庆博客 http://blog.sina.com.cn/minjiangdadi,2010 年 4 月 28 日。
[②] 何健:《致〈诗林〉编辑部的信》,《诗林》1986 年第 3 期。

鼓》，还是谷运龙的《飘逝的花瓣》，叶星光的《神山·神树·神林》等，都表现出反映与挖掘民族文化的共同努力。

　　羊子的诗歌同样如此，植根于民族文化的坚实土壤，具有浓厚的民族文化色彩。诗集《一只凤凰飞起来》即展示了诗人对民族历史文化和当代生活的深刻思考和形象表达。诗歌代表作《岷江的高度》与《灵性的石头》都产生了较大的影响，《岷江的高度》采用叙述诗的方式，热情地书写了流淌千万年的岷江在中国西南的文化地位和文明贡献，从诗歌的角度复活曾经璀璨的岷江文明。诗歌《灵性的石头》借助普通而富有灵性的石头，抒写了石头与村庄的关系、石头与羌族的关系、石头与生命的关系、石头与命运的关系。这是一种不可分离的血肉关系，石头对于羌族来说是文明的标记和温暖的印证。

　　羌人从西北高原迁徙流转，长期居住在岷江上游，对这条母亲河充满特殊的感情，岷江也成为诗人特别钟情的题材，吟咏不绝。诗歌《纪念一条大江》抒发了诗人深邃的忧思和强烈的历史责任感，表达了诗人对于自然的岷江与民族的岷江开发与利用的深切关注和严肃思考。在《岷江的涛声》中，羊子形象地描写其千古奔流的雄气豪放：

　　　　大山的骨骼布满水浪边缘／岷江，这山最后的一副心肠／日夜奔越，呼啸如血／涛声轰然，涛声铿然／撞醒怪禹的耳目／从秦朝蜀守的谋略中闯过／从三国战将的气魄中飞过／从大唐薛涛的诗稿中淌过／从代代山地的梦境边擦过／涛声。涛声。雄性而野蛮的涛声／砰然令人忧思的涛声／隐瞒沉重沧桑的涛声／鞭挞苍苍青春灵气的涛声。

　　江水滔滔，奔流不息，岁月如水，岁月无情，让人慨叹，也让人沉思。末尾一段，岷江在诗人的眼中又换了一副模样，由咆哮雄浑变为温情缱绻。诗人写道：

　　　　涛声，涛声，唯血管中不朽的涛声／愤怒地流淌着掌上的天空／撞击异域种种的假象／以文字为拳头，为弹头／洞穿时光的软玻璃，浩然腾空／一阵电闪雷鸣／一阵和风细雨哟，亲翠硬硬的山骨／吻红倔强的山巅／岷江，幽幽地摆着婀娜的身段／涛声，妹子似的妩美而多情。

对岷江的挚爱溢于言表，同时也就不难理解对其未来走向的关注和思考，这实际上预示着一个民族的命运和前景，发人深省。在羊子的诗中，这种对养育了自己和羌族的土地和环境的眷恋之情溢于言表。故乡的山水雄奇而险峻，但诗人的热爱和赞美从未停止。即使屡经灾难甚至是毁灭性的打击，也不能改变诗人执着的爱。2008年"5·12"特大地震刚刚结束，诗人在废墟中奋笔疾书，唱响了真实感人而又雄壮鼓劲的《汶川之歌》：

凋零的山河瞬间呈现／尘土覆盖下的童谣和山歌／瓦砾钢筋一样抵痛胸口／指挥部的灯，心脏一样跳动／汶川，远古岁月中诞生的家园／缕缕炊烟全被埋葬／奋进的步伐生生折断／指挥部的眼睛，一眨也不眨／起航！汶川的诺亚方舟／穿过地动山摇的心海／起航！汶川的希望之舟／满载信念和信心，破灾而行。

在此前后，诗人除创作了大型组诗《汶川羌》之外，直接以汶川为题的诗就有《汶川的门》《汶川的深度》《汶川的月亮》《汶川在歌唱》《国之汶川》《汶川，过年了》等。以《汶川之歌》为基础，诗人得到中国作协资助，历时两年，精心结撰，几经打磨而创作了长篇大型组诗《汶川羌》，诗歌长达三千多行。诗人特意将"汶川"和"羌"紧密结合而作为题目，对此诗人曾在美国爱荷华"国际写作计划"交流中，做过一些说明，在诗人的博客中也有呈现，当然，最主要的还是在《汶川羌》的诗篇之中有详细的阐释，集中展现了诗人对故乡和民族的特殊情感。从上部的"羊的密码""羌与戈""神鼓与羌笛""石头与墙""入海岷江""羌姑娘""羊毛线""草场""岷的江和山"，到中部的"映秀""阿尔寨""汶川""羌·费孝通",再到下部的"骏马的传说""神羊指路""故乡唤我""族群的火焰",各种羌族意象和文化符号贯穿诗歌,写出了羌族古老的历史,写出了对其生存环境的极度忧虑,也写出了对时代和未来发展的思考。尤其可贵的是如诗人梁平所说,羊子的《汶川羌》"摒弃了'史诗'传统概念中那些'神出鬼没'的元素,直接抒情在生活的原汁原味中",是"羊子为自己民族的苦难和创伤、坚韧与顽强、生生不息的生命力书写的一部当代具有史诗意义的鸿篇巨制。……大开大合,以自己对本民族的认知和血脉的认同,以自己的洞察和感受,把自己民族的生命原色、生存状态以及梦想和希望呈现出来。"[1] 著名作家阿来称赞道:"羊子的诗歌,是我曾经想看到的一种有价值的文本,对历史,对现实,对个人的一种诗性的超越和抒写。'我'是从历史而来的,也是从灾难的洗礼而来的。一个幸存者,一个因幸存而重新看待世界了悟人生的人,是作者自己,也是渡尽劫波的羌。"[2]

其实,何止是《汶川羌》,在羊子的各类作品中,处处可见这种明显的民族元素,因为它已经深深地烙在其心灵和血脉中。

再以羌人神圣的火塘为例,羊子曾于 2006 年 11 月 30 日,去到汶川龙溪乡一个很高很深的羌族村寨,拜访一个羌族释比世家,释比的儿子和媳妇为他生火烧水,于是,诗人出现在古老的画面中,感受到了羌族家庭的心跳,并写下了诗歌《传说中的火塘》。羊子在许多诗中,对火塘都有着诗意的吟咏:

看火塘团聚一个冬天 / 一处处优美的村庄 / 在岷江摇篮,中国西南 / 舒展一个民族的容颜。(《灵性的石头》)

神秘的火塘,被酒香诱惑出来 / 羊皮鼓动地而响,和着醉影 / 长发在飞,白帕子在旋转 / 古老神经和血脉在月色之下 / 繁衍一群一群蓬勃的手足。(《心遁萝卜寨》)

---

[1] 梁平:《攀援一个民族的精神高地——序羊子的长诗〈汶川羌〉》,《草地》2010 年第 3 期。
[2] 阿来推荐语,引自羊子《汶川羌》封底,四川文艺出版社,2010。

> 火塘边，这些父亲和母亲／木柴一样燃烧着古老的微笑／风霜簌簌凋零在暗夜里／羚羊一样矫健的脚／此时，安静了。(《火一样微笑》)
>
> 心中升起的庭院啊／玫瑰转身离去／月色逃向窗外／青春的火塘不再诱人。(《啊，老婆》)
>
> 月色铺下来，一天的归宿／让火塘中的热情，芬芳／偎依在柔和的干草上。(《新石器时代的鸟鸣》)

作为牧羊人的子孙，作为羊人交会相生的羌的后裔，羊子对自己的祖先顶礼膜拜，对民族的文化讴歌吟唱，这使得他的诗具有独特的魅力，在现代化大潮中，不致迷失方向。许多人读他的诗，可以一眼看到其突出的特质。2007年，羊子的诗集《一只凤凰飞起来》由四川文艺出版社出版。这是他的一部诗歌力作，其中包括五个部分：第一章岷江南流；第二章草木飘香；第三章灵魂山水；第四章鱼儿歌唱；第五章低空飞行。诗人牛放对此评价道："羊子是民族文化的觉醒者，他满怀浪漫的诗情，用羌族后裔一颗跋涉之心，高举着祖辈火塘里燃烧的信念，烛照民族的灵魂。"[1]《阿坝日报》总编、诗人龚学敏指出："羊子是一个典型，一个充满怀旧特质的典型。羊子所有的诗歌中，都可以看出：一是对一个民族曾经的辉煌，表现出的无限怀想。这种辉煌，更多意义上是根植于羊子无法割舍的文化背景和他自己的臆想。从而使怀旧，成为羊子诗歌的一个重要特质。"[2] 由此可见，在羊子灵魂深处，从未停止对祖先精神的怀想。

（二）以汉语为代表的多元文化的融合

但是，仅仅如此是远远不够的，一个民族纯粹依靠祖先的血液和文化基因而没有外部营养是不可能健康发展的，必须广泛地

---

[1] 牛放评语，引自杨国庆《一只凤凰飞起来》，四川文艺出版社，2007。
[2] 龚学敏：《想一想作为诗人的羊子——序〈一只凤凰飞起来〉》，《草地》2008年第2期。

吸取人类文明的精华才可能进步。羌族是一个长期对外输血的民族，在漫长的历史进程中，古老的羌族给中华文化提供了丰富的养料，做出了突出的贡献，但自身却没有得到足够滋补。作为一个立志书写羌族的历史，写出羌族诗碑的民族代言人，羊子对此有清醒的认识。在《汶川羌》首发式上，羊子称自己"是从三千年前甲骨文中所代指的那个区域，那个民族，那种生产和生活方式——'羌'中走来，穿过无数的祖先，穿过比三千年这个具体时间更多的时光，穿过众多的生生死死，死死生生"。①他对羌族精神和遭际有着冷峻的审视和反思，故在《汶川羌》中对羌族被抽血的过程有以下形象的描述和展示：

> 早先有一只手已经摘走了群山的一半灵魂／那是在秦朝李冰的时代，人们陆续拔光了群山的衣服／还有治水英雄辐射开去的前后几个朝代／或者从姜维城石器，从营盘山陶器，从剑山寨骨器开始／顺着时间的河流，一路漂流而下的各个朝代／各个村庄，各个田野，各个刀耕火种，具体的攫取／那些漆黑的柴垛，是对一座山一座山的搬运，燃烧／是比生长的速度和幅度都大上一万倍的抽血／连鸟鸣也吃光的做法，一直延续到汶川大地震的前前后后。

正因为有如此的了解，羊子从步入文学创作开始，便十分注重多元文化交融，注重对人类文明养分的吸收，而且他有着传统和自身的有利条件。长期以来，由于羌汉人民的密切交往，交通沿线或毗邻汉族地区的羌族人民，除习用本民族的语言外，多通晓汉语。羌族没有本民族的文字。据考察，羌族很早就已通用汉字，如隋唐以来保留在羌族地区的碑文、清代买卖田地的契约，皆以汉字记述。明清以来，茂县、汶川等地曾兴办州学，吸收羌族子弟就学，大大加快了汉字在羌族地区的传布。羊子本人作为

---

① 《长诗〈汶川羌〉是"羌和汶川"与"我"的一次交融》，杨国庆在《汶川羌》首发式上的致辞，诗人羊子博客 http: //blog.sina.com.cn/minjiangdadi，2010 年 4 月 28 日。

新一代羌族文化人，担当着传授现代科学知识和进行人文素质教育的重任，专业学习和积淀为之奠定了坚实的基础，使他具有广阔的视野和胸怀。在羊子的诗中，有着中外古今文化的涵养，就像一碗营养丰富的滋补膏汤，在《汶川羌》中，他曾对此有过详细的描述：

> 我喜欢汤……
> 整个时辰酿制的人生的汤。文学的汤。艺术的汤。哲学的汤。
> 理想的汤。救护和医治病痛的汤。灵魂的膏汤！里面可以有，譬如
> 《诗经》305首这个数据或者实体。马尔克斯的《百年孤独》。
> 金色眼睛凡·高的向日葵。但丁吟唱不休的《神曲》，或者鲁迅。
> 或者沈从文。阿来。又或者苏轼。齐白石。徐悲鸿。王羲之。
> 或者故宫。或者洗劫一空之前的圆明园。地宫。
> 乞力马扎罗山上的雪花。希腊的宙斯和他的奥林匹斯系统。夸父逐日走过的黄土高原上飘起来的花儿。诺贝尔。
> 黄河大壶口瀑布上的中国乐章！

由此可以看到，羊子在吸吮母亲的乳汁、传承祖先文化血脉的同时，又绝不局限于本民族，而是勤奋地博览群书，涉猎广泛，因而获取的营养十分丰富。当然在古今中外文化中，影响最大最直接的还是博大精深的中国传统文化。这也是羊子的最爱。

> 我喜欢中国的汤，我爱中国的汤。
> 中国的汤包罗万象。包罗宇宙的期待，许诺和不可预见。
> 中国的汤，最美。我的汤，最美！我爱我的汤。……
> 汤的心，汤的阳光和大地让我孜孜不倦！

几千年历史长河中，羌族同胞在使用羌语的同时，许多人也习惯于汉语表达，用汉字书写与记载，汉文典籍文献中记载着不少羌族的历史文化，也可以说许多羌族文化内涵是靠汉字而得到保存与传承的。这种特殊渊源，也使羊子等广大羌族作者不仅用汉语写作，更对汉文化有较深入的了解和感情，其作品中屡屡可见的汉文化与文学基因便可清晰地表明和印证。

系统的学习使其具有了较为深厚的汉语专业素养与功底。羊子曾考订在岷江上游羌族地区广为流传的释比所作的"三坛经"应为"三堂经"之讹音，他除了从羌族家居的特定环境以及产生、流传释比诵唱史诗（经典）的社会根源，也就是从羌族历史文化本身的挖掘意义上解释上、中、下三堂之外，还特别从汉语语音角度考察，认为是由于"当时释比的汉语发音的关系，误将'堂'字说成了'坛'"。他指出这在"当前羌族社会中是比较普遍的一个发声的错误。羌族人在规范汉语使用之前，基本都是忽略了后鼻音的存在，比如杨（yang）的读音为 yan（颜、盐）……堂屋（tangwu）说成 tanwo（坛握），因而，将'三堂（tang）经'说成'三 tan（坛）经'也就不足为奇了"。① 从岷江上游如汶川、理县、茂县的语音情况来看，羊子的这一解释是有一定道理的。

又如考订羌的来历，羊子在《"羌"是地名，还是族名？》一文中，首先指出"最早的汉字样式——三千多年前的甲骨文中就有关'羌'的明确记载"；然后引《诗经》为证，认为"《诗·大雅·生民》中歌唱周朝的始祖母为'姜源'，就明确传达了周朝的王族及其民众对于古羌的客观认定，由衷的感恩与歌颂"；接下来从《史记》之"西羌"、东汉许慎《说文解字》中"羌，西戎牧羊人也。从人，从羊，羊亦声"之记载，到当代童恩正先生有关河湟地区古羌人的 305 个词条统计，得出结论："'羌'这个民族在另一个民族（商）典籍中是统一的称谓了，并在往后诸多的汉

---

① 羊子：《关于羌族文化几个问题的解构和思考》，诗人羊子博客 http://blog.sina.com.cn/minjiangdadi，2011 年 3 月 2 日。

文典籍中明确记载,毋庸置疑的了。"① 其考订过程逻辑严密,环环相扣,对汉文典籍的引用亦合乎规范,可见其熟悉之程度。

羊子深受汉文学作品影响,且有独到的感悟和理解。我们以羊子关于诗人节和屈原的几首诗为例。每到端午时节,羊子都会与大多数中国人一样,不单单想到粽子、龙舟,更会想到诗人屈原以及有关的意象。如 2011 年,他在《诗人节并非端午节,或端午节并非诗人节!》中写道:

> 2008 年端午节,我在救灾帐篷里吃了分发的粽子,无心想屈原。
> 2009 年端午节,我的心情早已在一首诗歌里表达,无语无想对诗人。
> 2010 年端午节,我在博客上记忆了《诗人节献诗:诗人屈原》。
> 2011 年端午节,我把手机上的短信写在这里……

羊子在 2009 年端午节所作的《让我荡漾——诗人节颂辞》中这样描述:

> 让我荡漾的 / 是一片遥远的时间, / 香草缀身的人 / 是千年后仰望成传说的诗人。/ 每一座山脉 / 都熟悉他炽烈的目光, / 每一缕炊烟 / 都眷恋他沸腾的胸膛, / 犹如现在的每一条江流 / 都在赞美共同的汪洋。
> 让我荡漾的 / 是一个遥远的美人, / 潮涨潮来的滚滚波光 / 是我经久无法平息的思量。/ 每一个幸福的文字 / 都奔跑着现出他的真纯, / 每一声滴答 / 都想倾诉群山环绕中他的柔肠, / 犹如现在的远方 / 走近亲亲爱爱的山色湖光。
> 让我荡漾的 / 永是这简单的阳光: / 我爱! 我唱!

---

① 羊子:《"羌"是地名,还是族名?》,诗人羊子博客 http://blog.sina.com.cn/minjiangdadi,2011 年 1 月 11 日。

而 2010 年端午所作的《诗人节献诗：诗人屈原》，则可说是羊子在有了更深理解和沉静思考后对伟大爱国诗人的由衷礼赞：

> 楚国大地上最纯粹的编钟 / 作了您一生的歌唱，/ 山山水水中最勾人的香草 / 作了您灵魂的衣裳，/ 最鲜红的叶子作了你唯一的心脏。
> 天地之间最巍峨绵延的山脉 / 作了您生命的脊梁，/ 千军万马指向四面八方 / 作了您爱民护国的城墙，/ 最雪白的女子作了您痛心的姑娘。
> 楚王眼里最蔚蓝的天空 / 作了您宽广的胸膛，/ 脚步之下最漫长的道路 / 作了您书写的衷肠，/ 最清澈的河流作了您最终的去向。
> 一代代祖先最信赖的文字 / 作了您血液的故乡，/ 风平浪静的云梦泽 / 作了您神秘的信仰，/ 九头鸟逆风飞行的翅膀 / 作了您轮回转世的目光。

羊子崇敬屈原，也同样崇敬杜甫，崇敬当代著名诗人余光中。张建锋曾经谈他读羊子《汶川羌》"故乡唤我"一节的感受，他说初读的时候，脑海里突然就与艾青的诗对接上了，羊子与艾青似乎外在与内在都是很接近的。

> 一株绿草摇着手臂在故乡的眼睛里唤我。/ 几片走动的云，在故乡的衣裳上唤我。/ 羊群后飞翔的童年在故乡的记忆中，切切地唤我。/ 一脉沉默而双眼微闭的山脊在故乡的大地上美美地唤我。/ 水蜜桃在唤我。夏日阳光中蝴蝶相会的泉流在唤我。/ 妈妈从煤油灯光后背端过来的红红的火盆在唤我。/ 爸爸醉酒的春联和珠算。左右开弓的九盘经。十二盘经。/ 哥哥砍下的松木在我用力的身后呼呼行走，在唤我。

这样的诗句很自然地让人想起了艾青的名篇《大堰河——我

的保姆》。艾青以跳跃的联想展开诗情、诗思，一个物象或者一个生活片断构成一个意象，表达一种情感，多个物象或者多个生活片断构成意象群，表达多样的情感，从而多时空多方面地展现故乡的形象。这成为艾青的意象组合方式和情感表达方式。羊子同样以具体的物象、事象，兴托着情绪，寄寓着感受，构成一个个意象，形成一组组意象群，反映着真实的生活，表现着多样而复杂的情感。这样一来，意象不仅具有了写实性特征，而且具有了地域性特征，由此体现了羊子诗歌的文化交融性。这既反映在汉羌文化的融合上，又反映在新诗艺术与羌文化的融合上。[①]

  艾青的诗作为经典，可以说有一种潜移默化的影响，羊子其实已经记不清当时是否想起艾青此诗之意象，故张建锋称之为不自觉的"文化混血现象"。而对于另一位现代著名诗人余光中，羊子曾有机会当面求教，他在上大学期间便喜欢读余光中的诗。在《杜甫草堂倾听余光中》[②]一文中，他细细地记述了2006年9月8日在杜甫草堂聆听余光中诗歌讲座的过程，对其人其诗充满仰慕之情。正是在杜甫草堂的讲座上，余光中特别讲到诗圣杜甫的影响，余光中说，杜甫改变了他，受杜甫的影响，他现在不写乡愁，而写乡情了，创作风格也由浪漫主义向写实主义转变。余光中还特地将李白、杜甫做了一个比较，沉郁的杜甫好似贝多芬，而轻逸的李白则如莫扎特，李白教会了其放开，杜甫教会了其凝练。羊子认真地聆听记录，全身心沐浴在余光中的心性与睿思之中。中华文脉渊源流淌，从安史之乱直至伟大诗史的最终形成，唐代诗歌精神活泛而来。讲座结束前，余光中深情地朗诵了他专门为此行而作的长诗《草堂祭杜甫》，表达了对杜甫的无比崇敬。诗末写道：

  夔州之后漂泊得更远 / 任孤舟载着老病 / 晚年我却拥一

[①] 张建锋：《〈汶川羌〉：以个人的方式进入民族的心灵》，《阿坝高等师范专科学校学报》2010年第4期。
[②] 羊子：《杜甫草堂倾听余光中》，诗人羊子博客 http://blog.sina.com.cn/minjiangdadi，2006年9月29日~10月2日。

道海峡 / 诗先，人后，都有幸渡海 / 望乡而终于能回家 // 比你，我晚了一千多年 / 比你，却老了足足廿岁 / 请示我神谕吧！诗圣 / 在你无所不化的洪炉里 / 我怎能炼一丸新丹。

再读前面羊子《诗人节献诗：诗人屈原》最末几句：

在楚国都城郢的头颅下沉的瞬间 / 您滑向天堂，——也是地狱。/ 诗人屈原，屈原九章，/ 最美的凤凰照亮大地 / 一直在飞翔！

我从您未来最偏僻的时光 / 献上我最完整的敬仰，/ 并不哀伤。我融进文字 / 作了您命中的光亮，/ 犹如此刻 / 复活的您赐予我小小的嘉奖。

两相比较，手法极为相近，均有相似的想象，两千多年前的屈原和一千三百多年前的杜甫在当代诗人笔下复活了，无论是化为神还是作为人，他们作为永远的精神鼓舞力量凛然若生，沾溉后世。不难看出，羊子此诗对余光中诗有意地借鉴和追仿，完全可以称为自觉的"文化混血现象"。

于是，我们在《唐克草原：九曲黄河第一湾》中读到了如下的诗句：

李白说：仗剑西行。/ 李白又说：黄河之水天上来。/ 羊子西行。羊子看见一步三回头的黄河，正漫步在传说中的草原。/ 若尔盖大草原。唐克草原。/ 杜甫说：非无江海志，潇洒送日月。/ 杜甫又说：漫卷诗书喜欲狂。/ 于是，我看见羊子临天的飞笑，竟是这般出乎人类的想象。

诗人在诗中与诗仙、诗圣亲密对话，情感相通，交流无碍，那样自然，纵横自如，中国文化中对自然的关注、喜爱与对自由人性的崇尚等均流露无遗。

一路奔腾的岷江雪浪闯过都江堰、宝瓶口，灌溉天府之国千里沃野,连接成都锦江春色,渊源紧密,难于割舍。因为羊子熟悉这样的史料,"仿佛岷江作为长江的源头/流淌在明朝以前的汉文典籍"(《岷江的高度》),故羊子的诗中还这样写道:"迎面是成都。我知道,她需要我,正如锦缎需要体温,芙蕖需要夏天"。"创造,喂养,经过天府,岷江的水浪从天上一直流淌下来。"从古到今,羌汉文化水乳交融,生生不息。

(三)历史与未来的思考

中国儒家文化充满民胞物与、关注民生的人本思想,表现在文学中则是强烈的忧患意识,从屈原"长太息以掩涕兮,哀民生之多艰",到杜甫"穷年忧黎元,叹息肠内热",再到范仲淹"先天下之忧而忧,后天下之乐而乐",无不如此。这种思想和意识对羊子的创作构成了深层次的影响,也由此形成其诗歌之鲜明特色。21 世纪的诗坛不乏新潮主张,关注自我,标新立异,层出不穷,羊子在探索艺术的同时,却没有放弃文学传统的责任。他关注羌这个历经苦难的民族,包括它的历史、它的现实环境和未来走向。他为羌族在数千年发展中经历的磨难而痛心,而现代社会羌族的状况又是如何呢?羊子同样写出其深深的忧患:

现在这一只手,又在摘取群山另一部分灵魂。/所有歌唱的源泉,水浪,补滋养的灵魂,/那对河神无比的敬畏,那在河边浪漫的等待和约会,/那梯田中细细滋润和甘甜激荡的清风,/顺流而下,逆流而上的岷江鱼一代代的恋爱,/与一朵朵化石经过冰川打磨的全部秘密,/已经被重吨的水泥和钢筋,/在渐渐低落的群山的目光和呐喊的声中,/从隐藏天机的地方洞开一条条隧道。

这让羊子忧虑不已的"一只手",便是全球化背景下的现代工业文明。为了追求所谓经济效益和享乐生活,人们盲目甚至疯狂地发展,对此羊子诗中有形象的展现:

> 那些倒影苹果、花椒、玉米、麦子想象的云和水，/被罐装，带进了机器的里面，现代社会的工业里面，/更多人的种子，呼吸和梦境，都无法传递的里面。/几千年未来的里面。齐崭崭被贪婪的文明所斩获！/这阴险的、钢铁的。披着时代外衣的文明。/给予村庄一些短浅的目光，就可以与群山对立的文明。

这种不顾后果违背科学的短期行为，不仅破坏了自然生态环境，而且对传统文化和人文道德造成了极大的损害和创伤。传统的丢失和民族元素的失落，不仅是岷江上游的羌族在现代文明冲撞下的遭遇，而且是中国文化面对现代西方文化冲击时的实际。在组诗《迎面是成都》中，羊子明确提出了"现代：忽略的另一个因素"这一诗歌命题：

> 太紧，太挤，现代的一切太匆忙，/目光追逐着扑面而来的幻影。/庄稼离开土地，被实验室浇灌，误养，/丛丛阳光被一盏盏灯光强势打击而取消。/三年成都。行走在尖端的车道上，/玄幻的姿势占领着低矮的生命。/走进现代，陶醉于塑料质地的爱情，/所有河山闭上双眼，转过头去，迎风修炼。/记忆地质形成的点点滴滴，分分秒秒，/一如太阳在头顶的上方，真正失踪。

羊子的执拗也是羊子的可贵。如何进取融汇，坚守底线，迎接大洋彼岸风雨的洗礼而不失自我，守望自己的精神家园，这是羌汉文化与文学所要共同面对的课题，不可回避。这种深沉忧患及其特殊的象征意义也留给人们许多思索，这或许也是羊子诗歌的价值所在吧！羊子的作品大多从作者的人生价值取向介入，以生动优美的意象和热烈真挚的激情，彰显浓郁的民族情怀和独立的民族思考，同时又有着深厚的中华文化底蕴和宽广的胸怀，有着可贵的探索和创新品质，可谓当代羌汉文学与文化关系的一个缩影。

附录　阿来汉语写作的文化意义及其启示

作为一个用汉语创作的藏族人，阿来以藏族文化为主要创作素材来源，其文学立足民族，又超越民族，表现出深远的人类意识眼光，也显出极高的汉语语言艺术成就。阿来的汉语语言艺术得自其工作学习和编辑写作经历，而阿来对汉语的深刻认识和超越性理念则是其写作的动力。阿来具有高度的文化自觉，其创作对陷入身份焦虑的民族文学起到了很好的示范作用，对于全球化背景下汉语文学的发展也有着积极的启示。

（一）阿来的文学创作与突出成绩

从古代到现代，四川文学名家辈出。在中国现代文坛上，四川经典作家频出，如郭沫若、巴金、沙汀、艾芜等，一个个闪光的名字，令人高山仰止。而在当代四川文坛，同样闻名海内外的作家为数不少，其中，阿来无疑是极具代表性的。这真正应了那句老话："蜀之人无闻则已，闻则杰出。"[①]

阿来从20世纪80年代初开始诗歌创作，后来转向小说创作。阿来的文学创作不算高产，影响却十分巨大，尤其在小说方面。1998年，他出版第一部长篇小说《尘埃落定》，引起文坛强烈关注；2000年，他获得第五届"茅盾文学奖"。此后，阿来并没有停止脚步，而是一如既往，稳步前行，2006~2009年，他陆续推出70万字的长篇小说《空山》（2018年再版时改为《机村史诗》）。小说共六卷，包括"随风飘散""天火""达瑟与达

---

① （唐）魏颢：《李翰林集序》，《李太白集注》，上海古籍出版社，1992，第553页。

戈""荒芜""轻雷""空山",讲述了 20 世纪 50 年代末到 90 年代初,发生在一个叫机村的藏族村庄里的系列故事,表现了一个村庄的秘史。2009 年,同样以藏族史诗中的著名英雄为题材的长篇小说《格萨尔王》隆重出版,被誉为阿来的"写心"之作,广受好评。2013 年,阿来倾注五年之力,完成了非虚构巨作《瞻对:终于融化的铁疙瘩——一个两百年的康巴传奇》(简称《瞻对》),这部历史纪实作品以生动的笔触和丰富的史料,讲述了一段独特而神秘的藏地传奇,再现了长达两百年的瞻对历史,也被广泛誉为阿来的又一部藏地史诗巨作。2013 年末,这部作品斩获人民文学奖"非虚构作品大奖"。2019 年,新作长篇小说《云中记》又荣获第十五届精神文明建设"五个一工程"奖。

综观阿来的小说系列,从《尘埃落定》到《空山》《格萨尔王》再到《瞻对》,都是以藏汉文化关系为题材,反映藏汉文化的交汇、碰撞,通过民族、家族与村落的历史,表现了对民族历史,尤其是被正史所忽略的普通人的深切关注,彰显了宏阔的历史视野和厚重的社会责任感与使命感,显示了阿来以严肃审慎的态度,对民族文化和时代关系的深度思考。

正因为如此,无论是在中国当代少数民族文学的创作中,还是在整个中国当代长篇小说的创作中,阿来的长篇小说都有着不容忽视的影响。所以阿来的创作才会引起学者浓厚的研究兴趣。据不完全统计,近年研究阿来长篇小说的论文有 330 余篇,其中博士、硕士学位论文 30 余篇,还有少量专著。研究阿来长篇小说的专家学者有张炯、严家炎、邓友梅、周政保、王一川、张学昕、郜元宝、李康云等,[1]达数十人。中国作家协会、中国社会科学院少数民族文学研究所等曾多次主办阿来作品专题研讨会,《当代文坛》《文艺评论》《当代作家评论》等多家刊物曾(有的还不止一次)开辟阿来研究专栏,阵容不可谓不强大。这其中除了一般性的评论之外,也不乏深入剖析之作,但是,限于作家身份、叙述资源、叙述手法、叙述风格等因素,阿来小说的丰富厚

---

[1] 吕学琴:《阿来长篇小说十年研究综述》,《当代文坛》2012 年第 4 期。

重的内涵还有待大家细读和品评。笔者在此仅对阿来汉语写作的文化意义略谈浅见。

阿来曾在各种场合多次描述自己的身份特征："我是一个用汉语写作的藏族人。""我是一个藏族人，用汉语写作。"一般人可能对这种情况比较熟悉，因为在当代社会不乏其例，却较少有人去思考这其中蕴含的深刻的文化交融意义。

作为一个藏族作家，阿来从小生活于马尔康。那是阿坝藏族羌族自治州的首府，一个藏、羌、汉等多民族汇聚之地。"千百年来，我国古代的氐羌诸部、鲜卑、吐蕃、汉、回等民族用辛勤的劳动和无穷的智慧共同开发了阿坝，他们在这里互相融合，共同进步，逐步构成这块土地的主要民族：藏、羌、回、汉。他们在这里，留下了早已在民族融合中消失了的古老民风、独特民情"。阿来的写作融合了多民族文化因子，形成了他自己独有的个性特征——既以民族文化为创作资源，又超越民族的界限，走向人类的普遍性。

1952年，阿坝地区全境解放，年底建州，实现了民族平等和民族区域自治，各民族交流和融汇变得更为便利和频繁。在这样的环境中成长起来的阿来，在新的历史境遇下成长起来的阿来，通过学习，熟练地掌握了汉语。在文学创作中，他将藏族经验和汉语书写进行了有效的结合。阿来对自己在仅掌握藏语口语的基础上学习汉语并写作、以此谋生的过程有过详细的叙述。

> 我出生于四川省西北部的阿坝藏族羌族自治州。从富饶的成都平原，向西向北，到青藏高原，其间是一个渐次升高的群山与峡谷构成的过渡带。这个过渡带在藏语中称为"嘉绒"，一种语义学上的考证认为，这个古藏语词汇的意思是靠近汉人区山口的农业耕作区。……
>
> 我们这一代的藏族知识分子大多是这样，可以用汉语会话与书写，但母语藏语，却像童年时代一样，依然是一种口头语言。汉语是统领着广大乡野的城镇的语言。藏语的乡野就汇聚在这些讲着官方语言的城镇的四周。每当我走出狭小的城

镇，走进广大的乡野，就会感到在两种语言之间的流浪，看到两种语言笼罩下呈现出不同的心灵景观。我想，这肯定是一种奇异的经验。……正是在两种语言间的不断穿行，培养了我最初的文学敏感，使我成为一个用汉语写作的藏族作家。①

很多人可能不一定明白，类似的情况在当今并不少见，他为何反复予以强调呢？我们不妨看看其语言表达的具体情况，在阿来的长篇处女作《尘埃落定》中，其语言功力可见一斑。《尘埃落定》写于1993年下半年到1994年1月，出版后震惊文坛，先后获得巴金文学奖特等奖、第五届"茅盾文学奖"和第六届少数民族文学"骏马奖"长篇小说奖。当时，"茅盾文学奖"评委会是这样评价《尘埃落定》的："小说视角独特，有丰厚的藏族文化意蕴。轻淡的一层魔幻色彩增强了艺术表现开合的力度。"特别指出其语言"轻巧而富有魅力"，"充满灵动的诗意"，"显示了作者出色的艺术才华"。这部作品被认为是历届茅盾文学奖中最好的作品之一，阿来则是茅盾文学奖迄今为止历届获奖者中最年轻的。《尘埃落定》至今已被译成超过十六种语言在全球发行，由此可见，在阿来的文学创作过程中，汉语语言表达艺术占据相当的地位，取得了相当高的成就并已经得到广泛的认可。

（二）阿来语言艺术成就与其实践与理念之关系

是什么特别的原因使阿来能够对一种非本民族的语言驾驭得如此炉火纯青？由于长期从事语言文学教学工作，笔者自然对此非常感兴趣。有人说这是因为少数民族同胞天然就比汉族同胞学习语言的能力强，并举出许多例证，但笔者认为这其中的原因肯定十分复杂，不能一概而论。以笔者的观察，除了天赋之外，下面两点可能具有一定的启发意义。

第一，阿来的工作学习经历以及善于抓住机遇努力学习，这

---

① 阿来：《自述》，《小说评论》2004年第5期。

是阿来娴熟运用汉语写作的客观条件。

对于阿来而言，汉语学习的过程并不是十分平坦。1967年，阿来九岁，开始上小学，仅懂得简单汉语的他上课时根本听不懂老师在说什么，这种状况一直持续了三年。1970年，阿来十二岁，上小学三年级。"小学三年级的某一天，他突然听懂了老师说的一句汉语，'好像嗡地一声就开了窍，所有不懂的东西都懂了。'这个顿悟使小小的阿来感觉幸福无比。"① 但以后的学习过程依然充满艰辛，他为了买一本《汉语词典》而费尽心思，读了古典小说《水浒传》。1978年，阿来考进了师范学校，遇见了文学。"在我的青年时代，尘封在图书馆中的伟大的经典重见天日，而在书店里，隔三岔五，会有一两本好书出现。没有人指引，我就独自开始贪婪地阅读……阅读让我接触到了伟大的人。这些伟人就在书的背后，在夜深人静的时候，他们就会站出来，指引我，教导我。"② 毕业后，阿来在不通公路的偏僻小学教书，其间开始读汉语翻译小说，他读的第一部历史书是《光荣与梦想》，第一部小说是海明威的。接下来，阿来遇到了福克纳、惠特曼、聂鲁达、菲茨杰拉德等文学大师，受到了更深广的熏陶。一年后，他被调回马尔康中学教历史，同时开始了文学创作。他最初的作品都发表在藏区的文学刊物上，他的诗歌《振响你心灵的翅膀》发表于《西藏文学》，而他的处女作《丰收之夜》则于1982年发表于阿坝州文化局主办的《草地》杂志第2期，署名"杨胤睿（藏族）"，并在诗尾标明"作者系中文教师，这是他的处女作"。在此我们不妨看看原作，也可以了解阿来当时的文字与艺术水平。

  笛音唤来满天星光，
  蝙蝠在夜幕里飞翔，
  麦桩地上
  响起秋虫的鸣唧；

---

① 程丰余：《阿来：我是天生要成为作家的人》，《中华儿女》（青联版）2009年第7期。
② 阿来：《2008年度杰出作家阿来获奖感言》，《新作文高考作文智囊》2009年第9期。

熊熊的篝火
把收获人的脸颊照亮。
丰收时节的歌儿,
一半是汗水的苦涩,
一半是果实的甜香。

呵,星星闪着汗珠的晶莹,
辉映着果实的光芒。

铺满月色的雾霭在山谷里飘落,
帐篷中的甜梦分外酣畅,
拥一怀小麦的甜美,
枕一片青稞的芬芳;
甜甜的梦呓在帐篷里低徊,
一半是丰收的欢乐,
一半是对未来的遐想。

呵,丰收之夜是这么迷人,
收获者的心儿都长上了翅膀。

全诗可以说质朴无华,还有几分青涩,个别词语尚可斟酌,但情感真挚,风格明快,尤其是形式和韵律等都比较工整,与明快的风格较为吻合,可见已有较好的基础。说到这里,笔者不禁要特别对发表阿来处女作的《草地》杂志多说两句,对它表示由衷的敬意。这是阿坝州唯一向全国公开发行的纯文学双月刊杂志,自20世纪80年代初创办,以"一定要办得有民族特色","必须培养自己的文艺创作队伍,特别是培养兄弟民族作者"[1]为办刊宗旨和方向,坚持至今,不仅推出了不少优秀的文学作品,还培养了许多知名的少数民族作家,尤其要提到的是,阿来此后在该杂

---

[1] 《草地》1980年创刊号创刊词。

志源源不断地发表作品。1984年，由于写作上的特长，阿来被直接调到《草地》（当时一度更名为《新草地》）杂志任编辑。编辑工作需要字斟句酌，有利于提高鉴赏水平和汉语文字处理能力，此外编辑还要写文学评论，这对阿来的文字功底有着十分重要的锻炼和提高作用。20世纪90年代初，笔者因研究羌族当代文学的缘故，曾系统翻阅过《草地》杂志，对杂志刊载的阿来写的一些文学评论印象颇深。阿来的文学评论见解独到，且文字简洁凝练。如阿来在《我的读解》一文中评价羌族作家谷运龙的《飘逝的花瓣》等早期短篇小说作品，他写道：作者以其"对生活的熟悉、对普通人命运的关注与同情，""向我们奉献了自然天成、生活气息浓郁并已兼及人物性格刻画的作品"。[1] 阿来的评价是较为客观的，其定语使用十分准确，因此，笔者特地将阿来的这段文字引入自己参与编写的《羌族文学史》的相关章节中。[2] 对比20世纪80年代首尾阿来的作品，可以明显地感到其语言功底的提高，1996年，阿来离开《草地》杂志，应聘到成都《科幻世界》杂志，此时阿来从事编辑工作已有12年，包括经典之作《尘埃落定》在内的许多名篇都写作于这个阶段，可以说除了生活积淀，视野、技巧等综合提升之外，这段工作经历对阿来语言工夫的锤炼也是大有裨益的，其后的厚积薄发也就无须赘述了。

第二，对于汉语作为公共语言的深刻认识和超越的理念，是其汉语运用、探索、创新的决定性原因。

我国少数民族作家用汉语写作是一个普遍现象。有学者曾将少数民族语言文字大致归纳为四种，并对第七、第八届"骏马奖"获奖作品中的汉语写作与少数民族语言写作进行数据统计，发现第七届获奖作品中，两者分别占60%和40%，第八届分别占67%和33%，因而得出"用汉语写作的作家作品获奖数目呈增加趋势，几乎所有的民族都有用汉语写作的作家"的结论，并指出："少数民族作家用汉语写作有诸多复杂原因，有语言没文字也许是

---

[1] 阿来：《我的读解》，《草地》1989年第4期。
[2] 李明主编《羌族文学史》，四川民族出版社，1994，第541页。该书2010年修订再版。

最主要的原因。"①

少数民族作家比较普遍地面临一个问题，即使用汉语与使用少数民族语言的关系问题。对于这个问题，很多少数民族作家不能回避，但难免有些纠结，如何处理和对待这个问题，也或多或少地影响着其文学创作及艺术成就。

在民族文化多元并存的今天，民族文学发展勃勃蓬蓬。如很多事物的发展过程一样，民族文学在勃兴的今天，也陷入了一种影响的焦虑，进而导致一种身份定位的焦虑。在"越是民族的，便越是世界的"理论影响之下，民族文学尽量彰显各民族所独具的个性，以走向世界。殊不知，有人却陷入单个民族深处，难以用超越的眼光看待民族文学。少数民族作家陷入一种身份的焦虑，自己是以本民族代言人的身份写作，还是以人类代言人的身份写作？有的甚至更为极端，在汉语的使用方面呈现一种矛盾的态度，不能正确地处理和对待。

阿来的文学创作之路及其语言使用对于当代文坛具有很好的启示作用：在众声喧哗的多元文化生态环境中应该保持自己独有的文化个性。阿来是一个民族混血儿，不仅表现为生理的混血，更表现为文化的混血。回、汉、藏等多民族文化为阿来的文学创作提供了丰富的文化资源。他的文学作品鲜明地体现了民族文化融合带来的大气象，超越了民族、阶层，以人类文明发展为旨归，探究了当代文化环境下的人性善恶。其创作为当前民族文学发展带来了可资借鉴的启发。

有人曾专门就此采访过阿来。如姜广平曾与他有过一段对话：

> 姜：你是否视汉语为母语？汉语在你那里是如何与你的藏文化底色与血脉接榫的？
>
> 阿：这是一个复杂的问题。但有一个情况是显而易见的：那就是，一些强势的语言，将越来越多地被一些非母语

---

① 刘俐俐：《汉语写作如何造就了少数民族的优秀作品——以鄂温克族作家乌热尔图的作品为例》，《学术研究》2009年第4期。

的人来使用。而且,可能使用得比本族人更好。英语里面,很多杰出的作家都不是盎格鲁撒克逊人,而是犹太人,是黑人,近些年来,又加了上印度裔的人,比如拉什迪,还有奈保尔。我想自己比较成功的一点,是成功地把一些典型的藏族式的审美经验转移到了汉语当中,而不显得生硬与突然。

姜:在两种语言和两种文化中穿行,这是不是你获得优秀于一般作家的最根本的东西?

阿:对照,比较,使人容易处于思考的状态。[①]

正是出于这种思考,阿来对汉语所承担的功能及其发展有着十分深刻的认识,也有着明确的努力方向。在与笔者的一次交谈中,阿来曾谈到他正致力于主持与文学翻译相关的大型课题,出乎意料的是,他不是如笔者以为的那样将藏文典籍译成汉文,而是恰恰相反,是努力将汉文经典名著译成藏文。这是因为他认为他的本民族语言在口语方面较为生活化,在书面语言方面则更多地专注于宗教神秘奥义的发掘与思辨,华丽繁复庄严,缺少变化,不太适合文学创作,因此需要加强对人生与鲜活世态的关注,学习汉语的灵活与丰富的表现力。

在一个以全球化与中华文化为主题的论坛上,阿来从汉语言的角度做了重要的主题发言,高屋建瓴而又比较全面地阐述了他对汉语言的性质、功能和现代社会发展的深刻思考。他的一些见解独到而具有超越性,不仅可为广大少数民族作家提供借鉴,还可以给关注汉语发展的学者和汉族作家带来启示,同时也解答了其文学作品语言艺术的奥秘与动力。

阿来首先指出:"对于汉语言来说,被全球化的过程至少在上个世纪初叶白话文运动起,就已经开始了。也就是说,汉语在全球化或者说被全球化的过程中,面临发展的空前机遇与巨大压力已经差不多有一百年历史了。"[②] 如同中华民族发展的历史一样,汉

[①] 阿来、姜广平:《我是一个藏族人,用汉语写作》,《西湖》2011年第6期。
[②] 阿来:《汉语:多元文化共建的公共语言》,《当代文坛》2006年第1期。以下阿来汉语观点皆引自此文,不再单独注出处。

语的历史非常大气宏观，在发展中显出包容吸纳的特点，在全球化的过程中，汉语的优势进一步显示出来，阿来明确阐释说：

> 中国少数民族语言与汉语之间的关系就是这样一个问题。中华人民共和国成立以来，统一的国家政体当然是导致官方语言、主体民族语言强势扩张的主要原因，这样的事实，在任何一个国家我想都概莫能外，但这仅仅是惟一的原因吗？在很多西方语境中，中国的语言问题就是这样被解读的。如果是这样，元与清，以及其它一些中国历史上的少数民族建立的国家政权最终都放弃本族语言而不约而同以汉语作为官方语言的事实，就不能得到合理解释。而在今天，如果没有自新文化运动以来重新焕发生机的汉语言，恢复了对新事物、新知识、新的思想方法的表达能力，并把这种能力与口头语言进行最大限度的对接，单靠政策性的支持，要在四面八方如此迅速的扩张也是难以想象的。

他实际上指出了汉语的突出优势。一些少数民族只有语言而无文字，另一些少数民族虽有文字，有的还非常华丽，却不能与时代同步，而是与现实生活脱节，而汉语具有与时俱进的特点。在对比了汉语藏语的差异之后，阿来指出："汉语这样一种在表达上几乎无所不能的语言的长驱直入，完全就是一个不可逆转的潮流了。"

正因为有这种认识，阿来选择了加强汉语的学习、运用，以豁达的胸襟，以一种主动的、积极的态度学习，注重将母语民族文化体验与之结合，丰富提高汉语的表现力，为汉语的发展做出贡献。他说：

> 汉语在扩张过程中，吸收了很多像我这样的异族人，加入到汉语表达者的群体中来。这些少数民族的加入者，与汉族相比，永远是一个少数，但从绝对数字上讲，也是千万级以上的数字，放在全球来看，这是好多个国家的人口数。当这些人

群加入到汉语表达者的行列中来的时候,汉语与汉民族就不再是一个等同的概念了。这些异族人,通过接受以汉语为主的教育,接受汉语,使用汉语,会与汉民族本族人作为汉语使用者与表达者有微妙的区别。汉族人使用汉语时,与其文化感受是完全同步的。而一个异族人,无论在语言技术层面上有多么成熟,但在文化感受上却是有一些差异存在的。

阿来多次提到一个例子,就是汉族人写下月亮两个字时,就会受到很多的文化暗示,嫦娥啊,李白啊,苏东坡啊,而阿来自己写下月亮这两个字,就没有这种文化暗示,只有来自自然界的这个事物本身的印像,而且只与青藏高原这样一个特殊的地理天文景观相联系,甚至在天安门上看到月亮升起,他的心里还是与看到故乡神山上升起的明月无异。如果说汉语的月亮是思念与寂寞,藏语里的月亮则是圆满与安详。阿来认为如果能把这种感受很好地用汉语表达出来并予以传播,那么,"作为一个写作者已经把一种非汉语的感受成功地融入了汉语。这种异质文化的东西,日积月累,也就成为汉语的一种审美经验,被复制,被传播。这样,悄无声息之中,汉语的感受功能,汉语经验性的表达就得到了扩展"。阿来说这样的过程才刚开始,他是基于这样一个基本的判断:

> 中国大面积能熟练把握自如操持汉语的人群出现的时候并不太久,这个群体虽然都有较强的民族自尊心,但真正具有自觉文化意识的人还不太多,但这样的人的确已经开始群体性地出现。在我比较熟悉的少数民族作家群体中,好多人在汉语能力越来越娴熟的同时,也越来越具有本民族文化自觉,就是这些人,将对汉语感受能力与审美经验的扩张,做出他们越来越多的贡献。

阿来具有高度的文化自觉,其创作对陷入身份焦虑的少数民族作家起到了一个很好的示范作用,对于全球化背景下汉语的发展也有积极的意义。汉字文化对于各民族的共同交流和在社会主义建设中的重要性已为越来越多的人所认识,汉语表达与理解能力对各民族学生相互交流和将来参与社会竞争有着特殊的影响。一方面,中华大家庭中的55个少数民族,绝大多数有自己的民族语言,还有二十几个民族有自己的文字,中国的民族政策历来"尊重少数民族的语言文字",中华人民共和国宪法规定"各民族都有使用和发展自己语言文字的自由",民族语文也为民族地区发展基础教育和保存民族文化所必需;另一方面,汉语是我国最广泛的交际工具,也是在世界上有重要影响的语言和联合国工作语言,中华民族灿烂的历史文化因丰富的汉字文献而得以保存,当今世界的先进科技文化和现代社会信息也多依靠汉语言文字传媒而遍播神州,因此,少数民族人才的培养和经济的发展都需要学习汉语言文字。这一点被越来越多的事实所证明,包括阿来等少数民族作家也主要是通过汉语来了解外部的世界,学习外国文学与自然科技知识等。过去有学者指出:"我国各少数民族地区之所以落后,除了受地理环境、交通条件的限制外,受本民族语言文字限制也是一个重要原因。""少数民族懂得汉语文的人越多,运用汉语文的能力越强,本民族的政治、经济、文化也就发展越快。"[①]阿来的文学艺术成就和影响也从一个方面印证了这一点。

(三)汉语的发展历史与阿来写作的文化启迪

其实,汉语言的意义还远不止于此。20世纪以来,尤其是网络化以来,语言作为文化的一个部分,受到多方面的影响,不单各少数民族语言是如此,现代汉语也是如此。现代汉语遭遇了严重挑战,不仅有西方的语言文化以及政治、经济等的多种冲击,而且有网络环境、现代技术和快餐文化等对汉语产生的深刻影响,积极与消极因素并存。如何应对,化弊为利,促进现代汉语健康发展,需要我们认真思考,许多有识之士强烈呼吁保卫汉语刻不

[①] 张绵英、阿旺措成:《略论藏族地区的双语教学》,《西南民族学院学报》1988年"民族语言文学研究专辑"。

容缓。除了实际用途之外，对于包括各少数民族在内的整个中华民族而言，汉语还有一种文化认同的作用，起到增强中华民族文化凝聚力的巨大作用，因此，必须引起我们的高度重视。

要让汉语健康发展，不能故步自封，必须对汉语的性质和历史特点了解分析，充分发挥其优势。笔者过去曾对此有过初步探讨。作为一种历史文化现象，语言是随着历史的发展变化而形成和发展的，在此过程中也受到多方面因素的影响，包括一个民族内部的发展、各民族之间的交往和整个社会历史的变化等，都会对语言产生影响，汉字不单单属于汉民族，也不单单是汉文化，而是中华优秀文化的结晶。中华各民族文化的融合在汉族的名称出现之前就已经开始，因此，所谓汉文化本身也是中华各民族文化融合的产物。"自汉代以后，魏晋南北朝、唐宋元明清、中华各族各地文化交流未曾间断，少数民族的物产、习俗、文学、艺术等文化要素也不断为汉语所借鉴和吸收，丰富着汉语的文字、词汇、语法和表达功能。同样，汉字文献也不单是汉族文化的载体，我国浩若烟海的汉字古籍文献，为中华各族发展历程中综合知识的总结，也记录着各族文化的融合与交流，甚至有许多少数民族创造的生产生活经验、文学艺术作品也主要靠汉字文献而得以流传至今。汉字成为中华民族文化交融、共同发展的见证，也为保存各少数民族文化做出了积极贡献。"[1] 这一点，需要加以充分的认识。

实际上，阿来所谓汉语的全球化也是一个逐步推进的过程，无论主动还是被动，汉语发展并不仅仅是在 20 世纪初白话运动以来的百年间。如前所述，在漫漫历史长河中，汉语从来没有停止对多元文化的吸收，少数民族作家汉语文学创作成绩斐然。先唐时期即有不少少数民族作家的创作或民间作品的汉文译作，如著名的西南少数民族部落组诗《白狼歌》等；唐代以后更是高潮迭起，名家辈出，唐代著名诗人元结、独孤及、刘禹锡、元稹等皆为少数民族后裔；五代花间派词人李珣先祖乃波斯人。长期被忽

---

[1] 徐希平：《关于民族院校汉语言文学本科人才培养的思考——以西南民族大学汉语言文学专业为例》，《西南民族大学学报》（人文社科版）2003 年第 10 期。

略的辽、西夏与金代,也都有着自己的汉语作品:辽代有萧瑟瑟、萧观音两位女作家的诗词;西夏党项元昊等人的创作都有自己特色;金代注重借鉴汉族文化,涌现了原籍成都华阳的宇文虚中、皇室完颜氏家族等少数民族创作高手,著名诗人元好问的出现更成为金代文学之杰出代表。元代白朴、李直夫、萨都剌、廼贤、余阙,明代的丁鹤年、李贽、海瑞等人的创作都不容忽视。清代,从康熙、乾隆二帝到纳兰性德等满族作家的创作,将少数民族汉语创作又推向一个新的高峰。上述少数民族作家中,有许多即便与汉族作家相比也毫不逊色。

说得更近一点,中国西南本来就是多民族地区,氐、羌、藏、汉文化交流源远流长,据《旧唐书·吐蕃传》,初唐贞观十五年(641),松赞干布向唐太宗请求联姻,文成公主出嫁吐蕃,吐蕃开始"释毡裘,袭纨绮,渐慕华风;仍遣酋豪子弟请入国学,以习诗书",又请唐朝"识文之人典其表疏",① 交流十分密切。唐中宗时,吐蕃又遣大臣尚赞吐、名悉猎(一作"明悉猎")等迎娶金城公主,其中名悉猎官居舍人,汉学造诣非常了得。《旧唐书·吐蕃传》说他"颇晓书记","当时朝廷皆称其才辩",中宗还给予他特殊礼遇,"引入内宴,与语,甚礼之,赐紫袍金带及鱼袋"等,"于别馆供拟甚厚"。特别值得一提的是,他还参与中宗和大臣之间的游戏及诗歌联句等文字娱乐活动。中宗景龙四年(710)正月五日,移仗蓬莱宫,御大明殿,会吐蕃骑马之戏,因重为柏梁体联句,当君臣联句将毕之时,名悉猎主动请求授笔,以汉语写了压轴之句"玉醴由来献寿觞",不仅表意准确,而且合于格律平仄韵脚,相较前面唐朝汉臣所作毫不逊色,令众人刮目相看,"上大悦,赐以衣服"。② 其诗至今保存在《全唐诗》中,③ 留下最早的古代藏人汉语创作的珍贵文献记录,也成为少数民族作家汉语创作的典型史料。

---

① 《旧唐书·吐蕃传》上,上海古籍出版社,1986,第 627 页。
② (宋)计有功著,王仲庸校笺《唐诗纪事校笺》卷一(上册),巴蜀书社,1989,第 18 页。
③ (清)曹寅、彭定求等编《全唐诗》卷二(上册),上海古籍出版社,1987,第 25 页。

2010年10月底,北京大学英杰交流中心召开"当代汉语写作的世界性意义"国际研讨会,会议围绕当代汉语写作的世界性意义进行探讨:在当代中国取得的经济成就举世瞩目的同时,汉语写作如何在文化上为世界提供更多的精神资源,同样令人关注,"当代中国文化如何构成当今世界文化中最有活力的部分。当代汉语文学的艺术价值如何评价,汉语文学放在世界文学体系中如何定位,汉语文学是否始终在世界文学体系当中,它的世界面向如何展开,所有这些问题,都成为21世纪初中国文学家必须面临的问题"。①

阿来的汉语写作也在回答这个问题,他以豁达的胸襟宣告了一种超越文化和通往世界的理念:

> 我们已经加入了汉语这个大家庭,同时,我们又有着一个日渐退隐的母语的故土,在这样一种不同的语言间穿行的奇异经验,正是全球化与被全球化过程中,一种特别的经验。这种经验使我们有幸为汉语这个公共语言的大厦添砖加瓦。上古的时候,人类受到神的诅咒,而使用不能互通的不同语言,因此没能建造起想象中的通天之塔,而今天,全球化也使语言领域发生了深刻地变化,使我们在化别人的同时也被别人所化。这个过程提供的可能性中有一种是十分美好的,那就是用不同的文化来共建一种美好的公共语言。②

阿来的写作实践为此做出了卓越的探索和努力,融会多民族文化因子,形成独有的文学个性特征——以民族文化为创作资源,又超越民族的界限,走向人类的普遍性。阿来的写作不仅给藏羌汉文学及当代中国多民族文学文坛提供了一个很好的范例,而且对全球化背景下汉语写作的发展也有积极的启示,这也是其深远的文化意义和价值之所在。

---

① 丛欣:《"当代汉语写作的世界性意义"国际研讨会在北京大学召开》,《北京大学学报》2010年第6期。
② 阿来:《汉语:多元文化共建的公共语言》,《当代文坛》2006年第1期。

后　记

2020年，是人类历史上极不平凡的一年，也是中华民族发展史上极不平凡的一年。

这一年全人类一道经历了突如其来的新冠肺炎疫情，其影响规模之大和程度之深前所未有，这一年发生了特大洪灾、山火、地质灾害、边境冲突等事件，涌现了许许多多让人感动泪目、终生难忘的事情。我们一同经历，一同围观，一同流泪，一同见证历史，也一同分享初步战胜疫情的喜悦。

在疫情肆虐、闭门不出的日子，我完成了搁置已久的《羌汉文学关系研究》书稿的修订，也可算是我与羌这个中国最古老民族结缘数十年的一个纪念。

此前不久，应阿坝藏族羌族自治州政协"中华羌族历史文化集成"编委会邀请，我担任了丛书评审及统稿工作，并为其中的《羌族民间信仰》一书作序，在序中我这样写道：

> 自20世纪80年代随著名学者李明、林忠亮、王康等先生一起参与完成《羌族文学史》，我便与这个古老的民族结下了不解之缘。
>
> 在多年的羌族文学研究过程中，对羌族历史文化似乎也有所了解，但缺乏深入的研究。作为一个历史悠久的民族，羌族与中华各民族交流融汇，共同发展，被称作一个向外输血的民族，中国西部尤其是西南地区许多民族都有羌人的基因。羌族有自己的语言，却没有自己的文字（西夏时期创制的西夏文只是西北地区古羌众多部落之一的党项羌文字，不

能等同于古羌以及岷江上游羌族的文字），历经沧桑、绵延不绝的羌族有什么独特的生存密码？如何在漫漫历史长河中保持自己的民族特性？这是我和朋友们经常讨论和长期思考的问题。

羌族信奉万物有灵，崇拜自然，顺应自然，豁达包容，具有乐观豪迈的生活态度与积极进取的精神，因而能够在极为艰苦的自然条件下坚韧不屈，生生不息。同时羌族又被称作一个向外输血的民族，既坚守民族特质，又注重沟通交流，与许多民族都有着千丝万缕的联系。羌汉之间文学与文化交流尤其密切，在某种意义上堪称民族文学与文化良性互动关系的缩影与典范。

2010年，"羌汉文学关系比较研究"获得国家社科基金项目立项。我因杂务缠身，研究工作进展缓慢，于2016年才勉强结项，本书《羌汉文学关系研究》便是基于结项成果修改而成。其后，我因筹划和推进国家社科基金重点项目"羌族文学文献整理与研究"、国家社科基金重大项目"古代西南少数民族汉语诗文集丛刊"等，便将书稿一直搁置了下来，掐指算来，自立项迄今已超过十年。常言道十年磨一剑，然而出于种种原因，拙稿却没有尽如人意，依然有许多遗憾。

羌汉文学关系研究所涉时空跨度巨大，文体史料形式多样，颇具难度。按照我最初的设想，研究对象应该包括羌族民间文学与书面文学，研究应该有对羌汉文学的相对系统的比较，但在具体研究中我进行了调整，将研究对象仅限于书面文学（包括古代汉文及西夏文文献记录的民间文学）。这么做有两方面的原因。一方面，古代羌人与近现代生活于岷江上游地区的羌族并不完全等同，彼此有密切渊源但也有差异。以党项羌为主的西夏政权曾创制西夏文并应用数百年，此外历代羌人皆没有文字，故羌族民间故事、民歌、神话传说等民间文学主要流存于现代羌族地区，大多是调查采访者用汉语记录的，除少量神话传说故事具有明显羌族特色或不同汉字记音保留了一些羌族语词外，总体上与相邻汉族地区民间文学的关联显而易见，梳理起来工作量特别大，且对比未必确切，故此予以收缩。另一方面，羌汉文学文献数量悬殊，不成比例，通过对有代表性的羌汉文学作品进行解析，就能十分鲜明地反映出中原传统文学对羌文学的巨大影响、羌文学对中原文学的主动接受与借鉴，以及中原文学对羌文学因子的吸取等良性互动，说明羌汉文学的特殊渊源关系，再做具体的对应比较反倒画蛇添足，自我束缚。这便是本书名称与课题名称不完全一致的原因。本书在材料选取上，对古代羌族书面文学作品，尽可能爬梳分析，以勾勒其历史线索和风貌，对古代汉族文学作品和当代羌族文学创作则精选其最具特色和代表性者，以此展现其特殊关系。

研究不易，步履蹒跚。本书总算得以出版，我不禁慨叹万分，同时也满怀感激。

我要感谢课题组的两位重要成员——王康教授和梁银林教授。我们的情谊始于20世纪80年代中期，我刚到西南民族大学工作不久，便得以与二位先生相识。随后王康邀请我加入《羌族文学史》研究团队，开始了长期愉快的学术合作，做了许多民族文化领域的研究。《羌族文学史》属于国家哲学社会科学"八五"期间重点科研项目"中国少数民族文学史丛书"之一，我们一起承担羌族书面文学文献的梳理研究工作。在此过程中，我对羌族历史文化及羌汉文学的特殊关系有了一些认识。该书出版后曾获四川省政府哲学社会科学优秀成果奖，产生了较大的社会反响。当年写作《羌族文学史》时，《俄藏黑水城文献》等重要西夏文献尚未出版，古代羌族文学资料相当缺乏，故二位先生的爬梳论证工作十分珍贵。2009年汶川大地震周年时，我曾主持修订版的统稿工作，因时间仓促，许多新出版的羌族文学文献未能补入，因此，2010年我申报了国家社科基金项目"羌汉文学关系比较研究"，邀请二位先生加入，得到了他们的积极支持。虽然后来由于工作单位变动，二位先生没有再参与具体的写作，但本书不少观点和材料都得自他们的研究，如本书对《诗经·小雅·青蝇》，《白狼王歌》，后秦羌人诗歌，西夏《颂祖先》《颂师典》诗，西夏书表碑刻以及余阙诗文等的论述都是以《羌族文学史》的相关论述为基本参考，在此基础上进行补充、修订的。此外，西南民族大学的王进、彭超以及杜甫草堂博物馆的彭燕、广州商学院的万静等也参与了个别章节初稿的起草工作，在此向他们致以最衷心的感谢。

　　本书在写作过程中，得到了无数羌族作者及各民族朋友的热情鼓励和支持，如德高望重的羌学研究院院长张善云，著名羌族作家谷运龙、叶星光，才情横溢的著名青年诗人羊子以及梦非、雷子、李孝俊等。无论是参加历届羌族文学研讨会，还是深入羌寨碉楼、参加各种采风考察活动，他们都很好地诠释了羌人的民族性格，他们的创作和热情给我留下了深刻而美好的印象。著名学者、中国社会科学院民族学与人类学研究所聂鸿音先生有关西夏文学的文本考释让我受益良多，他所给予的无私帮助和支持令我感怀不已。西南民族大学孙纪文教授、四川师范大学李凯教授、四川大学陈思广教授等曾帮助审核书稿，他们在充分肯定的同时，也提出宝贵的修订意见，在此谨致诚挚的谢意！

　　还要特别感谢的是著名学者，中国社会科学院学部委员、文学研究所所长刘跃进先生。作为七七级大学同龄人，我和跃进兄性情相投、三观相近，我非常庆幸此生有缘与之相交，结下深厚情谊，得到其倾力相助。跃进兄学术成果丰硕，学术地位崇高，为人却谦逊低调、虚怀若谷。他年逾花甲依然笔耕不辍，其勤奋严谨的治学态度令我感佩。尤为可贵的是，他以博大的学术气度与宽广的胸襟，团结中外学人，扶持学术后辈。在他的倡导下，中华文学史料学学会特设立民族文学史料研究分会，促进各民族文学研究方法的借鉴和史料整理信息的沟通，体现了传承弘扬中华文学的学术担当。我们曾多次一道深入藏羌彝走廊及偏远民族地区村寨考察调研，世界海拔最高的稻城亚丁机场、桥墩最高的雅西高速拖乌山路段、春日的丹巴甲居藏寨和古东女国、白雪皑皑的夹金山、水流湍急的大渡河畔安顺场、刘伯承小叶丹结盟的冕宁彝海、月城西昌的泸山邛海湿地，都留下了我们的足迹。旅程辛苦，时常历险，而又趣味横生，乐在其中，回味无限，由此对民族文化有了更深切的感受体验。拙作完成后，跃进兄不顾学术与行政要务繁忙，命笔赐序，四易其稿，体现其对民族文学史料研究整理工作的鼓励、支持和期待，大序为拙作增色许多，于公于私，由衷谢忱难以言表。

　　需要感谢的人太多。我的八旬老母，连年病患缠身，却乐观开朗，不愿让我为她分心，亲友学生的关心帮助同样难以尽述。还有我工作生活多年的西南民族大学的领导和文学与新闻传播学院的同事朋友，守望相助，令我倍感温馨；青年才俊戴登云先生积极奔走，为拙作争取到中国语言文学学科建设出版经费，在此一并表示感谢。千言万语，百感交集，姑且就此住笔。人生短暂，阴晴圆缺，知足感恩，遗憾难免。由于学养和体例所限，本书浮光掠影，挂一漏万，疏误不当，诚望方家批评指正，是所期盼！

2020年国庆中秋双节假日于青城山

图书在版编目（CIP）数据

羌汉文学关系研究 / 徐希平著 . -- 北京：社会科学文献出版社，2021.8
（西南民族大学中国语言文学学术文丛）
ISBN 978-7-5201-8293-5

Ⅰ.①羌… Ⅱ.①徐… Ⅲ.①羌族-少数民族文学-文学研究-中国②汉族-文学研究-中国 Ⅳ.①I297.4②I207.7

中国版本图书馆 CIP 数据核字（2021）第 076246 号

西南民族大学中国语言文学学术文丛
羌汉文学关系研究

著　　者 / 徐希平

出 版 人 / 王利民
责任编辑 / 罗卫平
责任印制 / 王京美

出　　版 / 社会科学文献出版社·人文分社（010）59367215
　　　　　 地址：北京市北三环中路甲 29 号院华龙大厦　邮编：100029
　　　　　 网址：www.ssap.com.cn
发　　行 / 市场营销中心（010）59367081　59367083
印　　装 / 三河市龙林印务有限公司

规　　格 / 开　本：787mm × 1092mm　1/16
　　　　　 印　张：24.25　字　数：347 千字
版　　次 / 2021 年 8 月第 1 版　2021 年 8 月第 1 次印刷
书　　号 / ISBN 978-7-5201-8293-5
定　　价 / 128.00 元

本书如有印装质量问题，请与读者服务中心（010-59367028）联系

版权所有 翻印必究